丰子恺译文集

第九卷

丰陈宝　丰一吟
杨朝婴　杨子耘
丰睿

编

ZHEJIANG UNIVERSITY PRESS
浙江大学出版社

本卷说明

　　本卷收录丰子恺先生翻译的日本长篇物语小说《源氏物语》(下册)，根据人民文学出版社一九八〇年十二月第一版刊出。

本卷目录

源氏物语（下）

[日]紫式部 著

丰子恺 译

目　录

（下）

第四十回　魔　法　使[1]

腊尽春回,源氏看到烂漫春光,心情越发郁结,悲伤依旧不改。外面照例有许多人前来贺岁。但源氏以心绪不佳为由,只管闭居在帘内。惟有萤兵部卿亲王[2]来时,请他到内室畅叙,命侍者传诗云:

> "侬家无复怜花客,
> 底事春光探访来?"

萤兵部卿亲王含泪答道:

> "为爱幽香寻胜境,
> 非同随例看花人。"

源氏看他从红梅树下款步入来,姿态异常优雅,心中想道:"真能'怜花'的人,除此君而外更无别人了!"庭花含苞欲放,春色恰到好处。但院内并无管弦之音,景象大非昔比。多年来伺候紫夫人的侍女们,穿着深黑

---

〔1〕　本回写源氏五十二岁春天至冬天之事。
〔2〕　是源氏之弟。

色的丧服,悲哀之情并无改变。悼念亡人,永远无有已时。不过源氏这一段时期绝不出门访问其他诸夫人,始终守在此地。侍女们得时时随侍左右,倒也聊可慰情,便殷勤地服侍他。有几个侍女,过去多年来虽未受源氏主君真心宠爱,却时时蒙他青眼相看。但现在源氏孤眠独寝,反而疏远她们了。夜间值宿之时,无论哪个侍女,都命她们睡在离开寝台稍远之处。有时寂寞无聊,也常常同她们闲谈旧事。此时俗念尽消,道心深固。然而有时也回想起:从前干了许多有头无尾之事[1],常使紫夫人对他怀恨,不胜后悔。他想:"无论逢场作戏,或者迫不得已,我为什么要做出这些事来给她看呢?她对万事都思虑周至,善能洞察人心深处,然而并不无休无止地怨恨我。但每逢发生事故,她总担心后果如何,多少不免伤心失意。"抱歉之至,后悔莫及,便觉胸中难于容纳。有些侍女知道此种事情,而现在还在身边伺候,他就和她们约略谈谈。他想起三公主初嫁过来时的情状,紫夫人当时不动声色,然而偶有感触,便觉意懒心灰,那神色十分可怜。就中最是落雪那天破晓[2],源氏娶三公主后第三日,回六条院时,暂在格子门外面伫立,觉得身上很冷。那时天空风雪交加,气象惨烈。紫夫人起来迎接他,神色非常和悦,却把满是泪痕的衣袖隐藏起来,努力装出若无其事的样子。回思至此,终夜不能成寐,痛念此种情景,不知何生何世得再相见——即使是在梦中相见?天色近曙,值夜侍女退回自己房中,有人叫道:"呀,雪积得很厚了!"源氏听到这话,心情完全回复到了那天破晓。但身边已没有那人,寂寂独寝,悲不可言,便赋诗云:

---

〔1〕 指胧月夜、三公主等事。下文"逢场作戏",指对胧月夜,"迫不得已",指对三公主。

〔2〕 事见中卷第三十四回"新菜"(上)。

　　"明知浮世如春雪,

　　怎奈蹉跎岁月迁。"

为欲排遣哀思,照例起身盥洗,赴佛前诵经。侍女们把埋好的炭火挖出,送上一个火钵去。亲近的侍女中纳言君和中将君在旁服侍,做他的话伴。源氏对她们说:"昨夜独寝,比往常更加寂寞呢。我已习惯了清心寡欲的生涯,可是还有种种无聊的事羁绊着我。"说罢长叹一声。他看看这些侍女,想道:"如果我也离世出家,这些人将更加悲伤,实在是怪可怜的啊!"听到源氏静悄悄地诵经念佛的声音,即使是无愁无恨之人,亦必泪流不止,何况这些朝夕伺候的侍女,她们的衣袖当不得止水之闸,感慨实无限量!源氏对她们说:"我生在现世,荣华富贵,可说没有缺憾了。然而又不断地遭逢比别人更痛苦的厄运。想是佛菩萨要我感悟人生无常、世途多苦之理,所以赋给我这命运的吧。我懂得此理,却故意装作不知,因循度日,以致到了现在这晚年,还要遭逢这可悲之事。我已分明看到了自己命途多舛、悟性迟钝,倒觉得安心了。今后我身已毫无羁绊。然而你们这一班人,对我都比从前更加亲近,使我在临行分手之时,又平添一种苦痛。唉,我心如此优柔寡断,实在太无聊了!"他举手拭目,想掩住泪痕,然而遮掩不住,泪珠从衣袖上纷纷落下。众侍女见此光景,眼泪更加流个不住。她们都不愿被源氏主君抛舍,各人都想向他诉苦,然而终于不说,只是饮泣吞声。

　　如此彻夜悲叹,直到天明;镇日忧伤,以至夕暮。每逢岑寂之时,便召唤几个超群出众的侍女到面前来,和她们谈谈上述之类的话。其中名叫中将君的侍女,是从小侍奉在侧的,源氏大约曾私下怜爱她。但她认为对不起夫人,一向不肯和源氏亲热。如今夫人亡故了,源氏想起这是

夫人生前特别疼爱的人,便把她看做夫人的遗爱,对她格外垂青。这中
将君的品性和容貌都不坏,正像夫人墓上的一株青松。所以源氏对待
她,和对待普通侍女迥不相同。凡疏远的人,源氏一概不见。朝中公卿
对他都很亲睦,他的诸兄弟亲王常常来访问他,然而他很少接见。他想:
"我只有和客人见面的时候,才能抑制哀思,强自镇静。然而痴迷了几个
月,形容萎靡,语言未免乖僻,深恐惹起后人议论,甚至身后流传恶名。
外人传说我'丧妻后神情痴迷,不能见客',虽然同是恶评,但听人传说而
想象我痴迷之状,总比亲眼目睹我的丑态好得多。"因此连夕雾等人来
访,也都隔帘对晤。当外人传说他心情变异期间,他竭力镇静,忍耐度
日。但终不能抛弃浮世,毅然出家。难得到诸夫人处走动。然而一走进
门,立刻泪如雨下,难于制止,不胜其苦。就连无论何人都疏远了。

　　明石皇后回宫时,顾念父亲孤居,特将三皇子留在这里,以慰寂寥。
三皇子特别留心保护庭前那株红梅树,说是"外婆吩咐我的"。源氏看了
十分伤心。到了二月里,百花盛开。含苞未放的花木,枝头也都呈现一
片云霞似的。黄莺在已成紫夫人遗念的红梅树上,嘹亮地啁啾鸣啭。源
氏便走出去看,独自吟道:

　　　　"闲院春光寂,群花无主人。
　　　　黄莺浑不管,依旧叫新晴。"

就在庭中逡巡徘徊了一会。

　　源氏终于从二条院回到了六条院本邸。春色渐深,庭前景色无异昔
时。他并不惜春,但觉情绪异常不宁。一切见闻,无不使他伤心。这六
条院似乎变成了另一世界。他所向往的,只是鸟声也听不到的深山,道

心与日俱增。棣棠花开满枝头,嫩黄悦目,源氏一看便流下泪来,只觉得触目伤心。别处的花,这边一重樱谢了,那边八重樱盛开;这边八重樱过了盛期,那边山樱方始开花;这边山樱开过,那边紫藤花最后发艳。这里就不然,紫夫人深谙各种花木的性质,知道它们开花孰早孰迟,巧妙地配置栽植。因此各花按时开放,互相衔接,庭中花香不绝。三皇子说:"我的樱花开了。我有一个办法,叫它永远不谢:在树的四周张起帷屏,挂起垂布来,花就不会被风吹落了。"他想出了这个好办法,得意地说,样子非常可爱。源氏笑起来,对他说道:"从前有一个人,想用一个很大很大的衣袖来遮住天空,不让风把花吹落〔1〕。但你想出来的办法比他更好。"他就镇日和三皇子作伴戏耍。有一次他对三皇子说:"我和你作伴,时间也不长了。即使我暂时不死,也不能和你见面。"说罢照例流下泪来。三皇子听了很不高兴,答道:"外婆说过这种话,外公怎么也说这种不吉祥的话了!"他垂下眼睛,抚弄着自己的衣袖,借以遮掩眼泪。

　　源氏靠在屋角的栏杆上,向庭中及室内眺望。但见众侍女大都还穿着深墨色的丧服。也有几个改穿了寻常颜色的衣服,但也不是华丽的绫绸。他自己所穿便袍,颜色虽是寻常的,但很朴素,没有花纹。室内布置陈设也很简单。四周气象萧索,不胜岑寂之感,遂赋诗云:

> "春院花如锦,亡人手自栽。
> 我将抛舍去,日后变荒台。"

此时源氏的悲伤出于真情。

---

〔1〕　古歌:"愿将大袖遮天日,莫使春花任晓风。"见《后撰集》。

　　无聊之极,只得到尼姑三公主那里走走。三皇子由侍女抱着同去,到了那里,就和薰君[1]一起追逐玩耍,方才那种惜花的心情不知哪里去了,毕竟还是个无知幼儿。三公主正在佛前诵经。她当初出家,并非由于彻悟人生、深通佛道。然而对于此世,爱恨全消,一心不乱,只管深居静处,专心修持,已经离绝红尘,献身佛法了。源氏很羡慕她。他想:"我的道心还赶不上这个浅薄的女子呢。"心中颇感惭愧。忽见佛前所供的花,映着夕阳,非常美观,便对三公主说道:"爱春的人死了,花都减色了!只有这佛前的供饰,还很美观。"又说:"她屋前那株棣棠花,姿态之优美竟是世间少有的。花穗多么大啊! 棣棠的品质算不得高尚,但其浓艳之色是可取的。种花的人已经死去,而春天只当作不知,开得比往年更加茂盛,真可怜啊!"三公主不假思索地念出两句古歌:"谷里无天日,春来总不知。"[2]源氏想道:"可回答的话多着呢,何必说这扫兴的话?"便回思紫夫人生前:"从幼年起,无论何事,凡我心中不喜爱的,她从来不做。她能适应种种时机,断然地敏捷地对付一切事情。其气质、态度和言语都富有风趣。"他本是容易流泪的人,思量至此,眼泪又夺眶而出,真乃太痛苦了。

　　夕阳西沉,暮色苍茫,四周景物清幽。源氏从三公主处辞出,立刻前往访问明石夫人。长久不光临,突然来访,明石夫人吃了一惊,然而接待时态度十分大方。源氏甚喜,觉得此人毕竟胜人一筹。然而回想紫夫人,又觉得另有一功,特富风趣。两相比较一会,紫夫人的面影浮现眼前,悲伤恋慕之情越发增添了。他很痛苦,自念有何办法可得安慰呢。

―――――――――――

　　〔1〕　薰君是三公主与柏木私生,此时五岁,比三皇子小一岁,名义上是三皇子之叔。
　　〔2〕　古歌:"谷里无天日,春来总不知。花开何足喜,早落不须悲。"见《古今和歌集》。源氏嫌最后一句讥讽他,故下文云云。

但既到了这里,且和明石夫人闲谈往事。他说:"专心钟爱一人,实乃一大恶事。我从小就注意及此,故时时刻刻留意,务使在任何方面对此世间无所执著。当大势变迁、我身颠沛流离之时[1],东思西想,但觉生趣全无,不如自己抛舍了这条性命,或者逃入深山穷谷,亦不觉有何障碍。岂知终于不能出家,以致到了晚年、大限将近之时,犹为种种琐屑之事所羁绊,因循苟安,迁延至今。意志如此薄弱,思之实甚痛心!"此言并不专指某事而诉说悲情,但明石夫人察知他的心事,觉得此亦理之当然,对他十分同情,便答道:"即使是别人看来毫不足惜的人,本人心中自然也有种种牵累。何况尊贵之人,岂能安心舍离人世? 草草出家,反被世人讥为轻率,请勿急切从事为要。慎重考虑,看来似是迟钝,但一经出家,道心坚固,决不退转,此理当蒙明察。试看昔人事例:有的为了身受刺激,有的为了事与愿违,便萌厌世之念,因而遁入空门。但这终非妥善之事。君既发心出家,目下尚须暂缓,且待皇子长大成人,确保储君之位,然后可以安心修道。那时我辈也都欢喜赞善了。"她这番话说得头头是道,颇为恰当。但源氏答道:"如此深思远虑,恐怕反不如轻率者好呢。"便向她叙述过去种种可悲之事,其中有云:"昔年藤壶母后逝世的春天,我看见了樱花的颜色,便想起'山樱若是多情种……'[2]之诗。这是因为她那举世赞颂的优美姿色,是我从小见惯的,所以她逝世之时,我比别人更为悲伤。可知悲伤之情,并非由于自身对死者有特殊关系而来。如今那个长年相伴之人,忽然先我而死,使我悲伤不已,哀思难忘。并非仅为夫妇死别而悲伤,又因此人从小由我抚育成长,朝夕与共,到了垂老之年,忽

---

〔1〕　指昔年流放须磨。

〔2〕　古歌:"山樱若是多情种,今岁应开墨色花。"见《古今和歌集》。

然舍我而去,使我悼惜死者,痛念自身,实在悲伤不堪。凡人深于情感,
饶有才能,富于风趣,种种方面使人念念不忘者,死后受人哀悼甚深。"如
此纵谈往事今情,直至夜深。今夜似应在此泊宿了,然而终于起身告辞。
明石夫人心中定感不快。源氏自己也觉得奇怪。

　　回到自己室中,照例在佛前诵经。直到夜半,就靠在白昼的坐垫上
睡觉了。次日,写信给明石夫人,内有诗云:

> "虚空世界难常住,
> 夜半分携饮泣归。"

明石夫人怨恨源氏昨夜态度冷淡。然而回想他那悲伤过度的模样,竟像
另换了一个人,觉得很可怜,便丢开了自身的事,为他流下同情之泪。答
诗云:

> "一自秧田春水涸,
> 水中花影也无踪。"〔1〕

源氏看了这诗,觉得明石夫人的笔致依旧清新可喜。想道:"紫夫人起初
嫌恶此人,后来互相谅解,深信此人稳重可靠。然而和她交往,并非全无
顾虑,却取优雅和爱的态度,外人都看不出紫夫人用心之周至。"源氏每
逢寂寞无聊之时,常常到明石夫人那里作普通一般的访问。但绝不像从
前那样亲昵了。

_____

〔1〕　春水涸喻紫姬死,花影喻源氏。意思是:紫姬死了,源氏也不来了。

　　四月初一日更衣,花散里夫人遣人送夏装与源氏主君,附诗云:

　　　　"今日新穿初夏服,

　　　　恐因春去又添愁?"

源氏答诗曰:

　　　　"换上夏衣蝉翼薄,

　　　　今将蜕去更增悲。"

　　贺茂祭之日,源氏不胜寂寞,说道:"今日观赏祭典,想必人人都很欢欣。"
独自想象各寺院繁华热闹之状。后来又说:"众侍女何等寂寞! 大家悄
悄地回家去观赏祭典吧。"中将君正在东面一室中打瞌睡。源氏走进去
看她,但见此人身材小巧玲珑,非常可爱。她起身相迎,双颊微红,娇艳
动人,立刻举袖掩面。鬓发稍稍蓬松,而青丝长垂,异常优美。身穿略带
黄色的红裙和萱草色单衫,上罩深黑色丧服,穿得随意不拘。外面的围
裙和唐装都脱在一旁,看见源氏主君进来,意欲取来穿上。源氏看见她
身旁放着一枝葵花[1],便取在手中,问道:"这是什么花? 我连它的名字
都忘记了。"中将君答以诗曰:

　　　　"供佛花名浑忘却,

──────────

　　〔1〕 贺茂祭之日,佛前供葵花,人都插葵花。日文"葵"与"逢日"同音。逢日即男女
相会之日。下文说"名字都忘记了",意思是说久不和此女相会。此女答诗"净水已生萍",
亦久不承宠之意。

神前净水已生萍。"

吟时羞容满面。源氏觉得她很可怜,报以诗云:

"寻常花柳都抛舍,

只爱葵花罪未消。"

他的意思是:只有这中将君一人,今后还是不能抛舍的。

梅雨时节,源氏除沉思冥想之外,别无他事。有一晚,正在寂寞无聊之时,初十过后的月亮艳艳地从云间照出,真乃难得之事。夕雾大将就在此时前来参谒。橘花被月光分明地映出,香气随风飘来,芬芳扑鼻,令人盼待那"千年不变杜鹃声"[1]。正在此时,岂料天不作美,忽然乌云密布,大雨倾盆,灯笼立刻被风吹熄,四周顿成一片漆黑。源氏低吟"萧萧暗雨打窗声"[2]之诗。此句并不十分出色,但因适合目前情景,吟声异常动人,令人想起"愿君飞傍姐儿宅,我欲和她共赏音"[3]之歌。源氏对夕雾说:"独居一室,看来并不稀奇,岂知异常寂寞。但习惯了此种生涯,也是好的:将来闭居深山,可以专心修道。"又叫道:"侍女们啊! 拿些果物到这里来! 这时候召唤男仆,太费事了,就叫你们拿来吧!"但他心中思慕亡人,只想向"天际凝眸"[4]。夕雾察看他的神色,觉得非常可怜,

---

〔1〕 古歌:"万载常新花橘色,千年不变杜鹃声。"见《后撰集》。

〔2〕 白居易《上阳白发人》诗中句云:"耿耿残灯背壁影,萧萧暗雨打窗声。"

〔3〕 古歌:"独自闻鹃不忍听,听时惹起我悲情。愿君飞傍姐儿宅,我欲和她共赏音。"见《河海抄》。

〔4〕 古歌:"恐是长空里,恋人遗念留? 每逢思慕切,天际屡凝眸。"见《古今和歌集》。

想道："如此思慕心切,即使闭居深山,只怕也不能专心学道吧!"接着又想:"我略窥面影,尚且难于忘却,何况父亲。这原是难怪的。"便向父亲请示:"回想往事,似在昨日,岂知周年忌辰已渐渐迫近。法事应该如何举办? 即请父亲吩咐。"源氏答道:"就照世间常例,不必过分铺张。只是把她生前用心制作的极乐世界曼陀罗图,供奉在此次的法会中。手写的和请人写的佛经很多。某僧都详悉夫人遗志,可问问他,应该添加何物?一切依照那僧都的意见办理可也。"夕雾说道:"此等法事,本人生前早就计虑周妥,后世安乐可保无虑。只是现世寿命不永,并且连身后遗念的人也没有,真乃遗憾之事。"源氏答道:"此外福寿双全的几位夫人,子女也都很少。这正是我自身命运的缺憾。但到了你这一代,家门可以繁荣起来了。"他近来感情脆弱,说起无论何事,都觉悲伤难忍,因此夕雾不再对他多谈往事。正在此时,刚才盼待的那只杜鹃在远处啼鸣。想起了"缘何啼作旧时声"[1]之诗,听者为之动容。源氏吟诗云:

　　"骤雨敲窗夜,悼亡哭泣哀。
　　山中有杜宇,濡羽远飞来。"

吟罢之后,越发出神地凝望天际。夕雾亦吟诗曰:

　　"杜宇通冥国,凭君传语言:
　　故乡多橘树,花发满家园。"

_____

〔1〕 古歌:"杜宇不知人话旧,缘何啼作旧时声?"见《古今和歌六帖》。

众侍女吟成诗篇甚多,恕不尽载。夕雾今晚就在这里奉陪父亲宿夜。他看见父亲独宿甚是寂寞,深感同情,此后便常常前来奉陪。回想紫夫人在世之时,这一带地方是他所不得走近的,现在却由他任意出入。抚今思昔,感慨实多。

天气很热的时候,源氏在凉爽之处设一座位,独坐凝思。看见池塘中莲花盛开,首先想起"人身之泪何其多"[1]的古歌,便茫然若失,如醉如痴,一直坐到日暮。鸣蜩四起,声音非常热闹。瞿麦花映着夕阳,鲜美可爱。这般风光,一人独赏毕竟乏味。遂吟诗云:

> "夏日无聊赖,哀号尽日悲。
>
> 鸣蜩如有意,伴我放声啼。"

看见无数流萤到处乱飞,便想起古诗中"夕殿萤飞思悄然"[2]之句,低声吟诵。此时他所吟的,无非是悼亡之诗。又赋诗曰:

> "流萤知昼夜,只在晚间明。
>
> 我有愁如火,燃烧永不停。"

七月初七乞巧,今年也和往年大不相同。六条院内并无管弦之会。源氏镇日枯坐沉思,众侍女中也没有一人出去看双星相会。天色未明,源氏独自起身,打开边门,从走廊的门中眺望庭院,但见朝露甚繁,便走到廊

────────────

〔1〕　古歌:"悲无尽兮泪如河,人身之泪何其多!"见《古今和歌六帖》。此处是由莲叶上的露珠联想眼泪。

〔2〕　白居易《长恨歌》中云:"夕殿萤飞思悄然,孤灯挑尽未成眠。"

上,赋诗述怀,诗曰:

"云中牛女会,何用我关心?
但见空庭露,频添别泪痕。"

夏去秋来,风声也越来越觉凄凉。此时即须准备举办法事。从八月初开始,大家忙碌起来。源氏回想过去,好容易挨过这些岁月,直到今日。今后也只有茫茫然地度送晨昏。周年忌辰的正日,上下人等都吃素斋。那曼陀罗图就在今日供养。源氏照例做夜课。中将君送上水盆,请他洗手。他看见她的扇子上题着一首诗,便取来看:

"恋慕情无限,终年泪似潮。
谁言周忌满,哀思已全消?"

看罢,便在后面添写一首:

"悼亡身渐老,残命已无多。
惟有相思泪,尚馀万顷波。"

到了九月里,源氏看见菊花上盖着绵絮[1],吟诗云:

"哀此东篱菊,当年共护持。

---

〔1〕　为避霜露。

今秋花上露，只湿一人衣。"

到了十月，阴雨昏漾，源氏心情更恶，怅望暮色，凄凉难堪，独自低吟"十月年年时雨降"[1]之诗。望见群雁振翅，飞渡长空，不胜羡慕，守视良久。遂吟诗云：

"梦也何曾见，游魂忒渺茫。
翔空魔法使，请为觅行方。"[2]

无论何事，都使他触景思人，无法慰解。一直在愁闷中度送日月。

到了十一月的丰明节，宫中举行五节舞会[3]。满朝人士欢腾雀跃。夕雾大将的两个公子当了殿上童子，入宫时先来六条院参谒。两人年龄相仿，相貌都很秀美。他们的两个母舅[4]头中将和藏人少将陪着同来，都穿白地青色花鸟纹样的小忌衣[5]，风姿十分清丽。源氏看到他们无忧无虑的模样，不禁回想起少年时代邂逅相逢的筑紫五节舞姬。遂赋诗云：

"今日丰明宴，群臣上殿忙。
我身孤独甚，日月已浑忘。"

---

〔1〕古歌："十月年年时雨降，何尝如此湿青衫？"见《河海抄》。
〔2〕魔法使比拟雁。根据白居易长恨歌中的"临邛道士"。本回题名出此。
〔3〕丰明节是十一月中旬第一个辰日。若十一月内有三个辰日，则是第二个辰日。此日天皇赐群臣饮新谷酿成的酒。宴后举行五节舞会。
〔4〕是云居雁之弟。
〔5〕小忌衣是供奉神膳的人所穿的制服。

今年隐忍过去,终于不曾出家。但遁世之期,渐渐迫近,心绪忙乱,感慨无穷。他考虑出家前应有种种措施,取出各种物品,按照等级分赠各侍女,作为纪念。并不公然表明今将离世,但近身的几个侍女,都看得出他即将成遂夙愿了。故岁暮之时,院内异常岑寂,悲伤之情无限。源氏在整理物件之时,偶尔发见昔年恋人寄来的许多情书。如果留传于后世,教人看见,有所不便,而毁弃又觉可惜,所以当时保存了少许。此时便取出来,命侍女们毁弃。忽见须磨流放时各处寄来的情书中,有紫夫人的信件,另行结成一束。这是他自己亲手整理的,然而已经是遥远的往事了。但现在看来笔墨犹新。这真可作为“千年遗念”〔1〕,不过想到自己出家之后,无缘再看,则保存也是枉然,便命两三个亲信的侍女,就在自己面前当场毁弃。即使不是情深意密的信,凡是死者的手迹,看了总多感慨。何况紫夫人的遗墨,源氏一看便觉两眼昏花,字迹也难以辨别,眼泪滴满了信纸。深恐众侍女看了笑他心肠太软,自觉不好意思,并且难于为情,便把信推向一旁,吟诗云:

“故人登彼岸,恋慕不胜情。
发箧观遗迹,中心感慨深。”

众侍女虽然不曾公然把信打开来看,但隐约察知这是紫夫人的遗迹,大家觉得无限悲伤。当时紫夫人和他同生在这世间,两人相离不远,而写来的信如此哀伤。源氏今日再看这些信,自比当时更加悲痛,那眼泪竟无法收住了。但念悲痛过甚,深恐旁人笑他儿女之态,因此并不细看,但

〔1〕 古歌:“谁言无用物,废弃不须收?手笔堪珍惜,千年遗念留。”见《古今和歌六帖》。

在一封长信的一端题诗一首:

　　"人去留遗迹,珍藏亦枉然。

　　不如随物主,化作大空烟。"

命侍女们拿去全部烧化了。

　　十二月十九日起,照例举办三天佛名会[1]。想是源氏已经确信这是此生最后一次了,听见僧人锡杖[2]的声音,比往常更加感慨。僧众向佛祈愿主人长寿,源氏听了但觉伤心,不知佛对他作何指示。此时大雪纷飞,已经积得很厚。导师退出之时,源氏召他进来,敬酒一杯,礼仪比往常更为隆重,赏赐亦特别丰厚。这位导师多年来经常出入六条院,又早就为朝廷服务,是源氏从小见惯的。现已变成白头老僧,还在服务,源氏很可怜他。诸亲王及公卿,照例来六条院参与佛名会。此时梅花含苞待放,映着雪色,分外鲜妍可爱。照例应有管弦之会。但今年源氏听到琴笛之声,觉得都有呜咽之感,故不用管弦,只是朗诵了一些适合时宜的诗歌。呀,刚才忘记说了:源氏向导师敬酒时,奉赠一诗:

　　"命已无多日,春光欲见难。

　　梅花开带雪,且插鬓毛边。"

导师答诗云:

---

〔1〕　佛名会中念《佛名经》,唱三千佛名,祝来世福慧。
〔2〕　锡杖是僧人的手杖,上端有金属环,动杖时发出锵锵声。

"祝君千载寿,岁岁看春花。

怜我头如雪,空嗟日月赊。"

其他诸人皆有吟咏,一概从略。这一天源氏住在外殿,他的容貌比昔年更添光彩,昳丽无比。这老年的僧人看了,不觉感动得流下泪来。

源氏想起岁律将暮,不胜寂寥。忽见三皇子东奔西走,喊着:"我要赶鬼,什么东西声音最响?"[1]那样子非常可爱。源氏想道:"我出家之后,不能再见这种景象了!"无论何事,触景生悲,难于禁受。遂赋诗云:

"抱恨心常乱,安知日月经?

年华今日尽,我命亦将倾。"

他吩咐家臣:元旦招待贺客,应比往年更加隆重。赠送诸亲王及大臣的礼品,以及赏赐各种人等的福物,均须尽量从丰。

---

〔1〕 当时风俗:除夕家家赶鬼。命一个人扮作疫病鬼,其他许多人用各种器物发出响声,将鬼赶走,可保来年人口平安云。

第四十一回　云　　隐[1]

---

〔1〕　日文"云隐"是"隐遁"之意,乃暗示源氏之死。这一回只有题名而无本文,因此源氏何时死去亦不可知。但可推测如下:次回"匂皇子"(匂是日本人造的汉字,其发音为niou。意义是香)中所述的是上回"魔法使"以后八年的事,而篇首说"光源氏逝世之后……"。可知源氏是在"魔法使"的次年五十三岁至六十岁的八年之间死去的。究竟哪一年死,不得而知。但第四十九回"寄生"中说:"最后二三年间遁世时所居的嵯峨院……",则可知五十三岁之后,曾隐居在预先建造的嵯峨佛堂(见"赛画""松风")中二三年,然后死去。其卒年至早是五十五六岁。本回题名"云隐",便是暗示这二三年的隐遁的。

关于有题名而无本文的原因,自来有四种说法:一,本来有本文,后来因故损失;二,作者本拟写本文,因某种缘故而作罢;三,作者故意不写本文,听其空白;四,本来连题名也没有,更不用说本文。千年以来,学者各持一说,无有定论。但普通都相信第三说,理由是:书中已描述了许多人的死,其中主要人物紫夫人之死,描写得尤为沉痛。倘再续写主人公源氏之死,这位青年女作者不堪其悲。因此只标题目而不写本文,借以向读者暗示此意。

第四十二回　匂皇子

　　光源氏逝世之后,他的许多子孙竟难得有人承继这光辉。如果把退位的冷泉院也算在内,未免亵渎了他[1]。今上[2]所生三皇子和同在六条院长大的薰君[3],此二人各有美男子之称,相貌果然长得不凡。然而总不像源氏那样光彩焕发,令人眩目。只是比较起寻常人来,此二人生来就端正、高尚而优雅,加之血统都很尊贵;因此世人无不敬仰,其声誉反比源氏幼时为盛。这就使得两人越发得势了。三皇子是紫夫人用心抚育长大的,故仍在夫人故居二条院内居住。大皇子是太子,身份特别高贵,今上及明石皇后对他自然另眼看待。此外诸皇子之中,今上及皇后特别宠爱这位三皇子,希望他住在宫中,但三皇子喜爱旧居,仍住在二条院。行过冠礼之后,人称他为匂兵部卿亲王。大公主住在紫夫人六条院故居东南院的东殿内,一切布置装饰都照旧,毫不改变。她在这里,朝夕想念已故的外祖母。二皇子住在宫中梅壶院,娶得夕雾右大臣[4]的二女公子为夫人,时时退出宫廷,以六条院东南院的正殿作休息之所在。

---

　　〔1〕　因为冷泉帝实际上虽是源氏之子,名义上却是源氏之弟。

　　〔2〕　今上是薰君的母舅。

　　〔3〕　此时三皇子(即匂皇子)十五岁,薰君十四岁。可知从第四十回至今,相隔已有八年。本回从薰君十四岁的春天写到二十岁的正月为止。

　　〔4〕　夕雾升为右大臣,此处初出。

这位二皇子是将来大皇子即位后的候补太子,世间声望隆重,人品亦甚端庄。夕雾右大臣有许多女儿,大女公子已经当了太子妃,无人竞争,独占宠爱。世人都预料他们将顺次配对,明石皇后也曾如此说过。但匂皇子不以为然,他认为婚姻之事,若非本人真心相爱,终是不放心的。夕雾右大臣也认为:何必定要顺次配对呢? 因此并不赞成将三女公子配给三皇子。但倘三皇子提出求婚,则亦不必坚拒。他非常爱护他的女儿。他家六女公子,是当时略有声望而自命不凡的诸亲王及公卿所追求的目标。

　　源氏逝世之后,住在六条院内的诸夫人,都啼啼哭哭地退出,各自迁居到预定的住处。花散里夫人迁入源氏作为遗产分给她的二条院东院。尼僧三公主迁入朱雀院分给她的三条宫邸。明石皇后则常住在宫中。因此六条院内人口稀少,十分冷静。夕雾右大臣说:"据我所见所闻别人家的事例,自古以来,凡主人在世时费尽心思建造的住宅,主人死后必然被人抛舍,荒废殆尽。此种人世无常之相,实在伤心惨目。故至少在我住世期间,定要使这六条院不致荒废,务使近旁的大路上人影不绝。"就请一条院的落叶公主迁入六条院,住在花散里的故居东北院中。他自己隔日轮流住宿六条院与三条院,每处每月住十五天。云居雁便与落叶公主平分秋色,相安无事。

　　源氏昔年营造二条院,备极精美。后又营造六条院,世人赞誉为琼楼玉宇。现在看来,这些院落都是为明石夫人一人的子孙建造的。明石夫人当了许多皇子皇女的保护人,尽心照顾他们。夕雾右大臣对于父亲的每一位夫人如明石、花散里等,都竭诚奉养,一切遵照父亲在世时的旧制,毫无改变,竟同孝养母亲一样。但他想道:"如果紫夫人还在世间,我当何等真心地为她效劳! 可惜我对她的特殊的好意,她终于没有机会看到,就此死去!"他觉得此事可惜,遗憾无穷,悲叹不已。

普天之下,没有一人不恋慕源氏。世间无论何事,都像火光熄灭一般。每有举动,都令人感到兴味索然,徒增喟叹而已。何况六条院内诸人,当然无限伤心,诸夫人及诸皇子、皇女更不必说了。紫夫人的优美之姿,深深地铭刻在人们心头,每逢有事,无时不想念她。真好比春花盛期甚短,声价反而增高。

三公主所生薰君,源氏曾托冷泉院照顾。因此冷泉院对他特别关心。秋好皇后自己没有子女,常感孤寂,因此也真心地爱护他,希望自己年老后有个亲近的保护人。薰君的冠礼就在冷泉院中举行。十四岁上二月里当了侍从,秋天升任右近中将。作为冷泉上皇的御赐,晋爵四位。不知为何如此性急,使他接连加官,立刻变了一个成人。冷泉院又把自己御殿近旁的房室赐给他住,室中布置装饰,均由冷泉院亲自指挥。侍女、童女及仆从,一律选用品貌优秀的人。一切排场,竟比皇女的居处更加体面。冷泉院身边和秋好皇后身边的侍女之中,凡相貌姣好、性情温雅、姿色可爱的人,尽行调派到薰君那边。院和后竟把他看做上客,特别优待,务使他住得舒服,过得快活,喜爱这冷泉院。已故太政大臣[1]的女儿弘徽殿女御,只生一位皇女,冷泉院对她宠爱无比。但对薰君的优遇竟不亚于这位皇女。秋好皇后对他的慈爱与日俱增。而在旁人看来,这也未免太过分了。

薰君的母亲三公主现在静心修行佛法,每月定时念佛,每年举行两次法华八讲,此外逢时逢节,又举办种种法事,岑寂地度送岁月。薰君有

---

〔1〕 即最初的头中将,源氏之妻舅,柏木之父。此人之死,在这里是初见。他的女儿嫁给冷泉院,即弘徽殿女御。

时赴三条院省亲,三公主赖他照顾,反像仰仗父母荫庇一样。薰君觉得母亲很可怜,颇思常来侍奉。然而冷泉院和今上常常召唤他。皇太子及其诸弟也都把他当作亲爱的游戏伴侣,使他不得闲暇,心甚痛苦,恨不得将此一身分为两人。关于自己出生之事,他小时候隐约有所闻知,长大后时时怀疑,心甚不安,然而无人可问。在母亲面前呢,他认为即使隐约表示自己有所闻知,也很痛心,所以当然不问。他只是一直在忧虑:"究竟为了何事,由于何种宿缘,致使我身带着此种疑虑而出生于世呢?善巧太子能问自身而释疑[1],我也要有此种悟力才好。"他这样想,常常自言自语地说出口来。曾赋诗云:

　　　　"此身来去无踪迹,

　　　　独抱疑虑可问谁?"

但没有人答复他。于是每逢感触,不胜伤心,似觉身患疾病,异常痛苦,心中反复思量:"母亲不惜盛年的花容月貌,改装成了朴陋的尼僧姿态。究竟由于何等坚强的道心,而突然遁入空门呢?想必是像我幼时所闻:身逢意外之变,因而愤世出家的吧。此种大事,难道不会走漏消息么?只因不便出之于口,所以无人向我告知吧。"又想:"母亲虽然朝夕勤修佛法,但女人的悟力毕竟薄弱,要深通佛道,往生极乐,恐是难能之事。何

---

〔1〕　善巧太子,别本作善瞿夷太子。据旧注:善巧太子是释迦的儿子罗睺罗尊者的别名,释迦出家后六年始生此子。人都奇怪。但他没有人教,自己悟得是释迦之子。

况女人又有五障[1]，也很可担心。故我应该帮助母亲成全其志，至少使她后世安乐。"又推想那个已过的人，恐怕也是怀着畏罪之心，抱恨而死的吧。他希望后世总得和这生身父亲相见，便无心在这世间举行冠礼。然而终于推辞不得。不久自然闻名于世，声势烜赫了。但他对于现世荣华毫不关心，一向只是沉思默想。

今上与尼僧三公主有兄妹之谊，对这薰君当然亦甚关心，常常觉得他很可怜。明石皇后为了她的几位皇子和薰君一同出生在六条院，从小一起玩耍，故一向对薰君同自己儿子一样看待，至今并不改变。源氏生前曾说："这孩子是我晚年所生，我不能看他长大成人，真堪痛心！"明石皇后回想起这话，对薰君关怀更切了。夕雾右大臣对薰君的照顾，比对自己的儿子更加周到，全心全意地抚育他。

昔源氏有"光君"之称，桐壶帝对他宠爱无比。但因妒忌之人甚多，又因他的母亲没有后援人，以致处境困难。全靠他能深思远虑，圆滑应付世事，韬晦不露锋芒。因此后来世局变迁，天下大乱，他终于平安无事地渡过难关，依然矢志不懈地勤修后世。他对万事不逞威福，故能悠然度送一生。现在这位薰君年事尚幼，声名早扬，并且已经怀抱高远之志。可见具有宿世深缘，并非凡胎俗骨，竟有佛菩萨暂时下凡之相。他的相貌并无特别可指之优点，亦无可使见者极口赞美之处。只是神情异常优雅，能令见者自觉羞惭。而其心境之深远，又迥非常人可比。尤其是他身上有一股香气，这香气不是这世间的香气。真奇怪：他的身体略微一动，香气便会随风飘到很远的地方，真是百步之外也闻得到的。凡是像

---

〔1〕《法华经》提婆达多品云："又女人身犹有五障：一者不得作梵天王，二者帝释，三者魔王，四者转轮圣王，五者佛身。"又《大日经》疏云："修道五障，谓烦恼障、业障、生障、法障、正为所知障也。"

他那样身份高贵的人,谁也不肯粗头乱服,不加修饰,总是用心打扮,务求自己比别人漂亮,借以引人注目。但在薰君情况不同,只因身有异香,所以即使偷偷地躲在暗处,也有浓香四溢,无可隐藏。他很讨厌,衣服从来不加薰香。然而,许多衣柜中藏有各种名香,加上他身上固有的香气,浓得不可言喻。庭前的梅花树,只要和他的衣袖略微接触,花气便特别芬芳。春雨中树上的水点滴在人身上,便有许多人衣香不散。秋野中无主的"藤袴"[1],一经他接触,原来的香气便消失,而另有一种异香随风飘来。凡他所采摘过的花,香气都特别馥郁。

薰君身上具有这种令人惊诧的香气,匂兵部卿亲王对此事异常妒羡,比其他任何事情更甚。他只得特备种种香料,把衣服薰透。朝朝暮暮,专以配合香料为事。到庭院里去看花时,春天只管躲在梅花园里,希望染得梅香。到了秋天,世人所喜爱的女郎花和小牡鹿所视为妻子的带露的萩花,只为无香气,全不惹他注目。而对于那忘老的菊花、日渐枯萎的兰草、毫不足观的地榆,只为有香气,即使到了霜打风摧、枯折不全的时候,他还是不肯抛舍。如此特意用心,专以爱香为务。世人便议论他:"这位匂兵部卿亲王的爱香癖有些过分,未免太风流了。"昔年源氏在世之时,对于无论何事,从不偏爱一端而异常地热中。

源中将[2]常来访问这位亲王。每逢管弦之会,两人吹笛的本领不相上下,互相竞争而又互相亲爱,真乃志同道合的青年伴侣。世人照例纷纷议论,竞称他们为"匂兵部卿、薰中将"。当时家有妙龄女郎的高官贵族,无不为之动心,也有央人前来说亲的。匂兵部卿亲王就中选择几

---

〔1〕 古歌:"秋草名藤袴,抛残在野郊。不知谁脱下,只觉异香飘。"见《古今和歌集》。日文中的"藤袴"即中文兰草之意。日文"袴"是裙子,非裤子。

〔2〕 即薰君。

个有意思的对象,探听那女子的相貌人品。然而特别中意的殊不易得。他想:"冷泉院的大公主倘能配我为妻,倒是美满姻缘。"这是因为大公主之母弘徽殿女御出身高贵,秉性风雅。而据外人评判,公主品貌之优越也是世间少有的。况且还有几个多少亲近公主的侍女,每逢机会,必将公主的情况详细告诉他。因此他的恋慕之心越发难于忍受了。

薰中将则不然,他对世俗生活深感乏味,心念如果草草地爱上一个女人,身上便有了一种不可割离的羁绊,此种自讨烦恼之事,还是避免的好。因此把婚姻之事完全丢开。也许是因为难觅称心之人,所以故作贤明之态,亦未可知。然而招人物议的色情之事,他毕竟不干。他在十九岁上受任为三位宰相,仍兼中将之职。他受冷泉院与秋好皇后优遇,位极人臣,可谓尊荣无比了。然而心中怀着一个身世根本问题,常常闷闷不乐。所以一向不曾任情寻花问柳,平居总是沉默寡言,世人自然都称道他是个老成持重的人。

匀兵部卿亲王多年来魂思梦想冷泉院的大公主。薰中将和大公主朝夕共处在一个院内,每有机会,常得闻见她的情状,知道此女相貌的确不凡,而且品质态度高雅无比。他想:"倘欲娶妻,但得如此一人作伴,可以终身无憾了。"冷泉院宠爱薰中将,在一般事情上,对他毫无隔阂。惟有大公主的居处,防范非常谨严。这原是理之当然。薰中将深恐惹事,并不强求亲近。他想:"万一发生了意外之事,为己为人都很不利。"因此并不去亲近她。只是他生来相貌讨人喜欢,所以他对一个女子只要略有几句戏言,这女子就会动心,立刻钟情于他。因此逢场作戏的露水因缘,自然结下不少。但他对这些女子并不特别重视,只管讳莫如深。这种有情还似无情的态度,反而使得女方心痒难熬。于是真心爱他的人就被他吸引,有许多人上三条院去替尼僧三公主服务[1]。她们看见他很冷淡,心中甚是痛苦。但念总比断绝关系好些,也就忍受寂寞。有许多身份较高的女人,并非来当侍女,只是为了对薰中将的一点私情而在这里服务。薰中将虽然态度冷淡,性情却很温柔,相貌也实在漂亮。因此这些女人都仿佛被他骗住,在此因循度日。

　　夕雾右大臣家有许多女公子,夕雾本想将一人配给匀皇子,一人配给薰中将。但他曾听见薰中将说:"母亲在世期间,我至少必须朝夕奉侍。"因此未便向薰中将开口。夕雾原也顾虑到薰中将和他的女儿血缘太近[2],然而除薰中将和匀皇子之外,世间实在找不出不亚于此二人的女婿来,心中很是烦闷。侍妾藤典侍所生六女公子,比正妻云居雁所生诸女相貌漂亮得多。长大后性情也很贤淑,可谓十全无缺。只因母亲出身低微,世人对她不甚重视。埋没了这般美质,夕雾觉得十分可怜。一条院的落叶公主膝下没有子女,生涯颇感寂寞,夕雾就将这六女公子迎归一条院,叫她做了落叶公主的义女。他想:"找个自然的机会,装作无意模样,教薰中将和匀兵部卿亲王看看这个女儿,定会使他们留神注目。这两个人都善于鉴别女人姿色,必然会赏识她。"于是对六女公子不采用严格的教育,却教她学习时髦,培养趣味,度送风流生活,以期多多地牵惹青年男子的心目。

　　正月十八日宫中赛射,夕雾在六条院备办还飨[3],非常讲究,拟请诸亲王都来参与。到了那天,诸亲王中成人者皆赴会。明石皇后所生诸皇子,个个长得气宇轩昂,眉清目秀。就中这匀兵部卿亲王尤为佼佼不

---

〔1〕 薰君常到三条院探母,故在三条院可以常常会见他。
〔2〕 薰君在名义上是夕雾之弟。薰君与夕雾之女是叔父与侄女的关系。
〔3〕 赛射毕,优胜者赴大将家参加宴会,名曰"还飨"。夕雾是右大臣兼左大将。

群。惟有叫做常陆亲王的四皇子，是更衣所生，也许是因此之故，看来容姿远不及其他诸皇子。赛射的结果，照例左近卫方面获得优胜，而且比往年结束得早。夕雾左大将便从宫中退出，与匂兵部卿亲王、常陆亲王及明石皇后所生五皇子同乘一车，赴六条院去。宰相中将薰君属于赛败方面，默默地退出宫廷。夕雾拉住了他，说道："诸亲皇都到六条院去，你来送送他们吧。"夕雾的儿子卫门督、权中纳言、右大弁，以及许多公卿都劝他去。于是分班乘车，同往六条院进发。从宫中到六条院，颇有一段路程，其时空中飘着小雪，黄昏景色十分清艳。车子载着悠扬悦耳的笛声，进入六条院去。除了这里以外，哪里找得到一个西天佛国，在这时候能有此种赏心乐事呢？

　　还飨设在正殿的南厢中，照例请优胜一方的中少将朝南坐。作陪客的诸亲皇及公卿朝北坐，和他们相对。于是宴会开始。正在兴酣之时，将监们开始表演《求子》舞。庭中梅花盛开，附近几株梅花的香气被舞袖的回风扇动，流散满座。但薰中将身上的香气更胜于梅花，馥郁不可言喻。众侍女隔帘偷窥薰中将，说道："可惜天光太暗，相貌看不清楚。但这香气确是无人比得上的。"大家极口赞誉。夕雾右大臣也觉得此人的确不凡。他看见薰中将今天相貌和仪态比平常更加优美，斯文一脉地坐着，便对他说："右中将啊！你也来一起唱吧！不要做客人呀！"薰中将便恰到好处地唱了一段"天国的神座上"[1]。

---

　　〔1〕 "天国的神座上"是表演《求子》舞时所唱的风俗歌《八少女》中的歌词。歌曰："八少女，我的八少女！八少女，呀！八少女，呀！站在天国的神座上！站呀，八少女！站呀，八少女！"

第四十三回　红　　梅[1]

　　当时称为按察大纳言的人,是已故的致仕太政大臣的次子红梅[2],亦即已故卫门督柏木的长弟。此人从小天资聪慧,性情优雅。年事渐长,官位日升,前程远大,荣华盖世,圣眷隆重无比。这红梅大纳言有两位夫人,先娶的一位已经亡故,现在的一位是后任太政大臣髭黑之女,就是从前舍不得真木柱的那位女公子[3]。起初,她的外祖父式部卿亲王把她嫁给萤兵部卿亲王。萤兵部卿亲王逝世之后[4],红梅和她私通。年月既久,也顾不得世评,就把她当了继室。红梅的前妻只生下两个女儿,没有儿子,未免寂寞。祷告神佛,继室真木柱果然生了一个儿子。真木柱还有前夫萤兵部卿亲王所生的一个女儿,带在身边,视为前夫遗念。

　　红梅大纳言对于子女,不分亲疏,个个同样地疼爱。然而各人身边的侍女之中,有几个品行欠佳的人,彼此间时时发生龃龉。幸而真木柱夫人气度宽大,性情豪爽,善于调停排解。即使有了不利于己之事,也能

────────────────

　　〔1〕　本回所写之事与前回"匂皇子"相隔四年。此时薰君二十四岁,匂皇子二十五岁。
　　〔2〕　即第十回"杨桐"中唱催马乐《高砂》的童子。
　　〔3〕　髭黑娶玉鬘后,前妻带了女儿真木柱回娘家。
　　〔4〕　萤兵部卿亲王是源氏之弟,此人之死,此处是初见。

处之泰然,善自解慰。因此没有家丑外扬,一向平安度日。三位女公子年龄相仿,渐渐长大成人,都行过了着裳式。大纳言建造了几所七架宽阔的广大邸宅,南厅归大女公子,西厅归二女公子,东厅归萤兵部卿亲王所生的女公子居住。在一般人想来,萤兵部卿亲王已经故世,这位女公子没有父亲,定多痛苦。然而她的父亲和外祖父等遗留给她的财产宝物甚多,因此内部排场及日常生活高尚典雅,境况优裕。

外间盛传红梅大纳言家里用心抚养着三位女公子,便有许多人陆续前来求婚。皇上和皇太子也曾表示有意。红梅想道:"今上有明石皇后专宠,何等身份的人才能和她并肩呢? 但倘为此而不图高位,情愿当个低级宫人,则又毫无意味。皇太子为夕雾右大臣家的女御所独占,和她争宠,也很困难。然而只管如此畏首畏尾,家里有了才貌超群的女儿而不送她入宫,岂不辜负了她的美质呢?"他就下个决心,将大女公子配给了皇太子。此时大女公子芳龄十七八岁,容姿绰约,非常可爱。

二女公子相貌也很娇艳优雅,其端详又胜于乃姐,是个绝代佳人。红梅大纳言想道:"若将此女配给寻常之人,实在万分可惜。如果匂兵部卿亲王来求婚,倒可使得。"匂皇子在宫中等处看到真木柱所生小公子时,常常唤他前来,和他一起玩耍。这小公子聪明颖悟,从他的眼梢额角上可以推知其前程之远大。有一次匂皇子对他说道:"你回去对大纳言说:光叫我看见你这个弟弟,我心里不满意呢。"小公子回家去对父亲说了,红梅大纳言笑逐颜开,庆喜凤愿可以成遂了。便对人说:"一个才貌双全的女子,与其入宫而屈居人下,不如嫁给这位匂皇子。这位皇子长得真漂亮! 我能如愿以偿,悉心爱护这位女婿,寿命也可以延长呢。"但须首先准备大女公子嫁皇太子的事。他在心中祈祷:"但愿春日明神〔1〕佑护,让皇后出在我们这一代。那么,先父太政大臣为弘徽殿女御失败而抱恨长终〔2〕,其在天之灵也可获得安慰了。"就送大女公子入宫当太子妃。世人盛传:皇太子非常宠爱这位妃子。但她不曾熟悉宫中生活,身边又没有能干的照顾人,故由继母真木柱夫人陪伴入宫。真木柱十分爱护这位女公子,照顾得无微不至。

　　南厅的大女公子入宫之后,大纳言邸内忽然冷清了。尤其是西厅的二女公子,一向和姐姐常在一起,现在觉得非常寂寞。东厅的女公子,即真木柱前夫所生的女公子,和这两位女公子也很亲昵。晚上三人常常睡在一起,共同学习种种艺事。关于吹弹歌舞等事,两女公子都向东厅女公子学习,当她师傅一般。这位东厅女公子生性异常怕羞,对母亲也难得正面相看,其腼腆实在可笑。然而品貌并不比人逊色,其娇媚之相远胜于他人。红梅大纳言想道:"我安排这个入宫,那个出嫁,只管为自己的女儿奔忙,实在对不起这位女公子。"便对她母亲真木柱说:"这女孩子的婚事,你倘有了定见,快告诉我。我一定同我自己的女儿一样看待她。"真木柱答道:"这种事情,我想也不曾想过。勉强成就,反而对她不起。只有听凭她的命运了。我在世期间,一定会照顾她。只是我倘死了,她很可怜,倒叫我担心了。然而那时她可出家为尼,就不致惹人耻笑,而自可安度一生了。"说罢流下泪来。又谈到这女公子性情之贤淑。红梅大纳言对这三个女儿一样亲爱,毫无厚薄。但至今不曾见过这东厅女公子,颇思看看她的相貌。他常怨恨:"她只管躲避我,太没意思了。"想乘人不备时偷觑,或许可以看见一面。岂知连侧影也看不到。有一次

〔1〕　春日明神是皇族藤原氏的氏神。
〔2〕　前太政大臣将女儿(即红梅之妹)送入冷泉院宫中为弘徽殿女御,希望当皇后。但源氏提拔了秋好皇后。弘徽殿女御失败,太政大臣抱恨长终。

他坐在女公子帘外,对她说道:"你母亲不在家时,我应该代她来照顾你。你对我如此疏远,我很不高兴呢。"女公子在帘内约略回答数语,那声音文雅而婉转,可以想见其相貌一定也很美丽,是个很可怜爱的女子。他一向确信自己的女儿优于别人,常以此自傲。此时他想:"我那两个恐怕赶不上这个人吧? 如此看来,世界太大,也很讨厌。我以为我那两个女儿是出类拔萃的了,岂知世间自有比她们更强的人。"他越发渴慕这一位了,便对她说:"近几月来,不知怎的非常烦忙,丝弦也好久不听了。西厅里你二姐正在用心学琵琶,大概她想精通此道吧。但琵琶这种乐器,学得似通非通,声音实在难听。如果可教,希望你悉心教导她。我并不曾专修某种乐器,但在昔年全盛之世,常得参与管弦之会。全靠如此,对于无论何种乐器的表演,我都能辨别其手法之优劣。你虽然不曾公开表演过,但我每次听到你的琵琶之音,总觉得和昔年相似。承受已故六条院大人真传的,现今世间只有夕雾右大臣一人。源中纳言[1]和匀兵部卿亲王,对无论何事都不让古人,真乃得天独厚之人。二人对音乐尤为热心。然而拨音的手法略嫌柔弱,毕竟赶不上右大臣。只有你的琵琶,手法和他非常相似。琵琶一道,按弦的左手必须熟练,方为佳妙。女子按弦时,拨音之声不同,带有娇媚之感,反而富有趣味。来,你来弹一曲吧。侍女们! 拿琵琶来!"侍女们大都不回避他,只有几个年纪最轻而出身较高的人,不肯被他看见,一味退入内室。红梅大纳言说:"连侍女也疏远我了,真没趣啊!"他生气了。

此时小公子将进宫去。他先来参见父亲,周身值宿打扮,童发下垂,倒比正式打扮时结成总角美观得多。大纳言看了觉得非常可爱,便

[1]　即薰中将。

叫他带口信给住在丽景殿的女儿："你对大姐说:我叫你代我前来请安,我今夜不能进宫了,因为身体不大好。"又笑道:"把笛子练习一下再去吧。皇上不时要召你到御前演奏,你的笛子还未熟练,不好意思。"便叫他吹双调。小公子吹得非常好听。大纳言说:"你的笛子吹得渐渐好起来了,全靠在这里常常和人合奏之故。现在就和姐姐合奏一曲吧。"便催促帘内的女公子弹琵琶。女公子狼狈不堪,就用手指轻轻拨弦,略弹一曲。大纳言用低钝而驯熟的声音合着音乐吹口哨。忽见东边廊檐近旁一株红梅,正在盛开,便说道:"这庭前的花特别可爱。匂兵部卿亲王今天在宫中,折取一枝去送给他吧。'梅花香色好,惟汝是知音'〔1〕呢。"又说:"唉,从前光源氏荣任近卫大将、声势鼎盛的时候,我正是像你那样年纪的一个童子,常常追随左右,这情景使我永远不忘。这位匂兵部卿亲王也是世人所极口称颂的,其品貌确也值得受人赞誉,然而总觉得不及光源氏之一端,也许是我一向确信光源氏天下无双之故。我对他的关系并不深切,然而想起了也悲痛无有已时。何况对他关系亲密的人,被他遗弃在这世间,恐怕都在讨厌自己寿命太长吧。"谈到这里,历历追思往事。感伤之余,不觉意兴索然。大约此时他已情不自禁立刻命人折取一枝红梅,交小公子送去。说道:"今已无可奈何了。这位深可恋慕的光源氏的遗念,现今只有这位亲王。从前释迦牟尼示寂之后,其弟子阿难尊者身上放光,道行高深的法师都疑心他是释迦复活。我为了欲慰怀旧之情,也要烦渎这位亲王了。"便赋诗奉赠,诗曰:

---

〔1〕　古歌:"除却使君外,何人能赏心? 梅花香色好,惟汝是知音。"见《古今和歌集》。

　　　　"东风有意通消息,

　　　　为报园梅待早莺。"

用活泼的笔致写在一张红纸上,夹在小公子的怀纸里,催他即速送去。小公子的童心也非常亲近匂皇子,立刻就入宫去了。

　　匂皇子正从明石皇后的上房中退出,将回到自己的值宿所去。许多殿上人送他出来,小公子也挤在里头。匂皇子看见了他,问道:"昨天你为什么早就退出了?今天什么时候进来的?"小公子答道:"昨天我退出太早,后来懊悔。今天听说您还在宫中,我就赶紧来了。"这童声非常亲切悦耳。匂皇子说:"不但宫中,我那二条院里很好玩,你也常常来吧。有许多小伴聚集在那里呢。"别的人看见匂皇子专对他一人说话,大家都不走近去,随即各自散开了。此时四周很清静,匂皇子又对小公子说:"近来皇太子不大召唤你了。以前不是常常叫你进去的么?你大姐夺了你的宠爱,不像话吧。"小公子答道:"不断地叫我进去,我苦死了。倘是到您这里来,⋯⋯"他不再说下去。匂皇子说:"你姐姐看我不起,不把我放在心上。这原是理所当然的,但教我难于忍受。你家东厅那位姐姐,自昔和我同是皇族。你替我悄悄地问问她:她是不是爱我?"小公子看见机会到了,便把那枝红梅和诗呈上。匂皇子笑着想道:"倘是我求爱之后收到的答诗,就更好了。"便反复观玩,不忍释手。这枝红梅果然可爱,那枝条的姿态、花房的模样,以及香气和颜色,都不是寻常的。他说:"园中开着的红梅,都只是颜色艳丽而已,讲到香气,总不及白梅。惟有这枝红梅开得特别好,真乃色香俱全。"此人本来喜爱梅花,如今投其所好,使他赞美不已。后来他对小公子说:"你今夜到宫中值宿,就住在我这里吧。"就拉他到自己房内,把门关上。小公子便不去参见皇太子。匂皇子身上

香气之馥郁,是花也比不上的。小公子睡在他身旁,童心欢喜无比,觉得
此人真可亲爱。匂皇子问他:"这花的主人〔1〕为什么不去侍奉皇太子?"
小公子答道:"我不知道。听父亲说:要她去侍奉知心的人〔2〕。"匂皇子
曾听人说:红梅大纳言想把自己所生的二女公子嫁给他。而他所想望的
却是萤兵部卿亲王所生的东厅女公子。但在答诗中不便直说。次日小
公子退出时,他就淡然地写了一首答诗,叫他带回去。诗曰:

> "早莺若爱梅香好,
>
>   多谢东风报信来。"〔3〕

又再三关照他说:"下次不必再烦他老人家,你悄悄地向东厅那位姐姐传
达就是了。"

自此以后,小公子也更加重视东厅姐姐,和她亲近起来。过去他和
异母的二姐反而常常见面,像同胞姐弟一样。但在这儿童的心目中,觉
得东厅姐姐态度十分稳重,性情和蔼可亲,但愿她嫁得个好姐夫。如今
大姐已嫁给皇太子,享受荣华富贵,这东厅姐姐却无人过问,他深为不
满,觉得她很可怜。他想:至少要让她嫁给这位匂皇子。所以父亲叫他
送梅花去,他很高兴。然而这封信是答诗,应该送交父亲。红梅大纳言
看了诗,说道:"说这些话真没意思啊!这匂皇子贪爱女色太过度了,知
道我们不赞许他,所以在夕雾右大臣及我们面前竭力抑制邪念,装作一

---

〔1〕 指东厅女公子。
〔2〕 指匂皇子。
〔3〕 早莺比匂皇子,梅比二女公子,东风比红梅。诗意是:"我倘爱二女公子,则感谢
你来信。"

本正经,实在可笑。一个十足的轻薄儿,勉强装作诚实人,恐怕反而教人看不起吧。"他在背后评议匀皇子。今天他又派小公子入宫,再教他带一封信去,内有诗云:

> "梅花若得亲君袖,
> 　染上奇香名更高。

太风流了,请君原谅。"这态度很认真。匀皇子想道:"看来他真心想把二女公子嫁给我了。"心中不免激动。便答诗云:

> "寻芳若向花丛宿,
> 　只恐时人笑色迷。"

这答诗还是不诚意的,红梅大纳言看了,心中很不高兴。

后来真木柱夫人从宫中退出,对大纳言谈宫中的情况,便中告诉他说:"前天小公子到宫中值宿,次日早上到东宫来,身上香气非常浓重。别人都以为他本来是这样的,皇太子却分辨得出,对他说道:'你一定是在匀兵部卿亲王身边,怪不得不到我这里来了。'他竟吃起醋来,真好笑呢。他有信带来么? 看不出有什么动静呢。"红梅大纳言答道:"有信带来的。这位皇子喜爱梅花。那边檐前的红梅正好盛开,仅乎自己看看,太可惜了,我就折了一枝,叫他送给这皇子。此人身上的衣香的确异乎寻常。宫女们也没有这么香。还有那源中纳言,并非为爱风流而薰香,身上却自有一股香气,世无其类。真奇怪,不知前世怎样修福,故今世获此善报,真正教人艳羡。同是称为花的,那梅花因为生来本性与众不同,所以香气特别可爱。匀皇子喜爱梅花,确是有道理的。"他拿花作比拟而议论这匀皇子。

东厅女公子年事既长,知情达理,举凡所见所闻,无不心领神会。然而对于婚嫁的终身大事,则绝不考虑。世间的男子,想必都有趋炎附势之心,对于有父亲的女儿,用尽心计强欲求婚,所以那两位女公子家里非常繁华热闹。而这位东厅女公子这里呢,门庭寂寂,常常空闭深锁。匀皇子传闻此种情状,认为这女公子正是适当的对象,便仔细考虑,设法向她求爱。他常常把小公子拉在身边,悄悄地叫他送信给东厅女公子。但大纳言一心想把二女公子嫁给匀皇子,常在窥察匀皇子的意向,满望他动了念头前来求婚。真木柱夫人见此情状,觉得可怜,说道:"大纳言弄错了。他对二女公子毫无意思,你多费口舌,全是徒劳。"东厅女公子只字也不回复匀皇子。匀皇子越发不肯认输,只管追求不舍。真木柱夫人常常想道:"有何不可呢?我看看匀皇子的人品,很希望他当我的女婿。料想将来是很幸福的。"但东厅女公子认为:匀皇子是个非常贪色的人,私通的女子甚多。对八亲王[1]家的女公子,爱情也很深,常常远赴宇治和她相会。如此东钻西营,其心甚不可靠,决不可轻易允许。因此真心地拒绝他的求爱。但真木柱夫人觉得很对不起他,有时不惜越俎代谋,偷偷地代女儿写回信给他。

---

〔1〕　八亲王是桐壶帝的第八个儿子。

第四十四回　竹　河[1]

　　本回所记述的,是源氏一族之外的后任太政大臣髭黑家几个侍女的故事。这些侍女现今还活在世间,专会说长道短,不问自述地说出这些情节来,与紫夫人的侍女们所说的情况有所不同。据她们说:"关于源氏子孙,有的传说并不正确,恐是比我们年纪更老的侍女记忆不清,因而弄错了。"究竟孰是孰非,莫衷一是。

　　已故髭黑太政大臣与玉鬘尚侍,生有三男二女。髭黑大臣悉心抚育,指望他们长大成人,超群出众。岁月推迁,正在等得心焦的时候,髭黑大臣奄然长逝了。玉鬘夫人茫然若失,如同做了一梦。本来急于欲使女儿入宫,此时也只得延搁。人心大都趋炎附势,髭黑大臣生前威势显赫,死后内部财物、领地等虽然依旧富足,并不衰减,但邸内气象变更,门庭日渐冷落。玉鬘尚侍的近亲中颇有闻达于世者[2]。但身份高贵的威族,往往反而不甚亲近。加之已故的髭黑大臣本性缺乏情感,与人落落寡合,别人对他也就心有隔阂。恐是因此之故,玉鬘夫人竟没有一个可与亲近往来的人。六条院源氏主君一向把玉鬘当作自己女儿看待,从未变心。临终时分配遗产,特地在遗嘱中写明,把玉鬘列在秋好皇后之次。

────────────

　　〔1〕　本回写薰君十四五岁至二十三岁秋天之事,与前二回"匂皇子""红梅"系同一时期。

　　〔2〕　如红梅大纳言,是她的异母兄。

夕雾右大臣对玉鬘也反比对嫡亲姐妹亲近,每逢有事,必来探访。

　　三位公子皆已行过冠礼,各自长大成人。只因父亲已经亡故,立身处世不免孤单无恃,但也自然而然地渐渐晋升。只是两位女公子前途如何策划,玉鬘夫人甚是担心。髭黑大臣在世之时,今上也曾向他示意,深盼他送女儿入宫。常常屈指计算年月,推想女儿已经长成,不断催他早日实行。但玉鬘夫人想道:"明石皇后宠幸日渐加深,无人能与并肩。我的女儿入宫,一定被她压倒,只能在许多庸碌的妃嫔中忝列末席,遥遥地仰承她的眼色,实在毫无意味。而教我看见我的女儿不及别人,屈居下位,我也很不甘心。"因此踌躇不决。冷泉院也诚心欲得玉鬘的女儿,竟重提往事,怨恨玉鬘昔年对他的无情,说道:"当年尚且如此,何况现在我年事渐老[1],形容丑陋,自然更可厌弃了。然而请你视我为可靠之父母代理人,将女儿托付我吧。"他认真地要求。玉鬘想道:"这如何是好?我的命运真可叹!他一定把我看做出人意外的无情女子,真是可耻而又抱歉。如今到了这晚年,不如将女儿嫁他,以赎前愆吧。"但也难于决定。

　　两位女公子相貌都长得很好,以美人著名于时,故恋慕之人甚多。夕雾右大臣家的公子,称为藏人少将的,——是正夫人云居雁所生,官位比诸兄高,父亲特别疼爱他,是个品貌兼优的贵公子,——也热诚地向玉鬘夫人的大女公子求爱。此人无论从父亲或母亲方面来说,都与玉鬘有不可分离的亲密关系[2]。因此他和弟兄们常在髭黑大臣邸内出入,玉鬘夫人对他们都很亲昵。这藏人少将和她家的侍女们也很熟悉,颇有机

---

〔1〕　此时冷泉院四十三岁,玉鬘四十七岁。
〔2〕　从父亲方面来说,玉鬘是他的姑母;从母亲方面来说,是他的姨母。

会向她们诉说自己的心事。因此众侍女日日夜夜在玉鬘夫人耳边赞扬藏人少将,玉鬘夫人不胜其烦,又很可怜他。他的母亲云居雁夫人也常常写信给玉鬘夫人,代他请求。父亲夕雾大臣也对玉鬘夫人说:"他的官位还低,但请看我们面上,允许他吧。"玉鬘夫人已有决心:大女公子必须入宫,不嫁臣下。至于二女公子,只要藏人少将官位稍高,配得上她家时,不妨许嫁与他。藏人少将则怀着可怕的念头:如果玉鬘不允许,要将女公子抢走。玉鬘夫人并不十分反对这件亲事,但念我方尚未正式允许之前,如果发生意外之事,则传闻于世,被人讥议,名誉攸关。因此叮嘱传递信件的侍女们:"你们必须当心,谨防发生错乱!"侍女们都提心吊胆,觉得难于应付。

　　六条院源氏晚年娶朱雀院的三公主而生的薰君,冷泉院视同自己儿子一般爱护,封他为四位侍从。薰君其时年仅十四五岁,正是天真烂漫的童年,而心灵却比身体早熟,已像大人一样懂事。仪容楚楚,显见前程不可限量。玉鬘尚侍颇思选他为婿。尚侍的邸宅距三公主所居的三条院甚近,因此每逢邸内举办管弦之会,诸公子常去邀请薰君来家参与。尚侍邸内因有美人,青年男子无不向往,个个华装艳服,翩然出入其间。讲到相貌之秀美,则以片刻不离的藏人少将为第一;讲到性情之温存、风度之闲雅,则首推这位四位侍从。此外无人能与此二人并比。人都以为薰君是源氏之子,对他另眼看待。恐是因这缘故,他的世誉自然特盛。青年侍女都极口称赞他。玉鬘尚侍也说此人的确可爱,常常亲切地和他谈话。她说:"回思父亲大人气宇之优越,令人悼念不置,无以自慰。除了此人之外,从谁身上可以看到父亲的遗姿呢?夕雾右大臣身份太高,非有特别机会,难得和他会面。"她把薰君看做亲兄弟一样,薰君也把她看做大姐,时来访晤。此人绝不像世间一般男子那样轻薄好色,态度异常端庄稳重。两位女公子身边的青年侍女们见他婚事未成,都替他可惜,引为憾事。她们常和他开玩笑,薰君不胜烦恼。

次年[1]正月初一,玉鬘尚侍的异母兄弟红梅大纳言——即昔年唱《高砂》的童子——藤中纳言——即已故髭黑太政大臣前妻所生大公子,真木柱的同胞兄——来尚侍邸贺年。夕雾右大臣带着六位公子也来了。夕雾的相貌以至其他一切,无不十全其美。六位公子也个个眉清目秀,以年龄而论,官位皆已过高。在旁人看来,这一家可谓圆满无缺了。但其中的藏人少将,虽然父母特别重视,却一直心事满腹,面带愁容。夕雾右大臣和昔年一样,隔着帷屏与玉鬘尚侍对晤。他说:"只因无甚要事,以致久疏问候。上了年纪以来,除入宫之外,他处竟懒得走动。常思前来叩访,共谈往事,而总是因循过去,未能如愿。尊处如有需要,务请随时吩咐诸小儿办理。小弟已叮嘱彼等:必须竭诚效劳。"玉鬘尚侍答道:"寒门运蹇,今已微不足数,乃蒙依旧照拂,更使我追念先人,难于忘怀了。"接着便对他约略谈起冷泉院欲召大女公子入侍之事,说道:"家无有力之后援人,入宫反而痛苦。为此犹豫不决,心甚烦恼。"夕雾答道:"听说今上亦曾宣示此意,不知确否。冷泉院今已退位,似乎盛期已过,然而相貌绝美,盖世无双,年虽稍长,而永无老相,常是翩翩少年。舍下倘有容颜差可之女儿,亦极愿应召入院。只是没有一人够得上参与花容月貌的诸宫眷之列,真乃遗憾之事。不过冷泉院欲召尊府大女公子之事,不知是否已得大公主的母亲弘徽殿女御[2]允许?以前亦曾有人欲将女儿送入冷泉院,只因顾忌此人,终于不曾实行呢。"玉鬘说道:"弘徽殿女御

---

[1]　此年玉鬘四十八岁,夕雾四十一岁,冷泉院四十四岁。

[2]　此人是玉鬘的异母姐,即柏木之妹,早就入宫为冷泉院女御。

也曾劝我,她说近来寂寞无聊,颇思与冷泉院同心协力地照顾我的女儿,以资消遣云云。因此我要加以考虑了。"

聚集于此的一伙人告辞出去,随即赴三条院向三公主贺岁。对朱雀院有旧情的人、六条院源氏方面的人,凡各种关系的人,都不忘记这位尼僧三公主,齐来贺年。髭黑大臣家的公子左近中将、右中弁、藤侍从等,就从自邸陪伴夕雾大臣同行。冠盖齐集,气势好不盛大!

到了傍晚,四位侍从薰君也来向玉鬘尚侍贺年。昼间聚集在这邸内的许多显贵青年公子,个个相貌堂堂,可谓美玉无瑕。然而最后来的这位四位侍从,特别惹人注目。一向容易感动的青年侍女们都说:"到底与众不同啊!"还说些刺耳的话:"教这位公子来作我家小姐的女婿,倒是很好的一对呢!"这薰君的确长得肢体娇嫩,风度优雅。一举一动,身上就散发一股香气,芬芳无匹。即使是生长深闺的小姐,只要是知情识趣的人,见了这薰君也一定会注目,赞叹他是超群出众的人。此时玉鬘尚侍正在念佛堂里,便吩咐侍女:"请他到这里来。"薰君从东阶升入佛堂,在门口的帘前坐下。佛堂窗前几株小梅树,正在含苞欲放。早春的莺声啭得尚未纯熟。众侍女希望这美男子在这美景中态度更风流些,便用种种戏言挑逗他。薰君却只管沉默寡言,正襟危坐,使得她们扫兴。有一个名叫宰相君的身份高贵的侍女便咏诗一首奉赠,诗曰:

"小梅初放蕊,艳色更须添。

折取手中看,花容分外妍。"[1]

----

〔1〕 以小梅比薰君。

薰君见她脱口成章，心甚感佩，便答诗云：

　　　　"小梅初放蕊，远看似残柯。

　　　　不道花心里，深藏艳色多。

如有不信，请触我袖。"他和她们开玩笑。众侍女异口同声地叫道："确是
'色妍香更浓'〔1〕啊！"大家喧哗起来，几乎想拉他的衣袖。玉鬘尚侍从
里面膝行而出，低声说道："你们这些人真讨厌，连这个温顺的老实人也
不放过，不怕难为情。"薰君听见了，想道："被称为老实人，我好委屈啊！"
尚侍的幼子藤侍从还不曾上殿任职，不须到各处贺年，此时正在家中。
他捧出两个嫩沉香木制的盘子，内盛果物和杯子等，拿来招待薰君。尚
侍想道："夕雾右大臣年纪越大，相貌越是肖似父亲。这薰君的相貌却并
不肖似父亲。但其姿态之安详、举止之优雅，则令人想起源氏主君盛年
时代。主君年轻时确是这样的。"她回思当年，不胜感伤。薰君回去之
后，香气还是弥漫室中，众侍女赞叹不已。

　　侍从薰君被称为老实人，心终不甘。正月二十过后，梅花盛开之时，
他想教嫌他不风流的侍女们看看他的本相，特赴尚侍邸访问藤侍从。他
从中门而入，看见一个同他一样穿便袍的男子站在那里。这人看见薰君
进来，连忙躲避，却被薰君拉住了。一看，原来是经常在这里徘徊的藏人
少将。他想："正殿西边正在弹琵琶，奏琴筝，此人想是被音乐所迷而站
在这里的吧。看他的样子真痛苦啊！对方不许而强欲求爱，是罪孽深重
的！"不久琴声停止。薰君对藏人少将说："喂，请你引导吧，我是不熟悉

---

　　〔1〕　古歌："家有寒梅树，色妍香更浓。谁将衫袖拂？芳沁此花中。"见《古今和歌集》。

的。"两人便联袂同行,唱着催马乐《梅枝》〔1〕,向西面廊前的红梅树走去。薰君身上的香气比花香更浓,侍女们早就闻到,连忙打开边门,用和琴合着《梅枝》的歌声,弹出美妙的音乐来。薰君心念和琴是女子用的琴,不宜弹《梅枝》这吕调乐曲,而她们却弹得非常悦耳,便从头再唱一遍。侍女们就用琵琶来伴奏,也弹得美妙无比。薰君觉得这里的确富有风流佳趣,足以牵惹人情。今夜他态度便随意不拘起来,也和她们调情说笑了。玉鬘尚侍从帘内叫人送出一张和琴来。薰君和藏人少将互相谦让,谁也不肯触手。尚侍命侍女侍从君向薰君传言:"我早就闻知:你的爪音酷似已故的父亲大人。我真心希望听赏一下。今宵莺声引诱琴声,就请弹一曲吧。"薰君心念此时怕羞退缩,甚不相宜,便勉勉强强地弹奏一曲,琴声实甚美妙。源氏虽然是玉鬘尚侍的义父,但生前和她不常见面,况且现在早已不在人世,故玉鬘尚侍想起了他,不胜孺慕。平日每逢小事细故,往往睹物怀人,何况今天听到薰君的琴声,自然更加感伤。她说:"大体看来,这薰君的相貌非常肖似已故的柏木大纳言呢。听他的琴声,竟活像是大纳言弹出的。"说罢就哭起来。她近来容易流泪,恐是年事渐老之相吧。藏人少将也用美妙的嗓子唱"瓜瓞绵绵"〔2〕之歌。座上没有唠叨多嘴的老人,诸公子自然互相劝诱,尽情表演。主人藤侍从想是肖似父亲髭黑大臣之故,对于此道不甚擅长,只解举杯劝酒。大家怂恿他:"你至少也该唱个祝词才行啊!"他就跟着众人唱催马乐《竹

〔1〕 催马乐《梅枝》歌词:"黄莺惯宿梅花枝,直到春来不住啼,直到春来不住啼。阳春白雪尚飞飞,阳春白雪尚飞飞。"
〔2〕 催马乐《此殿》歌词:"此殿尊荣,富贵双全。子孙繁昌,瓜瓞绵绵。添造华屋,三轩四轩。此殿尊荣,富贵双全。"

河》[1]。虽然还很幼稚,歌声也甚美妙。帘内送出一杯酒来。薰君说道:"听说酒醉过分,心事隐忍不住,未免言语错乱。教我怎么办呢?"他不肯立刻接受酒杯。帘内送出一套妇人的褂子和礼服来,薰香浓郁可爱,这是临时应景,送与薰君的赏品。薰君诧异道:"这又是怎么一回事啊?"便把两件衣衫推给藤侍从,起身就走。藤侍从拉住了他,将衣衫交还。薰君说:"我已经喝过'水驿'[2]酒,夜深了。"说着就逃回家去。藏人少将看见薰君常常来此,大家对他表示好感,便觉自己相形见绌,心中不胜委屈,口上不免说出无聊的怨言,吟诗道:

"春花灼灼人皆赏,
　春夜沉沉我独迷。"

吟罢,叹一口气,想回去了。帘内有一侍女答诗云:

"佳兴都因时地发,
　赏心不仅为梅香。"

次日,四位侍从薰君送一封信给这里的藤侍从,信中说道:"昨夜举止错乱,不知诸君如何见笑。"他准备给玉鬟尚侍看到,故信中多用假

---

〔1〕 催马乐《竹河》歌词:"竹河汤汤,上有桥梁。斋宫花园,在此桥旁。园中美女,窈窕无双。放我入园,陪伴姣娘!"

〔2〕 男踏歌会时,歌人在路上各站饮酒喝汤,这站叫做"水驿"。《竹河》是男踏歌会中唱的歌,故戏用此语。

名[1]。一端附有诗云:

> "唱出《竹河》章末句,
>
> 我心深处谅君知?"[2]

藤侍从把这信拿到正殿里来,和母亲同看。玉鬘尚侍说道:"他的笔迹真漂亮啊!小小年纪就这样聪明,不知前生怎样修成的。他幼年丧父,母亲出家为尼,不曾好好抚育他,然而还是长得比别人优越,真好福气!"她的意思是责备自己的儿子字写得太坏。藤侍从的回信,笔迹的确非常幼稚,写道:"昨夜你像经过水驿一般喝了就走,大家都诧怪呢。

> 唱罢《竹河》良夜水,
>
> 问君何事去匆匆?"

薰君就以此为发端,常常到这藤侍从的住处来访晤,其间隐约吐露向女公子求爱之意。藏人少将诗中的推量果然不错,这里的人对薰君都怀着好感。藤侍从的童心也向往他,把他当作好友,很想朝夕和他亲近。

到了三月里,有的樱花正开,有的樱花已谢,飞花遮蔽天空。但总的看来,正是春光鼎盛之时。玉鬘尚侍邸内昼长人静,闲寂无聊。女眷们走出轩前来看看春景,也不会有人非难。两位女公子此时年方十八九岁,都长得容颜姣好,品性优良。大女公子相貌堂皇高雅,而又娇艳妩

---

[1] 当时汉字一般为男子所用,妇女则多用假名。

[2] 《竹河》章末句,即"放我入园,陪伴姣娘!"此诗暗示向女公子求爱之意。

媚,显然不像是臣下的配偶。她身穿表白里红的褂子,外罩棣棠色衫子,色彩适合时令,非常可爱。那娇媚之相连衣裙上都泛溢出来。其风韵之闲雅,竟可使别人看了自感羞耻。二女公子身穿淡红梅色褂子,外罩表白里红的衫子,头发像柳丝一般柔美可爱。人都觉得:她的姿态之苗条与清秀、性情之稳重与沉着,实胜于大女公子;而姿色之艳丽,则远不及乃姐。有一天,姐妹两人下棋,相向而坐。钗光鬓影,互相照映,景象煞是好看。幼弟藤侍从当见证人,坐在近旁。两个兄长向帘内窥探一下,说道:“侍从大受宠爱,当起下棋的见证人来了!”便大模大样地在那里坐了下来。女公子身边的侍女都不知不觉地整一整姿势。长兄左近中将叹口气说道:“我在宫中职务忙得很,不及侍从之能得姐妹们信任,真是遗憾!”次兄右中弁也说道:“我们当弁官的,宫中的职务更忙,竟顾不到家事了。但总会蒙原谅的吧。”两女公子听见两兄长说这些话,停止下棋,难为情起来,娇羞之相甚是可爱。左近中将又说:“我出入宫廷时,常常想起:有父亲在这里才好。”说着,流下泪来,向两个妹妹看看。这左近中将年约二十七八岁,用心十分周到,常在考虑两个妹妹的前程,总想不负父亲遗志。

庭中许多花木之中,樱花最为艳丽。两女公子命侍女折取一枝,相与欣赏,赞道:“真美丽啊! 别的花到底比不上它。”长兄左近中将对她们说道:“你们小时候,两人争夺这株花树,这个说‘这花是我的!’那个说‘这花是我的!’父亲判断道:‘这花是姐姐的。’母亲判断道:‘这花是妹妹的。’我那时虽然没有哭闹,但听了这话心中也很不高兴呢。”又说:“这株樱花已经是老树了。回想过去年月之中,许多人先我而死,便觉此身哀愁难于罄诉。”他们时而哭泣,时而嬉笑,比平日更为悠闲。原来这左近中将近已在某人家当女婿,难得回自邸从容盘桓。今天被这樱花所牵惹,故逗留较久。玉鬘尚侍虽然已是许多长大成人的子女的母亲,但相貌比年龄娇嫩得多,依然同青春盛年一样姣美。冷泉院大约至今还在爱慕玉鬘的容姿,回思往事,恋恋不忘,总想找个机会和她接近,因此竭诚盼望大女公子入侍。关于大女公子入冷泉院的事,左近中将说道:"此事终非长策。无论何事,世人都爱合乎时宜。冷泉院容貌之映丽,固然令人赞仰,世间无有其类,然而身已退位,盛时已过了。即使是琴笛之曲调、花之颜色、鸟之鸣声,亦必须合乎时宜,方能悦人耳目。故与其入冷泉院,恐不如当太子妃吧?"玉鬘答道:"也很难说呢。皇太子那边,早就有身份高贵的人[1]专宠,无人能与并肩。勉强参加进去,生涯定多痛苦,而且难免被人耻笑,所以也要考虑。如果你父亲在世,则将来命运如何虽不可知,目前总有荫庇,入宫亦不致受屈也。"说到这里,大家不胜感伤。左近中将等去后,两女公子继续下棋。戏将幼时争夺的樱花树作为赌物,说道:"三次中有两次胜的,樱花树归她所有。"天色渐暗,棋局移近檐前,侍女们将帘子卷起,各人都盼望自家的女主人占胜。

正在此时,那位藏人少将来藤侍从室中访问。藤侍从已随两兄外出,四周人影稀少,廊上的门敞开,他就走近门边向内窥探。今天他碰到了这可喜的机会,欢喜得似同遇见佛菩萨出世一般,真乃无聊的想法。此时暮色苍茫,不易看得清楚。仔细辨认,才看出穿表白里红的褂子的是大女公子。这确是"谢后好将纪念留"[2]的颜色,真乃艳丽之极。他设想此人若归他人所有,实在太可惜了。许多青年侍女放任不拘的姿态,映着夕阳也很美丽。赛棋的结果,右方的二女公子胜了。右方的侍

---

〔1〕　是夕雾的女儿。
〔2〕　古歌:"罗衣深染樱花色,谢后好将纪念留。"见《古今和歌集》。

女们欢呼起来。有人笑着叫喊:"还不奏高丽乐序曲?"[1]又有人兴致勃勃地说:"这株树本是二小姐的,只因靠近西室,大小姐就据为己有,为此两人争夺了多年,直到现在。"藏人少将不知道她们所谈何事,但觉非常好听,自己也想参与其间才好。然而许多女子正在放任不拘之时,似觉未便唐突,只得独自回去。此后藏人少将常来这附近暗处徘徊,希望再度逢到此种机会。

自从这天起,两位女公子天天以争夺樱花为戏。有一天傍晚,东风狂吹,樱花纷纷散落,令人扼腕叹惜。赌输了的大女公子赋诗曰:

"纵使此樱非我物,
也因风厉替花愁。"

大女公子身边的侍女宰相君帮助女主人,续吟道:

"花开未久纷纷落,
如此无常不足珍。"

右方的二女公子也赋诗云:

"风吹花落寻常事,
输却此樱意不平。"

---

〔1〕 赛马右方得胜时,奏高丽乐序曲。

二女公子身边的侍女大辅君接着吟道：

> "落花有意归依我，
> 　化作泥尘也可珍。"

胜方的女童走下庭院，往来樱花树下，拾集了许多落花，吟诗云：

> "樱花虽落风尘里，
> 　我物应须拾集藏。"

输方的女童也吟诗云：

> "欲保樱花长不谢，
> 　恨无大袖可遮风。

你们太小气了吧！"她贬斥胜方的女童。

　　如此闲玩嬉笑，岁月空过。玉鬘尚侍关念两位女公子前途，费却不少心思。冷泉院天天来信。弘徽殿女御也来信说："你不答应，敢是疏远我么？上皇埋怨我，说我嫉妒，从中阻挠。虽是戏言，毕竟不快。如蒙允可，务请早日决定。"措辞非常诚恳。玉鬘尚侍想道："看来是命中注定的了。如此专心诚意，实在不胜感激！"便决定送大女公子入冷泉院。妆奁服饰等物，久已置备齐全。侍女用服装以及其他零星物品，立刻赶紧筹办。

　　藏人少将闻此消息，气得死去活来，便向母亲云居雁夫人泣诉。云居雁弄得毫无办法,只得写信给玉鬘尚侍,信中有云:"为此可耻之事,修书奉渎,实出于父母爱子之愚诚。倘蒙俯察下情,务请推心置腹,有以慰其痴心。"其言凄恻动人。玉鬘不胜其苦,只是唉声叹气。终于作复云:"此事计虑已久,苦于不能定夺。冷泉上皇来书谆切恳挚,使我方寸缭乱,只得惟命是从。令郎既有诚意,请其少待毋躁。容当有以相慰,并使世无訾议。"她在打算:待大女公子入冷泉院后,即将二女公子嫁与藏人少将。她的意思:两女同时出嫁,未免过分招摇。况且藏人少将现在官位还低。可是藏人少将决不能像她所希望那样移爱于二女公子。他自从那天傍晚窥见大女公子姿色以后,时刻恋念面影,常思再觅良机。如今空无所得,日夜悲叹不已。

藏人少将明知无补于事,总想发些牢骚,便到藤侍从室中访问。藤侍从正在阅读薰君寄来的信,看见藏人少将进来,正想把信隐藏,岂知藏人少将早已看出是薰君的来信,连忙把信夺去。藤侍从心念如果坚决不给,他将疑心有何秘密,因此听其夺去。信中并无要事,只是慨叹世事之不称意,微露怨恨之词而已。内有诗云:

> "无情岁月蹉跎过,
> 又到春残肠断时。"

藏人少将看了信,想道:"原来别人如此悠闲,诉恨也是斯文一脉的。我太性急,惹人耻笑。她们瞧我不起,恐怕一半是看惯了我这种习气之故。"他胸中苦闷,并不和藤侍从多谈,准备到一向常与商量的侍女中将房中去和她谈谈,但念去谈也是枉然,因此只管唉声叹气。藤侍从说:"我要写回信给他呢。"便拿了信去和母亲商量了。藏人少将睹此情状,大为不快,甚至生起气来。可见年轻人的心思是专一不化的。

藏人少将到了中将室中,便向她申恨诉怨,悲叹不已。这个当传言人的中将看他可怜,觉得不宜和他多开玩笑,便含糊其辞,不作分明答语。藏人少将谈起那天傍晚偷窥赛棋之事,说道:"我总想再见一次,像那天傍晚做梦一般隐约也好。哎呀!教我今后如何活下去呢?和你如此谈话的机会,所余也无多了!'可哀之事亦可爱',这句话真有道理!"他说时态度十分认真。中将觉得怪可怜的,然而无法安慰。夫人想把二女公子许配他,以慰其情,他却丝毫不感兴趣。中将推想他那天傍晚分明看到了大女公子的姿态,因此恋慕之心如此热烈,觉得这也是难怪的。但她反过来埋怨他:"你偷窥的事倘叫夫人知道,她一定怪你不成体统而更加疏远你。我对你的同情也消失了。你这个人真是不可信任啊。"藏人少将答道:"好,一切听便吧!我命已经有限,什么都不怕了。只是那天大女公子赌输了,实甚遗憾。那时你何不想个巧妙法儿,把我带了进去?我只要使个眼色,包管她一定得胜呢。"遂吟诗云:

"吁嗟我是无名卒,
何事刚强不让人?"

中将笑着答道:

"棋局赢输凭力量,
一心好胜总徒劳。"

藏人少将还是愤愤不平,又赋诗云:

> "我身生死凭君定,
>
> 　盼待垂怜援手伸。"

他时而哭泣,时而嬉笑,和她一直谈到了天明。

　　次日是四月初一更衣节,夕雾右大臣家诸公子都入宫贺节,只有藏人少将闷闷不乐,蛰伏沉思。母夫人云居雁为他流下同情之泪。右大臣也说:"我怕冷泉上皇不乐,又念玉鬘尚侍不会答应他,因此和她会面时不曾提出求婚,真后悔了。如果我亲口提出,她岂有不允之理。"藏人少将依旧去信诉恨,这回赠诗云:

> "春时犹得窥花貌,
>
> 　夏日彷徨绿树阴。"

此时几个身份较高的侍女,正在玉鬘尚侍面前,向她叙述许多求婚者失望后的痛苦之状。就中那个中将说道:"藏人少将说'生死凭君定'的话,看来不是空言呢,真可怜啊!"尚侍也觉得此人可怜。因为夕雾右大臣和云居雁夫人亦曾有意,而且藏人少将十分固执,所以尚侍准备至少须将二女公子作代。但念此人妨碍大女公子入院,实甚不该。况且髭黑大臣在世之时早有预定:大女公子决不嫁与臣下,无论其人地位何等高贵。如今入冷泉院,犹嫌前程有限呢。在这时候侍女送进藏人少将的信来,实在没意思了。中将便复他一诗:

> "沉思怅望长空色,
>
> 　今日方知意在花。"

旁人看了这诗，都说："唉，太对人不起了，这是同他开玩笑呢。"但中将怕麻烦，懒得改写。

大女公子定于四月初九日入冷泉院。夕雾右大臣派遣许多车辆及驱人前往供用。云居雁夫人怀恨在心，但念年来对这位异母姐[1]虽然不甚亲近，却为了藏人少将之事常常和她通信，如今忽然和她决绝，面子上不好看。因此送了许多高贵的妇女服装去，作为给侍女们的犒赏品。并附信云："妹为小儿藏人少将精神失常，忙于照顾，未能前来襄助为歉。吾姐不赐通知，太疏远我了。"此信措辞稳重，而字里行间暗示不平之意，玉鬘尚侍看了心甚抱歉。夕雾右大臣也有信去，说道："弟本当亲来参贺，适逢忌日，未能如愿为憾。今特派小儿前来充当杂役，务请任意差遣，勿加顾虑为幸。"他派源少将及兵卫佐二子前往。

红梅大纳言也派遣侍女们用的车辆来供使用。他的夫人是已故髭黑太政大臣前妻所生女儿真木柱，其对玉鬘尚侍的关系，从各方面来说都是很亲密的[2]。然而真木柱竟毫无表示。只有她的同胞弟藤中纳言亲到，同两个异母弟即玉鬘所生的左近中将及右中弁一起帮办事务。他们回想父亲在世之日，都不胜感慨。

藏人少将又写信给侍女中将，罄述痛苦之词，信中有云："我命限于今日，实在不胜悲伤。但得大小姐一言：'我可怜你。'或可赖此延命，暂时生存于世。"中将把信呈送大女公子。此时姐妹二人正在话别，相对黯然销魂。往常两人昼夜聚首，如影随形。邻居东西两室，中间开一界门，犹嫌疏隔太远，彼此常相往来。思念今后劳燕分飞，离愁何以堪忍。今

---

〔1〕 云居雁比玉鬘小五岁，此时四十三岁。
〔2〕 红梅与玉鬘是异母兄妹，玉鬘又是真木柱的继母。

天大女公子打扮得特别讲究,容姿实甚艳丽。她回想父亲生前关怀她的前程而说的话,不胜依恋之情。正在此时,接到藏人少将的信。她取来一看,想道:"这少将父母双全,家声隆盛,应是幸福之人,何故如此悲观,说这无聊的话?"她觉得奇怪。又念信中所言"命限今日",不知是否真话,便在这信纸的一端写道:

　　　　"'可怜'不是寻常语,
　　　　岂可无端说向人?

惟对命限今日之语,略有所理解耳。"对中将说:"你如此答复可也。"中将却把原件送了去。藏人少将看到大女公子手笔,如获至宝,欢喜无限。又念她已相信他命限今日,更加感慨,眼泪流个不止。但他立刻模仿古歌"谁人丧名节"〔1〕的语调,又寄诗诉怨:

　　　　"人生在世难寻死,
　　　　欲得君怜不可能。

君若肯对我说一声'可怜',我就立刻赴死。"大女公子看了,想道:"真讨厌啊! 来了这样的复信。想必中将不曾另行抄写,就把来诗退还。"她心中颇感不快,就此默默不语。

　　随大女公子入冷泉院的侍女及女童,都打扮得齐齐整整。入院仪式,大体与入宫无异。大女公子先去参见弘徽殿女御。玉鬘尚侍亲送女

---

〔1〕 古歌:"我倘失恋死,谁人丧名节? 虽曰世无常,汝亦负其责。"见《古今和歌集》。

儿入院,便和女御谈话。直到夜深,大女公子始入冷泉院寝宫。秋好皇后与弘徽殿女御均已入宫多年,此时渐见衰老。而大女公子正在妙龄[1],容颜焕发,冷泉院看了,安得不怜爱呢?于是大女公子大受宠爱,荣幸无比。冷泉院退位后安闲自由,形同人臣,生涯反而幸福。他真心希望玉鬘尚侍暂时居留院中,但玉鬘尚侍立刻回家去了,冷泉院颇感遗憾,心甚怅惘。

　　冷泉院疼爱源侍从薰君,常常宣召他到身边来,正同昔年桐壶帝疼爱年幼的光源氏一样。因此薰君对院内后妃都很亲近,惯于穿帘入户。他对新来的大女公子,面子上照例表示好感,心底里却在猜量:不知她对我做何感想。有一个清幽的傍晚,薰君偕藤侍从一同入院,看见大女公子居室附近的五叶松上缠绕着藤花,开得非常美丽,便在池畔的石上席苔而坐,相与欣赏。薰君表面上并不明言对他姐姐的失恋,只是隐约地对他诉说情场的不如意,赋诗云:

　　　　"若得当时争折取,
　　　　藤花颜色胜苍松。"

藤侍从看见薰君欣赏藤花时的神情,十分同情他的失恋之苦,便向他隐约表示此次大姐入院是他所不赞成的,也赋诗云:

　　　　"我与藤花虽有故,
　　　　奈何未得为君攀。"

──────────

〔1〕　此时冷泉四十四岁,秋好五十三岁,大女公子十八九岁。弘徽殿不明。

藤侍从是个忠实的人,颇为薰君抱屈。薰君本人对大女公子并不迷恋,但求婚不遂,总觉可惜耳。至于藏人少将,则认真地悲伤,心绪一直不宁,左思右想,几乎做出非礼行为来。向大女公子求婚的许多人之中,有的已把爱情移向二女公子身上。玉鬘尚侍深恐云居雁对她怀恨,拟将二女公子许配藏人少将,曾向他暗示此意。但藏人少将从此以后不再上门。本来,他常常偕诸兄弟出入冷泉院,非常亲睦。自从大女公子入院以后,他也就裹足不前了。偶尔出现在殿上,便觉索然无味,立刻像逃走一般退出。

今上一向知道髭黑太政大臣生前竭诚盼望大女公子入宫,如今看见玉鬘把她送入了冷泉院,不胜惊讶,便宣召女公子的长兄左近中将入内,向他探询原因。左近中将回家对母亲说道:"皇上生气了呢。我早就说过:这办法是世人所不赞善的。岂知母亲见解特异,决定如此措施,我就不便阻挠。如今皇上见怪,我等为自身计,亦颇不利呢。"他很不高兴,深怪母亲行事失当。尚侍答道:"有什么办法呢? 我本来不想如此匆匆决定。无奈冷泉院再三强求,说的话真可怜呢! 我想:没有可靠的后援人,入宫定多痛苦,倒不如在冷泉院来得安乐,因此我就答应了他。既然谁都认为不妥,当时何不直言劝阻,而到现在来怪怨我呢? 连夕雾右大臣也说我行事乖谬,我真痛苦啊! 这大概是前世因缘了。"她从容地谈论,并不为此担心。左近中将说:"前世因缘是眼睛所看不见的。皇上向我们要人,我们难道可以回答他说'此人与陛下没有前世因缘'么? 母亲说入宫怕明石皇后嫉妒,试问院内的弘徽殿女御如何? 母亲预期女御会照顾她,会怎么样,我看不见得吧。好,且看将来事实吧。仔细想来,宫中虽有明石皇后,不是还有其他妃嫔么? 侍奉主上,只要和同辈相处得好就行,自古以来都认为这是幸福的。如今对这弘徽殿女御,如果稍有触犯,引起她的恶感,世间便会谣诼纷传,视为乖事呢。"他和兄弟两人纷纷议论,玉鬘尚侍不胜其苦。

话虽如此,实则冷泉院非常宠幸这位新皇妃,爱情久而弥笃。是年七月,新皇妃怀孕,病美人更加艳丽了。可知许多青年公子纷纷追求此女,确是有道理的。看到如此艳丽的人,谁能漠然无动于衷呢?冷泉院常常举行管弦之会,并宣召薰君也来参与。因此薰君常有机会听到新皇妃的琴声。春间合着薰君与藏人少将的《梅枝》歌声而弹和琴的侍女中将,也蒙召入参加演奏。薰君听到她的和琴声,回思往事,不胜感慨。

次年正月,禁中举行男踏歌会。当时殿上诸青年中,擅长音乐者甚多。选择其中优秀者为踏歌人,命四位侍从薰君当右方的领唱。那位藏人少将也参加了乐队。十四夜的月亮清光皎洁,天空了无纤云。男踏歌人从宫中退出,即赴冷泉院。弘徽殿女御和这位新皇妃也在冷泉上皇近旁设席奉陪。公卿及诸亲王联袂偕来。在这时代,除夕雾右大臣家族和已故致仕太政大臣[1]家族之外,更无光彩辉煌的人物了。男踏歌人都认为冷泉院比宫中更富有情趣,因此表演得特别起劲。就中藏人少将猜想新皇妃必在帘内观赏,心情异常激动。踏歌人头上插着并无香色的绵制假花,却因人品而各有趣致。歌声舞态无不尽善尽美。藏人少将回思去年春夜唱着《竹河》舞近阶前时的情状,不禁伤心流泪,几乎舞错了动作。踏歌人由此转赴秋好皇后宫中,冷泉院也到皇后宫中来观赏。夜色愈深,月色愈明。皓月当空,比白昼更为明亮。藏人少将推想此时新皇妃不知如何看他,便觉全身飘忽,似乎足不着地。观众向踏歌人敬酒,好像专在敬他一人,实在不好意思。

<hr/>

〔1〕 指柏木之父,即最初的头中将,源氏之妻兄。

　　源侍从薰君东奔西走,歌舞了一夜,非常疲乏,躺下了身子。忽然冷泉院派人来召唤他。他说:"唉,我好吃力! 正想休息一下呢。"只得勉强起身,来到御前。冷泉院向他探问宫中踏歌情况,又说道:"领唱向来是由年长者担任的,这回选用你这少年人,倒比往年更好呢。"对他表示疼爱的样子。冷泉院随口吟唱着《万春乐》[1],走向新皇妃那边去,薰君随驾同行。众侍女娘家来看踏歌会的女客甚多,各处都很热闹,一片繁华景象。薰君暂在走廊门口坐地,和相识的侍女谈话。他说:"昨夜月光太明亮了,反而教人难以为情。藏人少将似乎被照得两眼发眩的样子,其实不是为月光而怕羞呢。他在宫中时并不是这样的。"有的侍女听了,对藏人少将很同情。又有人称赞薰君,说道:"你真是'春夜何妨暗'[2]啊! 昨夜映着月光,姿态更见艳丽了。大家都如此品评呢。"帘内便有侍女吟诗云:

　　　　"忆否《竹河》清唱夜?
　　　　纵无苦恋也关情。"

此诗并无深意,薰君听了却不禁流下泪来。他此时方始自悟:以前对大女公子的恋情其实不浅。便答诗云:

　　　　"梦逐竹河流水去,
　　　　方知人世苦辛多。"

―――――――――

　　〔1〕 《万春乐》是踏歌人所唱的汉诗,共八句,每句末尾,唱"万春乐"三字。
　　〔2〕 古歌:"春夜何妨暗,寒梅处处开。花容虽不见,自有暗香来。"见《古今和歌集》。薰君身上有异香,故引此歌。

他那惆怅的神情，众侍女都觉得可爱。原来薰君并不像别人那样暴露失恋的苦情，但因人品关系，总会惹人同情。他说："谈得多了，深恐失言，告辞了。"起身欲去。忽闻冷泉院召唤："到这里来！"薰君虽然心绪不宁，只得向新皇妃那边走去。冷泉院对他说道："听夕雾右大臣说：已故的六条院主常在踏歌会的次日举行妇女的音乐演奏会，非常富有趣味。现今世间，无论何事，能承继六条院的人不易多得了。当时六条院内，长于音乐的妇女甚多，即使小小的集会，也都非常美妙。"冷泉院缅怀当年，不胜孺慕，便命调整弦乐器，叫新皇妃弹筝，薰君弹琵琶，他自己弹和琴，三人合奏催马乐《此殿》等曲。薰君听了新皇妃的弹筝，想道："她本来还有不精到之处，现在被冷泉院教得很好了。那爪音弹得很入时流，歌和曲都表演得很高明。此人事事都无缺陷，件件都不让人，可知容颜一定也很姣美。"他对她还是恋恋不舍。此种机会既多，自然日渐接近，互相见惯了。他虽然没有引人怨恨的越礼行为，但每逢机会，亦常隐约诉说事与愿违之苦。新皇妃对他做何感想，则不得而知了。

　　到了四月里，新皇妃分娩，生下一位皇女。冷泉院并不准备盛大庆祝。但群臣察知冷泉院心中欢乐，都来道喜。自夕雾右大臣开始，致送产汤贺礼者甚多。玉鬘尚侍非常疼爱这新生的外孙女，一直抱在怀里。但冷泉院不断遣使前来催促，盼望早日看到这小皇女。于是小皇女就在诞生五十日那天回宫中去。冷泉院只有弘徽殿女御所生一位皇女，如今看见这小皇女生得十分美丽，便异常疼爱她，从此更经常在新皇妃房中住宿了。弘徽殿女御身边的侍女就抱不平，说道："这件事实在是不应该做的。"两女主人本人并不轻率地斗气，但两方侍女之间，常常发生无谓的冲突。由此看来，那左近中将毕竟是长兄，他的话果然应验了。玉鬘尚侍想道："只管这样吵吵闹闹，不知将来结果如何。我的女儿会不会遭受虐待,被世人耻笑呢? 上皇对她的宠爱固然不浅,然而秋好皇后和弘徽殿女御都是长年侍奉左右的人,深恐她们侧目而视,不能相容,那时我的女儿要吃苦了。"有人告诉她说:"今上实在很不高兴,屡次向人发牢骚呢。"玉鬘尚侍想道:"我不妨把次女送入宫中。进后宫颇多麻烦,就让她当个司理公务的女官吧。"便向朝廷申请,欲将自己的尚侍职位让与二女公子。尚侍是朝廷所重视的官职,故玉鬘多年前决心辞职,终于未得准许。但此次朝廷顾念已故髭黑太政大臣遗志,援用很久以前由母让位于女的古例,居然准许了她。外人都以为二女公子命里注定要当尚侍,因此玉鬘前年辞职不获准许也。

　　玉鬘思量如此安排,二女公子便可安住宫中了。然而想起那藏人少将,又觉得对他不起。他母亲云居雁曾经特地来信请求,玉鬘也曾在复信中暗示愿将二女公子许配。如今忽然变卦,云居雁安得不见怪呢? 为此不胜烦闷,便差次子右中弁去向夕雾右大臣说明,表示并无恶意。右中弁替母亲传言道:"今上有旨,欲令次女入宫。世人看见我家一人入院,一人入宫,将以我为好名。真教我难于应付了。"夕雾右大臣答道:"听说今上为你家之事,心甚不快,这原是难怪的。如今二女公子既为尚侍,若不入宫任职,又是失敬之事。还望早日决行为是。"此次玉鬘又向明石皇后探询,得其允可,然后送二女公子入宫任职。她想:"如果我夫在世,她不致屈居人下。"思之不胜凄凉之感。今上久闻大女公子以美貌著名,如今求之不得,只获得一个尚侍,心有不足之感。然而这二女公子亦甚贤慧,仪态优雅,颇能胜任尚侍之职。前尚侍玉鬘心事既了,便想出家为尼。诸公子都来谏阻:"目下两妹尚须照顾,母亲即使出家,亦不能安心修持。且待两人地位安稳,无须顾虑之时,母亲方可专心学道。"玉鬘夫人便暂时打消出家之念。此后常常微行入宫。

　　冷泉院对玉鬘夫人的恋情,至今犹未断绝。因此即使有重要事情,玉鬘夫人也不入院。但她回想过去坚拒他的求爱,觉得对他不起,至今犹感抱歉。因此人皆不赞许她送大公子入院,她只当作不知,管自独断独行。但念如果连她自己都犯了嫌疑,流传了轻薄之名,那真是太不成样子了。然而未便向新皇妃明言:由于这点顾忌,所以不去望她。新皇妃便怨恨母亲,她想:"我从小特别受父亲疼爱。母亲则处处袒护妹妹,像争夺樱花树等小小事情,也都如此。直到现在,母亲还是不喜欢我的。"冷泉院更是怪怨玉鬘夫人冷淡,常有不平之言。他亲切地对新皇妃说:"你母亲把你推给了我这老头子,从此就不理睬我们,这原是理所当然的事。"便更加宠爱这新皇妃了。

　　数年之后,这皇妃又生了一位皇子。冷泉院后宫诸后妃,多年以来从未生过男儿,现在这皇妃居然生了皇子,世人都认为是特殊的宿缘,大家不胜惊喜。冷泉院更是喜出望外,非常疼爱这位小皇子。但念若在未退位时,此事何等风光。可惜到了现在,万事都减色了。本来只有弘徽殿女御所生大公主一人,冷泉院对她疼爱无以复加。现在这新皇妃连生这样俊美的皇女和皇子,冷泉院对她异常重视,特别宠幸。弘徽殿女御便认为偏爱过分,动了嫉妒之心。于是每遇事故,往往发生龃龉,不得安静。女御与皇妃之间自然有了隔阂。就世间一般人情看来,无论身份低微的人家,对于首先进来而地位正当的人,即使是无甚关系的人,亦必特别重视。因此冷泉院内上下人等,连些些小事也都袒护出身高贵、入侍年久的弘徽殿女御而指斥新皇妃为非。于是新皇妃的两兄更加振振有词了,对母亲说道:"请看如何! 我们的话没有说错吧。"玉鬘夫人听了很不愉快,心中非常难过。叹息说道:"没有像我女儿那种痛苦而悠闲安乐地度送一生的人,世间多得很呢。命里没有最高幸福的女人,是不应该产生入宫充当妃嫔的念头的。”

　　且说以前向玉鬘夫人家大女公子求婚的人,后来个个升官晋爵,可当东床之选者不乏其人。其中被称为源侍从的薰君,当年还是一个弱龄童子,现在已当宰相中将,与匂皇子并称于世,即所谓“匂亲王、薰中将”是也。其人也的确生得端庄稳重,温文尔雅。许多身份高贵的亲王、大臣都想把女儿嫁给他,但他概不允诺,至今还是独身。玉鬘夫人常说:“此人当时幼稚无知,想不到长大起来如此聪明俊秀。”还有当时的藏人少将,现在也已升任三位中将,声名卓著。玉鬘夫人身边几个性情稍稍浮薄的侍女悄悄地议论:“此人从小就连相貌也是很漂亮的。”又说:“到宫中去受气,还不如嫁了此人。”玉鬘夫人听了这种话,心中很难过。这中将对玉鬘夫人家大女公子的恋情,至今还不断绝,一直埋怨玉鬘夫人冷酷无情。他娶了竹河左大臣家的女公子为妻,然而一向不爱她。手头戏书的,口上惯说的,都是“东路尽头常陆带”之歌[1]。不知他心中有何打算。大女公子在冷泉院当皇妃,不胜烦恼,常常归宁在家。玉鬘夫人看到她的生涯不能如意称心,深感遗憾。入宫当尚侍的二女公子,倒很光荣幸福,人都称道她知情达理,可敬可爱,生涯十分安乐。

　　竹河左大臣逝世后,夕雾右大臣升任左大臣,红梅大纳言以左大将兼任右大臣。其次人等,各有晋升:薰中将升任中纳言;三位中将升任宰相。在这时代,庆祝升官晋爵的,只限于这一家族的人,此外似乎就没有其他人了。

　　薰中纳言为答谢祝贺,拜访前尚侍玉鬘夫人,在正殿庭前拜舞。玉

　　〔1〕 古歌:“东路尽头常陆带,相逢片刻也何妨?”见《古今和歌六帖》。常陆国鹿岛神社举行祭礼之日,男女各将意中人姓名写在带上,将带供在神前。神官将带结合,以定婚姻。此带称为“常陆带”,犹我国之“红线”也。

鬘夫人出来和他会面,说道:"如此蓬门草舍之家,猥蒙不弃其陋,盛情深可感谢。使我回想六条院主在世时的旧事,不胜依恋之情。"声音优雅而婉转,其娇嫩动人听闻。薰君想道:"她真是永远不老的啊! 原来如此,所以冷泉院对她的怨恨至今不绝。看来今后终于要发生什么事呢。"便回答道:"升官晋爵等事,区区何足挂齿! 小弟今日专为叩访而来。大姐说'不弃其陋',想是责我平日疏慢之罪了?"玉鬘夫人道:"今日是向你庆贺之日,非老身诉愁说恨之时。我本不好意思讲,但你特地来访,机会亦甚难得。且此等琐屑之事,又不便转达,非面谈不可。因此只得直说了:我家入院的那个人,处境困难,心情痛苦,几乎难于容身。当初有弘徽殿女御照拂,又得秋好皇后许可,还能安心度日。但现在两人都怪怨她无礼,认为不可容恕。她不胜痛苦,只得抛下皇子皇女,乞假还家,且图安心休养。因此外人说长道短,上皇亦深为不满。你倘遇有机会,务望向上皇善为说辞。当初仰仗各方庇护而毅然入院之时,诸人都安然相处,开诚相待。岂料今日如此相左。可知我思虑疏浅,不自量力,真乃后悔莫及也!"说罢叹息不已。薰君答道:"据小弟看来,决不至于如此可忧。入宫见妒,乃古来常有之事。冷泉院已经退位,正思闲居静处,凡事都不喜铺张夸耀。因此后宫谁都希望逍遥自在地度送岁月。只是各位后妃心中,总难免互相竞争。在他人看来,这有什么关系呢! 但当事人总是心怀怨恨。每逢小事细故,就动嫉妒之心,这原是女御、后妃们常有的习癖。难道当初入院时连这一点点纠纷都不曾预料到么? 我看今后只要心平气和,凡事都不计较,就没事了。此种事情,我们男子是不便过问的。"他率直地答复。玉鬘夫人笑道:"我想等你来时向你诉苦,岂知白费心思,被你干脆地驳倒了。"她的态度不像母亲关怀女儿那么认真,却很轻快而有风趣。薰君想道:"她的女儿大约也有这种风度吧。我之所以恋慕宇治八亲王的大女儿,也是为了贪爱她有这种风度。"此时当了尚侍的二女公子也乞假在家。薰君知道两女公子都住在家里,颇感兴趣。推想她们闲暇无事,大概都在帘内看他,觉得难为情起来,便努力装出一脉斯文的模样。玉鬘夫人看了,想道:"此人倒可当我女婿。"

红梅右大臣的邸宅就在玉鬘夫人邸宅的东边。右大臣升官后大排飨宴,无数王孙公子都来庆贺。红梅右大臣想起正月间宫中赛射后夕雾左大臣在六条院举行"还飨"时及角力后举行飨宴时,匂兵部卿亲王均在场,便遣使去招请他,以为今日增光。但匂兵部卿亲王不到。红梅右大臣一心一意打算把悉心抚育成长的女儿嫁给匂亲王,但匂亲王不知何故一向不放在心上。源中纳言薰君年事渐长,品貌越发端正,事事不落人后。于是红梅右大臣和真木柱夫人又看中了他,想选他为女婿。玉鬘夫人的邸宅就在邻近,玉鬘夫人听见红梅右大臣家车马盈门,仆从如云,开路喝道之声不绝于耳,便想起昔年髭黑大臣在日盛况,不胜落寞之感。她说:"萤兵部卿亲王逝世不久,这红梅大臣就和真木柱私通,世人都非难他们,指为过分轻率。岂知后来爱情一直不衰,这一对夫妻倒也像模像样。世事真不可知啊!叫我怎么办呢?"

夕雾左大臣家的宰相中将[1]于大飨宴次日傍晚来玉鬘夫人邸内拜访。他知道大女公子归宁在家,恋慕之心更切,对夫人说道:"猥蒙朝廷不弃,宠赐官爵,我心全无欣幸之感。只是私愿未遂,心常悲痛,经年累月,耿耿于怀,竟无自慰之方也。"说罢,故意举手拭泪。此人年约二十七八,正当壮盛之年,容姿英爽焕发。玉鬘夫人听了他的话,独自叹道:"这班公子哥儿真不成样子!世事任所欲为,而对官位毫不介意,只管在恋

---

〔1〕　即以前的藏人少将。

情上消磨岁月。我家太政大臣如果在世,我的几个儿子恐怕也会醉心于此种荒淫之事吧。"她的儿子左近中将已升任右兵卫督;右中弁已升任右大弁,但二人都未任宰相,为此她心中不乐。称为藤侍从的第三子也已升任头中将。就年龄而论,升官并不算迟,但总不及他人早达。玉鬘夫人为此愁叹。宰相中将后来总是寻机向冷泉院皇妃倾诉恋情。[1]

---

〔1〕 有的原本没有这最后一句。有人认为其下尚有佚文。

第四十五回　桥　　姬

　　此时有一位被世人遗忘了的老年亲王[1]。他母亲也出身于高贵之家。他幼时本有当皇太子的声望,只因后来时势变迁,纠纷突起,使他陷于困境[2],反而弄得一事无成。做他后援人的诸外戚苦恨之余,各自推故出家为僧。这皇子在公私两方都失去依靠,就成了孤独之状。他的夫人也是前代大臣的女儿,回想当初父母对她的指望,无限伤心,悲痛之事甚多。全靠夫妻恩爱无比,聊可慰藉人世忧患,两人彼此信赖,相依为命。

　　两人结婚多年,膝下尚无子女,感到美中不足。亲王常常说:"但愿有个可爱的孩子,以慰寂寞无聊的生涯。"事有凑巧,不久果然生了一位美丽的女公子。亲王夫妇无限宠爱,尽心竭力地抚育她。其间夫人忽又怀孕。大家指望这回要生男儿了,岂知生下来的又是一位女公子。但夫人产中调理失慎,生起病来,日重一日,竟致一命呜呼。亲王遭此意外之变,茫然不知所措。他想:"我年来生存于世,痛苦难堪之事甚多。只因

─────────────

　　〔1〕　此亲王是桐壶帝的第八皇子,源氏的异母弟,称为"宇治八亲王"。此后十回,称为"宇治十帖",主要人物只是薰君、匂皇子及此亲王的三个女儿。本回写薰君二十岁至二十二岁秋末之事。
　　〔2〕　弘徽殿女御(朱雀帝之母)及其父右大臣一派,欲推翻源氏一派,立此八皇子为太子。后来终于失败,冷泉帝即位,政权全归源氏一派。于是八皇子陷于困境。

有这个难于抛舍的美人牵惹我心,就被绊住在这世间,因循度日。如今只剩我一人残留在世间,痛苦定然更多了。教我一人抚育这两个女孩,则因身份所关,不成体统,外间传闻也不好听。"便想乘此机会,成遂出家本愿。然而两个女孩无人可托,弃下她们十分可怜,因此踌躇不决地过了许多年月。其间两位女公子日渐长大,都生得花容月貌。亲王朝夕以此自慰,不知不觉地度送岁月。

侍女们都看不起后来生的那个女公子,愤愤不平地说道:"哎呀!出生的时辰多么不吉利啊!"便不肯用心照管她。但夫人临终之前,神志都已昏迷了的时候,还挂念这孩子,对亲王的遗言只有一句话:"请你当作我的遗念疼爱这孩子!"亲王认为:这孩子虽然由于前世命定,出生在这不祥的时刻,但对我亦必具有宿缘。况且夫人弥留之际还挂念她,嘱我好好照管呢。这样一想,便非常疼爱这二女公子。二女公子的相貌长得异常美丽,竟使人疑心是异兆。大女公子则性情娴静而沉着,容貌举止大方而优雅,其高贵之相胜于乃妹。亲王认为两人各有所长,一样地疼爱。然而生涯辗轲,不能如意之事甚多。年复一年,邸内日见萧条。仆从等人看见主人已不可靠,不能忍受,逐渐告辞散去。二女公子初生即遭母丧,亲王在忙乱中未能替她仔细选择良好的乳母,只雇得一个教养粗浅的寻常妇女。在二女公子幼年时就辞去了她,故二女公子全由亲王自己一手抚育成长。

亲王的宫邸本来宽广华丽。其中池塘、假山等,面貌犹无异于当年,然而一天比一天荒凉了。亲王寂寞无聊之时,只在此中闲眺怅望。家臣中已经没有干练的人,庭院无人打扫整理,杂草青青,异常繁茂。屋檐下的羊齿植物得其所哉,欣欣向荣地到处蔓延。四时花木,例如春天的樱花、秋天的红叶,往时与同心人共赏其香色,获得安慰甚多。今则孤居寂处,无人相伴,惟有专心于家中佛堂内的装饰,晨夕诵经礼佛。他常常想:"我受二女牵累,已是意外的憾事,自知此乃前世注定,不得如意称心。岂宜效仿世人,更作续弦之想?"年月既久,越发背世离俗,他的心已经变成了一个高僧。自从夫人逝世以来,他即使偶尔戏耍,也不发生世俗续弦之念。别人劝谏他:"何必如此呢?死别之初,固然有无穷悲恸,但日月既经,哀思自会消失。还不如回心转意,随俗行事。则此荒凉不堪入目之宫邸,自会重新生色。"他们头头是道地说了许多话,屡次前来做媒。但亲王充耳不闻。

　　亲王诵经念佛之暇,常常和两女公子戏耍取乐。两女公子渐渐长大,亲王教她们学琴,学棋,作"偏继"[1]游戏。他在细微的游戏中窥察两人的性情。大女公子秉性沉着,思虑深远,态度稳重。二女公子天真烂漫,落落大方,那娇羞之态非常可爱。两人各擅其美。一个日丽风和的春天,池塘里的水鸟比翼偕游,好声和鸣。若是夫人在日,只当寻常美景。但今日看到这相亲相爱、时刻不离的模样,亲王不胜叹羡,便教两女公子学习弹琴。娇小可爱的两人,弹出的琴音都很美妙。亲王深为感动,泪盈于睫,便赋诗云:

　　　　"双双水鸟相偎傍,

　　　　雌去雄留顾影单。

好不伤心啊!"吟罢举袖拭泪。这位亲王相貌非常清秀,多年来勤于修

---

　　〔1〕　日文称汉字的左边为"偏",右边为旁。只示旁而叫人猜偏的游戏称为"偏继"游戏。或者双方轮流给旁加上偏,加不出者为负。

行,体态略见瘦损,却反而更加高超优雅了。为了便于照管两女孩,身穿
家常便服,落拓不拘的姿态也很俊美,能令见者自感羞惭。大女公子从
容不迫地把砚台移过来,像戏书一般在砚上写字。亲王给她一张纸,说
道:"写在这上面! 砚台上不好写字的。"大女公子腼腆地写一首诗:

> "成长全凭慈父育,
>
> 　雏禽无母命孤单。"

此诗虽不甚佳,但在当时很可令人感动。笔迹显见将来大可进步,但此
时还未能一气呵成。亲王对二女公子说:"妹妹也写些看!"妹妹年纪更
小,想了好久才写道:

> "若无慈父辛勤育,
>
> 　卵在巢中不得孵。"

衣服都穿旧了,身边又没有侍女,生活实甚寂寞无聊。而两女公子都长
得如花似玉,做父亲的安得不又怜又爱呢? 他一手执着经卷,一边念诵,
一边教女儿唱歌。大女公子学弹琵琶,二女公子学弹筝。年龄虽然还很
幼小,却常练习合奏,弹得都很像样,音节美妙悦耳。
　　这亲王的父亲桐壶帝和母亲女御都早已逝世,又没有显贵有力的保
护人,因此从小不曾习得高深的学问。何况处世立身之道,教他何由得
知呢? 在高贵人物之中,这位亲王特别娇生惯养,竟像女子一般。因此
祖上传下来的宝物以及外祖父大臣给他的遗产,虽然样样式式不计其
数,却损失得影迹全无。只有珍贵的日常用品,现在留存的还很多。他

也没有知心人来访问,生活寂寞无聊。便从雅乐寮乐师之类的人中选择音乐技能优越者,召他们来,和他们专心研习闲情逸致的管弦之乐,从小如此长大起来。因此在音乐方面具有非常优越的才能。

　　他是源氏的异母弟,人称八皇子。冷泉院还当太子的时候,朱雀院的母后弘徽殿太后阴谋废冷泉而立这八皇子为太子,想利用自己的威势捧八皇子上台。经过一番扰攘之后,终于失败,受到源氏一派冷遇。到了源氏一派逐渐得势之时,这八皇子就无法出人头地了。近几年来,他已变成一个高僧,如今则一切世事都抛舍了。在这期间,八皇子的宫邸忽遭回禄。失势而又遭灾,心情更加苦闷颓唐。京中没有适当住宅可以移居。幸而在宇治地方,尚有一所美好的山庄,便率眷迁住其中。世事虽然都已抛舍,但想起了今后神京永隔,亦不免伤心叹息。这宇治山庄位在水声聒耳的宇治川岸上,与鱼梁相接近。在此静修佛道,未免不甚相宜,然亦无可奈何。春花秋叶、青山碧水虽然聊可慰情,但八亲王来此之后越发消沉,除愁叹之外别无他事。他无时不思念亡妻,常说:"笼闭在这隔断红尘的深山中,安得故人相依为命!"曾赋诗云:

> "斯人斯宅皆灰烬,
> 何必孤单剩此身?"

回思往事,便觉今后全无生趣了。

　　这住处与京都隔着好几重山,绝无人来访问。只有形容古怪的山农、村俗不堪的樵夫牧子,偶尔出入其中,为邸内服役。八亲王心头的愁绪,像峰顶的朝雾一般永不消散,暮去朝来,日复一日。此时正好有一位道行高深的阿阇梨住在这宇治山中。这阿阇梨学问渊博,世间声名亦很盛大,但朝廷有佛事时,也极难得应召,一直闲居在这山中。八亲王所居离开这阿阇梨住处甚近,他在闲寂的生涯中研习佛道,遇有经文中疑义,常去请教。阿阇梨也尊敬八亲王,常来山庄拜访。他就八亲王年来所学得的教义,作深刻详细的解释。八亲王更加深信人世的短暂与乏味,便毫不隐讳地和他谈话:"我这颗心已经登上极乐净土的莲台,安住在清净无垢的八功德池中了。惟有这两个年幼的孩子难于抛舍,心有牵挂,以致未能毅然出家。"

这阿阇梨对冷泉院也很亲近,常往伺候,教授经文。有一次入京,顺便赴院参见。冷泉院照例正在诵读应习的佛经,便将种种疑义向他叩问。阿阇梨乘机告道:"八亲王深通内典,真乃大智大慧啊! 多分是具有宿世佛缘而降生于世的人。他屏绝尘虑,专心学佛,其志望诚无异于圣僧。"冷泉院说:"他还不曾出家么? 此间一班青年人替他起个别名,叫做'在俗圣僧'。真可令人感佩啊!"此时宰相中将薰君亦侍奉在侧,他窃自寻思:"我正痛感人世之无聊,只是不曾公然诵经礼佛。虚徒岁月,实甚可惜!"又念八亲王在俗而为圣僧,不知其心境究竟如何,便倾耳而听阿阇梨的话。阿阇梨又说:"八亲王早有出家之志。据说以前为了琐事缠身,犹豫不决。今则可怜两个无母的女儿,不忍弃下。他正为此愁叹呢。"这阿阇梨却爱好音乐,又道:"再说,那两位女公子琴筝合奏之声,与宇治川波声相应和,真美妙呢! 极乐世界的音乐也不过如此吧。"他这古风的赞美,使得冷泉院微笑,说道:"这两个女孩生长在这圣僧之家,料想她们不谙世俗行为,岂知长于音乐,真乃难得之事。亲王挂念她们,不忍舍弃,为此忧愁烦恼。我的寿命如能比他略长,不妨交付与我代为保护吧。"这冷泉院是桐壶院第十皇子,乃八亲王之弟,他想起了朱雀院将三公主托付已故六条院主的旧事,希望这两女公子来做他寂寞时的游伴。

薰君反而不起这种念头,他只想拜访八亲王,看看他专心学佛之状。这愿望越来越深切了。

　　阿阇梨归山时,薰君嘱托他说:"我定当入山拜访,向八亲王请教佛法。便中请法师为我先客。"冷泉院遣使入山,向八亲王传言:"传闻山居佳胜,深为喜慰。"又赠诗云:

　　　　"心虽厌世慕山奥,

　　　　　身隔重云不见君。"

阿阇梨带着冷泉院的使者前往参见八亲王。这山阴的庄院里,寻常人的使者也极少来,今有冷泉院的御使到门,真乃稀世之事,大家十分欢迎,便拿出当地的酒肴来殷勤招待。八亲王的答诗是:

　　　　"未得安心离俗世,

　　　　　且来宇治暂栖身。"

诗中关于佛道修行方面,措辞很谦逊。因此冷泉院看了答诗想道:"八亲王对尘世还有留恋呢。"很可怜他。阿阇梨将中将薰君道心甚深之事告诉八亲王,说道:"薰中将对我说:'我从小就深盼学得经文教义。只因尘缘难绝,蹉跎至今。其间为了公务私事,奔走忙碌,日复一日。此身本来微不足道,即使立志笼闭深山,专心习诵经文,亦可毫无顾虑。然而总是踌躇不决,因循度日。今闻皇叔如此勇猛精进,心甚向往,定当前来请教。'他托我传言,意极诚恳。"八亲王答道:"大凡觉悟人世无常而心生厌弃,皆因自身遭逢忧患,故而顿觉举世皆可痛恨,即以此为起点,发生学道之心。今薰中将年方青春,诸事如意称心,毫无不足之憾,而早就发心学佛以修后世,真乃难能可贵之事。像我这样的人,因宿命注定,只觉人世可厌,就特别容易受佛劝导,自然能遂静修之愿。然而我生余年不多,深恐未得大觉大悟,一生便尔告终,于是前世后世两无着落,深可慨耳。故中将欲向我请教,则我岂敢! 我当视彼为先悟之法友可也。"此后两人互通音信,薰君就亲来访问。

薰君看看八亲王的住处,觉得实在比传闻更为可怜。自生活情状以至一切,都同想象中的草庵一样简陋。同样是称为山乡的地方,总有山乡独得而能牵惹人心的悠闲之趣。但此地水波之声响得可怕,竟至扰乱思想。晚间则风声凄厉,教人不能安心寻梦。学道之人住在这里,倒可借此消除对尘世的留恋之情。但小姐们在此度日,其心情又如何呢? 薰君推想她们缺乏世间普通女子的温柔之情。她们的房间和佛堂仅隔一道纸门。倘是好色之人,定会走近去窥探情状,渴望知道她们究竟生得如何模样。薰君虽亦偶有此心,但他总是立刻回心转意:"我来此的本意,是欲离弃俗世,探访深山。如果说出无聊的好色之言,做出轻薄行为,便违反初志,失却本意了。"因此他到这里,一味同情于八亲王的生涯,诚恳地向他慰问。来的次数多了,始知八亲王正如他所预料,是个笼闭深山、专心学道的优婆塞[1]。他对于经文教义,并不装出精通的模样,却解释得非常清楚。圣僧模样的人和富有才学的法师,世间固然很多,但过于超然离世、德高望重的僧都、僧正等,都很忙碌,又很矜持,未便轻易向他们请教佛法。反之,才德不高的佛弟子,则所可尊敬的只是确守戒律,而这种人往往形容拙陋,语言乏味,凡庸村俗,相对毫无风趣。

---

〔1〕 优婆塞是在家修行的男子。优婆夷是在家修行的女子。

薰君白昼忙于公事,无有暇晷。到了夜深人静之时,颇思召唤一人进入内室,于枕畔共谈佛法。但其人倘是此种佛弟子,则鄙陋不堪,毫无意味。只有这位八亲王,人品高雅,深可敬爱。所说的话,虽然同是佛经教义,但能就近取譬,令人入耳易解。他对于佛法,固然不是大彻大悟,但身份高贵之人,对于真理的理解自比常人更深。薰君渐渐和他驯熟,每次相见,总想常侍左右。有时不得空闲,多时不来访问,便想念不置。

　　薰君如此尊敬八亲王,冷泉院也就常常遣使致书问候。八亲王在世间多年来默默无闻,其宫邸一向门庭寂寂,此时就常常有人出入了。每逢季节,冷泉院馈赠极丰。薰君也每逢机会,必表敬意,有时奉赠玩赏之具,有时致送实用物品。如此交往,至今已有三年了。

　　是年[1]秋末,八亲王举办每年四季例行的念佛会。此时宇治川边鱼梁上水波声特别嘈杂,片刻不静,因此念佛会移往阿阇梨所居山寺中佛堂里举行,定期七日。亲王去后,两位女公子更加寂寥,每天只是闲坐沉思。此时中将薰君久不访问宇治,挂念八亲王,便在一天深夜残月未沉之时动身,照例悄悄出门,随从也不多带,微服入山。八亲王的山庄位在宇治川这边岸上,不烦舟楫渡河,骑马可以到达。入山愈深,云雾愈浓。草木繁茂,几乎掩蔽道路。山风狂吹,木叶上露珠纷纷散落。由于心情关系,露珠着袖似觉寒气逼人。薰君觉得此种行旅平生极少经历,一面不胜凄凉,一面又感兴趣。遂吟诗云:

　　　　"山风吹木叶,叶上露难留。

　　　　我泪更易落,无端簌簌流。"

――――――――――

　　〔1〕　此时薰君二十二岁,大女公子二十四岁,二女公子二十二岁。

惊动山民恐多麻烦,便命令随从者不可扬声。穿过许多柴篱,渡过流水潺潺的浅涧,踏湿了的马足还是小心翼翼地悄悄前进。然而薰君身上的香气无法隐藏,随风四散飘流。山家睡醒了的人都很惊诧:不闻有谁经过,何来这股异香?

行近宇治山庄,忽闻弹琴之声,不知所奏何曲,只觉十分凄凉。薰君想道:"我闻八亲王常常演奏音乐,过去没有机会,不曾领教他那有名的琴声。今天躬逢其盛了。"便走进山庄,仔细一听,这是琵琶之声,曲调是黄钟。虽然只是世间常弹的乐曲,恐是环境所使然,似有异乎寻常之感,其反拨之声清脆悦耳。其间又有哀怨而优雅的筝声,断断续续地响出。薰君意欲暂时听赏,正思躲藏,身上的香气早就引人注意。便有一个形似值宿人员的鲁男子走出来,对薰君说:"为了如此如此,亲王闭居山寺,容小人前往通报。"薰君道:"何必去通报呢! 功德限定日期,不可前往打扰。但我如此冒霜犯露而来,空归未免扫兴。相烦告知小姐,但得小姐为我说声'可怜',于愿足矣。"这鲁男子的丑陋的脸上露出笑容,答道:"小人便去叫侍女传告。"说过就走。薰君唤他回来:"且慢!"对他说道:"多年以来,我只是听人传说你家小姐弹得好琴,今天机会真巧啊! 可否找个地方,让我暂时躲着听赏一下? 突然进去打扰她们,害得她们都停止弹奏,是不应该的。"薰君容貌丰采之美丽,即使是这不解情趣的鲁男子,看了也深为感动,肃然起敬。他答道:"我家小姐当无人听见之时,常常弹琴奏乐。但倘京中有人来到,即使是仆役,她们就肃静无声了。大约是为了亲王不要一般世人知道我家有这两位小姐,所以隐藏起来。他曾经说过这话呢。"薰君笑道:"哪里隐藏得了呢! 他虽然如此严守秘密,但世人都已知道你家有两个绝色美人了。"接着又说:"你带我去吧! 我不是好色之人。只因知道你家有如此秘藏的两位小姐,觉得很奇怪,颇想知道她们是否也和世间寻常女子一样而已。"那人说:"却是苦也!我做了这不识轻重的事,日后被亲王得知,定要挨骂了。"两女公子居处,前面围着竹篱,间隔殊严。这值宿人便引导薰君前往。薰君的随从人被邀到西边廊上,也由这人招待。

薰君把通向女公子住处的竹篱门稍稍推开,向内张望,但见几个侍女高卷帘子,正在眺望夜雾弥漫中的朦胧淡月。檐前有一个瘦弱的女童,身穿旧衣,似乎怕冷的模样。另有几个侍女,神情和她相似。室内有一人,身体略隐在柱子背后,面前放着一把琵琶,手里正在玩弄那个拨子。隐在云中的月亮忽然明晃晃地照出,这人说道:"不用扇子[1],用拨子也可招得月亮来。"说着举头望月,那容颜非常娇美可爱。另有一人,靠着壁柱,身体俯在一张琴上,微微一笑,说道:"用拨子招回落日[2]是有的。你说招回月亮,却是奇怪。"那笑颜比前者天真而优雅。前者说:"虽然不能招回落日,但这拨子对月亮却有缘呢[3]。"两人无拘无束地说笑,那态度神情和外人所猜想的全然不同,非常优美亲切,可怜可爱。薰君想道:"以前听见青年侍女讲读古代小说,其中所记述的老是荒山野处藏着绝色美人之类的故事。我很讨厌,不相信真有此种事情。原来世间至广,果然有这等风韵幽雅的去处。"他的心便移向这两位女公子身上。此时夜雾甚重,不能看得清楚。薰君盼望月亮再出来。大约里面有人通告"户外有人窥看",那帘子立刻挂下,人都退入内室去了。然而并不惊慌失措,却是从容不迫,静悄悄地躲进里面,连衣衫窸窣之声也听不见。

---

〔1〕《摩诃止观》中有云:"月隐重山兮,擎扇喻之。"以扇招月,恐系据此。

〔2〕舞乐《兰陵王》又名《没日还午乐》,其中有一奏法曰"日招返"。以拨子招日,恐系据此。

〔3〕琵琶上插拨子的地方称为"隐月"。

温柔妩媚之相,令人真心叹美。薰君深慕其风流高雅之趣。

　　他悄悄地离开竹篱,走到外面,遣人走马返京,叫家中派车来宇治迎接。又对那个值宿人说:"此来时机不巧,未能会见亲王。但得听小姐琴声,反觉三生有幸,遗憾亦得稍慰矣。相烦通报小姐,容我罄诉冒霜犯露而来之苦。"值宿人立刻进去通报。两位女公子想不到他会进来窥探,担心适才逸居晏处之状已被看到,深感羞耻。回思那时确有异香随风飘来,因在意想不到之时,竟不警觉,真乃太疏忽了。心中惑乱,愈觉羞惭无地。薰君看见传达的侍女动作迟钝,呼应不灵,因念凡事都该随机应变,不可拘泥礼法。反正夜雾尚未消散,便径自走到刚才女公子等所居房室帘前,就在那里坐下。几个山乡的青年侍女不知该如何应对,便送出一个蒲团来,态度也很慌张。薰君开言道:"叫我坐在帘外,未免太简慢了。若非真心诚意之人,不会跋涉崎岖之山路,前来寻访。这待遇太不相称了。我屡次冒霜犯露而来,小姐必然能体谅我心也。"说时态度十分庄重。青年侍女之中,没有一人善于应对,大家都想钻进地洞里才好,实在太不成样了。便有人到里面去叫起睡着的老侍女来,但她起身也颇费时。久不答复,似乎有意怠慢。苦无办法,于是大女公子说道:"都是些不懂事的人,怎么能装作懂事,出去应对呢?"这声音非常高尚优雅,轻微得几乎听不出来。薰君说道:"据我所知,懂得人之苦心而装作不懂,乃世人之常习。大小姐也漠然装作不懂,实甚遗憾。亲王大智大慧,彻悟佛道。小姐朝夕侍侧,久受熏陶,料想其对世间万事皆已洞察。我有难于隐忍的一点心事,值得小姐洞察。请勿视我为世间寻常好色之人。婚娶之事,曾有人专诚相劝,但我立志坚强,决不从命。此种消息,小姐自然早已闻知。我所希望的,只是闲居寂处之时,得与卿等共话。卿等山居沉闷之时,亦复随时见招,以资排遣。但得如此,于愿足矣。"他说了一大篇话,但大女公子只管怕羞,一句话也不能回答。此时老侍女已经起身出来,就让她前去应对。

这老侍女是个直率之人,开口就嚷道:"啊呀,罪过罪过啊! 叫他坐在这里,太怠慢了,应该请到帘内来坐。你们这些年轻人真是不识轻重的啊!"她用老年人的嘶嗄声毫不客气地埋怨,两女公子都觉得难堪。但闻她对薰君说道:"真难得啊! 我家亲王离群索居,门庭冷落,连应该来访的人,也都不肯赏光,日渐疏远了。难得您这位中将大人一片诚心,殷勤慰问,连我们这些微不足道之人,也都感激不尽。小姐们亦深感盛情,年轻人怕羞,难于启齿。"她毫无顾虑,信口直言,令人难于入耳。但这老侍女人品相当高尚,言语也落落大方。于是薰君答道:"我正狼狈不知所措,听了你的话不胜喜慰。有你这深通情理的人在此,今后我便放心了。"侍女们从帷屏旁边窥看,但见他靠在廊柱上,曙光渐渐明亮,照见他身穿日常便服,露水沾湿襟袖。一种世间所无的异香四散飘溢,令人不胜惊讶。老侍女哭着对他说道:"我深恐多嘴获罪,因此隐忍不说。但有令人感慨的旧事,常思觅一适当机会,如实奉告,使您略知端倪。我年来诵经念佛之时,一向以此事为祈愿之一。想是因此获得佛力佑护,使我今日逢此良机,实甚欣幸。然而尚未开言,眼泪已经涌塞双目,话也说不出了。"她浑身颤抖,实在非常悲伤。薰君见闻所及,老年人大都容易流泪。但这老妪何故如此悲伤,使他不胜诧异。便对她说:"我来此访问,至今已有多次。只因没有像你那样知情达理的人,每次总是走着多露的山路,沾湿了衣裳独自归去。今日逢到了你,我真高兴! 请你把话尽情告诉我吧。"老侍女说:"此种良机,恐怕不易再得。即使再有,我命今夜不知明日,不能保证再得会见。今日共话,只是使您知道世间尚有我这个老妪而已。我听人说,在三条宫邸服侍令堂三公主的侍女小侍从已经亡故了。当年与我亲睦往来的人,有许多已经去世。我到了老年,才从遥远的他乡回京,在这里供职已有五六年了。您大概不知道吧:关于当时称为红梅大纳言的兄长柏木卫门督的逝世,世人在谈话中有一种传说,不知您听到过没有?回想柏木卫门督逝世,似觉相隔年月不远。那时悲伤痛哭,衣袖上的眼泪还不曾干呢。但屈指计算,光阴真快,您已经如此长大成人了,真像做梦一般。这位已故的权大纳言〔1〕的乳母,是我弁君〔2〕的母亲。因此我得朝夕侍奉权大纳言,甚是熟悉。我身虽甚微贱,但权大纳言有时常把不可告人而自心难于隐忍的话向我诉说。后来病势危笃,弥留之际,又曾召我到病床前,嘱咐我几句遗言。其中确有应该教您知道的话。但我也只能说到这里。您倘欲知其余详情,且待将来徐徐奉告。这班年轻人都在交头接耳,埋怨我多嘴饶舌,这也是难怪的。"她果然不再说下去了。

薰君听了这番话,似觉听到的是奇怪的梦呓,或者是巫女的自言自语,心中甚是纳罕。但这是他一向怀疑的事,如今听这老侍女说起,颇思知道详情。然而此时人目众多,未便探问。况且突如其来地细说旧事直到天明,也太煞风景了。于是回答她说:"你所说的我不甚明白。但既是旧事,我亦深为感动。将来必须请你将其余详情告我。雾快消散了,我衣冠不整,面目可憎,深恐小姐们见了责我无礼,因此不能随心所欲地长留在此,实甚遗憾。"便起身告辞。此时隐隐听到八亲王所居山寺的钟声。浓雾还是到处弥漫。想起古歌中"白云重重隔""峰上白云多"〔3〕之

---

〔1〕　柏木死前升任权大纳言,见中卷第647页。
〔2〕　此老侍女名弁君,这里自呼其名。
〔3〕　古歌:"离居各异地,白云重重隔。寄语意中人,两心隔不得。"见《古今和歌集》。又:"峰上白云多,何必来遮隔?只有恋人心,白云遮不得。"见《后撰集》。

句,觉得这深山野处实甚可哀。薰君还是可怜这两位女公子,料想她们必然愁思无穷,笼闭在这深山之中,安得不如此呢? 便吟诗云:

> "雾封槙尾山前景,
> 拂晓还家路途迷。[1]

好凄凉啊!"吟罢重又转身,逡巡不忍遽去。其丰采之优美,即使见多识广的京中人见了,也将叹为特殊。何况山乡的侍女们,安得不惊异呢? 她们欲传达小姐答诗,而羞涩不能启口。大女公子又只得亲口回答,低声吟道:

> "云深山峻兼秋雾,
> 此刻还家路更难。"

吟罢微微叹息,深可动人。这一带地方毫无美景,然而薰君苦苦留恋,不忍离去。天色渐明,他终于怕人看清,只得退出,说道:"见了面,欲说之事反而多了。今后稍稍稔熟,当再向她诉怨。不过她们以世间寻常男子待我,其不明事理实出我意料之外,深可恨耳。"便走进那值宿人准备好的西厢中,坐着沉思闲眺。但闻懂得渔业的随从人说道:"鱼梁上人好多啊! 可是冰鱼[2]不游过来,他们都扫兴呢。"薰君想道:"他们在粗劣的小舟中载些木柴,各自为了简陋的生计而奔忙来往,这水上生涯亦可谓

---

〔1〕 槙尾山是宇治地方一个山的名称。
〔2〕 一种小鲇鱼,白色,几乎半透明,长约二三厘米;是日本琵琶湖名产。

虚幻无常。但仔细想来,世间没有一人不和这小舟一样虚幻无常。我并不泛舟,而住在琼楼玉宇之中,此身难道能永远安居此世么?"便命取笔砚来,写诗一首奉赠女公子。诗曰:

> "浅滩泛小楫,滩水沾双袖。
>
> 省得桥姬心,热泪青衫透。[1]

想必愁绪万叠也。"写好之后,就交值宿人送进去。这值宿人冻得厉害,肤若鸡皮,拿着诗走了进去。大女公子心念答诗所用之纸,若非特别薰香,有失体面。又念此种时机,答诗最贵迅速,就立刻写道:

> "千帆经宇治,川上守神愁。
>
> 朝夕沾滩水,可怜袖已朽。

真乃'似觉身浮泪海中'[2]也。"笔迹非常秀丽。薰君看了,觉得尽善尽美,心神为之向往。但闻随从人在外叫喊:"京中车子到了。"薰君对值宿人说:"亲王回府之后,我定当再来拜访。"便将雾湿的衣服脱下,全部送给这值宿人,换上了京中带来的常礼服,登车回京去了。

　　薰君回京之后,时时想起老侍女弁君的话,心终不忘。而回忆两位女公子的容姿比他所想象的优美得多,其面影又常在眼前。他想:"舍弃人世,毕竟是困难的。"道心薄弱起来了。他就写信给女公子,不取求爱

---

〔1〕　镇坐宇治桥下的女神,名曰桥姬。此处以桥姬比女公子。本回题名据此。

〔2〕　古歌:"泛舟拨水沾襟袖,似觉身浮泪海中。"见《源氏物语注释》。

的情书作风,而用较厚的白色信笺,挑选一枝精良的笔,以鲜丽的墨色写道:"昨夜冒昧奉访,得不恨我无礼乎?匆匆未能尽舒衷曲,深感遗憾。今后再奉访时,务望遵我昨夜之请求,许我在帘前晤谈,勿加顾忌为幸。令尊入山寺念佛,我已探悉功德圆满日期。届时当即趋谒,以慰雾夜奉访不遇之憾。"笔致非常流利。他派一个左近将监专送此信,吩咐他:"你去找那个老侍女,将信交付她。"他又想起那个值宿人冻得厉害,很怜悯他,便用大型盒子装了许多食物,交他带去赏赐他。次日,薰君又遣使赴八亲王所居的山寺。他顾念近日寒风凛冽,山中的僧人定然不胜清苦。且八亲王住寺多时,对僧众应有布施。因此备了许多绢和绵等物,遣使奉赠。送到之时,恰好是八亲王功德圆满、即将离寺归家的早晨。便将绢、绵、袈裟、衣服等物赠送修行之人,每人各得一套。全寺僧众无不受赐。那值宿人穿了薰君脱下来的华丽的便袍。这是一件上好白绫制的袍子,柔软适体,沁透着美不可言的异香。然而他的身体不会变化,带着这种衣香甚不相称。遇到的人都讪笑他,或者称赞他,使他反而局促不安。因为动辄发散香气,以致不敢任意行动,懊恼起来,便想除去这种惹人注意的讨厌的香气。然而这是贵族人家的衣香,洗也洗不下来。真乃太可笑了。

薰君看了大女公子的回信,觉得笔迹清秀悦目,措词天真诚恳,深为赞善。大女公子的侍女们告诉八亲王,说"薰中将有信给大小姐",八亲王看了信,说道:"此信无关紧要。你们把它看做情书,反而误解了。这位中将和普通青年男子不同,心地正大光明。我曾隐约向他表示身后有所嘱托的意思,所以他如此关心吧。"八亲王自己也写信去谢他,信中有"承赐种种珍品,山中岩屋几乎容不下了"等语。薰君便思量再赴宇治访问。又想:"三皇子[1]曾对我说:'住在深山中的女子,如果长得特别漂亮,倒是极有意思的事。'他抱着这种幻想。我不妨把情状告诉他,刺激他一下,叫他心绪不得安宁。"便在一个闲静的傍晚前往访问。照例讲了种种闲话之后,薰君提起宇治八亲王的话,详细叙述那天破晓时分窥见两女公子容颜的事。匂皇子听了大感兴趣。薰君心里想,果然不出所料。便继续描述,借以激动其心。匂皇子恨恨地说:"那么她给你的回信,你何不给我看看呢?要是我,早已给你看了。"薰君答道:"哪里!你收到了各种各样女子写来的信,连一片纸也不曾给我看过呢!总之,这两位小姐,不是像我这种门外汉所能独占的,我想非请你去看一看不可。然而照你的身份,如何去得呢?世间只有微贱的人,如果好色,才可恣意寻花问柳。埋没着的美人多得很呢!像这种看得上眼的女子,沉思冥想地闲坐在荒僻地方的屋子里,正是在山乡地方才会意想不到地遇上。我刚才所说的两个女子,生长在遗世独立的圣僧一般的人家。多年来我总以为毫无风趣,一向看她们不起。人家谈起时我连听也不要听。岂知完全不然,如果那天月光之夜没有看错,竟是十全无缺的美人。无论相貌和姿态,都生得非常姣好,真可说是合乎理想的佳人。"匂皇子听到末了,真心地妒羡起来。他想:"薰君这个人对于寻常女子向来是不动心的。如今他这等赞美,可知这两个女子一定颇不平凡。"便对她们发生了无限恋慕之情。他劝薰君:"请你再去仔细看看好吗?"他对于自己不能自由行动的高贵身份,竟觉得讨厌起来。薰君看了心里好笑,答道:"不好,这种事情干不得。我已立志,对世俗之事,即使暂时也不可关心。逢场作戏的事我也决不染指。如果自己不能控制此心,就大大地违背我的本愿

---

〔1〕即匂皇子。

了。"匀皇子笑道："啊唷,好神气啊! 你总是得道高僧似地一篇大道理。且看你熬得到几时。"实际上,薰君心中一直挂念着那老侍女隐约提到的那件事。他对此事比以前更加关心,又很感伤。因此即使自己看到美人,或者听人说起某家女儿长得漂亮,他也全然不放在心上。

到了十月里,薰君于初五六日赴宇治访问。从者都说："这几天鱼梁上景致正好,请不妨去看看。"薰君说："何必! 人生无常跟蜉蝣[1]相差无几,鱼梁有什么好看呢?"路上风景一概不看。他乘坐一辆轻便的竹帘车,身穿厚绸常礼服和新制的裙子,故意装得简单朴素。八亲王竭诚欢迎,办起山乡式的筵席来招待他,也颇富有风趣。日色既暮,将灯火移近,研读最近所习的经文。特邀阿阇梨下山,请他解释深奥的教义。晚上不能睡觉,因为川上狂风大作,木叶散落之声、水波冲击之音,竟超过哀愁之上,使环境变得凄厉可怕。薰君估量天色将近黎明,回想起上次破晓听琴之事,便提出琴音感人最深等话,对八亲王说："上次造访,于浓雾弥漫的拂晓,隐约听到女公子弹出几声美妙的琴声。未能继续听赏,反有不足之憾。"八亲王答道："我已屏除声色,从前学得的都忘记了。"但还是召唤侍者将琴取来,说道："要我弹琴,实在太不相称了。须得你引导一下,我才回想得出来。"便命取琵琶来,劝客人弹奏。薰君就弹琵琶,和他合奏了一会,说道："我上次隐约听到的,似乎不是这把琵琶的声音。恐怕那把琵琶音色与众不同,所以声音特别优美吧。"兴致阑珊起来,便不再弹下去。八亲王说："噫,此言差矣! 能使你中听的技法,怎么会传到这种山乡地方来呢? 你的夸奖太失当了。"他就弹起七弦琴来,其音哀

---

〔1〕 鱼梁上是捉冰鱼的。"冰鱼"与"蜉蝣"在日文中发音相近,所以他拿朝生暮死的蜉蝣来比作冰鱼。

怨凄凉,沁人心肺。半是山中松风之声所使然吧。八亲王表示久已遗忘、非常生疏的样子,只弹了饶有趣味的一曲,便罢手了。他说:"我家里也有人弹筝,不知几时学得的。我常隐约听到,似觉弹者略有心得。但我长久不曾加以督促。不过是任意乱弹而已,不成体例,只能和川中波声合奏。反正不成腔调,不中听的。"便对里面的女公子说:"弹一曲吧!"女公子答道:"我们原是私下玩玩的,想不到被人听见,已经羞死,岂可公然显丑呢?"就躲进里面,都不肯弹。父亲屡次劝勉,她们用种种借口拒绝,终于不弹。薰君大失所望。此时八亲王暗想:"把两个女儿抚养成如此古怪而不见世面的乡下姑娘,这原非我的本意。"他觉得可耻,对薰君说:"我在此抚育两女,谁也不让知道。但我余命不多,且夕难保。这两人来日方长,深恐她们将来颠沛流离。只此一事,是我离世时往生极乐的羁绊。"此言十分诚恳,使薰君深感同情,答道:"我虽不能正式担任有力之保护人,但可请您视我为亲信之人。只要我的世寿稍得延长,则一言既出,驷马难追,决不辜负尊嘱。"八亲王心甚感谢,答道:"但得如此,不胜欣幸!"

　　将近黎明,八亲王上佛堂去做功课了。薰君便召唤那个老侍女来谈话。这老侍女是服侍两位女公子的,名叫弁君,年纪将近六十,然而态度优雅,善于应对。她叙述已故柏木权大纳言日夜忧愁、以致一病不起之状,哭泣不已。薰君想道:"此种往事,即使是关于他人的,听了也不胜感慨。何况是我本人多年以来所渴望知道的。我常向佛祈愿,欲请明示当时发生何种事情,致使吾母出家为尼。想是佛力应验,使我无意中得此机会,听到这如梦一般可悲的故事。"他的眼泪就流个不住。后来说道:"如此看来,像你一样知道当年旧事的人,现今世间还有。但不知这种可惊又可耻的事,另外还有人传播出去否?多年以来,我全然不曾听到呢。"弁君答道:"除小侍从和我弁君之外,没有第三人知道。我们两人一句话也不曾向人泄露过。我虽身份低微、毫不足道,却蒙权大纳言垂青,幸得朝夕侍奉在侧。因此种种详情,皆得目见耳闻。权大纳言每逢胸中苦闷不堪之时,只唤我们两人偶尔传送书信。关于此种事情,我实不敢多嘴,恕不详述了。权大纳言临终之际,对我略有遗言吩咐。我此微贱之身,其实不胜重托。因此常挂心头,考虑有何办法可将遗言向您传达。当我一知半解地诵经念佛的时候,也常以此事向佛祈愿。如今果然应验,可见世界上佛菩萨到底是有的,真使我感谢不尽。尚有一物,非请您看不可。以前我曾经想:如今有何办法呢? 不如把它烧毁了吧。我身朝不保夕,万一死去,此物安得不落入别人手中呢? 我一直如此担心。后来看见您常到这里的亲王家来,我想我可静待机会,稍稍有了希望。便有勇气忍耐,果然等着今天这良机。这实在是前世注定的事啊!"便啼啼哭哭地详细回忆薫君诞生时的情状,一一奉告。又说:"权大纳言逝世之后,我母忽然患病,不久也就死去。我加倍伤心,穿了两重丧服,日夜悲痛愁叹。正在此时,有一个不良之人,多年来对我用心,就用甜言蜜语把我骗到手,带着我到西海尽头[1]的住地去了。于是京中情状,全然断绝消息。后来这个人也在住地死去。我离京十有余年,一旦重返故土,恍如到了另一世界。这里的亲王是我父亲的外甥女婿,我从小常在他家出入,我想来依附他。又念我身今已不能参与侍女之列,冷泉院弘徽殿女御[2]自昔与我稔熟,应该去依附她。然而颇觉不好意思,终于不曾去见,就变成了隐没在深山中的朽木[3]。小侍从不知几时死的。当年青

───────────

〔1〕 指九州。
〔2〕 是柏木之妹。
〔3〕 古歌:"身似深山朽木质,心逢春到即开花。"见《古今和歌集》。

春少女,现已大半凋零。我这老命在许多人死后残生于世,实甚可悲,偏偏又不肯死,还在这里苟延残喘。"谈谈说说之间,天色已经大明。薰君道:"罢了! 这些旧事真是说不完的。以后找个不须防人听见的时候,再和你畅谈吧。我隐约记得,那个小侍从是在我五六岁时突然患了心病而死的。我倘不得和你会面,则将负着重罪过此一生了!"弁君掏出一只小小的袋子来,袋内装着的是许多已经发霉了的信件。她把袋子交与薰君,对他言道:"这个请您看后烧毁吧。那时权大纳言对我说:'我的生命已无望了。'便把这些信件收集起来,交付给我。我打算在再见小侍从时交给她,托她妥为转奉,却想不到和她永别了。我非常悲恸,不仅为了我和她的私交,又为了辜负权大纳言的嘱托。"薰君装作若无其事地受了这些信,把它藏入怀里。他想:"这种老婆子,会不会把这件事当作世间的珍闻而不问自述地向人泄露呢?"便很担心。但弁君几次三番向他立誓,说"决不向人泄露"。他又觉得或许此言可信,心神疑惑不定。早餐时薰君吃了些粥和糯米饭团,准备告辞。对八亲王说:"昨日是朝廷假日。今日禁中斋戒已毕,冷泉院的大公主患病,我必须去慰问。因有种种事情,不得空闲。且待诸事办了以后,山中红叶未落之前,当再前来叩访。"八亲王欣然答道:"如此屡蒙赏光,可使山居蓬荜生辉。"

　　薰君回到家里,立刻拿出袋子来看。但见这袋子是用中国的浮纹绫制成的,上端写着一个"上"字。袋口用细带扎好,打结处粘着一张小封条,上面写着柏木的名字。薰君开封时感到恐怖。打开一看,里面有各种颜色的信纸,是柏木偶尔去信时三公主给他的回信。又有柏木亲笔的信,写道:"我今病势严重,已到大限之期。此后即使简短的信,也不能再写了。然而恋慕之心,愈来愈深切! 想起你已削发被缁,悲痛无限……"其信甚长,陆奥纸凡五六张,字体怪异,形似鸟迹。内有诗云:

"卿今离俗界,削发伴缁衣。

我欲长辞世,游魂更可悲。"

末了又写道:"喜讯亦已闻悉。此子幸有荫庇,可无后顾之忧,只是

小松生意永,偷植在岩根。

但得残生在,旁观亦慰情。"

写到这里,似乎半途停止了,笔迹也乱七八糟。信封上写着:"侍从君启"。这只袋子已经成了蠹鱼的栖身之所。那信笺陈旧,霉气扑鼻。然而字迹并不模糊,与新近写的无异。文句也很清楚,可以仔细阅读。薰君想道:"正如弁君所言,万一散失,落入别人手中,如何是好! 真是不得了啊! 此种事情,恐是世间独一无二的了。"他独自伤心,越来越觉悲痛。本拟入宫,终因心绪不佳,未能如愿。他去参见母亲,但见三公主抖擞精神,正在一心不乱地诵经。看见他来,似觉难于为情,藏过了经卷。薰君想道:"我又何必向母亲表示我已知道这秘密呢!"他只得将此事秘藏在心中,独自悲伤叹息。

第四十六回　柯　　根[1]

二月二十日左右,匂兵部卿亲王赴初濑[2]进香。他早有此愿,多年来迁延未偿。此次毅然实行,多分是贪图途中可在宇治泊宿之故。"宇治"这个地名,有人说与"忧世"同音[3]。但匂皇子自有理由来称赞这名词的可爱,真乃无稽之谈。此行从者如云,许多高官贵族奉陪,殿上人自不必说,留在朝廷的人几乎没有了。六条院主源氏传下来一处御领地,现已归夕雾右大臣所有,位在宇治川彼岸,内部非常宽敞,景致也很优美。就以此为匂皇子进香途中的招待所。夕雾右大臣原定于匂皇子回来时亲赴迎候,但突然发生了不祥之事,阴阳师劝他行动小心,他就向匂皇子表示歉意。匂皇子起初稍感不快,但听说今日改由薰中将前来迎候,反而高兴起来,因为可以托他向八亲王那边传递音信,故甚称心。原来他对夕雾右大臣向来不甚亲近,嫌他太严肃。夕雾的儿子右大弁、侍从宰相、权中将、头少将、藏人兵卫佐等皆来奉陪。

匂皇子是今上与明石皇后所特别宠爱的人,世间声望也隆重无比。尤其是六条院诸人,因为他是由紫夫人抚育长大的,所以上上下下都把

---

〔1〕　本回继前回之后,写次年薰君二十三岁二月至二十四岁夏天之事。

〔2〕　初濑是奈良县的一市镇,其地有古刹。

〔3〕　喜撰法师诗云:"庵在京东南,地名宇治山。人言是忧世,我独居之安。"见《古今和歌集》。"宇治"和"忧"在日语中发音相同。

他看成家里的主君一样。今日在宇治山庄招待他,特备山乡风味的筵席,非常讲究。又拿出棋子、双六、弹棋盘等玩物来,随心所好地过了一日。匀皇子不习惯于旅行,觉得有些疲劳,深盼在此山庄息足数日。他休息了一会之后,到了晚来,便命取出管弦来奏乐。

在这远离尘世的山乡,经常有水声助兴,使得音乐更加清澄悦耳。那圣僧一般的八亲王,和这里只有一水之隔,顺风吹来管弦之音,历历可闻。他便回想起当年旧事来,自言自语地说道:"这横笛吹得真好啊!不知是谁吹的。从前我曾经听过六条院源氏的笛,觉得他吹出的音非常富有情趣,娇媚可爱。但现在这笛声过分澄澈,略有矫揉造作之感。颇像致仕太政大臣[1]一族之人的笛声。"又说:"唉!日子过去很久了!我屏除了这种游乐,度送若有若无的岁月,确已积下许多年分。真没有意思啊!"此时就不免想起两位女公子的身世来,觉得非常可怜,难道就让她们终身笼闭在这山里么? 他想:"反正要出嫁,不如许给了薰中将。但恐此人无心于恋爱之事。至于现世风的轻薄儿,怎么可做我的女婿呢?"想到这里,方寸迷乱。在他这沉闷寂寞的地方,短促的春夜也难挨到大亮。而在匀皇子那欢乐的旅宿中,醉眠一觉,早已天明,只嫌春夜太短呢。匀皇子觉得游兴未餍,不肯就此返京。

此间但见长空无际,春云叆叇。樱花有的已经零落,有的正在吐艳,各擅其美。川边垂柳迎风起伏,倒影映入水中,优雅之趣,异乎寻常。在这难得看见野景的京中人看来,实在非常珍异,难于抛舍。薰君不肯错过这个时机,意欲前往访问八亲王。又念避去许多人目,独自驾舟前往,也不免过于轻率。正在踌躇不决之际,八亲王遣使送信来了。信中有

---

　　[1]　即最初的头中将,源氏的妻舅。

诗云:

　　"山风吹笛韵,仙乐隔云闻。

　　白浪中间阻,无缘得见君。"

那草书字体非常优美可爱。匂皇子对八亲王早就向往,听见是他来信,大感兴趣,对薰君说:"回信让我来代写吧。"便写道:

　　"汀边多叠浪,隔岸两分开。

　　宇治川风好,殷勤送信来。"

薰中将就去访问八亲王。他邀集几个爱好音乐的人同去。渡河之时,船中奏《酣醉乐》。八亲王的山庄临水筑着回廊,廊中有石阶梯通向水面,富有山乡风趣,真是一所极有意思的山庄。诸人都怀着恭谨的心情舍舟登陆。室内光景也和别处不同:山乡式竹帘屏风,非常简单朴素;各种陈设布置,也都别有风味。今天准备招待远客,打扫得特别干净。几种音色优美无比的古乐器,随意不拘地陈列着。大家逐一弹奏,将双调催马乐《樱人》改弹为壹越调[1]。诸客都希望乘此机会听听主人八亲王的七弦琴。但八亲王只管弹筝,无心无思地、断断续续地和人合奏。大约是不曾听惯之故,似觉他的琴声非常奥妙优美,诸青年人都很感动。八亲王安排山乡式的筵席款待来客,很有情趣。更有外人所预想不到的:有许多出身并不低微的王子王孙,例如年老的四位王族之类

────────────

〔1〕　壹越相当于中国的黄钟,是十二律的第一音,犹西乐的C调。

的人,想是预先顾念到八亲王家招待这班贵宾缺乏人手,都来帮忙。奉
觞进酒的人,个个衣冠楚楚。这正是乡土方式的古风盛宴。来客之
中,定有想象住在这里的女公子的生活状况而私下为她们伤心的人
吧。尤其是留在对岸的匂皇子,由于自己身份所关,不能随便行动,
竟感到非常苦闷。他觉得这机会总不可错过,忍耐不住,便命人折取
一枝美丽的樱花,差一个相貌姣好的随身殿上童子,送一封信去。信
中写道:

　　　　"山樱花开处,游客意流连。

　　　　折得繁枝好,效颦插鬓边。

我正是'为爱春郊宿一宵'〔1〕。"大意如此。两位女公子不知这回信应该
如何写法,不能报命,心甚烦乱。那老侍女说:"这等时候,如果看得太认
真,回信拖延太久,反而有失体统。"大女公子便叫二女公子执笔。二女
公子写道:

　　　　"春山行旅客,暂立土墙前,

　　　　只为贪花好,折来插鬓边。

你不是'特地访春郊'〔2〕吧。"笔迹非常熟练而优美。隔川两庄院中都奏
着悠扬悦耳的音乐,川风有意沟通,吹来吹去,教彼此互相听赏。

---

　　〔1〕　古歌:"我来采堇春郊上,为爱春郊宿一宵。"见《万叶集》。
　　〔2〕　此句亦引自古歌,但出处不明。

　　红梅藤大纳言奉圣旨前来迎接匀皇子返宫。大批人马云集，开路喝道，直向帝都归去。许多青年公子游兴尚未餍足，一路上恋恋不舍，屡屡回顾。匀皇子只想另觅适当机会，再度来游。此时樱花盛开，云霞旖旎，春色正当好处。诸人所作汉诗、和歌甚多。为避烦琐，不曾一一探询。

　　匀皇子在宇治时心绪缭乱，不曾随心所欲地和两位女公子通信，颇有不满之感。因此回京以后，不烦薰君介绍，常常写信直接送去。八亲王看了他的信，对侍女们说：“回信还是要写的。但不可当作情书对付，否则反而引起将来烦恼。这位亲王想是很爱风流的人，听见这里有这两个小姐，不肯放过，便写这些信来开玩笑吧。”他劝女儿写回信，二女公子便遵命写了。大女公子非常谨慎小心，对于此种色情之事，即使逢场作戏，也决不肯过问。八亲王一直度送孤独的生涯。春日迟迟，更觉寂寞无聊，常恨日长难暮，愁思越来越多。两位女公子年龄越长，姿色越增，竟变成了两个绝色美人。这反教八亲王增加痛苦，他想：“倒不如长得丑些，那么埋没在这山乡里也不大可惜，我的痛苦或可减少些。”他为此日夜烦恼。此时大女公子二十五岁，二女公子二十三岁。

　　命里算来，今年是八亲王灾厄最多的一年。他很担心，诵经念佛比往常更勤了。他对俗世已无所留恋，专心为后世修福，故往生极乐世界，照理可保无忧。只是两位女公子十分可怜，实在不忍弃下。因此他的随从者都替他担心，他们推想：即使道心坚强无比，但到了临命终时倘舍不得两个女儿，正念定会混乱，往生就被妨碍。八亲王心中打算：只要有一个人，虽然不是完全称心，但做我女婿不会使我失却面子，就不妨将就允许。只要真心爱护我的女儿，郑重前来求婚，那么即使有些缺点，我也只当不见，就把女儿许配他吧。然而并没有人热心地前来求婚。难得有几个浮薄青年，由于偶然机会，写一封求爱的信来。他们是借佛游春，赴某处进香,中途在宇治泊宿,一时好奇心起,写封信来求爱。他们推量这位亲王已经失势,有意来侮弄他。八亲王最痛恨这些人,半个字也不给答复。只有那位匀皇子,始终真心爱慕,不到手决不罢休。这大概是宿世因缘了。

宰相中将薰君于这一年秋天升任中纳言,世间声望更加显赫了,然而心中愁思依然甚多。他多年来心怀疑虑:关于自己的出生究竟是怎么一回事?近来得知实情后,却更加痛苦,想象他的生父忧惧而死时的情状,便决心代他修行佛道,借以减轻他的罪业。他怜悯老侍女弁君,常常避去人目注意,以种种借口,对她多加照顾。

薰君想起久不赴宇治了,便动身前往访问八亲王。这时候正是初秋七月。都城里还不大看得出秋色,但一走到音羽山附近,便觉凉风送爽。槙尾山一带的树木上已经略见红叶。入山越深,景色越是优美而新奇。薰君在这时候来访,八亲王比往常更加欢迎。这一次他对薰君说了许多伤心的话。向他嘱托道:"我死之后,希望你在得便之时,常来看看这两个女儿,请勿舍弃她们。"薰君答道:"以前早已承蒙嘱咐,侄儿牢记在心,决不怠慢。侄儿对俗世已无留恋,一身力求简朴。万事都不可靠,前途毫无指望。虽然如此,但只要一日生存在世,此志一日不变,可请皇叔放心。"八亲王不胜喜慰。夜色渐深,明月出天,似觉远山都移近来了。八亲王伤心地念了一会经之后,又和薰君闲谈往事。他说:"现今世间不知怎么样了。从前宫中等处,每当此种月明如昼的秋夜,必在御前演奏音乐,我也常得参与其间。那时所有以擅长音乐著名的人,各献妙技,参与合奏。但我觉得这种演奏,规模太庞大了,倒不如几位长于此道的女御、更衣的室内演奏来得有味:她们内心里针锋相对,而表面上和睦相亲,于夜深人静之际奏出沁人肺腑的曲调。那隐约传来的声音,耐人听赏的实

在很多。从任何方面来说,女子作为游乐时的对手,最为相宜。她们虽
然纤弱,却有感动人心的魅力。正因为如此,佛说女人是罪障深重的。
就父母爱子的辛劳而言,男子似乎不大需要父母操心吧?而女子呢,如
果嫁了一个不良之人,即使是命运所迫,为父母者还是要为她伤心。"他
说的是一般人之事,但他自己哪得不怀着此种心情?薰君推察其心,觉
得十分同情。答道:"侄儿对一切世俗之事,确已无所留恋。自身也毫无
一件精通的技艺。惟有音乐听赏一事,虽然谈不上怎样,却实在难于舍
弃。那位大智大慧的圣僧迦叶尊者,想来也是为此,所以忘威仪而闻琴
起舞吧〔1〕。"他前曾听到女公子们一两声琴音,常觉不能餍足,恳切盼望
再听。八亲王想必是欲以此作为他们互相亲近的开端,所以亲自走进女
公子室中,谆切地劝她们弹。大女公子只得取过筝来,略弹数声就停止
了。此时万籁俱寂,室内肃静无声。天空气色与四周光景都很动人。薰
君心驰神往,颇思参与女公子们的随意不拘的演奏。然而女公子们岂肯
毫无顾忌地与他合奏呢?八亲王说:"我现在让你们熟悉一下,以后就看
你们年轻人自己的喽。"他准备上佛堂做功课去,赋诗赠薰君云:

　　"人去草庵荒废后,
　　　知君不负我斯言。

与君相见,今日恐是最后一次了。只因心中感伤,难于隐忍,对你说了许
多愚顽荒唐的话。"说罢流下泪来。薰君答道:

────────

　　〔1〕《大树紧那罗经》云:"香山大树紧那罗于佛前弹琉璃琴,奏八万四千音乐。迦叶
尊者忘威仪而起出。"迦叶尊者是释迦牟尼十大弟子之一。

> "我与草庵长结契，
>
> 终身不敢负斯言。

且待宫中相扑节会〔1〕等公务忙过之后,当再前来叩访。"

八亲王上佛堂去后,薰君就召唤那个不问自语的老侍女弁君到这室中,要她把上次未曾说完的许多话继续叙述。月亮即将下山,清光照遍全室,帘内窈窕的人影隐约可见,两位女公子便退入内室。她们看见薰君不是世间寻常的好色男子,说起话来斯文一脉,她们有时便也在室内作一些适当的答话。薰君心中想起匂皇子迫不及待地想会见这两位女公子,觉得自己毕竟和别人不同。他想:"八亲王如此诚恳地自动将女儿许给我,我却并不急于欲得。其实我并不是想疏远这两位小姐而坚决拒绝结婚。我和她们如此互相通问,春秋佳日、樱花红叶之时,向她们馨吐哀愁之情与风月之趣,从而赚得她们深切的同感——像这样的对象,如果我和她们没有宿缘而任她们做了别人的妻子,毕竟是可惜的。"他心中已把女公子据为己有了。

薰君于夜深时分告辞返京。想起了八亲王忧愁苦闷、担心死期将至之状,深觉可怜,准拟在朝廷公务忙过之后再去访问。匂兵部卿亲王想在今年秋天赴宇治看红叶,正在左思右想,找寻适当机会。他不断地遣使送情书去。但二女公子认为他不是真心求爱,所以并不讨厌他,只把这些信看做无关紧要的四时应酬之文,也时时给他回信。

秋色越深,八亲王心情越见恶劣。他想照例迁居到阿闍梨那清静的山寺中去,以便一心不乱地念佛,便将身后之事嘱咐两个女儿:"世事无

---

〔1〕 每年七月下旬,宫中举行相扑竞赛,赐群臣宴。

常,死别是不能逃避的。如果你们另有可以慰情之人,则死别之悲也会逐渐消减。但你们两人没有能代替我的保护人,身世孤苦伶仃,我把你们弃在世间,实在非常痛心!虽然如此,但倘被这一点情爱所妨碍,竟使我不得往生,永堕轮回苦海之中,损失也太大了。我与你们同生在世之时,也因早已看破红尘,故身后之事绝不计较。然而总希望你们不但顾念我一人,又顾念你们已故的母亲的脸面,切勿发生轻薄的念头。若非真有深缘,切勿轻信人言而离去这山庄。须知你们两人的身世命运,与普通世人不同,必须准备终老在这山乡中。只要主意坚定,自能安然度送岁月。尤其是女子,如能耐性闭居在这山中,免得众目昭彰地身受残酷的非难,实为上策。"两位女公子完全不曾考虑到自己的终身问题,只觉得父亲如果死去,自己片刻也不能生存于世。此时听了父亲这般伤心的遗言,其悲痛不可言喻。八亲王心中,早已抛弃一切俗世之事,只是多年来和这两个女儿朝夕相伴,一旦忽然别去,虽然并非由于不慈,但在女儿确是满怀怨恨,怪可怜的。

　　明日即将入山,今日与往常不同,八亲王向山庄各处巡行察看。这本来是一所简陋的住宅,他暂在这里草草度日而已。但念自身死后,两个青年女子怎么能够耐性地笼闭在这里度日呢?他一面流泪,一面念经,姿态实甚清秀动人。他召唤几个年龄较长的侍女来前,嘱咐道:"你们要好好服侍两位小姐,好教我放心。大凡出身本来微贱、在世默默无闻的人,子孙衰微是常有的事,世人也不加以注目。但像我们这等身份的人家,别人如何看法虽然不得而知,但倘过分衰败,实在对不起祖宗,困苦之事也一定很多。岑寂度送岁月,原是寻常之事,不足为异。但能恪守家规,不坠家声,则外间名声可保,自己也无愧于心。世间常有希图荣华富贵而终于不得如意称心之事。故切不可轻率从事,让两位小姐委身与不良之人。"他准备在天色未明之时入山,临行又走进女公子室中,对她们说:"我死之后,你们切勿悲伤。应该心境开朗,常常玩玩琴筝。须知世间万事都不能如意称心,故切不可执迷不悟。"说罢出门而去,犹自屡屡回头。八亲王入山后,两位女公子更觉寂寞无聊,她们晨夕共话,相依为命,说道:"如果我们两人之中少了一人,另一人如何过日子呢?人世之事,不论目前或未来,都是变幻无定的。万一分别了,如何是好!"她们有时哀泣,有时欢笑。不论游戏玩耍或正当事务,都同心协力,互相慰勉,如此日复一日。

八亲王入山念佛,原定今日圆满。两位女公子时刻盼待,巴不得他早点回家。直到傍晚,山中使者来了,传达八亲王的话道:"今天早起身体不好,不能返家。想是感受风寒,正在设法治疗。但不知何故,似比往时更加担心,深恐不能再见。"两女公子大吃一惊,不知病状究竟如何,不胜忧虑。连忙将父亲的衣服添加很厚的棉絮,交使者送去。此后二三日,八亲王一直不下山。两位女公子屡次遣使去问病状,八亲王叫人口头传言,说"并无特别重症,只是浑身不适。倘能略见好转,当即抱病下山。"阿阇梨日夜在旁看护,对他说道:"这病表面看来无关紧要,但或许是大限来到。切不可为女公子之事忧虑!凡人宿命各不相同,故不须将此事挂在心头。"就逐渐开导他舍弃一切世俗之事,又谏阻他:"如今更不可下山了。"此乃八月二十日之事。是日天色特别凄凉。两女公子忧虑父亲的病,心中犹如蒙着昼夜不散的浓雾。残月皎然地破云而出,照得水面明澄如镜。女公子命人打开向着山寺的板窗,对着这边凝望。不久山寺的钟声隐隐响出,可知天已亮了。此时山上派人来了,其人啼啼哭哭地说:"亲王已于夜半时分亡故。"日来两女公子时刻挂念,不断地担心病状如何,此时突然闻此消息,惊惶之余,竟致昏迷不省。悲伤过度,眼泪反不知到哪里去了,只管俯伏在地上。死别之事,倘是亲眼目睹,则心无遗憾,此乃世之常例。但两位女公子不得送终,因此倍觉悲伤。她们心中常想:如果父亲死去,她们一刻也不能生存于世。故此时悲恸号泣,只想追随同行。然而人寿修短有定,毕竟无可奈何。阿阇梨年来早受八亲王嘱托,故身后应有法事,由他一力承办。两女公子向他要求:"亡父遗容,我等总想再见一次。"阿阇梨的答复只是这几句话:"现在岂可再见?亲王在世之日,早已言定不再与女公子见面。如今身亡,更不必说了。你们应该快快断念,务求习惯此种心境。"女公子探询父亲在山时情状,但这阿阇梨道心过分坚强,认为琐屑可厌。八亲王自昔就深怀出家之志,只因两女儿无人代他照拂,难于离去,故生前一直和她们朝夕相依,赖此慰藉孤寂的生涯。终于受其羁绊,不离尘俗地过了一生。如今走上了死别的旅途,则先死者的悲哀和后死者的恋念,都是无可奈何的了。

中纳言薰君闻得八亲王死耗,扼腕悼惜不置。他希望再度和他会面,从容地谈谈心中未罄之言。如今历历回思人世普遍无常之态,不禁痛哭失声。他想:"我和他最后一次见面之时,他曾对我说:'与君相见,今日恐是最后一次了。'只因他生性比别人敏感,惯说人生无常,朝不保夕之言,故我听了这句话并不放在心上。岂知不多几日真成永诀!"他反复思量,追悔莫及,不胜悲伤。便遣使赴阿阇梨山寺及女公子山庄隆重吊唁。山庄中除薰君以外,竟别无吊客上门,光景好不凄凉。两位女公子虽已心烦意乱,也深感薰君多年以来的美意。死别虽是世间常有之事,但在身当其者看来,悲痛无可比拟。何况两位女公子身世孤单,无人相慰,更不知何等伤心。薰君深感同情,推想亲王故后应做种种功德,便备办许多供养物品,送交阿阇梨山寺。山庄方面,也送去许多布施物品,托付那老侍女办理,关怀十分周至。

两女公子仿佛处在永无天明的长夜中,看看已到九月。山野景色凄凉,加之秋雨连绵,引人堕泪。木叶争先恐后地堕地之声、流水的潺潺声、瀑布一般的眼泪的簌簌声,诸声混合为一,催人哀感,两女公子就在其中忧愁度日。众侍女都很担心,生怕如此下去,有限的寿命一刻也难于延续,便向小姐多方劝慰,不胜苦劳。山庄里也请有僧人在家念佛。八亲王旧居的房间中,供着佛像,作为亡人的遗念。平日常在此间出入而七七中闲居守孝的人,都在佛前虔诚念诵,如此日复一日。

匀兵部卿亲王也屡次遣使送信来吊慰。但两女公子哪有心情答复此种来信! 匀亲王收不到回信,想道:"她们对薰中纳言并不如此冷淡。这明明是疏远我了。"心中不免怨恨。他原拟在红叶茂盛之时赴宇治游玩,乘兴赋诗。今因八亲王逝世,未便来此附近逍遥取乐,只得打消此念,心中甚觉扫兴。八亲王断七过了。匀亲王想道:"凡事总有限度。两女公子的悲哀,现在想必淡然了吧。"便写了一封长信送去,这正是秋雨霏霏的傍晚,信中有云:

> "蒿上露如泪,闲愁入暮多。
>
> 秋山鸣鹿苦,寂处意如何?

对此凄凉暮色而漠然无动于中,未免太不识情趣了。在此时节,眺望郊原日渐枯黄的野草,也可使人感慨呢。"大女公子看了信对妹妹说:"我确已太不识情趣,有好几次不写回信给他了。还是你写吧。"她照例劝二女公子写回信。二女公子想道:"我不能追随父亲,苟安偷生,直到今日,哪有心情取笔砚来写信! 想不到忧愁苦恨,挨过了这许多日子。"眼泪又夺眶而出,模糊不能见物,便把笔砚推开,说道:"我也不能写。我气力全无,起坐也很勉强。谁言悲哀终有限度? 我的忧伤苦恨无有了时呢!"说罢哭泣甚哀。大女公子也觉得她很可怜。匀亲王的使者是傍晚从京中出发、黄昏稍过到达这里的。大女公子叫人对他说:"此刻你怎么回去呢? 不如在此留宿一宵,明晨再走吧。"使者答道:"不敢奉命。主人吩咐今晚必须回去。"他急于要走。大女公子颇感为难。她自己心情并未恢复正常,但不能袖手旁观,只得写一首诗:

> "热泪常封眼,荒山雾不开。
>
> 墙根鸣鹿苦,室内泣声哀。"

这诗写在一张灰色纸上。时在暗夜,墨色也不辨浓淡,无法写得美观。只是信笔挥洒,加上包封,立刻交付使者拿回去了。

此时天色似将下雨,木幡山一带道路险恶可怕。但匀亲王的使者想必是特选的勇士,他毫不畏惧,经过阴森可怕的小竹丛时,也不停辔驻足,快马加鞭,片刻就到达宫邸。匀亲王召唤使者来前,但见他浑身被夜露濡湿,便重重犒赏他。拆开信来一看,觉得此信笔迹与往日来信不同,较为老练纯熟,字体非常优美。不知何者是大女公子手笔,何者是二女公子手笔,反复细看,不忍释手,竟忘记了睡觉。侍女们便窃窃私议:"说道要等回信,所以不去睡觉。现在回信到了,看了这许久还不肯放,不知那边是怎样称心如意的美人。"她们都很懊恼,大约是想睡觉了。

次日朝雾还很浓重之时,匀亲王急忙起身,再写信到宇治。信中有云:

"失却良朋朝雾里,

　鹿鸣悲切异寻常。

我的泣声,悲切不亚于你们呢。"大女公子看了信,想道:"回信写得太亲切了,深恐引起后患。我等过去依在父亲一人荫庇之下,幸得太平无事,安心度日。父亲死后,我等想不到居然能活到现在。今后如果为了意外之事,略微犯一些轻率之罪,则年来日夜为我等操心的亡父的灵魂,亦将蒙受创伤。"因此对于一切男女关系之事,非常谨慎恐惧,对此信恕不答复。其实她们并非轻视匂亲王而把他看做寻常之人。她们看了他那乘兴挥毫的笔迹和精当的措辞,也觉得优美可爱,确是不易多得的来信。不过她们虽然爱他的信,却认为对于这个高贵而多情的男子,自己这拙陋之身够不上写回信。因此她们想:"何必高攀呢?我们但愿以山乡贱民终此一生吧。"

　　只有对薰中纳言的回信,因为对方态度非常诚恳,故这边也不疏懒。双方常有书信往还。八亲王断七之后,薰君亲自来访。两女公子住在东室较低的一个房间里守孝。薰君走到房间旁边,召唤老侍女弁君来前。这愁云密布、暗淡无光的山庄中,突然进来一个英姿焕发、光彩夺人的贵人,使得两女公子局促不安,答话也说不出来。薰君说道:"对我请勿如此疏远。应照亲王在日那样互相亲信,方可彼此晤谈。我不惯于花言巧语的风情行为。叫人传言,使我话也不大说得出来。"大女公子答道:"我等苟延残喘,直至今日,真乃意外之事。然而心常失迷于永无醒期的乱梦中。仰望日月之光,也不知不觉地感到羞耻。故窗前也不敢走近去。"薰君说道:"这也太过分了。居丧恭谨,确是出于一片深情。至于日月之光,倘是自心贪求欢畅而出去欣赏,才是罪过。你们如此待我,使我十分难堪。我还想探询小姐胸中悲哀之状而设法安慰呢。"侍女们说："果然不错,我家小姐的悲哀深切无比。承蒙设法安慰,美意实在不浅啊!"虽然只经过这淡然的几句谈话,但大女公子心情也逐渐平静起来,能理解薰君的好意了。她设想薰君即使只为对父亲的旧交情而来,如此不惮跋涉之劳,远道来访,好意也良可感谢。因此膝行而出,与薰君稍稍接近。薰君慰问她们的哀思,又叙述对八亲王的誓约,语言非常诚恳亲切。原来薰君没有雄赳赳、气昂昂的态度,故大女公子对之不觉得严肃可怕。然而想起了今天不得不和这不相识的男子亲口谈话,并且今后将仰仗他的照顾,和过去的情况比较之下,毕竟不胜伤心失意。她只是轻言细语地回答了一二句话,那意气消沉、萎靡不振之状,使得薰君异常怜悯。他从黑色帷屏的隙间窥看,但见大女公子神色非常痛苦。想象她孤居寂处之状,又回思那年黎明时分窥见姿色时的光景,便自言自语地吟诗曰:

　　"青葱已变焜黄色,
　　想见居丧憔悴姿。"

大女公子答道:

　　"丧服已成红泪薮,
　　我身无地可安居。

正是'丧服破绽垂线缕……'〔1〕"末了数字轻微得听不见,吟罢悲伤难

─────────
　　〔1〕 古歌:"丧服破绽垂线缕,条条好把泪珠穿。"见《古今和歌集》。

忍,就退回内室去。薰君此时未便勉强挽留她,但意犹未尽,不胜怅惘。

　　出乎意外的,是那个老侍女弁君出来代替大女公子应对了。她对薰君讲了昔日今时许多可悲的事实。只因此人亲见又详悉那桩可惊可悲之事,故虽然形容异常衰老,薰君并不讨厌,亲切地与她共话。对她说道:"我在孩提之时,即遭六条院先父之丧,深感人生于世虚幻可悲。故后来年龄渐增,长大成人,对于爵禄富厚,全然不感兴趣。惟有像这里的亲王那样的闲居静修的生涯,深得我心之所好。如今眼见亲王亦已化为乌有,愈觉人世之可悲,急欲抛弃此无常之世,遁入空门。只因亲王这两位遗眷孤苦无依,成了我的羁绊。我说这话,太无礼了。但我一定不负亲王遗嘱,只要我命生存于世,自当竭诚效劳。虽然如此,但我自从听你说了那件意想不到的旧事之后,越发不欲寄迹在这尘世之中了。"他边哭边说。弁君更加哭得厉害,话也说不出来。薰君的相貌竟与柏木一般无二。弁君看了,连久已忘记了的旧事也回忆起来,因此加倍悲伤,一句话也不说,只管吞声饮泣。这老侍女是柏木大纳言的乳母的女儿。她的父亲是两女公子的母舅,官至左中弁而身亡。她多年流寓远国,回京之时,两女公子的母亲也已亡故。对柏木大纳言家又已生疏,八亲王便收留了她。此人出身并不高贵,而且惯当宫女。但八亲王认为她不是无知无识的女子,就叫她服侍两女公子。关于柏木的秘密,她对于多年来朝夕相见而无话不说的两女公子,也不曾泄露一句话,一直隐藏在心里。但薰中纳言推想:老婆子多嘴饶舌,不问自说,乃世间常例。这弁君即使不会轻易地向一般人宣传,但对这两位含羞忍性、谨慎小心的女公子,说不定已经说过了。便觉可耻亦复可恨。他之所以不肯放弃而企图亲近她们,多半是为了想保守这秘密之故吧。

　　八亲王既逝世,此间不便留宿,薰君便准备回京。他回想:"八亲王

对我说'与君相见,今日恐是最后一次了',我当时认为岂有此理,谁知果
然不得再见。那时是秋天,现在还是秋天,曾日月之几何,而亲王已不知
去向,人生实在虚幻无常啊!"八亲王不像一般人那样爱好装饰,故山庄
中一切都很简单朴素,然而打扫得十分清洁,处处饶有清趣。现在常有
法师出入,各处用帷屏隔开,诵经念佛的用具依然保存着。阿阇梨向两
女公子启请:"所有佛像等物,请移供于山寺中。"薰君听了这话,设想这
些法师也都要离去,此后这山庄中人影绝迹,留在这里的人何等凄凉!
不禁胸中痛苦无已。随从人告道:"天色已很晚了。"只得含愁上车。适
有鸣雁横空飞渡,便赋诗云:

> "秋雾漫天心更苦,
> 雁鸣似叹世无常。"

薰君与匀亲王会面时,总是首先以宇治两女公子为话题。匀亲王以为现
在八亲王已不在世,可以无所顾忌了,便竭诚地写信与两女公子。但两
女公子计虑非常周到,一个字也不肯写回信给他。她们想:"匀亲王非常
好色,名闻于世。他把我们看成了风流香艳的对手。这人迹不到的蔓草
荒烟之中写出去的回信,在他看来手笔何等幼稚而陈腐!"她们怀着自卑
之感,所以不肯写回信给他。她们相与共话:"唉!日子过得真无聊啊!
原知人生如梦,但想不到悲哀之事立刻来到眼前。我们日常听到又看到
人世无常的事例,也知道此乃一般定理。然而只是茫然地想起人生总有
一死,不过或迟或早而已。如今回思往昔,虽然生命全无保障,但一向悠
闲地度送岁月,无忧无惧,平安无事地过了多年。而现在听到风声,亦觉
凄厉可怕;看到素不相识的人出入门庭,呼唤问讯,亦觉心惊肉跳。可怕

可忧之事增添不少,实在不堪其苦。"两人含愁度日,眼泪没有干时。不觉已到岁暮。

　　霰雪飘零之时,到处风声凄厉。两女公子似觉这山居生涯是现在才开始的。侍女中有几个精神振作的人对两女公子说:"唉,这晦气的年头即将过完了。小姐快把过去的悲伤收拾起来,欢欢喜喜地迎接新春吧。"小姐想道:"这真是难事了。"八亲王生前常常闭居在山寺中念佛,故当时山上也常有法师等来访。阿阇梨也挂念两位女公子,有时派人前来问候。但现在八亲王已不在世,他自己也不便亲到。山庄里人影逐渐稀少,两女公子知道这原是当然之事,然而不胜悲伤。八亲王不在后,有些毫不足道的山农野老,有时也走进这山庄里来探望。众侍女难得看到这种人,都觉得稀罕。时值秋季,也有些山民樵些木柴、拾些果实,送到山庄里来。阿阇梨的山寺中,派法师送来木炭等物,并致词云:"多年以来,岁暮必致送微物,习以为常。今年如果断绝,于心有所不忍,故照旧例,务请赏收。"两女公子想起:过去每逢岁暮,此间亦必送绵衣去,以供阿阇梨闭居山寺时御寒之用,便用绵衣回敬他。法师偕童子辞了山庄,在很深的雪中登山回寺,忽隐忽现。两女公子流着眼泪目送他们。相与言道:"即使父亲削发为僧,只要活在世间,这样来来往往的人也自然会很多。我们无论何等寂寞,总不会与父亲不得见面。"大女公子便吟诗曰:

　　　　　"人亡山路寂,无复往来人。

　　　　　怅望松枝雪,如何遣此情?"

二女公子也吟诗云:

　　"山中松上雪,消尽又重积。

　　人死不重生,安得如松雪?"

此时天空又下雪了,使她们不胜羡慕。

　　薰中纳言想起新年里事绪纷忙,不会有工夫访问宇治,便在年底来到山庄。路上积雪甚深,普通行人也不见一个,薰中纳言却不惜千金之体,冒雪入山访问。其关怀之深切,使两女公子衷心感激,因此对待他比往常亲切:命侍女为他特设雅洁座位,又命把藏着的、未染黑的[1]火钵取出,把灰尘拂拭干净,供客人使用。众侍女回想起亲王在日对薰君欢迎之状,想与共话旧事。大女公子总觉得不好意思和他会面,但恐对方怪她不识好歹,只得勉强出来相见。虽然还是十分拘束,但说话比从前多,亲疏恰到好处,态度温和优雅。薰中纳言意犹未尽,觉得总不能永远如此疏远。但又想道:"这真是一时的冲动了。人心毕竟是容易动摇的。"便对大女公子说道:"匀亲王非常恨我呢。也许是由于我在谈话中乘便把尊大人对我的恳切的遗言向他泄露了之故。或者是由于此人十分敏感,善于推量人心之故,他屡次埋怨我道:'我指望你在小姐面前替我吹嘘。如今小姐对我如此冷淡,定然是你说了我的坏话。'这实在是我所意想不到之事。只因他上次来游宇治,是由我引导的,故我未便断然相拒。但不知小姐对他为何如此冷淡?世人都说匀亲王好色,其实全是谣传。此人用心异常深远。我只听见有些女人听了他的几句戏言,立刻轻率地服从他。他认为此种女人毫不足取,便不睬她们。谣传恐是由此而起的吧。世间有一种男子,凡事随缘,心无定见。处世落拓不拘,一味

────────────

〔1〕　丧中用品,皆染黑色。

迁就别人。这样也好,那样也好。即使稍有不称心处,亦认为命该如此,
无可奈何。与此种男子结为夫妇,倒也有爱情恒久的。然而一旦感情破
裂,便像龙田川的浊水〔1〕一般流传恶名。以前的爱情消失得影迹全无。
这也是世间常有之事。但匂亲王绝不是此种人。他用心非常深远,只要
是称他的心、和他趣味相左之处不多的人,他决不轻易抛弃,决不做有始
无终之事。他的性情我很熟悉,别人所不知的我都知道。如果你认为此
人可取,愿意和他结缘,我一定竭诚效劳,玉成其事。那时我将东奔西
走,跑得两脚酸痛呢。"他说时态度非常认真。大女公子认为他所指的不
是她自己而是妹妹,她只要以长姐代父母的身份作答。但她左思右想,
终觉得难于答复。后来笑道:"叫我说什么好呢? 恋慕的话讲得太多,更
使我难于作答了。"措词温雅,姿态非常可爱。薰君又说:"适才我所说
的,不一定是关于大小姐自身的事。但请大小姐以兄姐之心,体谅我今
天踏雪远来的一片诚意。匂亲王所属意的,似乎是二小姐。听说他曾有
信来,隐约提及此事。但不知信是写给谁的? 又不知给他的回信是谁写
的?"大女公了见他如此探问,想道:"幸而至今没有给匂亲王写过信。如
果当时戏耍,写过回信,虽然无伤大雅,但他说这种话,教我多么害羞,好
难过啊!"便默默不答,但取笔写一首诗送给他。诗曰:

"冒雪入山君独堪,

传书通信更无人。"

薰君看诗说道:"如此郑重声明,反而疏远了。"便答诗云:

〔1〕 古歌:"龙田川水浊如此,恐是神南堤岸崩。"见《古今和歌集》。神南是地名。

"走马冰川寻胜侣,

二人同渡我当先。〔1〕

但得如此,我便可尽力效劳了。"大女公子想不到他会说这话,心中不快,默不作答。薰君觉得这位大女公子没有神圣不可侵犯的模样,但又不像时髦青年女子那样娇艳风骚,真是一位端详闲雅的淑女。他推量其人的模样,认为女子正该如此,才合乎自己的理想。因此他常在言语得便之时隐约表示恋慕之情。但大女公子只管装作不知。薰君觉得可耻,便转变话头,一本正经地续谈往昔的旧事。

随从人催促动身:"天色倘暗足了,这大雪中行路更困难呢。"薰君只得准备回家。他又对大女公子说:"我到处察看,觉得这山庄实在太孤寂了。我京中的邸宅,像山家一般清静,出入的人也极少。小姐倘肯迁居,我实不胜欣幸。"侍女们偶然听到这话,都觉得能够这样真好极了,大家笑逐颜开。小女公子看见这模样,想道:"这太不成样子了!姐姐哪里会听他呢!"侍女们拿出果物来招待薰君,陈设十分体面。又拿出美好的酒肴来犒赏随从人等。以前蒙薰君赏赐一件香气馥郁的便袍而闻名于人的那个值宿人,髭须满脸,面目可憎,令人看了感到不快。薰君心念此人如何可供使唤呢,便唤他来前,问道:"怎么样?亲王故世之后,你很伤心吧?"那人愁眉苦脸地哭泣着答道:"正是呢。小人这孤苦无依之身,全靠亲王一人的荫庇,过了三十多年。如今即使流浪山野,亦无'树下'〔2〕可投靠了。"他的相貌变得更加丑陋。薰君叫他把八亲王生前供佛的房间

---

〔1〕　意思是:我来玉成匂亲王与你妹妹之事,但先要玉成我与你之事。

〔2〕　古歌:"孤客无依投树下,岂知树老叶飘零。"见《古今和歌集》。

打开,走进去一看,但见到处灰尘堆积,只有佛前的装饰依旧鲜艳不衰。
八亲王诵经念佛时所坐的床已收拾起来,影迹不留了。他回想当年曾与
亲王约定:自己如果出家,当以亲王为师。便吟诗曰:

> "修行欲向柯根学,
>
> 不道人亡室已空。"[1]

吟罢将身靠在柱上。青年侍女们窥看他的姿态,都在心中赞美。天色已
暮,随从人走到附近替薰君管理庄院的人们那里,取些草料秣马。薰
君全不知道,忽见许多村夫牧子跟着随从人来拜见主子了。他想:"被他
们知道了实在不好啊!"便托辞掩饰,说是为访问老侍女弁君而来的。又
吩咐弁君,叫她好好服侍两女公子,然后动身回京。

腊尽春来[2],天色明丽,汀边的冰都解冻了。两女公子依然愁眉不
展,自念如此悲伤,也能活到今日,真乃意外之事。阿阇梨的山寺里派人
送些泽中的芹菜和山上的蕨菜来,说道是融雪之后摘得来的。侍女们便
拿来做成素菜,供女公子佐膳。她们说:"山乡自有风味,看到草木荣枯,
知道春秋递变,也是很可喜的。"但两女公子想:"有什么可喜呢?"大女公
子便吟诗曰:

> "家君若在山中住,
>
> 见蕨怀亲喜早春。"

---

　　[1]　古歌:"居士修行处,山中柯树根。棱棱难坐卧,安得似香奁?"见《宇津保物语》。
本回题名据此。
　　[2]　此时薰君二十四岁。

二女公子也吟道：

> "雪深汀畔青芹小，
> 家已无亲欲献谁？"

两人只是如此闲吟漫咏,消磨岁月。

薰中纳言和匀亲王逢时逢节都有信来。但多半是无甚意味的冗谈,照例省略不记。樱花盛开之时,匀亲王回想起去春咏"效颦插鬓边"之诗赠女公子之事。当时陪伴他游宇治的公子哥儿们说道："八亲王的山庄真有意思,可惜不能再访。"众口一词地称颂赞叹。匀亲王听了不胜恋慕,便赋诗赠两女公子。诗曰：

> "客岁经仙馆,樱花照眼明。
> 今春当手折,常向鬓边簪。"

他的口气得意扬扬。两女公子看了觉得这话岂有此理。但此时寂寞无事,看了这封精美的来信,觉得不便置之不理,且作表面的敷衍。二女公子便答以诗云：

> "樱花经墨染,深锁隔云层。
> 欲折樱花者,迷离何处寻？"

她依然如此断然拒绝。匀亲王每次总是收到冷淡的回信,心中实在懊丧。无可奈何,只得这般那般地责备薰君不替他出力。薰君心中觉得好笑,便装作两女公子的全权保护人模样,和他应对。他每逢看到匂亲王有浮薄之心,必然告诫他道:"你如此浮薄,教我怎好出力呢?"匂亲王自己也知道应该小心,回答道:"我还不曾找到称心的人,这期间不免有浮薄之心耳。"夕雾左大臣想把第六个女公子嫁与匂亲王,但匂亲王不同意,左大臣心怀怨恨。匂亲王私下对人说道:"血统太近[1]是乏味的。何况左大臣察察为明,别人小有过失,也毫不容情。当他的女婿是困难的。"为此迟迟不允。

这一年三条宫邸遭了火灾,尼僧三公主迁居六条院。薰君为此奔走忙碌,许久不赴宇治访问。谨严之人的心情,自与普通人不同,最能忍耐持久。他虽然心中已经认定大女公子早晚是自己的人了,但在女方尚未表示心许的期间,决不做轻率唐突的行为。他只管确守八亲王的遗嘱而竭诚照顾,希望女公子理解他的诚心。

这一年夏天,天气比往年更加炎热,人人不堪其苦。薰君料想川上必然凉爽,便立刻动身赴宇治访问。早晨凉爽的时候从京中启程,但到达宇治时已经赤日当空,阳光眩目。薰君召唤那值宿人出来,叫他打开八亲王生前所居西室,入内休息。此时两女公子正住在中央正厅的佛堂里,离薰君所居太近,似觉不宜,便准备回自己房间去。她们虽然悄悄地行动,但因相去甚近,这边自然听到声音。薰君情不自禁了。他曾看到此西室与正厅之间所设纸门的一端,装锁的地方有一小孔,便把遮住纸门的屏风拉开,向孔中窥探。岂知洞孔的那边立着一架帷屏,把洞孔挡住。薰君心甚懊丧,想离去了。正在此时,一阵风来,把朝外的帘子吹起。有一个侍女叫道:"外面望进来都看见了!把帷屏推出去挡住帘子

---

〔1〕　夕雾之女是源氏之孙女,匂亲王是源氏之外孙。二人是姑表兄妹。

吧。"薰君想道："这办法好笨啊！"心中很高兴，再向孔中窥视，但见高的帷屏、矮的帷屏都已推在佛堂面前的帘子旁边。和这纸门相对的一边的纸门开着，她们正从开着的纸门里走向那边的房间去。首先看见一人[1]走出来，从帷屏的垂布隙间向外窥视。——薰君的随从人等正在佛堂外面闲步纳凉。她身穿一件深灰色单衫，系着一条萱草色裙子。那深灰色被萱草色一衬托，显得异样美观，反而鲜艳夺目。这大约是与穿的人的体态有关吧。她肩上随意挂着吊带，手持念珠，隐在衣袖之中。身材苗条，姿态绰约。头发长垂，比衣裾略高，发端一丝不乱，光彩浓艳，非常美丽。薰君望见她的侧影，觉得异常可爱。他以前曾经隐约窥见明石皇后所生大公主的姿色，此时觉得这女公子的艳丽、温柔、优雅之相，正和大公主相似，心中赞叹不置。后来又有一人膝行而出，说道："那边的纸门外面窥得见呢！"可见此人用心周到，毫不疏忽，其人品甚可敬爱。她的头面和垂发似比前者高超而优雅。有几个无心无思的青年侍女答道："那边的纸门外面立着屏风，客人不会马上就窥见的。"后来的女公子又说："如果被他窥见了，真难为情。"她不放心，又膝行而入，那风度越发高雅了。她身穿黑色夹衫，颜色与前一人同样，但姿态比前一人更加温柔妩媚，令人不胜怜爱。她的头发大约稍有脱落，故末端略疏，颜色是色中最宝贵的翡翠色，一绺绺齐齐整整，非常美丽。她一手拿着一册写在紫色纸上的经文，手指比前一人纤细，可知身体是瘦削的。站着的那位女公子也来到门口，不知为了何事，向这边望望，嫣然一笑，非常娇媚。

---

〔1〕　此人是二女公子。后来的是大女公子。

第四十七回　总　　角[1]

　　多年来听惯的川风,今秋特别凄凉刺耳,山庄里忙着准备八亲王周年忌辰事宜。一般应有佛事,都由薰中纳言与阿阇梨办理。两女公子则依照侍女等的劝请,做些琐碎的工作,例如缝制布施僧众的法服、在经卷上加以装饰等。但也含愁忍苦,有气无力。若无薰中纳言等的照拂,这周年忌辰不知何等落寞呢。薰中纳言亲自来到宇治,为了两女公子即将除服,诚恳地向她们吊慰。阿阇梨也来到山庄。此时两女公子正在编制香几四角的流苏,诵念"如此无聊岁月经"[2]等古歌,相与共话。薰君从帘子一端通过帷屏上垂布的隙缝,窥见络子,知道她们正在编制流苏,便吟唱"欲把泪珠粒粒穿"之古歌,推想伊势守家女公子[3]作此歌时,也怀着这种心情吧。帘内两女公子听了颇感兴趣,但也不好意思装作会意而开言作答。她们想道:"贯之所咏'心地非由纱线织'[4]之歌,只是为了一时的生离,尚且有丝一般细的离愁,何况死别呢。可见古歌真是善于

　　〔1〕　本回继前回之后,写薰君二十四岁八月至岁暮之事。
　　〔2〕　古歌:"身多忧患偏长命,如此无聊岁月经。"见《古今和歌集》。
　　〔3〕　古歌:"啼声纺作长长线,欲把泪珠粒粒穿。"见《古今和歌六帖》。作者是伊势守藤原继荫之女,是宇多天皇的皇后藤原温子的宫女,得天皇宠爱。善作诗歌,为三十六歌仙之一。
　　〔4〕　古歌:"心地非由纱线织,离愁何故细如丝?"见《古今和歌集》。作者纪贯之,亦三十六歌仙之一,生于十世纪初。

抒情的。"薰君正在起草愿文,记述经卷和佛像供养的旨趣,就用便笔题一首诗:

"永结良缘如总角,
红丝百转绕同心。"〔1〕

写好后叫人送进帘内去。大女公子一看,又是这一套,觉得讨厌,但也只得奉答:

"脆似泪珠穿不得,
红丝无法结良缘。"

吟罢想起"永远不相逢"〔2〕之古歌,不免沉思细恨。

　　薰君为了自己遭大女公子如此冷遇和拒绝,深觉可耻,便不再热烈追求,只是认真地商谈匀亲王和二女公子之事。对大女公子说:"匀亲王的本性,在恋爱方面是稍稍热心过度的,所以即使不是十分深爱渴慕的事,一经启口,便不肯收回成命。恐是因此之故,所以多方设法探询尊意。这件亲事其实是很可放心答应的,为什么如此坚决拒绝呢?人世男婚女嫁之事,您不是全然不理解的,但一直拒人于千里之外,辜负我这一片无私的忠诚,叫我好恨啊!今天无论如何,要请您把尊见明白告我。"

―――――――――

〔1〕　总角是头发结成的髻。此处用以比喻编制流苏。又,总角代表少女,根据催马乐《总角》歌云:"总角呀总角!请你听我唱:你我分开睡,相隔约寻丈。双方滚拢来,从此长相傍。"本回题名据此。
〔2〕　古歌:"犹似单线缝,独来又独往。永远不相逢,此生复何望?"见《古今和歌集》。

他的语气非常认真。大女公子答道:"正为了不敢辜负您的忠诚,所以我不惜抛头露面,开诚相待。您倘不理解我这点心情,恐怕您心中怀着浅薄的想法吧。当然,倘是善解情趣之人,则处此荒寂之境,自有无穷感想。但我生性愚陋,只是茫然度日。先父在世之时,关于我等将来虽然曾有遗嘱:某事应该如何,某事应该如何,但是关于您所说的婚姻之事,全然不曾谈及。可知先父之意,确是教我们断绝结婚之念,如此度送一生。因此对于您的垂询,我实无法答复。不过舍妹年纪还轻,隐没在这深山之中,实甚可惜,故我亦曾私下计虑,但愿她不要就此变成朽木。只是不知命运如何耳。"说罢长叹一声,茫然耽入沉思,那模样甚是可怜。

薰君设想:她自己也是处女,怎么能够像长辈那样处理妹妹的婚事呢? 她的不能答复原是理之当然。便召唤那老侍女弁君出来,和她商谈。对她说道:"多年以来,我只是为了欲修后世而到这里来请教的。但亲王将近逝世之时,自觉寿命有限,曾将两女公子托付与我,叫我任意处置,我曾当面允诺。不料两女公子的意见与亲王的主张完全相左,对我态度非常强硬,不知由于何故? 竟使我疑心她们另有打算呢。你当然也听到过:我的本性非常怪异,对世俗男女之事全不关心。然而恐是前世注定之故,我对大小姐如此热心爱慕。外间也渐渐有人纷纷传说。所以我想:既然如此,还不如依照亲王的遗志,让我和大小姐像世间普通夫妇一般开诚相见。此言虽属奢望,但世间岂无其例?"接着又说:"勾亲王与二小姐之事,我也曾提出过。但大小姐不信任我,似乎有所顾虑。这又不知何故?"他说时愁容满面。倘是一般无知无识的侍女,此时一定随声附和,多嘴饶舌,说些讨好的话。但弁君不是这种人,她心中想道:"倒真是两对好夫妻……"但嘴上答道:"恐怕这两位小姐生性怪僻,与常人不同,故关于世俗婚嫁之事,似乎绝不想起。我们在这里当侍女的人,即使亲王在世的当年,谁也不曾蒙受荫庇。凡是重视自己前程的人,都找些适当借口,纷纷散去。那些自昔就有旧交的人,也都觉得在这里毫无希望。何况现在亲王已不在世,她们一刻也不能再留,都在那里发牢骚了。有的人说:'亲王在世之时,由于门第高贵之故,凡是不甚体面的亲事,都被认为委屈。因有这种古风的思想,故两位小姐的亲事一直拖延不决。现在她们已经失去依靠,应该变通办法,随缘成事。倘有强行讥议的人,其人反而不明事理,大可置之不理。无论怎样的人,总不能如此孤寂地度送一生吧。即使是只吃松叶的苦行头陀,也舍不得生命,总想活在世上,所以在佛教中各树一种宗派而修行。'她们说这种用意不良的话,常常使得这两位年轻的小姐心烦意乱。然而她们不屈不挠。大小姐只是关念二小姐之事,希望她能随俗事人。您不惮深山远道,常来访问,多年以来小姐们已经见惯,认为您是可亲之人,现在又常将种种大小事务同您商量。如果您有意和二小姐成亲,对大小姐说了她一定答应。匂亲王常有信来,但她们似乎认为此人并无诚意。"薰君答道:"我曾受亲王那句可哀的遗言嘱托,故在我这朝露一般短促的生命尚存的期间,一定常来亲近。按理说,叫我同任何一位小姐结缘,都是一样的。蒙大小姐如此关心,我实不胜欣幸。然而我虽已看破红尘,情之所钟,还是恋恋不舍。要我改变初心,另恋一人,实在不能。我对大小姐的深情,决非世间寻常浮薄恋爱可比。我所希望的,只是隔着帘帷相向而坐,毫无隔阂地罄谈人世无常之理,大小姐也毫无顾虑地向我陈述心事。我没有特别亲睦的弟兄,实在非常寂寞。在这世间每有所感,无论是可哀的、可喜的或可忧的,凡是触景生情,都只能藏在自己心中,沉闷度日。这生涯毕竟孤苦伶仃,故愿得大小姐开诚相怜。明石皇后是我姐姐,然而未便过分亲近,将琐屑无聊之事任意向她说述。三条院的公主虽然年纪轻得不像是我的母亲,毕竟地位不同,亦未便轻易和她亲近。至于其他女子,我都觉得疏远陌生,不敢接近。因有此种心情,所以我的生涯异常孤寂。谈情求爱之事,即使逢场作戏,我也非常嫌恶,绝不肯为。生性如此孤僻,不解风流,故对大小姐真心爱慕之情,也难于出口。我心中又是怨恨,又是焦灼,然而连一点渴慕之色也不曾向大小姐表示过,自己想想也觉得太冥顽了。至于匂亲王与二小姐之事,务请勿以我为存心不良,准许我的请求,如何?"老侍女听了这番话,心念此间生涯如此冷落,两位小姐能嫁这两个人,真乃求之不得。她一心希望玉成其事,然而两位小姐态度之严肃,叫人看了自惭,因此未能任意向她们劝说。薰君今宵准备在此留宿,和女公子从容谈话,就故意逡巡徘徊,直到日暮。

　　他口上虽不明言,但脸上逐渐显露怨恨之色,因此大女公子颇觉为难。同他随意谈话,越发感到痛苦了。然而大体说来,薰君毕竟是个深通情理的好人,所以大女公子对待他也并不十分冷淡,终于和他会面了。她叫人把自己所居的佛堂与薰君所居的客间之间的门打开,在佛前点起明灯,又在帘子旁边添置一个屏风。叫人在客间里也点起灯来。但薰君不要点灯,他说:"我心中烦恼,不能顾到礼貌,光线不要太亮。"便将身子躺下。侍女们随意不拘地拿出些果物来请他吃,又拿出精美的酒肴来招待他的随从人员。侍女们群集在廊下等处,离开主客二人所居之处甚远。二人就悄悄地谈起话来。大女公子态度虽不十分融洽,却甚温柔妩媚。其娇声细语,深深地牵惹了薰君的心,使得他焦灼难堪,也可谓荒唐之至了。他时时在想:"这点毫不足道的阻隔,成了我们中间的障碍物,叫我忍受焦灼之苦。我如此缺乏勇气,实在太愚笨了。"然而外表装作无事,只管纵谈一般世间的事情:可悲的、可喜的,以及种种富有趣味的事。大女公子预先吩咐侍女,叫她们留在帘内近旁。但侍女们想:"不应该如此疏远他。"都不肯在这里守备。大家退出外面,倚靠在各处睡觉了,佛前的灯火也无人来剔亮。大女公子狼狈起来,低声呼唤侍女,然而唤不醒。她对薰君说:"我心情不佳,颇感疲乏,让我休息一下,天亮时候再来和你晤谈。"便起身回内室去。薰君答道:"我跋涉山路远道而来,比你更加疲乏,但如此和你谈谈,听你说说,便可慰我劳顿。你若舍弃了我,回内室去,教我好寂寞啊!"他就把屏风稍稍推开,钻进佛堂里来。大女公子半个身子已经进入内室,却被薰君拉住了。大女公子又是懊恼,又是忧惧,斥道:"你所谓'毫无隔阂',原来是如此么? 真是荒唐!"那娇嗔之相更加可爱。薰君答道:"你全然不了解我这毫无隔阂的心,所以我想请你了解。你说'荒唐',是否担心我将有非礼之行? 我可在佛前立誓。你一点也不要惧怕! 我早就打定主意:决不使你伤心。外人料不到我会如此坚贞,但我决心终身做个与众不同的人。"他在幽暗的灯光之下把她堆垂在额前的头发撩起一看,但见她的容貌艳丽之极,简直是十全其美。他想:"在如此荒寂的住处,好色之徒可以毫无阻碍地任所欲为。如果来访的人不是我而是别的男子,我一定会被挤出局外,那样的话,该多么遗憾啊!"回思过去自己优柔寡断,竟担心起来。然而看到她毫无办法地伤心饮泣的模样,又实在可怜,他想:"现在切不可强求,将来她自有心情柔顺的时候。"他觉得使她惊惶失措,实在对她不起,便规规矩矩地用好言抚慰她。但大女公子恨恨地对他说道:"我料不到你会起这念头,所以过去异乎寻常地亲近你。我穿着可哀的丧服,而你毫无顾忌地闯进来看,此心太浅薄了。明知我们懦弱无能,所以任情欺负。我这悲哀实在无法自慰。"她不曾提防,被薰君在灯光之下看到了憔悴的丧服姿态,非常困窘懊恼。薰君答道:"你对我如此深恶痛疾,使我羞耻得话也说不出口了。你以身穿丧服为借口,固然是可以的。但是我想:你倘能体谅我长年效劳的忠诚,就不会为了丧服的忌讳而像初次见面一般疏远我吧。如此反而太拘泥了。"便从那天破晓残月之下听琴的情景开始,叙述多年来常为思慕大女公子而痛苦难忍的情状,说了一大篇话。大女公子听了深感羞耻,心情甚是不快。她反复思量:"他原来怀着这种心思,外表装得多么冷静而诚实啊!"薰君把身旁的短帷屏拉过来,遮隔了佛像,暂时躺下身子。佛前所供名香,气味非常馥郁。庭中芒草的香气也异常浓烈。此人道心深固,对佛比别人尊敬,在佛前不敢放肆。他想:"如今她在丧服之中,我在此时同她缠扰,实属粗率无礼,而且违反了我的初心。应该等到丧满之后,那时她的心情多少总会软化起来吧。"他终于遏制了热情,心境渐渐安静下来。秋夜的情趣,即使不是这种地方,也自惹人哀思;何况在这山中,风声和篱间的虫声,都使人听了不胜凄凉之感。薰君谈论人世无常之事,大女公子有时也作对答,那姿态非常端详优美。打瞌睡的侍女们推察两人已经结缘,都走进自己的室中去睡觉了。大女公子回忆起父亲的遗言,想道:"确实,人生在世,难免遭逢此种意外之苦患。"便觉万事都可悲伤,心地黯然,眼泪跟着宇治川的水声滚滚而下。

　　不知不觉之间,天色已经向晓。随从人等亦已起身,相与共话。马嘶之声也听到了。薰君想起了别人告诉他的有关旅宿的种种情状,颇感兴趣。他把映着晨光的纸门推开,和大女公子二人共同欣赏天空的美景。大女公子也稍稍膝行而出。这屋子不甚深,檐前相去甚近,从这里可以看到羊齿植物上闪闪发光的朝露。两人互相看看,姿态都很艳丽。薰君说道:"我别无所求,但得如此与你相处,同心欣赏春花秋月,共话人世无常之状,于愿足矣。"他说时态度非常驯良,故大女公子的恐惧之心也渐渐消减,答道:"最好不要如此直接对面。如果隔着一个帷屏,那么真个可以更加心无隔阂地谈话了。"天色渐明,听见近处群鸟出巢奋翅之声,山寺晨钟之声也隐约地响出。大女公子觉得同这男子如此同居一室,非常可耻,便劝道:"此刻你总好回去了。教人见了实在难看。"薰君答道:"冒着朝露回去,好像真有其事,反而不好,外人还会猜度我们有何关系呢。其实,我们外表可以装作寻常夫妇模样,而内里和他们不同。自今以后,一直保持清白的友谊。请你相信我决没有非礼之心。你倘不体谅我如此忠贞不拔之志,那真是太无情了。"他并没有告辞的意思。大女公子觉得只管如此坐着,样子实在难看,心中焦灼,便对他说:"以后一定照你所说,但今早请你遵从我的要求。"她的样子非常狼狈。薰君答道:"唉,真痛苦啊!破晓的别离啊!我真是'从来不作凌晨别,出户彷徨路途迷'〔1〕了!"说罢频频叹息。此时隐约听到某处鸡鸣之声,使他想起京中之事,便吟诗曰:

"荒山鸡唱声声苦,
　百感交心对晓霞。"

大女公子答吟道:

"鸟声不到荒山里,
　浊世烦忧过访来。"

薰君送她回进了内室的纸门,自己就从昨夜进来的门里出去,躺下身子,然而不能入睡。别后恋慕不已,想道:"倘我以前也如此恋慕,这几年来

---

〔1〕 此古歌见《花鸟余情》。

心情决不会如此平安吧。"便觉懒得回京都去了。

大女公子回到房中,心甚忧虑:不知侍女等对昨夜之事如何猜想。她不能立刻就寝,反复寻思:"没有父母,为人在世真苦。身边的人会干种种恶事,花样层出不穷,从中作弄摆布。结果难免发生意外之变,真可忧啊!"又想:"这个人的举止态度,并无可厌之处。父亲在世之时,也是如此看法,常说此人如果有意求婚,倒可许得。但我自己总是独身到底了。妹妹比我年轻,且又长得貌美,埋没一生,未免可惜。倘能像别人一般嫁个称意夫婿,实为可喜之事。这两人之事,我一定尽心竭力地玉成。但倘是我自身之事,又有谁来照料呢?此人倘是并不惹人注目的寻常男子,那么为了报答他多年来爱护之恩,我也不妨折节相从。可是此人气宇轩昂,令人望而却步,反而使我不敢亲近。我还不如独身度送此生吧。"她左思右想,啜泣直至天明。悲痛之余,心情恶劣,便走进二女公子所卧的内室中,睡在她身旁了。二女公子听见众侍女窃窃私议,情状与平时不同,独自躺着,心中正在疑怪。看见姐姐进来睡在她身旁,不胜之喜,连忙拿衣服来替她盖上。忽然闻到姐姐身上发散出一种浓烈的衣香,无疑是薰君身上所有的。她想起了那值宿人难于处理的那件衣服,推想侍女们所窃窃私议的确是事实了,便觉姐姐很是可怜。她就装作睡着的样子,一言不发。

薰君召唤弁君前来,详细吩咐了一番,又认真地写一封信给大女公子,然后动身返京。

大女公子想:"我昨天对薰中纳言戏作了总角之歌,恐怕妹妹以为我昨夜有心和他'相隔约寻丈'而对唔吧?"觉得十分可耻,便托辞"心情不佳",恹恹地病了一天。侍女们说:"周年忌辰没有几天就到了。那些零零星星的事情,除大小姐以外没有人能好好地办理。偏巧她又在这时候生病了。"二女公子正在编制香几上的流苏,她说:"流苏上的饰花我不会做。"定要叫大女公子做。此时房中光线阴暗,没人看见,大女公子便坐起来,和她两人同做。

薰中纳言派人送信来了。大女公子说:"我今天身体不好。"叫侍女们代为答复。侍女们都有怨言:"叫人代笔多么失礼!太孩子气了。"周年忌辰过后,丧服该脱下了。两女公子当初预计:父亲死后片刻也不能生存。却终于糊里糊涂地过了一年,真乃意外的苦命生涯。想到这里,便伤心哭泣,教人看了实在难过。大女公子一年来穿惯了黑色丧服,现在换上淡墨色衣服,那容姿非常优雅。二女公子年纪正轻,更是艳丽无比。二女公子洗头发时,大女公子来帮她。她细看妹妹的容颜,觉得非常姣美,使她忘记了人世忧患。她想:"倘能成全我的私愿,让妹妹嫁了那人,那人近看之下决不会不满意吧。"她觉得此事有把握,心甚欣喜。二女公子除这姐姐以外,别无保护人。大女公子怀着父母之心照顾她。

薰中纳言思量:"大女公子前因丧服在身,所以未便答应我的要求,如今丧服即将脱去了。"他焦灼地等到了九月里[1],又到宇治来访问。他要求同上次一样直接晤谈。侍女们向大女公子传达,大女公子说:"我心绪不佳,身体很不舒服……"说了种种理由,不肯和他会面。薰君说:"如此无情,真是意想不到的啊!不知旁人看了做何感想。"便写了一封信叫人送进去。大女公子复道:"如今虽过周忌,脱去丧服,但悲哀反而加深,心绪郁结,不能应对。"薰君未便再说怨恨的话,便召唤那老侍女弁君来前,和她谈了许多话。这里的侍女们度着世无其例的孤寂生涯,其惟一的慰藉者只是薰中纳言一人。她们都在谈论:"若能如我们所愿,小

---

〔1〕 八亲王周年忌辰是八月二十日,九月里已服满。

姐配了这个郎君,移居常人所住的京都,那才是幸福了。"大家相与商量,只想把薰君带进大女公子房中去。大女公子并不深悉此种情况,但她想道:"那人如此特别亲近这老侍女,可知这老侍女同情于他,或许怀着不良之心。试看古代小说中所述,女子为非作歹,往往非出自心所愿,大都是由侍女诱导的。不可不严防的,正是人心。"又想:"如果那人用心深挚,就把妹妹嫁给他吧。照他的性情看来,即使女子相貌不甚美好,一经相逢,决不会冷遇她。何况妹妹的相貌,约略窥见便可令人满意。他大约心中满意而口上不说,因为不好意思表示他早就看中妹妹。他以前说本意不在妹妹而不接受我的劝告,一半是为了不欲使人知道他对我爱情浅薄,有所顾忌而已。"但她认为若不预先告知二女公子而独断独行,是罪过的行为。她推己及人,觉得对她不起,便在对她作了种种闲谈之后开口说:"父亲的遗志,是指望我们即使在世间孤苦度日,也不可轻率嫁人,以致惹人笑话。父亲在世之时,我们做了他出家的羁绊,扰乱了他的静修,罪业实甚深重。临终时的一句遗言,至少不可违背。为此我们孤居独处,并不深感痛苦。然而这些侍女常常抱怨我们,认为过分顽强,实在讨厌得很。惟关于你的身世,确是可虑:若与我一样孤居独处,任逝水流年悠悠空过,实甚可怜、可惜而又可悲。你总得像世间一般女子那样嫁个夫婿,那么我这个孤独的姐姐也可脸上增光,心情欢慰。"二女公子听了心甚不快,怪怨姐姐如何起这念头,便答道:"父亲并非叫姐姐一人独身终老呀!父亲深恐我没有主见,受人欺侮,对我的关念比对姐姐更深呢。为欲慰安姐姐的孤寂,除了由我朝夕奉陪,没有别的办法了。"她不免对姐姐怨恨。姐姐也觉得这话的确对她不起,只得认错:"我无非是为了这些侍女们常常怨我太怪僻,因此心思迷乱了。"便不再谈此事。

天色渐暮,薰君并不言归,大女公子甚是忧虑。弁君来向她传达薰君的话,并且代为不平,说他的怨恨是怪不得的。大女公子一言不答,只是叹气。她想:"我这一身今后如何处置呢? 如果父亲在世,则听其安排,无论把我嫁给何等样人,都是宿世命定。处世原是'身不由心'〔1〕的。即使不幸,也是常例,不会受人非笑。此间所有侍女等人,年纪都较大,自以为聪明,扬扬得意地用适合自己身份的见解来向我劝说。然而都不是正道,只是奴仆之见,一厢情愿而已。"众侍女一味热心劝诱,但大女公子只觉得可恨可嫌,全然不为动心。同她无话不谈的二女公子,对于男女之事比姐姐更不关心,一向悠然自若,因此不能同她商量此事。她想:"我这一身何等乖戾!"只得一直背转身子,朝墙默坐沉思。侍女们都来劝她:"请大小姐脱去了这淡墨色衣服,换上平时的服装吧。"她们都想在今天玉成其事。大女公子十分困窘。其实,她们倘真要拉拢,有什么障碍呢? 在这狭小简陋的山庄里,真是古歌所谓"山梨花似锦,何处可藏身"〔2〕也。

但薰君不欲公开地由侍女说合。他原来就准备悄悄地进行,使外人不辨何时开始,自然而然地成就好事。所以他叫人对大女公子说:"如果小姐不允许,今后永远保持如此关系可也。"但弁君同几个老婆子私下商谈,意欲公开地玉成其事。这虽是出于好心,但恐是思虑浅薄之故,或者老年昏聩之故,大女公子非常讨厌她们。弁君来时,大女公子对她说:"父亲在世之时,多年之间,常常称道薰中纳言对我家之亲切与众不同。现在父亲去世之后,我家万事全赖他竭诚相助。想不到他忽然起了求爱之心,常常申恨诉怨,实在讨厌得很。我倘是随顺世俗、愿意婚嫁的人,

〔1〕 古歌:"是非不敢公然说,身不由心处世难。"见《后撰集》。
〔2〕 古歌:"惯说人生苦,常言世智辛。山梨花似锦,何处可藏身?"见《古今和歌六帖》。"山梨"是地名,其发音与"无山"同,诗意双关,谓无山可藏身也。

那么他提出这样的要求,怎么会不接受呢? 可是我自昔就断绝世俗之念,誓愿独身到底,因此非常痛苦。惟有我的妹妹,虚度青春,未免可惜。实在,只有为妹妹的将来着想,这孤居寂处的生活才是不适宜的。倘薰中纳言果真不忘父亲旧情,但愿他对妹妹和对我一样看待。她是我的同胞手足,我真心情愿把一切都让给她。希望你转达此意,善为说辞。"她羞涩地把心中欲说的话如实告诉了弁君。弁君深感同情,答道:"我以前早就察知大小姐怀着此种心情,曾经详细地对中纳言谈过。但他说:'要我如此转变念头,是不可能的。况且兵部卿亲王[1]近来恋慕之心更切,二小姐应该和他结缘,我自当尽力玉成。'这也是合乎理想之事。即使是父母俱存、悉心抚育长成的千金小姐,倘两人都能结成如此美满的姻缘,也是世间不易多得之事。恕我直说:我看了这衰败零落之状,常常担心两位小姐将来结果如何,不胜悲伤。人心日后是否会变,虽然不得而知,但无论如何,这总是美满的宿世姻缘。小姐不肯违背亲王遗言,原是正理。但亲王之所以有此诫告,乃因恐怕没有适当人物而与品性不端之人结缘。他屡次说过:'这薰君如果有意求婚,那么我家一人有了着落,便可放心,此乃何等可喜之事。'凡是失去慈亲的女子,不论贵贱,由于意外之变而和身份不称的人结婚,世间不乏其例。这都是寻常之事,不会有人讥笑。何况薰中纳言的身份与人品,竟像特地定制的一般。如此诚心诚意地前来求婚,岂可怫然置之不理而一意孤行地遵守亲王遗言,埋头修行佛道呢? 难道真能像神仙一般以云霞为粮食么?"她滔滔不绝地说了一大篇,大女公子非常讨厌,懊恼之极,只是横卧着,不答一语。

　　二女公子看见姐姐神色异常颓丧,甚是同情,便照例和她共寝。大

---

〔1〕 即匂亲王。

女公子担心弁君等会引导薰君入室,然而这是一间无处可以藏身的狭小的房间。她把自己那件柔软的衣服盖在妹妹身上。因为天气还热,自己离开几步,睡在距妹妹稍远的地方。弁君把大女公子的话向薰君传达,薰君想道:"她为什么如此厌恶俗世呢?想是从小住在圣僧一般的父亲身边,所以早就彻悟无常之理吧。"越发觉得此女与自己性情相近,便不嫌她高傲了。他对弁君说:"如此说来,今后隔着帷屏晤谈也不行了。不过,只限今宵一次,请你引导我到她睡的地方去一下吧。"弁君也有此心,便安排众侍女早早就寝,同几个知情的老婆子商量行事。

黄昏过后不久,河上忽然起风,声甚凄厉。不甚坚固的板窗被吹得格格地响。弁君窃喜有这些声响掩护,人的脚步声可以不被听出,便引导薰君进两女公子的卧室中去。她知道两女公子睡在一处,觉得不甚方便。但她又想:"她们是经常如此的,我怎么可以劝她们今夜分房而睡呢?好在薰中纳言认得大小姐,不会弄错。"大女公子一直不曾睡着,忽然听见脚步声,立刻起身逃走。她想起自己迅速躲避,而妹妹还在无心无思地酣睡,觉得对她不起。然而有什么办法呢?心中非常难过。她很想唤她醒来,和她一同逃避。然而已经来不及了。她浑身发抖,从一旁窥看,但见幽暗的灯火光中,薰君穿着衬衣,装着熟悉的样子,撩起帷屏上的垂布,钻进里面来。大女公子想:"妹妹真可怜!叫她怎么办呢?"那粗劣的墙壁旁边立着一个屏风,她就躲进屏风背后的肮脏地方去。她想:"昼间我劝妹妹结婚,她尚且埋怨我。现在又放这个人进来,不知她将何等惊怪,何等痛恨我呢。"痛苦之极,回想过去一切事情,都是由于没有可靠的保护人而孤苦伶仃地活在世间,因而身受苦痛。便觉和父亲诀别而目送他登山那天傍晚的景象,仿佛就在目前,恋慕之心与悲痛之情充塞了胸中。

　　薰君看见只有一个人睡着,料想是弁君摆布好的,不胜欣喜,心中卜卜地跳动。仔细一看,原来不是大女公子而是二女公子。相貌相似,而娇美之色胜于乃姐。他看见二女公子惊惶失措之状,知道她原是不知情的,觉得很对她不起。而转念想到大女公子有意躲避,其冷酷无情实在深可痛恨。他想:"这二女公子如果为他人所有,实在也舍不得。然而违背了我的本意,又很遗憾。我不愿意叫大女公子把我对她的爱情看做一时的浮薄心。今夜且斯文地过去吧。如果终于逃不了宿缘,对二女公子也发生了爱情,亦无大碍。因为不是别人,是她的胞妹呀。"他就按住热情,同上次对大女公子一样,温和亲切地同二女公子谈话,直到天明。

　　几个老婆子听见室中谈话,知道事情没有成就,互相诧问:"二小姐哪里去了? 真奇怪。"大家弄得莫名其妙。有人说:"如此看来,其中必有缘故。"又有一个面目可憎的老婆子,张着牙齿零落的嘴巴说:"我每次看到这位薰中纳言,似觉自己脸上的皱纹也都平了。这样标致可爱的郎君,大小姐为什么拚命躲避他呢? 说不定,像人们常常讲起的,有一个可怕的魔鬼附在她身上了!"另一人说:"喂,不要说这不祥的话! 哪里会有魔鬼附在她身上! 只因我家两位小姐从小生长在远离人群的地方,关于这种事情,没有人替她们作适当的指导,因此瑟缩不前。今后渐渐习惯,自然会成功的。"又有人说:"但愿大小姐快点诚心诚意地接待他,早日图个享福。"她们谈谈说说,不知不觉地都睡着了。其中也有几个人发出很难听的鼾声。

　　这秋宵并非为了情人相逢而苦短[1],但不久也就向晓了。薰君看了这各有所长的双美中一人的姿色,自然而然地感到不能餍足。最后对

----

〔1〕 古歌:"秋宵长短原无定,但看逢人疏与亲。"见《古今和歌集》。

她说道:"我俩相爱吧。你不可模仿你那可恨的姐姐的薄情!"和她约了后会之期,然后辞去。他仿佛做了一梦,自己也觉得奇怪。然而那个薄情人的态度究竟如何,他总想看个清楚,便按住了热情,走到一向住惯的那个房间里去,躺下身子。

弁君走进小姐房中,说道:"真奇怪,二小姐哪里去了?"岂知二小姐为了昨夜突然遇此不速之客,心甚羞耻,正躺卧在那里,心中弄不懂究竟是怎么一回事。想起昨日昼间姐姐对她说的话,心中抱怨姐姐。天色已明,阳光照入室中,大女公子就像壁中的蟋蟀一般爬了出来。她知道妹妹心中非常懊恼,甚是抱歉,对她无言可说。她想:"连妹妹也被他看清楚了,实在可耻!今后不可不严防了。"心中烦恼得很。

弁君又走到薰君那里,薰君把大女公子如何顽强、始终不肯会面之情详细告诉了她。弁君埋怨大女公子用心太深,行为太不讲理,气得发昏了,对薰君十分同情。薰君对她说道:"以前大小姐待我冷酷,我以为还有好转的希望,所以作种种计划,借以自慰。然而今夜实在太可耻了,我很想投河自尽呢。亲王临终时舍不得两位小姐,向我谆谆嘱咐,我体谅他的苦心,所以不曾径自出家为僧。今后我对两位都不再有所企望了。只是大小姐对我的冷酷,我铭刻于心,始终不能忘怀。匂亲王恬不知耻地前来求婚。我推想大小姐在打主意:反正要结婚,不如嫁个身份较高的人。如此想来,她看不起我更是理之当然,我实在可耻,今后没有面目再来和你们相见了。罢了!我这等愚蠢的行径,至少请你们不要告诉别人!"他发了一阵牢骚之后,迥异寻常地急匆匆回京去了。

弁君等低声说道:"这样一来,对双方都很不利!"大女公子也想:"究竟怎么一回事啊?如果他不爱妹妹,怎么办呢?"她很担心,不胜痛苦,讨厌这些侍女全不理解主人心情而自作聪明。正在左思右想之时,薰君派人送信来了。此次收到他的来信,比往日更加欢喜,却也奇怪。但见那信束在一枝枫叶上。这枝枫叶一半青色,还不知秋光已到,另一半却已变得深红了。信中有诗曰:

> "同枝染出不同色,
>
> 　借问花神何者深?"

此诗全无怨恨之意,只是这简单的两句,对昨夜之事避而不谈。大女公子看了想道:"如此看来,他想不露痕迹地敷衍一下,就此离开了。"心中甚感不安。侍女们催促:"快写回信!"大女公子想叫妹妹写,不好意思开口;自己执笔又很为难。踌躇了一会,终于写道:

> "花神用意虽难解,
>
> 　恐是殷红色较深。"[1]

她若无其事地信手写成,笔致非常优美。薰君看了,觉得要对她怀恨而与之断绝,毕竟是不可能的。他想:"大女公子屡次说'她是我的同胞手足,我愿将一切让给她',我没有答应她,想必她抱怨我,因此昨夜作此布置吧。我忽视她的好意,对小女公子如此冷淡,她一定把我看做薄情人。因此我最初的愿望更加难于成遂了。从中传话的那个老侍女,也一定把我看做轻薄儿。总之,起了色情之念,已经悔之莫及。决心舍弃俗世而自己不能抑制欲念,已足于被天下人耻笑。何况效法世间一般好色之

---

[1]　两诗中皆以青叶红叶比喻姐妹二人。深者,情深也。

徒,只管缠绕一个对我无情的女子,更将被世人笑我是'无篷一小舟'〔1〕
了。"他反复寻思,直到天亮。趁残月犹明、晓色清幽之时,便前往访问兵
部卿亲王。

　　三条宫邸遭了火灾之后,薰君移居六条院内,与匀亲王居处相距甚
近〔2〕,常常前往访问。匀亲王也觉得他迁来后有许多方便。薰君觉得
这里很清静,真是优良的住处。庭中花木也与别处迥异,同一种花,同一
种草木,这里的特别美丽。映入池塘的月影,也像画中所绘的一样。匀
亲王正如薰君所料,已经起身。他闻得风中飘来一阵阵特别芬芳的香
气,知道是薰君来了。连忙穿上常礼服,整一整衣冠,出来迎候。薰君升
阶,不曾走到廊上,便在台阶上坐下。匀亲王没有请他再往上走,自己也
在走廊的栏杆边坐下,纵谈世事。匀亲王在谈话中想起了宇治两女公
子,一味埋怨薰君不肯替他出力。薰君自忖:"真没道理啊!我自己都还
不曾到手呢。"继而又想:"我帮他把二女公子弄到手吧。那时我自己的
事也就成功了。"便比往常更认真地同他商谈应采取的办法。破晓时分,
可巧发起雾来。天色迷离,月亮蒙上了雾,树荫光线幽暗,颇饶雅趣。匀
亲王想起了宇治山乡岑寂的光景,对薰君说:"这几天内你往宇治,务必
带我同去,不可把我扔下啊!"薰君终觉麻烦,面有难色。匀亲王戏赠
诗云:

　　　　"旷野花开处,何须篱栅遮?
　　　　君心真吝啬,独占女郎花。"

────────

〔1〕　古歌:"无篷一小舟,来去堀江滨。犹似痴情者,重来恋此人。"见《古今和歌集》。
〔2〕　匀亲王也住在六条院内。

薰君答道：

　　"秋郊浓雾里，深锁女郎花。

　　热爱秋花者，方能赏翠华。

寻常人何由见得！"他有意刺激匂亲王。匂亲王说："真是个'喋喋叨叨者'[1]。"他终于生气了。薰君想道："匂亲王多年来一直和我缠绕不清。我因不知道二女公子品貌如何，所以未敢作成。我一直担心：见面后相貌是否丑陋？接近后性情能否像推想那样优美？昨夜一见，方知一切都无缺陷。大女公子煞费苦心，私下拟定计划，欲荐妹自代，我倘辜负好意，未免太不知情。然而要我移爱，实在不能遵命。我先把二女公子让与匂亲王吧。如此，匂亲王和二女公子两方都不会恨我了。"他私下如此摆布，但匂亲王并不得知，一味埋怨他小气，却也可笑。薰君对他说道："你像过去一样轻薄，致使女公子烦恼，实在教人为难。"他以女公子父母的身价说这话。匂亲王一本正经地答道："好，请你看着吧。我从来不曾像此次这样诚心诚意地恋慕呢。"薰君说道："直到现在，两女公子全然不曾表示应允之色。你要我玉成，实在是一件苦差事。"两人就详细商量访问宇治的办法。

　　八月二十六日是彼岸会[2]圆满之日，又是宜于婚嫁的吉日，薰君悄悄地做好准备，偷偷地带匂亲王到宇治去了。匂亲王的母亲明石皇后严禁匂亲王微行，如果被她知道，可不得了。但匂亲王热切盼望，薰君只得

――――――――

　　[1]　古歌："女郎花艳艳，秋野竞芬芳。喋喋叨叨者，时光亦不长。"见《古今和歌集》。因诗中咏女郎花，故引此古歌中句来责他。

　　[2]　春分、秋分前后各三日，共七日，举行法事，称为彼岸会。

秘密帮助他,事情确是很困难的。此次不到对岸夕雾左大臣那个壮丽的山庄中借宿,故不须乘舟渡河。两人偷偷地来到附近薰君的庄院内,匀亲王在此下车等待,薰君独自先到八亲王山庄中去。此地不会有人看到而议论,只有那个值宿员彷徨来去,但想来此人也不会知道内情的。山庄中的人闻得中纳言大人到了,大家都来招待。两女公子听见薰君又来,都很担心。但大女公子想:"我已向他表示过,叫他把心移向妹妹,我可放心了。"二女公子则以为薰君对姐姐的爱情殊深,不会移及我身。然而自从那天晚上受了惊吓之后,对姐姐不像从前那样亲信,已有戒心了。薰君凡有言语,本来都是由侍女传达的。"今天怎么办呢?"侍女们很为难。

日色既暮,薰君趁天光薄暗之时派一匹马去迎接匀亲王来到山庄。召唤弁君来前,对她说道:"我还有一句话想对大小姐说。我明知道她已经嫌恶我了,再来求见,实在很难为情。然而就此隐忍不说,又不可能。务望你替我传达。再者,到了夜色稍深之时,请你再同那天一样,引导我到二小姐房中去。"对她说得十分恳切。弁君认为不论大小姐或二小姐,能够拉拢,一样是好的,便进去向大女公子传达。大女公子想道:"果然不出所料,他已移向妹妹了。"她很高兴,心也安定了。便在那天晚上薰君进来的门相反方向的厢屋里,把纸门紧紧关闭,就在那里和薰君会晤。薰君开言道:"我要说的,真不过一句话。大声叫喊,别人听见不好意思,请把这门略开一些吧。好气闷啊!"大女公子答道:"这样谈话,也很听得清楚。"不肯开门。但继而又想:"大约他现在真要移向妹妹了,不好意思瞒我,所以要和我一谈。这又何妨,我和他并非以前不曾见过面,不要过分冷酷,让他在夜色未深之时早早到妹妹那里去吧。"便略开纸门,露出头面,岂料薰君伸手到门缝中,抓住她的衣袖,把她拉过来,痛切地向她诉恨。大女公子想:"真讨厌啊,太不成样子了! 我怎么会答应他会面的!"她后悔之极,痛苦不堪。然而还是耐性敷衍他,希望他早早离去,要求他同对她一样地对待妹妹。这一片好心实甚可怜。

匀亲王遵照薰君指点,走近上次薰君进入的门口,把扇子拍两下,弁君以为是薰君,就走出来引导他。匀亲王推想这老侍女是以前习惯于引导薰君的,心中觉得好笑,就跟着她走进二女公子房中去了。大女公子全不知情,正在敷衍薰君,劝导他到妹妹房中去呢。薰君觉得可笑而又可怜。他想:"我严守秘密,不让她知道,将来她埋怨我,教我罪无可逭。"便对她说道:"此次我来,匀亲王定要跟我同来,我未便拒绝。他已经来了,并且已在不知不觉之间悄悄地混进令妹房中去了。想必是央求那个好事的弁君带他进去的吧。这样一来,我两头落空,成了世人的笑柄!"大女公子一闻此言,更觉出乎意外,吓得两眼昏黑,对他说道:"我想不到你如此心怀叵测,诡计多端,以致屡次上你的当。你欺侮我们!"其痛苦不可言喻。薰君答道:"今已无可奈何了。你生气是理之当然,我要向你深表道歉。如果不够,请你抓我,拧我吧。你爱慕那个身份高贵的匀亲王。然而宿缘早就注定,不是可以随心所欲的。匀亲王钟情于令妹,我很替你惋惜。但我自己凤愿未遂,置身无地,实甚伤心。还是请你相信这是宿世姻缘,把心肠软下来吧。这纸门的间隔能有多少坚固,真正相信我俩关系清白的人,是不会有的。央我引导来此的匀亲王心中,也决不会相信我今夜是如此苦闷直到天明的吧。"看他的样子,似将拉破纸门而闯入室内。大女公子痛苦不堪,心念还是敷衍一下,哄他回去,便镇静下来,对他说道:"你所说的宿世姻缘,是眼睛所看不到的。我命如何,不得而知,但觉'前路茫茫悲堕泪'〔1〕,眼前一片模糊而已。你将怎样对付我呢? 我真像做个噩梦! 如果后世有人把我当作话柄,定将同古代小说一样,夸张其事,无中生有,把我说成一个地道的笨人呢。你如此布置,心中究竟作何打算? 使我无法推量。还望你不要想出这许多令人困窘的办法来折磨我吧。今天我倘得意外地保全了性命,则待我日后心情稍定,再当和你谈话。但此刻我心绪缭乱,非常痛苦,渴望在此休息,请你放了我吧。"这番话说得非常沉痛恳切,薰君看见她辞严义正,能言善辩,觉得自己可耻,她很可怜,便对她说道:"我的小姐! 我正因为严格遵从你的意见,所以弄得如此愚顽。你还要痛恨我,疏远我,叫我无话可说了。我实在不想再生存在这世间了!"后来又说:"那么,我们就隔着纸门谈话吧。但请你不要全然抛弃我。"就放开了大女公子的衣袖。大女公子立刻退入室内,但并不深入远避。薰君觉得她十分可怜,又说:"如此我已满意,就此直到天明,决不更进一步。"但他辗转不能入睡。因为河中水声越来越响,把人惊醒。夜半山风亦甚凄凉。仿佛身似山鸟〔2〕,长夜漫漫,盼不到天明。

天终于亮起来,山寺晨钟之声也听到了。薰君推想匂亲王现正酣睡,全无起身的样子,心中不胜妒恨,故作咳嗽声催他起来。这种行径却也可怪。他吟诗道:

"引人入胜境,自己反迷路。

苦心无处诉,破晓独归去。

---

〔1〕　古歌:"前路茫茫悲堕泪,纷纷滴向眼前来。"见《后撰集》。
〔2〕　山鸟雌雄分株而睡。

世间哪有这样的事例啊!"大女公子答道:

> "妾心古井水,君岂不知情。
> 自己投迷路,无须恨别人。"

吟声甚低,隐约可闻,薰君听了又舍不得离开,说道:"实在隔得太严密了! 闷煞我也!"又说了许多怨恨的话。这时候天色渐渐放明,匂亲王从昨夜进去的门中走出来。随着他的温和的动作发散出衣香。他原是怀着窃玉偷香之心而仔细打扮的。弁君看见这个陌生的匂亲王走出来,甚是诧异,心中莫名其妙。但她相信薰君决不会在两女公子面上做坏事,也就放心了。

二人乘天色未明之时匆匆归京。匂亲王似觉这归时路程比来时更远了。预料今后往来不便,不免忧虑。想起古歌"岂能一夜不相逢"[1]之句,心甚懊恼。二人于清晨人影出入还少之时到达六条院,车子来到廊下,相与下车。两位贵人从这辆侍女们用的竹舆中下来,甚觉异样,连忙躲进室内,相视而笑。薰君对匂亲王说:"此次效劳非寻常可比,你应感谢我了。"想起自己这引路人反而落空,心甚妒恨,但也并不向他诉苦。匂亲王一回到家,马上写慰问信送到宇治去。

且说宇治山庄中,两女公子都觉得仿佛做了一梦,心情异常恼乱。二女公子想起姐姐作这种种摆布,却装作不知,实在可恶可恨,因此看也不去看她。大女公子呢,并不知道昨夜会发生此事,不能预先向妹妹说明。但觉妹妹可怜,她的恨我是理之当然。众侍女都来问候:"大小姐是

---

[1]　古歌:"恩爱夫妻新共枕,岂能一夜不相逢?"见《万叶集》。

怎么一回事?"然而这位身为家主的长姐已经气得发昏,不知所云。众侍
女都弄得莫名其妙。大女公子将匀亲王来信启开,想给妹妹看。然而二
女公子只管躺着,不肯起身。送信的使者等得不耐烦,催促道:"等候多
时了。"匀亲王的信中有诗云:

> "冒霜犯露遥寻侣,
> 莫作等闲恋爱看。"

笔致流畅活泼,一气呵成,书体特别艳丽。大女公子寻思:"若把此人当
作外客看,确是个风流人物。但今已是我妹夫,却要担心他日后如何
了。"她觉得此时自告奋勇代为作复,甚不相宜,就认真地教导妹妹,强要
她亲自作复。犒赏使者的是紫菀色女装褂子一件,又添三重裙一条。使
者不悉内情,受赐甚觉狼狈,便把衣服包好,交随从人拿了。这使者不是
公然出差的人,乃是过去常到宇治送信的一个殿上童子。匀亲王不欲使
外人知道,所以特地派遣此人。他推想这犒赏定是那个好事的老侍女所
为,心中颇感不快。

　　是夜匀亲王仍请薰君引导赴宇治。但薰君说:"今夜冷泉上皇召我,
我非去不可,不能奉陪了。"拒绝他的要求。匀亲王想:"此人的怪癖又发
作了。"很讨厌他,也就不再强请。宇治的大女公子想:"事已如此,岂可
为了这件亲事非出女方本意而冷淡他呢?"心肠便软下来。这山庄里设
备虽甚简陋,但也按照山乡风味,布置得齐齐整整,等候新婚上门。她想
起匀亲王即将跋涉远道而来,觉得这一片诚心实甚可喜。这心情的变更
也很奇怪。二女公子本人则茫然若失,一任旁人替她打扮,深红色的衣
衫上滴满了眼泪。那个贤明的姐姐也不禁陪她泣下,对她说道:"我明知

自己不能长生在世,朝朝暮暮所考虑的,只是你的终身大事。这班老侍女在我耳边絮聒不休,都说这是一段美满姻缘。有年纪的人见多识广,想必是懂得事理的。阅世不深的我,有时也曾想起:我们两人固执己见,独身到老,恐怕不是办法。然而像今番那样出其不意,含羞忍耻,悲伤忧恼,实在是意想不到的!这定然是世人所谓'不可逃避的宿缘'了。我的处境真困难啊!且待你心情稍稍安定,我再把我对此事全不知情的原因告诉你。请你不要恨我!无端恨人是罪过的。"她抚摩着妹妹的头发说这番话。妹妹默默不答,她心知姐姐这番话的确出于一片好心,是顾虑她的前程。然而她作种种思量:将来倘被遗弃,做了世人的笑柄,使得姐姐失望,实在是伤心的。

匀亲王昨夜突然闯入,使得二女公子惊惶失措,此时尚且觉得她的容颜姣美无比,何况今夜她已变成一个柔顺的新妇,他对她的爱情越发加深了。但想起了遥远的山路来往不便,心中不胜痛苦,便怀着深挚的爱情,同她立下山盟海誓。二女公子一句话也不想听,毫无感动之色。无论何等娇生惯养的千金小姐,倘是和普通人稍多接近、家有父母兄弟而见惯男子行动的人,则初次和男子相处时,其羞耻之情与恐惧之心总不会如此难堪。可是我们这位二女公子,倒并非由于在家中受到推崇和溺爱,只因住在如此荒僻的山乡中,故而性格不喜接近生人,万事退缩不前。如今突然与男子共处,只觉得恐惧与羞耻。她生怕自己一切都和世人不同,显露出古怪的乡村陋相来,因此一句答话也说不出口,只管提心吊胆。然而她的品貌和才情,实比大女公子更强。

众侍女禀告大女公子:"新婚第三夜应请吃饼。"大女公子觉得应该郑重举办这祝仪,便亲自出来筹划。但她不懂得怎样做法。而且女儿家装作长辈,出来照料此种事情,深恐别人见笑,因此红晕满颊,样子实甚

可爱。她的态度优雅而高尚，慈祥而和蔼，对人富有同情，毕竟是具有大
姐心肠之故吧。

　　薰中纳言派人送信来了。信中说道："昨夜本拟奉访，但奔走之劳，
未蒙酬偿，心中不免怅恨。今宵理应前来帮办杂务，但因前晚借宿之处
不佳，以致感受风寒，心绪更见恶劣，因此踌躇未决耳。"信笺用陆奥纸，
信笔直书，不讲风趣。新婚第三夜的贺礼，是各种未曾缝制的织物，折叠
成卷，盛在衣柜中的许多套盒内，派人送交老侍女弁君，说是赏赐侍女的
衣料。这大约都是他母亲三公主处的现成物品，所以数量并不甚多。有
些未曾练染的绢和绫，塞在底下。上面有赠与两女公子的两套衣服，质
料非常精美。按照古风，在单衣的袖上题一首诗：

　　　　"卿虽不欲言衾枕，
　　　　　我借斯言慰苦情。"

此诗含有威胁之意。大女公子想起自己和妹妹都曾被薰君当面看见过，
看了这诗更觉羞耻，不知复诗如何写法，心甚忧烦。此时送信来的几个
使者都已逃匿[1]，她只得召唤一个拙陋的下仆过来，把复诗交付了他。
诗曰：

　　　　"生憎衾枕缠绵事，
　　　　　只许灵犀一点通。"

---

　　[1]　客气不受犒赏，所以逃匿。

正值惊慌恼乱之余,故此诗甚是平凡,少有风趣。薰君看了,认为此乃直陈胸怀,很可怜她。

是晚匂亲王正在宫中,看来无法早退。心中不胜焦灼,惟有独自悲叹。明石皇后对他说道:"你至今还是个独身之人,而好色之名已经渐渐传播在世间,毕竟是很不好的事。无论何事,总不可随心所欲,任情而动。父皇也曾这样说你,替你担心呢。"她埋怨他常居私邸。匂亲王听了这话,但觉痛苦之极,便走进自己的值宿室,且写一封信给宇治的女公子。写毕之后,心中还是闷闷不乐。正在此时,薰中纳言走进来了。此人与宇治有缘,他看见了异常高兴,对他说道:"怎么办呢?天已经这样黑了,我心里真着急呢!"说罢连声叹气。薰中纳言想察探他对二女公子的态度如何,对他说道:"你好几天不进宫了,今晚不在宫中值宿,立刻告退,恐怕你母后更将怪怨你吧。刚才我在侍女室中听见你母后责备你。我偷偷地引导你到宇治去,恐怕也要受到严厉的叱责吧。吓得我脸色也发青了。"匂亲王答道:"母后以为我行为极坏,所以如此责备。这多半是别人向她胡言乱语之故。我哪一件事情受到了世人的非难?总之,这高贵的身份,反而害得我不能自由。"他真心地讨厌自己是个皇子。薰中纳言看他可怜,对他说道:"你反正总要受到某一方面的责备。你今晚的罪过,由我来代顶吧,我也不惜糟蹋自身了。'山城木幡里'[1],乘马去如何?不过乘马更不容易避免外人注目。"此时日色沉沉欲暮,看看即将入夜。匂亲王无可奈何,只得乘马出门。薰君对他说道:"我不奉陪,反而更好,可在这里代你值宿。"他就留宿宫中。

---

　　[1]　古歌:"山城木幡里,原有马可通。只因思君切,徒步来相逢。"见《拾遗集》。木幡山位在京都与宇治之间,故引用此古歌句。

　　薫中纳言入内参见明石皇后。皇后对他说道："匂皇子又出门去了，这种行径真是太不成样啊！皇上闻知了，定将怪我不加管束，教我怎么办呢？"皇后所生许多皇子，皆已长大成人，但她自己越发显得青春貌美了。薫中纳言想道："大公主一定长得和母后一样美貌。但愿有个机会，使我得像现在对皇后一般接近，至少听听她的娇音也好。"他不胜神往。继而又想："世间好色之徒，对不应该恋爱的人寄与相思，正是由于具有此种关系，即并不疏远，却又不能接近，因而发生的。像我这样性情乖僻的人，可谓世无其类了。然而一旦钟情了那个人，相思之苦便不堪言。"皇后身边的侍女，容姿和品性没有一个不良的。个个模样端正，相貌姣好。其中也有特别艳丽、惹人注目者。然而薫中纳言抱定主意，决不动心，对她们态度非常严肃。其中也有故作娇态、向他挑逗者。但皇后殿内乃高贵优雅的所在，故众侍女表面上都很稳重。然而世间人心各殊，所以也有私怀春情而隐约泄露于外者。薫中纳言看了，觉得人心种种不同，有可爱者，也有可怜者。他行住坐卧，无时不看到人世无常之相。

　　宇治山庄中，收到了薫中纳言隆重的贺仪，但直到夜深还不见匂亲王来临，只收到他一封信。大女公子想道："果然不出所料！"不胜伤心。将近夜半，凄厉的秋风中飘来一阵芬芳的香气，英姿焕发的匂亲王果然光临了。山庄中的人这一欢喜非同小可。二女公子本人也深感匂亲王的诚意，态度稍稍柔顺些了。她正当青春盛年，容颜十分娇艳。今夜艳妆盛饰，其美丽越发无比。匂亲王看见过许许多多美人，也觉得此人实在生得不坏，自容貌以至一切姿态，近看时越发标致。山乡的老侍女们都张开了嘴，显出丑陋的笑颜，相与告道："我家这位花朵一般的小姐，如果嫁了一个庸庸碌碌的男子，多么可惜啊！如今这段姻缘真是宿世修来的。"她们又私下讥评大女公子性情怪僻，认为不应该拒绝薫中纳言的求爱。这些侍女都过了盛年,把薰中纳言所赠华丽织物制成衣衫,穿在身上,甚不相称。无论何人看了,都觉得不成体统。大女公子看看她们,想道:"我身也已过却盛年,揽镜自视,容颜日见消瘦。这些侍女穿了不相称的衣服,没有一人认为自己难看。她们不顾自己发端稀疏,只管梳理额发,涂脂抹粉,沾沾自喜。我还没有像她们一样老丑,自以为眉清目秀,恐怕也是由于偏袒自己之故吧。"她看看这些侍女,怀着忧伤的心情躺下了。接着又想:"照这模样,我更无面目会见俊美的男子。自今再过一二年,衰瘦势必更甚。女子的生涯真无常啊!"她伸出细弱可怜的纤手来端详一下,继续思量人世之事。

匂亲王回思今晚好不容易抽暇来此。想起今后还是不能自由往来,心中不胜悲伤。便把母后对他说的话告诉二女公子,又说:"我心中虽然想念你,但未必常能与你相聚,请你切勿怀疑我是无情。我对你如果略有一点疏蔑之意,今夜就不会排除万难而来与你相会了。我惟恐你怀疑我心,胡思乱想,因此不顾一切,毅然出门。但今后深恐不能常常如此,所以我要想个妥当办法,迎接你迁往京中。"他这番话说得十分诚恳。但二女公子想道:"他现在就想到今后不能常常相聚,则世间传说此人浮薄,恐怕是真的了。"她心情不快,回思自己生涯,顿感万种悲伤。

不久天色向晓。匂亲王开了边门,携二女公子同往窗前观赏晓色。但见朝雾弥漫,添得许多奇景。那些载柴的船,隐隐约约地在雾中行驶,后面泛着白浪。真是难得见到的住处啊!富有情趣的匂亲王心中颇感兴味。山端渐渐射出阳光,照见二女公子容颜美丽无比。匂亲王想:"至高至贵的金枝玉叶,恐怕也不过这般模样吧。我因偏袒胞妹,认为大公主天下无双,其实非也。"他希望更仔细、更恣意地欣赏她的美貌,这匆匆一面,反而使他感到不满足了。水声时刻不停,宇治桥古色苍然,遥遥在望。朝雾逐渐消散，两岸景色更加显得荒凉满目。匂亲王说："这种地方，如何可以长年久居！"说罢流下泪来。二女公子听了颇觉羞耻。匂亲王生得相貌堂堂，俊秀无比。他信誓旦旦，表示愿生生世世为夫妇。二女公子意想不到结得这般良缘，觉得这丈夫比以前见惯的严肃的薰中纳言更为可亲。她仔细寻思："薰中纳言性情乖异，态度严肃，令人一见自感羞惭，不敢接近。而这位匂亲王呢，据传闻推测，比薰中纳言更加不可亲近。因此当时对于他的一封简单的来信，也犹豫不敢作复。岂知一经相识，便觉今后如果久不相见，何等寂寞无聊。此种感想，使我自己亦觉奇怪。"匂亲王的随从人等频频扬声咳嗽，催促返驾。匂亲王也希望趁早返京，免得受人注目。他心绪缭乱，向二女公子反复声言：今后难免有遭逢意外阻碍而不能相聚之夜。临别赠诗云：

> "恩情无断绝，艳色似桥神。
>
>   恐有孤眠夜，中宵泪沾襟。"

他欲去又回，逡巡不决。二女公子答诗云：

> "因缘长不绝，誓约信今宵。
>
>   愿得恩情久，长如宇治桥。"

她满怀悲伤，口虽不言，形容自见。匂亲王对她无限怜惜。二女公子怀着少女的柔情，目送朝阳中雄姿英发的情郎，偷偷地贪赏他遗下的衣香，好一片风流心情啊！他今晨迟归，阳光照得分明，故众侍女都能窥见他的姿态。她们都啧啧赞美，说道："中纳言也很俊俏可爱，然而带有一种严肃之相。这位亲王呢,恐是身份更高之故吧,丰姿特别优美。"

匂亲王在归途上只管回想二女公子惜别伤离的娇容,竟想不顾体统,中途折回。然而恐被世人讥评,只得忍痛返京。今后欲再度偷访,很不容易了。他回京之后,每日写信送往宇治,源源不绝。宇治的人由此推想他的爱情是真挚的。然而久不来访,大女公子不免忧愁起来,她想:"我自己虽然决心不植这种愁根,却比自己的事更感痛苦。"但她知道妹妹本人一定更加悲伤,所以表面上装作若无其事,只是独身之志益坚,她想:"至少我自己不要遭受这种苦患。"

薰中纳言推想宇治的女公子一定望穿秋水。追思起来,这正是他这媒人的过失,便觉十分抱歉。因此他不断地访问匂亲王,探察他的心情。他看见匂亲王相思甚苦,知道不会断缘,便放心了。九月十日左右,山野景色的凄凉可想而知。有一个傍晚,天色暗淡,风雨欲来,层云密布,阴沉可怕。匂亲王心情特别恶劣,默坐沉思,一筹莫展,一心想赴宇治而不敢决行。薰中纳言猜测到他的心情,就在这时候来访问了。他口吟"初秋风雨暴,山甲复如何"[1]的古歌,用以打动他的心。匂亲王不胜之喜,便劝他同行。于是照例两人共乘一车出发。入山越深,越是想见山中人心情更多痛苦。两人一路上所谈的只是宇治两女公子的苦况。黄昏时分,四周更见沉寂,加之冷雨潇潇,这秋景异常凄凉。衣衫被雨沾湿,衣香越是馥郁,似非人世之香。这样的两个人联袂偕来,山中人安得不惊喜相迎呢!众侍女近来常因亲王不来而啧有怨言,但此时全然忘却,大家笑逐颜开,连忙布设客座。早先这里的老侍女从京中找寻两三个曾在贵族邸内当差的女儿和侄女,叫她们来此服侍二女公子。这些浅薄的少

---

[1] 古歌:"初秋风雨暴,山里复如何?遥想山居者,青襟泪亦多。"见《新千载集》。

女向来看不起这孤寂的山庄,此时看见贵客临门,大家吃了一惊。大女公子此时看到匂亲王光临,也很欢喜。然而看见那个爱管闲事的薰君跟着他同来,却觉得可羞,并且有些讨厌。但她把薰中纳言的雍容沉着的气概和匂亲王比较一下,便觉匂亲王终不及他的稳重,薰中纳言毕竟是个世间难得的男子。

　　山乡生活虽然简陋,也尽力隆重地款待这位娇客。而对于薰中纳言,则看做主人方面的人,随意不拘地应付。只引导他到临时设备的客堂里,不使他接近内室。薰中纳言觉得这待遇太冷淡了。大女公子知道他怀恨,很可怜他,便和他隔着屏门晤谈。薰中纳言愤愤不平地说:"老是这样疏远我,实在是'戏不得'〔1〕了啊!"大女公子虽然渐渐了解薰中纳言的性情,但她为了妹妹的事,已经历尽忧伤,因此更加确信结婚是一件苦事,决心独身到老,无论如何也不肯以身许人。她想:"这人现在虽然可怜,但倘嫁给了他,将来一定为他受苦。与其如此,还不如彼此客来客去,永远保持纯洁的友情。"她的主意更坚决了。薰中纳言向她探问匂亲王的情况,大女公子虽不明言,但不出薰中纳言所料,向他隐约暗示忧虑之情。薰中纳言觉得抱歉,便把匂亲王如何想念二女公子、自己如何留意探察匂亲王心情等事告诉了她。大女公子对他谈话也比往常诚恳。她说:"且待可虑之期过去,心绪安静之时,当再奉告详情。"其态度并不冷淡可憎,然而屏门关闭得很严。薰中纳言想道:"我倘强把屏门拉开,她定然非常痛恨。料想她决不会另有所思而轻忽地爱上别人。"这个性情沉着的人虽然满腔热恋,终于努力镇静下去。只是怪怨她道:"隔着屏门谈话,很不痛快,我心苦闷之极。但愿能像上次一样晤谈。"大女公子

---

〔1〕　古歌:"欲试忍耐心,戏作小离别;暂别心如焚,方知戏不得。"见《古今和歌集》。

答道:"我比以前更加'憔悴深可耻'[1]了。生怕你看见了心生厌恶。我还是顾虑到这一点,自己也不知道出于何心。"说时带着笑声。薰中纳言觉得异常可亲,说道:"我被你这种心情拖延着,不知此身结局如何呢。"说罢叹息不已。这一晚终于像山鸟一般分株独宿到了天明。

　　匂亲王想不到薰中纳言是独宿的,对二女公子说:"中纳言被当作主人看待,十分舒服,很可欣羡呢。"二女公子听了很怀疑,不知他和姐姐究竟有何关系。匂亲王千难万难,好容易到了这里,想起不久即将离去,心中苦未餍足,因此也很愁闷。但两女公子不解他的心情,她们只管悲叹:"不知这段姻缘究竟如何,将来是否被人耻笑?"可知恋爱真是一件苦心劳思之事啊!

　　匂亲王意欲偷偷地将二女公子迁往京中,然而找不到适当的住处。六条院中呢,有夕雾左大臣占据一方。左大臣想尽办法,要把第六位女公子嫁与匂亲王,而匂亲王置之不理。因此他怀恨在心,常常毫不容与地讥评匂亲王的浮薄,并且向皇上和皇后愁诉。因此之故,匂亲王如果正式迎娶这毫无声望的宇治二女公子为夫人,则可顾虑之处甚多。这二女公子倘是一个寻常的情妇,则不妨叫她在宫中当差,反而容易处置。但匂亲王不便以寻常情妇待她。他设想:将来父皇退位,他的哥哥即位,他依照父皇、母后的意旨当了皇太子,那时这二女公子便可充当女御,占有高人一等的地位。目前他一味作繁荣幸福的梦想。然而未能实现,心中甚是痛苦。

　　薰中纳言把今春遭了火灾的三条宫邸重新建造,准备像模像样地迎

---

　　[1] 古歌:"憔悴深可耻,朝朝对镜鬘。纵然睡梦里,亦不愿逢君。"见《古今和歌集》。下文"出于何心",暗示对他仍怀好感,故不欲使他看见丑颜。

娶宇治大女公子同居。他想:"我当臣下的,毕竟自由得多。匂亲王如此痛苦地想念二女公子,而只能提心吊胆地偷期相会,弄得彼此都很苦恼,实在十分可怜。我想索性把他们私通之事告诉了皇后和皇上。那时匂亲王暂时被人纷纷议论,虽然略感烦恼,但为二女公子计,是有利而无害的。像现在这样一夜也不得从容相聚,实在是痛苦的啊!我想使二女公子当一位堂堂的亲王夫人才好。"他这企图并不十分保守秘密。到了更衣节[1],他想:"除我之外,有谁顾念宇治的女公子呢?"便把三条宫邸落成后移居时备用的帐幔等物,悄悄地送往宇治,让她们先用。又吩咐乳母等特地为宇治的侍女们新制种种服装,一并送去。

十月初,薰中纳言想起宇治的鱼梁上风景正好,便劝请匂亲王前往观赏红叶。随从者只是亲王所亲近的人,以及殿上人中亲王所嘉许的几个人,原拟作小规模旅行。然而皇子的威势极盛,这消息自然广泛传播。于是左大臣夕雾的公子宰相中将也来参加了。但其中高级官员只有这宰相中将和薰中纳言二人,此外僚属则人数甚多。

薰中纳言写信给宇治的女公子,其中有这样的话:"……当然须至贵处泊宿,务请先做准备。前年同来看花诸人,此次亦乘机前来,或将借避雨之名造府。幸勿使芳姿展露人前。……"信中叙述甚详。宇治山庄中便更换帷帘,打扫各处,清除积集在岩石间而朽腐了的红叶,又除去蔓生在池塘中的水草。薰中纳言派人送来许多佳美的果物和肴馔,又遣送几名相当的服役人员。两女公子觉得不好意思,然而无可奈何,只得认为这也是前世注定之事,便接受了他的惠赠而静候贵客光临。

匂亲王的游船在宇治川中往返上下。船中演奏美妙的音乐,山庄里

---

〔1〕 十月初一日为更衣节,改用冬装。

也能听到。船中情状隐约可以望见,故山庄中的青年侍女都走出岸边来观看。虽然不能看到匂亲王本人,但能望见这游船顶上装饰着红叶,像锦绣一般华丽。声声奏出的音乐随风飘来,气势十分浩大。世人对皇子奉承异常殷勤,连私人出游时也如此体面。众侍女望见了这盛况,想道:"真了不起啊!即使一年只有七夕相逢一度,也要欢迎这光明的牵牛星。"游览中准备赋诗,故有几位文章博士随驾同行。黄昏时分,停舟泊岸,一面奏乐,一面赋诗。诸人头上插着颜色或深或淡的红叶,共奏《海仙乐》。人人喜形于色,独有匂亲王怀着"何故人称近江海"[1]的心情。他遥念山庄中的二女公子抱恨如何,对一切都心不在焉。诸人各出适合时地的题目,相与赋诗吟诵。薰中纳言想等待众人稍稍静息之时,赴山庄访问,并将此意告知匂亲王。正在此时,宰相中将的哥哥卫门督奉了明石皇后懿旨,带了一大批随从人员,威武堂皇地赶上来了。原来皇子离都出游,即使是微行,消息也自会不胫而走,成为后世援例。何况匂亲王此次随从带得不多,突然启行。明石皇后闻之大惊,因此吩咐卫门督带了大批殿上人赶来。这形势实甚尴尬,匂皇子和薰中纳言都暗中叫苦,大家意兴索然。但不了解二人心事的人,管自飞觞醉月,乱舞高歌,直到东方既白。

　　匂亲王打算今天再在这里游玩一天,但京中又派中宫大夫带了许多殿上人来迎接他回宫。他心慌意乱,懊恨千万,实在不想回京。便写一封信给二女公子,信中并无一句言情抒怀的话,只是老老实实、详详细细地叙述感想。二女公子推想匂皇子左右人目繁多,事端纷忙,故并不作

――――――――――

〔1〕　古歌:"四处不见海藻生,何故人称近江海?"见《后撰集》。日语中"海藻"与"相见"同音,"近江"与"相逢"同音。故等于说:"这里不生叫做'相见'的植物,为何人称这海谓'相逢'?"

复。她只是更加确信:像她这样微不足数的人,高攀尊贵的皇子,毕竟是不相称的。以前远居两地,阔别多时,因而苦思劳盼,原是应有之事;今见命驾而来,心中正感喜慰,岂知只在附近喧嚣取乐而过门不入。这便使得二女公子痛心疾首,方寸恼乱了。匀亲王更是忧愁苦闷,无限伤心。左右欲请皇子欣赏鱼梁上的冰鱼,取了许多,陈列在色彩或深或浅的红叶上,以供观赏。随从人等都极口称赞。匀亲王也跟着众人漫步闲玩,然而自己心情郁结,愁绪填胸,常常茫然地怅望天空。遥见八亲王山庄中的树梢,姿态特别优美。缠附在常青树上的常春藤的颜色也富有意趣,远看竟有凄凉之感。薰中纳言也很懊丧:预先写信通知她们,反而弄得没趣。去春随匀亲王游宇治的诸公子,想起了八亲王邸内樱花的美色,共话八亲王死后两位女公子的孤寂。其中也有人隐约闻知匀亲王与二女公子私通之事。但也有全不知情的人。总之,人生之事,无论这般那般,即使发生在这种荒山僻处,也自会传闻于世。他们众口一词地说:"这两位女公子长得十分美貌,并且是弹筝妙手。因为八亲王在世之时,朝朝夜夜教导她们。"宰相中将遂赋诗曰:

> "忆昔春芳日,曾窥两树樱。
>
> 秋来零落尽,寥寂不胜情。"

因知薰中纳言与八亲王交厚,故此诗是对薰中纳言而吟的。薰中纳言答道:

> "春至群花放,秋来红叶翔。
>
> 山樱开又落,告我世无常。"

卫门督接着吟道：

> "红叶映骄阳,山乡正盛妆。
>
> 游人看不足,秋去向何方?"

中宫大夫也吟道：

> "好景何人赏? 烟消无处寻。
>
> 多情惟葛蔂,缠绕此岩阴。"

此人年纪最老,吟罢两泪交流,大约是想起了八亲王少年时的盛况吧。匀亲王亦赋诗云：

> "秋尽添萧索,山居寂寞时。
>
> 松风应体恤,峰顶莫狂吹!"

吟罢泪下如雨。隐约闻知其事的人中,有的想道："皇子果然是热恋宇治女公子的。今日错过机会,不能相见,难怪他伤心啊!"此行规模盛大,随从众多,故不便访问山庄也。众人吟诵昨夜所作诗篇中的佳句,用和歌咏宇治秋色者亦甚多。但此种醉迷歌哭之时所作的诗歌,安得有佳作?此处略举一二,也陋不足观,其余均从略了。

　　山庄里的人听见匀亲王船上开路唱道之声渐去渐远,知道他不会到山庄里来了,大家大失所望。准备迎接贵客的侍女们,也都垂头丧气。大女公子尤为伤心,她想："果如外人所说:此人的心像鸭跖草的颜色一般容易变更。我仿佛听人说起：男人最善于说假话。这里几个身份低微的侍女，共谈古代故事，说男人对于自己所不爱的女人，会装作很爱的样子，说出许多甜言蜜语来。我一向以为：只有品格低劣的人中，才有这种口是心非的男人；身份高贵的男人就全然不同，他们要顾全世誉，言行必然谨慎小心，不会胡说妄为。如今方知这估计是错误的了。父亲在世之时，也风闻此人性情浮薄，无意和他攀亲。只因薰中纳言屡次夸说此人异常多情，终于意外地迎接他为妹婿，平添了这许多烦恼，真乃无谓之极！他浅薄无情，看不起我的妹妹，中纳言想必知道，不知做何感想。这里虽然没有特别客气的人，但众侍女心中都在讥诮，这真成了可耻的笑柄！"她左思右想，心绪缭乱，但觉烦恼无穷。二女公子本人则因匀亲王以前偶尔来时，曾对她立下山盟海誓，故存信赖之心。她想："无论如何，总不会完全变心。他不能常来，定然是由于不可避免的故障。"她心中以此自慰。然而久不相逢，难免不怀怨恨。好容易来了，却又过门不入，真乃可恨可惜，因此更加伤心了。大女公子看了妹妹痛苦难堪的神色，想道："如果妹妹的处境与别人一样幸福，有与普通富贵之家一样的住宅，匀亲王对她不会如此冷淡吧。"越发觉得这妹妹可怜了。她想："我如果长生在世，恐怕也会遭逢同样的命运吧。薰中纳言这般那般地说许多话，无非是要打动我的心。我虽然一心想拒绝他，然而托词也有限度，终不能永远搪塞下去。况且这里的侍女都不知前车之鉴，只管千方百计地劝诱我和他结婚。我心虽然不愿，结果恐难避免。正因为如此，所以父亲在世之时，屡次谆谆叮嘱，劝我们独身到底。大约他预知有此种事情，所以作此诫告。我们原是薄命之人，所以落得父母双亡，孤苦无依。倘再加之以遇人不淑，贻笑大方，致使双亲饮恨于地下，实在太不幸了。但愿至少我一人不受此种苦患，而在罪孽未深之前早早死去。"

她悲伤之极,心情实甚痛苦,饮食也全然不进了。她只是反复思量自己死后山庄中的情状,日夜悲叹。她看见了二女公子,心中非常难过,想道:"连我这做姐姐的也抛弃了她而死去,教她孤苦伶仃,何以自慰呢!我过去朝夕看到她那美丽的容姿,心甚欢慰,曾经用心抚育她,希望她长成一个高尚优雅的淑女,私下庆喜她的前程有望。如今虽然嫁得一个身份高贵的皇子,但其人如此冷淡,使她受人讥笑,今后教她有何脸面立身处世,如何能同别人一样享受幸福的生活呢!"她再三思量,觉得我姐妹两人毫不足道,活在这世间全无意趣,只是空过一生而已。念之不胜伤心。

且说匂亲王回京之后,准备立刻像上次那样偷偷地微行,再赴宇治。夕雾左大臣的儿子卫门督却到宫中去揭发他的秘密:"匂皇子与宇治八亲王家女儿私通,时常悄悄登程,远赴山乡。世人都在私下讥议他的轻率行为呢。"明石皇后也听到了,甚是担心。皇上闻之,大为不悦,他说:"让他任性不羁地住在私邸里,毕竟是不好的。"于是严加管束,从此要他经常住在宫中。

夕雾左大臣要把六女公子许配匂亲王,匂亲王不答应。现经双方议决,强迫他娶。薰中纳言闻之,甚是着急,然而无可如何。他独自寻思:"我这个人实在太古怪了。大约由于前世宿缘,我始终不忘记八亲王生前挂念两女公子时的苦情。又见两女公子貌美而命薄,可惜她们埋没一生,希望她们生涯幸福,便异常热心地加以照拂。适逢匂亲王钟情于她们,异常恳切地要求我玉成其事。我所爱的不是二女公子,而是大女公子。大女公子要把二女公子让给我,非我所愿。我就把二女公子介绍给了匂亲王。如今回想起来,好不后悔!其实我兼得了两女公子,也不会有人怪我。现已无法挽回,然而痛悔失策。"匂亲王则更加痛苦,他无时不想念二女公子,恋恋地关怀宇治山庄。明石皇后常常对他说:"你倘有中意的人,就叫她到这里来,一定让她同别人一样享福。皇上对你特别关怀。而你行为轻率,惹起世人讥议,我很替你惋惜。"

　　有一天时雨霏霏,昼静人闲,匀皇子来到大公主房中。此时大公主身边侍女不多,她正在静静地观赏图画。匀皇子隔着帷屏和她谈话。他一向认为这位胞姐品性高雅无比,加之容姿妩媚温柔,多年以来不曾见过第二人。他觉得世间女子没有人比得上她的品貌。只有冷泉院的公主〔1〕,世间声望甚高,家中教养又好,听说是很可爱的。他心中恋慕,但一向不曾出之于口。然而他今天看到了大公主,想道:"山庄里那个人,优美高雅之姿决不亚于我这位姐姐。"一想起二女公子,便不胜恋慕。为欲慰情,拿起散放在身边的画幅来欣赏,但见画着的都是各种美女的姿态,其中又画着所恋的男子的家屋。这是画家潜心摹拟出来的人世诸相,有许多可使他联想宇治山庄。他颇感兴味,便向大公主索得数幅,欲以贻赠宇治的二女公子。其中有描写在五中将〔2〕故事的画,绘的是在五中将教他妹妹弹琴,题上"应有人来摘"〔3〕之诗。匀皇子看了,不知起了什么感想,稍稍靠近帷屏,低声向大公主说道:"嫡亲兄妹之间,古代的人也不用隔离,习以为常。你却对我这等疏远。"大公主不知道他看了什么画而说这话。他就把那幅画卷好,从帷屏的隙缝里塞进去给她看。大公主俯首看画,头发袅娜地挂在席地上,稍稍溢出在帷屏之外。匀皇子

　　〔1〕　是弘徽殿女御所生的女儿。
　　〔2〕　在五中将是在原业平的别名,是平安时代歌物语《伊势物语》中的主角。
　　〔3〕　《伊势物语》中诗歌:"嫩草美如玉,应有人来摘。我虽无此分,私心甚可惜。"在五中将以嫩草比拟他的妹妹。

隐约窥见姿色,觉得越看越美。他想:"假使此人对我血统稍远些……"
难于隐忍,便赋诗云:

> "嫩草美如玉,只可隔帘看。
>
> 迎风弄娇姿,使我春心乱。"

大公主身边的侍女,见了匀皇子怕难为情,都在一旁躲避着。大公主想
道:"别的诗都咏得,何必说这种古怪的话呢!"因此置之不答。匀皇子情
知姐姐这态度是有理的。可知在五中将的那个咏"何须顾虑多"〔1〕的妹
妹过于轻狂,实甚可憎。这大公主和匀皇子两人,是紫夫人特别疼爱而
亲手抚育长成的。在许多皇子皇女中,这两人互相也特别亲近。明石皇
后对大公主的关怀无微不至,侍女中略有缺陷的人,概不使用。故大公
主身边的侍女中,有许多身份高贵的女子。匀皇子是个容易移情的人,
看见姿色殊胜的侍女,就和她调笑。但他无时或忘宇治的二女公子,音
信不通已多日了。

　　宇治两女公子日日盼待匀亲王来到,觉得此次隔绝如此长久,可知
终于被遗弃了,不胜悲伤。正在此时,薰中纳言来访。他是闻知大女公
子患病,前来探望的。大女公子的病其实并不十分沉重,但也借此为由,
谢绝会面。薰中纳言说:"惊悉玉体违和,远道前来探望。还望许我接近
病床。"他真心挂念,恳切要求。侍女们只得引导他到大女公子随意寝息
之处的帘前。大女公子觉得讨厌,颇感痛苦,但也并不生嗔,坐起身来答

---

　　〔1〕《伊势物语》中诗歌:"既有同胞谊,何须顾虑多? 君言羡嫩草,可笑此诗歌。"是
在五中将的妹妹回答他的诗。

话。薰中纳言向她详述那天匂亲王过门不入的原由,表明非出本意。最后劝道:"务请宽心静待,切勿悲伤怨恨。"大女公子答道:"舍妹亦并不何等怨恨。只是先父在世时,屡次训诫我们切勿结婚,如今想起了不免伤心耳。"说罢似闻泣声。薰中纳言十分同情,觉得自己也很难以为情,便说道:"世间无论何事都不简单,未可率尔推断。君等不悉世情,难免偏执己见,空劳怨恨。务请强自镇静!我确信此事可保无虑。"他回想对他人之事也如此关怀,自己觉得纳罕。

大女公子每到夜间,病势必沉重些。今夜有个陌生客人坐在近旁,二女公子替姐姐担心。侍女们便去对中纳言说:"还请依照向例,到那边请坐。"中纳言答道:"今天我是挂念大小姐病状,不顾一切特地来探望的。你们赶我出去,太不讲情理了。试问除我而外,谁能诚心诚意地远来问病呢?"他就出去和老侍女弁君商谈,吩咐她开始举办祈祷。大女公子闻之颇感不快,自念此身早已情愿死去,又何必祈祷。又念辜负美意而断然拒绝,亦太乏味。她毕竟希望长命,此心亦甚可怜。次日,薰中纳言说:"今天小姐病状好些了吧?但愿能同昨天一样和我晤谈。"侍女便向大女公子传言。大女公子说:"我连日患病,今天甚觉痛苦。中纳言既然如此要求,就请他进来吧。"薰中纳言不知大女公子的病究竟吉凶如何,心中十分悲伤。看见她今天态度比往常亲切,反而焦灼不安起来。便靠近病床,对她谈了许多话。大女公子说:"我痛苦不能作答,且待病势稍减时再谈。"她的声音非常微弱而悲哀,薰中纳言觉得无限伤心,悲叹不已。但他终不能徒然地滞留在此,虽然非常担心,也只得准备回京。临行他说:"这等地方毕竟不可久居。还不如以迁地疗养为由,移居适当的处所吧。"又叮嘱阿阇梨尽心祈祷,然后告别回京。

薰中纳言的随从中有一个人,不知何时早就和这里的一个侍女结缘。两人谈话之时,男的告诉女的:"匂亲王已被皇上软禁,今后不许微行出游,必须闭居宫中了。又聘左大臣家六女公子为他的妻室。女家早年就有此意,故亲事一拍即合,年内就要举行婚礼。匂亲王对此亲事全然不感兴趣,虽然闭居宫中,还是一味萦心于浮薄之事。皇上和皇后屡次训诫,他终不听从。我们的主人呢,毕竟和别人大不相同,他过分严肃,别人都讨厌他。只有到这里来,你们都敬爱他。外人都说这种深情决非寻常可比呢。"这侍女又将这话转告她的同伴:"他说如此这般。"大女公子闻之,越发伤心失望了。她想:"妹妹与此人缘尽于此了。原来他爱上妹妹,是未曾娶得高贵妻室期间的逢场作戏,只因顾虑薰中纳言等责他薄情,故只在言语上假装多情而已。"这样一想,她也顾不上怪怨别人薄情,但觉自己越发置身无地,神思昏乱,便倒身躺下。她本已衰弱不堪,现在更不希望长生于世了。旁边虽然没有客气的人,但自觉无以为颜,不胜痛苦,便装作不曾听见那侍女的话,独自就寝了。此时二女公子在旁,由于"愁闷时"[1]而打瞌睡。她的姿态非常可爱:以肘代枕,沉沉入睡。鬈发如云,堆积枕畔,这景象异常美丽。大女公子向她注视了一会,历历回想起父亲的遗诫,不胜悲戚。她反复思量:"父亲没有罪障,不至于堕入地狱吧。无论在何处,务请迎接我到父亲所在的地方去吧! 父亲把我们这两个苦命的女儿抛舍在世间,连梦也不曾托一个呢!"

　　夕暮天色阴沉,冷雨霏霏。朔风凛冽,落木萧萧,其音凄凉无比。大女公子躺在床上,历历回思往事,缅想将来,其神情异常优雅。她身穿白

---

　　[1] 古歌:"昔年依慈母,曾闻戒昼寝。但逢愁闷时,瞌睡苦难禁。"见《拾遗集》。此处引此古歌,暗示她忘记了八亲王的遗诫而结婚。

色衫子。头发虽然久不梳理,但一丝不乱,光艳可鉴。日来久病,脸色略带苍白,反而更增清丽。那含愁凝睇的美容,应请知情识趣者来鉴赏。昼寝的那人被狂乱的风声惊醒,坐起身来。她身穿棣棠色和淡紫色的衣衫,色彩非常鲜丽。两颊微红,仿佛染着胭脂,容颜实甚娇艳,全无半点愁容。她对姐姐说:"我适才梦见父亲,他满面愁容,在这里环顾四周。"大女公子更加悲伤,说道:"自从父亲亡后,我常想在梦中拜见,岂知一次也不曾见过。"于是两人相对而哭。大女公子想:"近来我日夜思念父亲,或许他的灵魂在这里彷徨,亦未可知。我很想到他那里去。但我等罪孽深重,不知是否能去。"她竟在计虑后世之事了。她很想得到中国古代的返魂香[1]。

　　天色全黑之后,匀亲王派人送信来了。在这时候,此事亦可聊以慰情。二女公子并不立刻拆看来信。大女公子对她说道:"还是镇静下来,坦率地回他一封信吧。我倘就此死去,恐有比此人更荒唐的人来缠扰你,很可担心。但得此人不忘旧情,偶通音问,别人就不敢胡行妄为了。故此人虽然可恨,亦有可赖之处。"二女公子说:"姐姐想舍弃了我而先死,太无情了!"她不禁掩面而泣。大女公子说:"父亲死后,我片刻也不想留在世间。只因命运限定,所以苟延至今。我之所以贪恋今日不知明日的世寿而惜此生命,无非是为了你呀!"便命人拿灯火来看信。其信照例写得非常详细,内有诗云:

> "朝朝凝望处,同是此天空。
> 何故逢阴雨,愁思特地浓?"

―――――

〔1〕 传说:汉武帝烧返魂香,李夫人的灵魂出现。

此诗袭用古歌中"何曾如此湿青衫"〔1〕之意,是老生常谈。大约匂亲王以为聊胜于无,所以勉强咏成此诗。大女公子越发觉得可恨了。然而匂亲王是个世间稀有的美男子,加之为欲引人注目,常常装出风流俊俏之相。故年轻的二女公子被他迷住,亦属当然之理。一别多时,不免使她恋恋。她常常回心转意,想道:"他曾对我立下如此恳挚的山盟海誓,无论如何总不会就此断缘吧。"匂亲王的使者催索回信,说"今夜必须返命"。经众侍女劝请,二女公子仅答复了一首诗:

> "深山秋寂寂,霰雪已飘零。
> 怅望长空色,朝朝添暗云。"

此时正是十月底,故诗中如此说。匂亲王想起不到宇治已有一个多月了,心甚焦灼。他夜夜想走,而故障甚多。今年的五节舞会来得很早〔2〕,宫中喧哗扰攘,甚是纷忙。匂亲王并非有意不去,但终于未能走访,遥想山庄中人望穿秋水了。他在宫中虽然有时和侍女们调笑,但时时刻刻不忘二女公子。关于左大臣家的亲事,明石皇后对他说道:"你终当有个名正言顺的妻室。此外你倘有欲得之人,也不妨迎娶入宫,定当予以优遇。"匂亲王拒绝:"请暂缓,尚须考虑。"因为他真心欲使二女公子不遭苦厄。但山庄中人不知道他这一片诚心,只是随着日月而增加悲伤。薰中纳言也觉得匂亲王的轻薄出乎意外。他万万想不到如此演变,真心地为二女公子惋惜。他几乎绝不去访晤匂亲王了。但他关怀山庄

---

〔1〕 古歌:"十月年年多苦雨,何曾如此湿青衫!"见《源氏物语注释》。
〔2〕 五节舞会规定在十一月中的第一个丑日开始举行,故迟早每年不同。

中的女公子,屡次前往探访。

　　到了十一月里,薫中纳言闻得大女公子病已稍愈,加之公私事绪纷忙,以致五六天不曾遣使存问。忽然想起,不知以后病状如何,便抛开繁忙的要事,匆匆入山探望。他曾叮嘱祈祷须举行至病愈为止。今因病势稍愈,已请阿阇梨返山,故此时山庄中人数很少,照例由那个老侍女弁君出来,向薫中纳言报告病状。她说:"说不出何种痛苦,并不是重大病症,只是饮食全然不进。大小姐本来身体柔弱,异乎常人。自从家里出了匂亲王那件事情之后,她的心情更加郁结,连果物也不吃一点了。都因如此日积月累,弄得身体异常衰弱,看来已经全无希望了。我们这种命苦的人,反而长生在世,眼看这种逆事。我毫无办法,恨不得早一步先死了。"没有说完,已经泣不成声。这原是怪不得的。薫中纳言说:"为什么不早把这情况告诉我呢?近来冷泉院及宫中,事情都很繁忙,我好几天不曾前来探望,心中挂念得很!"他就被引导到以前到过的房间里,坐在大女公子枕畔,对她谈话。然而大女公子似乎已经不能做声,一句也不回答。薫中纳言恨恨地说:"小姐病势如此沉重,谁也不来向我通报,实在太疏忽了。我无论何等挂念,也是枉费心机。"便招请那个阿阇梨及世间以灵验著名的许多僧人,于明日开始举行修法祈祷及诵经。又召集他的许多侍臣前来照料。上下人等喧哗扰攘,非常热闹。众侍女全然忘记了过去的忧愁,都觉得有希望了。

　　日色已暮,众侍女告薫中纳言:"请那边坐。"就招待他在那里吃些泡饭等物。但薫中纳言说:"总须让我在近旁侍候。"此时南厢已设有僧众座位。东面稍近大女公子病床,就在那里设个屏风,请薫中纳言入座。二女公子觉得薫中纳言离得太近,不好意思。但众侍女认为此人与大小姐有不可分离的深缘,对他都不疏远。从初夜时分[1]开始,命僧众不断地诵念《法华经》。仅由嗓音美好的十二个僧人诵念,故其声非常庄严。南厢内点着灯火,病室中则是黑暗的。薰中纳言把帷屏的垂布撩起,膝行到里面去看看。但只见两三个老侍女伺候着。二女公子看见薰中纳言进来,立刻回避了,故室内人数甚少。大女公子寂寞地躺卧着。薰中纳言对她说:"为什么你一声也不响呢?"便执着她的手催她说话。大女公子气息奄奄,断断续续地说:"我心里想说,但说时非常痛苦。多日不相见了,深恐就此死去,正在悲伤呢。"薰中纳言说:"我不来望你,害得你如此盼待!"说罢号啕大哭起来。大女公子头上有些发热。薰中纳言说:"你有何罪而得此恶报呢? 想是负怨于人,因而患此重病的吧。"他把嘴凑近大女公子耳边,说了许多话。大女公子又是厌烦,又是羞耻,举起衣袖遮住了脸。她的身体比前更见衰弱,奄奄一息地躺着。薰中纳言想:"如果就此死去,教我何以为心!"便觉肝肠欲断。隔帘对二女公子说:"二小姐连日忙于看护,想必十分劳顿。今夜请好好安息,由我担任值宿可也。"二女公子有些不放心,但念个中或有缘故,便退居稍远之处。薰中纳言虽然不是和大女公子面对面,但坐在很近的旁边,以便照料。大女公子心里既不安,又羞涩。但她想:"原来我同他有这样的宿缘!"她回思此人性情温厚沉着,稳重可靠。比较起那个人[2]来,实在优越得多。她深恐自己死后,在此人的回忆中是一个倔强顽固、冷酷无情的人,因此并不拒远他。薰中纳言通夜坐在她身旁,指挥众侍女,劝病人服汤药。但大女公子一口也不想喝。薰中纳言想:"这病势险恶了! 怎样可以保

---

〔1〕 初夜是晚上十时左右。
〔2〕 指匂亲王。

住性命呢?"他心中怀着无限忧虑。

　　通夜不断地诵经的僧人,到天明时分换了班,声音非常庄严。阿阇梨也通夜诵念,偶尔打个瞌睡,此时也已醒来,开始朗诵陀罗尼经。他虽然年老而喉音枯嘎,但因修行功夫甚深,听来法力甚宏。他向薰中纳言探询:"今夜小姐病状如何?"随即叙述八亲王旧事,屡次举袖拭泪。他说:"八亲王之灵不知现在何处。据贫僧推想,定然早已往生西方极乐世界。但前几天曾在梦中拜见,仍作世俗装束,对贫僧言道:'我早已决心厌弃尘世,故对俗界毫无执着了。只因对两女儿略有挂念,不免心乱,以致暂时不能往生净土,实甚遗憾。我想请你替我做些功德,助我往生。'他这话说得非常清楚。贫僧一时想不出应做何种功德,只得尽我所能,请五六位在我寺中修行的僧人称名念佛。后又想得一法,叫他们举行'常不轻'〔1〕礼拜。"薰中纳言听了这话,深为感泣。大女公子闻知,心念我等两人竟妨碍了父亲往生极乐,罪孽实甚深重,悲伤之极,一时昏了过去。她躺在病榻上想道:"但愿于父亲尚未往生之前,我就去追随他,和他生在同一世界。"阿阇梨并不长谈,不久就去做功德了。举行"常不轻"礼拜的五六个僧人巡行附近各村庄,直到京都。此时慑于晓风的寒威,回到了阿阇梨做功德的地方,来至山庄正门口,以非常尊严之声朗诵偈语,叩首礼拜。唱到这回向经文的末句,大家深为感动。薰中纳言原是深信佛法之人,其感动更是难于堪忍。二女公子频频挂念姐姐,走近后面的帷屏旁边来探看。薰中纳言听到声息,立刻正襟危坐,对她言道:"二小姐听这'常不轻'声音如何? 这虽然不是正大的法事,但也非常庄

---

〔1〕《法华经》《常不轻菩萨品》曰:"我深敬汝等,不敢轻慢。所以者何? 汝等皆行菩萨道,当得作佛。"唱着这二十四字经文,向各处巡行,见人即拜,叫做"常不轻"礼拜。

严。"便赋诗云:

> "冬晨霜重汀洲畔,
>
> 众鸟悲鸣惹我愁。"

他用说话的语调诵这诗句。二女公子看见这人貌似她的薄情郎,可以当作那人看待,然而终于未便直接唱和,便叫弁君传言道:

> "霜晨振翅悲鸣鸟,
>
> 知否骚人万叠愁?"

这老侍女实在不配当二女公子的代言人,但也像模像样地传达答诗。

薫中纳言回想:"大女公子过去对于诗歌赠答等细事,也很谨慎小心,总是温和诚恳地待人。此次倘真个永别了,教我何以为心!"便忧惧万状。他忆起了阿阇梨梦见八亲王之事,推想八亲王在天之灵也挂念着两女公子的苦况,便在八亲王生前曾住的山寺里也请僧众诵经念佛。又遣使者往各处寺庙,为大女公子举办祈祷。京中公务私事一概请假。祭告神祇,祓除邪恶,凡百法事,无不做到。然而这病不是由于鬼怪作祟,故法事全无效验。如果病人自己盼望痊愈而向佛祈愿,则或可见效。但大女公子不然,她想:"我还不如乘此机会,早日死去。中纳言如此接近我,全然不避嫌疑,今已无法拒远他了。如果就此和他结了缘,深恐这种亲切之情日后逐渐消减,弄得双方互相疏远,倒是很可忧虑之事。故我此次如果不死,定当以疾病为借口,削发为尼。只有如此,才是保证双方爱情长久的办法。"她打定主意,不管如此如彼,务须照此实行。但也不便骄矜地向薰中纳言说出,便对二女公子说道:"我近来愈觉此身已无生望。听说授戒为尼,功德甚大,可以却病延年。你去请阿阇梨替我授戒吧。"众侍女听了这话,大家喧噪哭泣起来,说道:"万无此理!中纳言大人如此操心担忧,叫他多么失望啊!"她们都认为此事不该,没有人向薰中纳言传达。大女公子不胜怅惘。

薰中纳言长久闭居在宇治山庄中,此消息渐渐传开,也有人特地到宇治来慰问。平日在他邸内出入的人和亲近的家臣,看见中纳言如此深切关怀大女公子,便各自替病人举办种种祈祷,大家忧愁叹息。薰中纳言想起今天是丰明节,遥念京中情状。是日北风狂吹,大雪纷飞。推想京中天气决不如此凄厉,心情自然暗淡起来。他想:"我同她难道只有如此疏浅的缘分么?真命苦啊!但又无可怨恨,只能希望她的身体恢复原状,即使暂时也好,让我对着她那温柔绰约的芳姿,一诉我的心事。"他茫然耽入沉思,暗淡无光的一天就此过去,于是吟诗云:

> "阴云笼罩深山里,
> 暗淡心情度日难。"

山庄里的人,因有薰中纳言在此,大家倒觉得胆壮。

薰中纳言照例隔着帷屏坐在大女公子病榻近旁。一阵风来,把帷屏上的垂布吹起。二女公子就退避到里面。几个面貌丑陋的侍女也都躲开了。薰中纳言膝行至大女公子近旁,啼啼哭哭地说:"小姐今天病状如何?我已竭尽心力,举办了种种祈祷,岂知都是枉然,连你的声音也听不到,真使我大失所望!万一小姐舍我而去,教我何等伤心啊!"大女公子似已进入失却知觉的状态,然而还能举袖遮面,断断续续地答道:"等我病稍好些,当再与你谈话。此刻我只觉得昏沉欲绝,真可恨啊!"薰中纳言的眼泪更加难于止住了。忽念哭泣是不祥的,便努力忍耐,不欲被人看见。然而终于情不自禁地哭出声来。他想:"我对她不知前世有何孽缘,因而热烈地恋慕,终于受尽了苦难而诀别?如果此人稍有缺陷,也可使我容易忘情。"他就向病人注目细看,但见她的容姿越发端庄优雅、可怜可爱了。她的手腕已很瘦细,身体虚弱几同人影。然而艳色曾不少衰,肌肤白嫩如昔。穿着柔软的白色衣衫,推开绣被而横卧着的姿态,竟像一个身体扁平的偶人。头发并不太密,然而堆积在枕畔,光艳可鉴,美丽之极。薰中纳言看了想道:"不知结局如何!难道已无生望,不可挽救了么?"便觉无限惋惜。她卧病多时,许久不施膏沐,但其姿态比用心打扮、尽心修饰而装模作样的女人优美得多。薰中纳言仔细端详了一会,神魂飘荡起来,说道:"你倘舍我而去,我一刻也不想留在这世间了。如果命运注定,强要我留在世间,我一定遁迹深山,与世长遗。所不放心者,只有孤苦伶仃地独留在世间的令妹。"他想用这话来引出大女公子的答语。大女公了把遮脸的衣袖稍稍揭开,答道:"我身如此薄命,被你视为无情之人,已无可奈何了。只是我曾婉言向你请求:对于我所遗下的妹妹,请你同爱我一样地爱她。当时你倘不违背我意,如今我死也瞑目了。我只为有这一点挂念,故对这世间不免留恋耳。"薰中纳言答道:"我身也如此命苦么!我因除你之外,决不能爱第二个人,故不曾听从你的劝告。如今思之,不胜后悔,且甚抱歉。但令妹之事,务请放心勿念。"他用这话安慰她。此时大女公子异常痛苦,薰中纳言便召唤做法事的阿阇梨等到病室里来,叫他们施行种种有效的祈祷。他自己也虔诚地求佛。

大约是佛菩萨特地要劝薰中纳言厌离此世,因而叫他经受一番如此惨酷的苦厄吧,大女公子眼见得渐渐停止呼吸,像草木枯萎一般消逝了,呜呼哀哉！薰中纳言无法挽留，便捶胸顿足，号啕大哭起来，也顾不得旁人讥诮了。二女公子看见姐姐已经死去，放声痛哭，定欲追随同行，这也是难怪她的。那几个多嘴多舌的侍女说道："在亡人身边是不祥的！"便把不省人事的二女公子拉开，扶往别处去。薰中纳言想："无论如何不会有这等事，这不是做梦么？"便移近灯火，仔细观看，但见衣袖遮掩的颜面像沉沉入睡一样，端正美丽，与生前无异。他悲痛之余，竟想让这遗骸就此躺着，像蝉壳一般永久保存，常常得见。举行临终法事之时，照例须梳发。梳时芬芳四溢，气息全同生前一样，真乃一种美妙可爱的香气。薰中纳言想道："我总希望能在此人身上某处找出缺点，以便减轻思慕之苦。倘佛菩萨真欲劝我厌离人世而行方便，务请助我发见可怕、可厌之处，使我减少悲伤！"他如此向佛祈愿。然而悲伤越发难以排遣。他就决心："不如硬着心肠，送她去火葬吧！"于是照例准备仪式，真乃痛苦之事！薰中纳言由人扶着前往送葬，神思恍惚，两足如行空中。这最后的仪式也很寂寥，升空的烟亦不甚多。薰中纳言垂头丧气，茫茫然地返归宇治山庄。

七七期间，宇治山庄中人数众多，不甚感觉凄凉。只是二女公子深恐他人讥诮，甚感羞耻。痛念自身命苦，日夜悲伤，似乎也要去了。匂亲王频频遣使慰问。惟大女公子一向视此人为意想不到的薄情人，直到死去犹不能谅解，故二女公子认为结识此人，是一段恶姻缘。薰中纳言想乘此忧愁苦恨的时机，成遂了出家之本愿。然而深恐三条宫邸中的母亲伤心，又挂念二女公子孤苦无依，左思右想，心绪缭乱。既而自忖："还不如依照大女公子遗言，把这妹妹当作死者遗念而爱护她吧。讲到我的本意，她虽然是大女公子的嫡亲妹妹，我也不肯把爱情移转到她身上。但与其让她孤苦伶仃，不如把她当作纯洁的话伴，常常来此相晤，亦可稍慰我对亡人永无尽期的恋慕。"他绝不返京,与世隔绝,只管忧愁苦恨地笼闭在山中。世人闻知情状,想见他对亡人恩情非浅,自宫中开始,各方来吊慰者甚多。

日子空空地过去。每逢七日的佛事都很隆重,祭祀供养,丰盛无比。然而名分所限,薰中纳言未便改穿丧服。于是大女公子生前亲近的几个侍女,就穿了深黑色的丧服[1]。薰中纳言无意中看到了,吟诗曰:

> "未能为汝穿丧服,
>
> 　血泪沾襟亦枉然。"

他那淡红色的闪闪发光的衣服的襟袖上尽是眼泪。那怅望沉思的姿态,异常风流潇洒。众侍女从帘隙窥看,相与言道:"大小姐青春夭折,其悲哀自不必说了。这位中纳言大人我们一向见惯,今后将成疏隔,想起了也觉万分可惜。他和大小姐的交情,真乃意想不到的奇迹啊! 如此深情厚意,而双方终丁无缘!"说罢都哭泣了。薰中纳言对二女公子说:"我将视小姐为令姐的遗念,今后无论何事必以奉告,小姐有话亦请吩咐。望勿疏远见弃为幸。"二女公子自觉此身万事皆遭不幸,不胜羞耻,一次也不曾和他对晤。薰中纳言每有感触,想道:"这二女公子是个爽朗活泼的人,比乃姐富有孩子气而品质高雅。但不及乃姐的含蓄温柔。"

飞雪蔽天,竟日不息。薰中纳言怅望沉思,直到黄昏,世人所厌恶的、十二月的月亮,高照在明净如水的碧空中。他就卷起帘子,举头望

---

[1]　对死者关系亲、哀思深的,丧服的黑色亦深。侍女照理只须穿浅黑色衣服。

月,又"欹枕"[1]而听那边山寺中宣告"今日又空过"[2]的隐约的晚钟声。即景赋诗云:

　　　"人世无常难久住,
　　　拟随落月共西沉。"

此时北风甚烈,拟即命人关上板窗,忽见水面的冰像镜子一般反映着四周的山峰,月光清丽,夜景极美。薰中纳言想道:"京中新建的三条宫邸富丽堂皇之极,但总觉没有这种清雅之趣。若得那人寿命稍稍延长,我便可和她共赏。"他反复思量,肝肠欲绝,又吟诗曰:

　　　"拟入雪山寻死药,
　　　从今免得苦相思。"

他希望遇到那个教半个偈的鬼[3],便可以求法为由,将身投与鬼吃。这真是一种怪诞的道心。

　　薰中纳言召唤众侍女到身边来,对她们讲种种话。态度非常优雅,语调从容,含义深长。众侍女瞻仰丰采,年轻者心驰神往地爱慕他的美

---

〔1〕　白居易《香炉峰下新卜山居草堂初成》诗中句云:"遗爱寺钟欹枕听,香炉峰雪拨帘看。"

〔2〕　古歌:"山寺晚钟声隐约,伤心今日又空过。"见《拾遗集》。

〔3〕　雪山童子遇鬼,向之求法。鬼唱曰:"诸行无常,是生灭法。"下半尚有二句,鬼因肚饥,唱不出了。童子问:"欲食何物?"鬼曰:"欲食血肉。"童子曰:"教我下半,我身即与你吃。"鬼续唱曰:"生灭灭已,寂灭为乐。"童子乃将此四句偈书之石壁,投身喂鬼。此故事见《阿含经》及《涅槃经》。

貌,年老者深为大女公子惋惜悲伤。有一个老侍女告道:"大小姐病势日渐加重,是因为她看见匀亲王态度意外冷淡,担心二小姐被世人讥笑。但她不欲使二小姐知道她如此担心,只是独自心中痛恨人世。在这期间,她连果物也不吃一点,身体就日渐衰弱了。大小姐表面上看来对诸事并不过分操心,而心底里深奥无限,无论何事都要仔细思考。她为二小姐的事一味忧恼,悲叹自己不该连亲王大人的遗诫也违背了。"她又追述大女公子生前常说的话,闻者无不掩面哭泣,悲伤不已。薰中纳言回想:"此乃我太糊涂,致使大女公子无端遭此忧恼。"他恨不得挽回以前的过错。推而广之,觉得人世一切都可怨恨。便专心一志地诵经念佛,准备通夜不睡,直到天明。在夜色甚深、雪风凛冽之时,忽闻门外人声嘈杂,又闻马嘶。法师等人都很惊诧:"如此严寒的夜半时分,不知何人踏雪而来。"但见匀亲王穿着旅装,满身濡湿,十分狼狈地走了进来。薰中纳言听到叩门声,知道是匀亲王,便走进隐藏之处去躲避了。

　匀亲王知道大女公子七七之期还有数日未满,但因思念二女公子不胜其苦,便不顾风雪寒威,半夜里赶到宁冶来。这诚意应可抵偿近月来疏慢之恶,然而二女公子不肯和他见面。因为她想起姐姐为此人而忧愤成疾,深感耻辱。姐姐不曾看见此人回心转意,就此死去,今后即使此人改过自新,亦无补于事了。众侍女都来劝请,说理应接见。二女公子才答应隔着屏障晤谈。匀亲王向她诉说月来怠慢的原因,言语滔滔不绝。二女公子茫茫然地听他说。匀亲王看见此人也已奄奄一息,深恐她将步姐姐后尘,觉得非常抱歉,又很担心。他今天是不顾母后将来谴责,拚着性命而来的。因此苦苦请求:"撤去屏障吧。"二女公子只答一语:"且待我神志清醒些……"终不肯和他对面。薰中纳言闻此情状,召唤几个解事的侍女来前,对她们说:"匀亲王违背初心,近几月来态度冷淡,固然罪无可逭,难怪二小姐怨恨。但惩诫亦有限度,不可过分伤情。匂亲王不曾受过如此冷遇,定然非常痛苦。"他私下叫侍女去向二女公子劝说。二女公子闻之,觉得此人也如此用心,叫我越发可耻了,便置之不答。匂亲王说:"如此待我,实太无情。从前的山盟海誓都忘记了!"他频频叹息,空度时光。此时夜色凄凉,风声惨烈。他唉声叹气地独自躺着,虽是自作自受,毕竟也很可怜。二女公子便又隔着屏障和他晤谈。匂亲王向诸佛菩萨赌咒起誓,保证永远不变初心。二女公子想:"他怎么会顺口说出这一大套话来?"反而觉得讨厌。但她此时心情,和恨别伤离时有所不同。看到匂亲王那可怜的模样,心肠自然发软,不能漠然地不睬他了。她茫茫然地听了一会,隐隐约约地念一首诗:

> "回思往昔都无信,
> 预约将来怎可凭!"

匂亲王反而悲愤填胸了,答道:

> "但念将来时日短,
> 目前应不背侬心。

世间万事皆空,无常迅速,请勿使我因遭人怨恨而罪孽深重啊!"又用许多话安慰她。二女公子答道:"我心情非常恶劣……"便退入内室去。匂亲王也顾不得旁人讥笑,悲伤愁叹直到天明。他想:"她的怨恨确是难怪。然而太不顾人面子,令人伤心落泪。可知她心中何等悲愤。"他左思右想,觉得二女公子实在可怜。

薰中纳言久住于此,形同主人,随意呼唤侍女。许多侍女替他料理膳食。匀亲王看了觉得可哀而亦复可笑。薰中纳言面庞非常苍白而瘦削,常常茫然若失地耽入沉思。匀亲王很可怜他,郑重地向他慰问。大女公子逝世情状,言之虽然无益,但薰中纳言很想向匀亲王诉说。既而觉得诉说起来心甚颓丧。又恐匀亲王笑他执迷不悟,因此对他很少说话。薰中纳言每天哭泣。日子既久,面貌也变了相,却反而比前更加清秀了。匀亲王想道:"此人倘是女的,我必然会动恋慕之心。"这原是他的怪僻的邪念,但他因此而担心起来,打算在不受他人讥议及怨恨的情况下叫二女公子移居到京都去。二女公子对他如此无情,倘被父皇母后闻知,实甚不利,因此他很担心,决定今天就返京都。他对二女公子热诚地说尽了千言万语。二女公子也觉得冷淡使他难堪,想回答他几句话,然而终于不能舒怀。

到了岁暮,即使不是此种荒僻之处,天色也异乎寻常。宇治山中自不必说,没有一天晴明,风狂雨横,积雪不消。薰中纳言晨夕怅惘沉思,心地浑如梦境。大女公子断七之日,大做功德,非常体面。匀亲王也致送隆重吊仪,又斋僧布施。薰中纳言终不能久居此间而愁叹直到新年。各处亲朋,也都怪他闭居山中,久无音信。如今已过断七,自然非返京不可,但悲痛之情难于言喻。他住在这里期间,出入人数众多。今后离去,此间势必冷清,因此众侍女不胜悲伤。她们回忆目睹大女公子逝世而惊呼痛哭之时,觉得现在虽然安静,反比那时更加痛苦。她们都说:"从前每逢兴会,常蒙他惠然来访。此番久居山庄,朝夕得仰尊颜,似觉比前更加温柔多情。无论闲情细事,或生计大事,都蒙他悉心照料。自今以后不能再见他了!"大家流下泪来。

匀亲王遣使送信与二女公子,信中有言:"常思入山相会,每苦困难重重。拟请迁来京都，卜居敝邸附近。一切手续，均已办妥。"这是因为：明石皇后闻知匀皇子与二女公子之事，推想薰中纳言对大女公子如此痛苦地悼念，可知其妹定非凡俗之女，因而匀皇子倾心爱慕。她可怜匀皇子，便悄悄对他说道："你可教二女公子迁居二条院来，以便时时相会。"匀亲王疑心母后以此为借口，欲命二女公子替大公主当侍女。但念今后时时得与二女公子相见，实甚可喜。因此写这信与二女公子。薰中纳言闻知此事，想道："我营造三条宫邸，本想给大女公子居住。大女公子既死，我正想迎二女公子来居，当作她的替身呢。"回想前情，不胜怅惘。至于匀亲王所怀疑于他的，他认为全然不近情理，绝不起这念头。他只是想："能代父母照顾她的，除了我以外更有何人呢？"

第四十八回　早　蕨[1]

　　古歌云:"密叶丛林里,日光射进来"[2],因此荒僻的宇治山庄里也能看到春光。但二女公子只觉得像做梦一般,不知道这些日子如何度送。年来她和姐姐两人情亲意洽,随着四时变易,晨夕共赏花香鸟语。有时闲吟戏咏,互相联句;有时共话浊世忧辛,以慰寂寥。如今失去了姐姐,遇有可喜可悲之事,无人可以告语。万事只能闷在胸中,独自伤心。昔年丧父,固然抱恨终天;此次丧姐,似觉比那时更多悲恸。思念无已,不知此后如何度日。因此一直心绪昏乱,连昼夜都不辨。有一天,阿阇梨派人送信来,信中说道:"岁时更新,不知近况如何? 此间祈祷照常举行,曾不稍怠。此次乃专为小姐一人祈求福德也。"随函送上蕨及问荆,装在一只精致的篮子里,附言道:"此蕨与问荆乃诸童子为供养贫僧而采得者,皆初生时鲜也。"笔迹非常粗劣。所附诗歌,故意写成字字分离,诗曰:

　　　　"年年采蕨供春膳,

　　　　今岁不忘旧日情。

---

　〔1〕　本回继前回之后,写薰君二十五岁春天之事。

　〔2〕　古歌:"密叶丛林里,日光射进来。无人行到处,也有好花开。"见《古今和歌集》。

请将此意禀告小姐。"信是写给侍女的。二女公子推想阿闍梨咏此诗时定然仔细推敲。她觉得诗意也很深切,比较起有口无心、花言巧语之人的作品来,动人得多,不禁流下泪来,命侍女代笔答诗云:

"摘来山蕨谁欣赏,
　物是人非感慨深。"

又命犒赏使者。二女公子正当青春盛年,姿色十分姣美。近来身经种种忧患,玉容稍稍瘦削,然而非常娇艳,反而更增秀丽,相貌酷肖已故的大女公子。两人并存之时,只见各有其美,并不觉得肖似。但现在看来非常相像,骤然一见,竟令人忘记了大女公子已死,以为这正是她。众侍女看看这二女公子,想道:"中纳言大人日夜思念大小姐,竟想保留她的遗骸,以便常常得见。既然如此,当初何不娶了二小姐,难道是没有宿缘的么?"她们都觉得遗憾。薰中纳言邸内常有人来宇治,故彼此情况随时传闻。据说薰中纳言由于悲伤过度,竟致神思恍惚,不顾新年佳节,两眼常是红肿。二女公子闻之,想见此人对姐姐的爱情确非浅薄,此时对他的同情就更深了。

　　匀亲王身份高贵,未便随意出门,就决心迎二女公子迁居京都。

　　正月二十日宫中举行内宴。一番纷忙过去之后,薰中纳言满怀愁恨,无可告语,不堪其苦,且往匀亲王宫中访晤。此时暮色苍茫,匀亲王正独坐窗前,沉思怅望。有时抚弄鸣筝,欣赏他所心爱的红梅的芳香。薰中纳言向梅树低处折取一枝,走进室内,那香气异常馥郁。匀亲王一时兴到,赋诗赠之:

　　　　"含苞犹未放,香气已清佳。

　　　　料得折花者,其心似此花。"〔1〕

薰中纳言答道:

　　　　"看花岂有簪花意,

　　　　既被人猜便折花。

你不要胡说八道啊!"两人如此戏谑,足见交情甚深。谈到最近详情,匂
亲王首先探询宇治山庄之事:"大女公子故后情况如何?"薰中纳言便向
他历叙近几月来无穷的悲哀以及从那天直到今日思念不绝的苦况,又诉
说时时触景生情而回忆起来的种种哀乐,真如世人所谓带泣带笑,说得
淋漓尽致。何况匂亲王秉性多情,容易流泪,即使是别人的事,也要哭得
衣袖上绞出水来,听了他这番话之后,对他表示无限的同情。

　　天色似乎也是知情识趣的,忽然笼罩了暮霞。到了夜里,猛烈地刮
起风来。气候十分寒冷,仿佛还是冬天。风吹熄了灯。虽说"春夜何妨
暗",毕竟不甚自在。然而两人都不肯停止说话。未及畅叙无穷无尽的
衷曲,夜色已很深了。匂亲王闻知薰中纳言与大女公子爱情深厚无比,
便道:"喂喂! 你虽然如此说,但你和她的关系总不止如此而已吧。"他
疑心薰中纳言还有隐情未曾说出,想探问出来。这真是以小人之心度
君子之腹了。但匂亲王是知情识趣之人,他一面安慰他,一面又同情他
的苦痛,对他说各种各样的话,直说得他的哀愁消散。薰中纳言被他的

────────────

　　〔1〕　意思是说薰君心中爱二女公子,而表面上不露声色。

花言巧语所哄骗，终于把郁结在心中而实在忍受不住的苦情稍稍发泄，便觉胸次顿时开朗了。匂亲王也同他商量二女公子迁居京都之事，薰中纳言说："若能如此，实甚可喜！不然彼此都很痛苦，连我也觉得自己有过失。我要寻求我所永不忘怀的那人的遗爱，除了这人以外更有谁呢？故关于此人日常一切生活，我自认是保护人。但不知你是否会猜疑耳。"便把大女公子生前荐妹自代、请他勿视妹为外人之意，略略向他说明。但关于"岩濑森林内郭公"[1]似的那一夜对面共话之事，则秘而不宣。只是心中寻思："我如此思念大女公子，无以自慰，她的遗爱只此一人。我正该像匂亲王一般当她的保护人才好。"他越发后悔了。然而又想："如今后悔莫及。常常如此想念她，深恐发生荒谬的恋情，为人为己两皆不利，岂不愚哉！"便断绝了念头。又想："虽然如此，她迁居京都以后，真能照拂她的，除我而外更有何人？"就帮助匂亲王准备迁居之事。

宇治山庄里也忙着准备迁居，向各处物色了一些容貌姣好的青年侍女及女童，人人笑逐颜开。惟二女公子想起今后迁居京都，这"伏见邑""荒芜甚可惜"[2]，心中非常难过，终日愁叹不已。虽然如此，却又觉得坚决拒绝而定要闭居在这山庄里，亦无甚意义。匂亲王常常来信诉恨："如此分居两地，深缘势将断绝。不知小姐作何打算？"这话也有些道理。二女公子心绪缭乱，不知如何是好。迁京日期选定在二月初旬。看看日

---

〔1〕　古歌："岩濑森林内，郭公莫乱啼！啼时人忆别，相恋更增悲。"见《万叶集》。又："君若恋我时，来见岂不好。何必托人传言语，犹似岩濑林中郭公鸟！"见《花鸟余情》。但此处引用此二歌，皆不恰当。据《湖月抄》说："岩濑"（地名）与"托人传言"发音相同。此处引用此句，是不托人传言而对面共话之意。

〔2〕　古歌："吁嗟我终身，应住伏见邑。倘使迁居去，荒芜甚可惜。"见《古今和歌集》。伏见是地名，今用以比拟宇治。

子渐近,二女公子留恋山庄中花木向荣的美景,又念身如抛舍了峰顶的春霞而遥去的鸿雁[1],而所到之处又不是永久的住家,倒像旅舍一般,这是何等失却体面而惹人耻笑之事! 因此顾虑多端,怀着满腹烦闷,忧愁度日。姐姐的丧期已满,应该脱却丧服,到川原去举行祓禊,但又觉过于薄情。她心中常想,也常向人说出:"我自幼丧母,记不起母亲面貌,不觉得恋念。姐姐是代母亲的,我应该穿深黑色丧服。"然而丧礼中没有这种制度,为此常感不满,悲恸无限。薰中纳言特派车辆、前驱人员及阴阳博士到宇治来,以供祓禊之用。并赠诗云:

> "日月无常相,悲欢任宿缘。
> 才将丧服制,又把彩衣穿。"

真个送了各种美丽的彩衣来。又有迁居时犒赏众人的物品,虽不十分隆重,却也按照各人身份,考虑非常周到,这份贺仪实甚丰厚。众侍女告二女公子:"薰中纳言大人处处不忘旧情,其诚恳实甚难得。亲兄弟也不会如此关切呢!"几个老年侍女对风情已不感兴趣,但觉受此重赏,真心感激。年轻的侍女相与告道:"过去二小姐常得和他会见,今后居处各异,不易得见了。不知二小姐将何等挂念他呢。"

薰中纳言自己于二女公子乔迁前一日清早来到宇治,照例被招待在那客室里坐憩。他独自思量:"如果大女公子在世,现在我已和她相亲相爱,我将趁先迎接她进京去了。"便历历回忆大女公子容貌、言语和性情。又想:"她虽然不曾容允我,毕竟并不厌恶我,从来不曾严词厉色地拒绝

---

〔1〕 古歌:"抛舍春霞遥去雁,多应惯住没花乡?"见《古今和歌集》。

我。正因我自己脾气古怪,以致造成障碍。"他辗转寻思,不胜悲痛。忽然想起这里的纸隔扇上有一个洞,他从前曾经从这里偷窥,便走近去看。但见里面帘子挂下,一点也看不见。室内众侍女怀念大女公子,都在吞声饮泣。二女公子更是泪如泉涌,无心计虑明日迁居之事,只是茫然若失地躺着。薰中纳言叫侍女向她传言:"连月不曾奉访,其间忧愁苦恨,难以言传。今日拟向小姐略陈一二,俾得稍慰寸心。务望照例接见,请勿见拒为幸。不然,我犹似流落异国,越发痛苦了。"二女公子颇感为难,说道:"我并不想使他伤心。不过哎呀!我的心情如此恶劣,深恐言语错乱,应对失礼,实甚担心。"众侍女你一言我一语地说:"对人不起的!"于是在里间的纸隔扇旁边和他晤谈。

薰中纳言风度之优美,令人看了自感惭愧。许久不见,越发漂亮,容光焕发,动人心目。丰采与众不同,啊呀,何等可喜的人儿啊!二女公子看见了他,竟回想起片刻不忘的亡姐的面影来,不胜悲伤。薰中纳言对她说道:"我对令姐的怀念,一言难尽。惟今日乃乔迁之喜,自应忌讳。"便不谈大女公子之事。接着说道:"今后不久,我即将迁往小姐新居附近〔1〕。世人说起亲近,有'不避夜半与破晓'之谚。小姐今后无论何时有何需要,务请随意吩咐,不可客气。我只要生存于世,无不竭诚效劳。不知小姐意下如何。世间人心种种不同,小姐得不视此言为唐突乎?我亦不敢妄自断言也。"二女公子答道:"我实在不想离开这故居。你虽说迁往我新居附近,但我心绪缭乱,无言可以奉告。"她说时每一句话尾音消失,态度非常可怜,与大女公子十分肖似。薰中纳言想道:"我自心没有主意,致使此人为他人所得。"非常后悔,然已无可奈何,便不提那一夜

─────────────

〔1〕　二女公子迁居二条院,薰君迁居新筑的三条宫邸。

之事,装作忘记的模样,泰然坐着。

庭前几树红梅,香色都甚可爱。黄莺也不忍飞过,频频啼啭。何况悲叹“春犹昔日春”[1]的两人的谈话,在这时候异常凄凉。春风吹入室内,花香和贵客的衣香虽非柑橘之香[2],亦可令人追念往昔。二女公子回忆姐姐在世之时,为欲消遣岑寂,为欲安慰忧辛,常常专心一意地赏玩红梅。不堪追慕之情,遂吟诗曰:

“山乡风凛冽,愁杀看花人。
香色依然好,花前不见君。”

吟声隐约可闻,词句断断续续。薰中纳言觉得非常可亲,立即奉答一绝:

“曾傍梅花宿,花容似往年。
但愁移植处,不在我身边。”

不禁眼泪夺眶而出,便装作若无其事地偷偷揩拭,不再多言,只是告道:“且待迁京之后,再行奉访,效劳一切。”说罢起身告辞。

薰中纳言吩咐众侍女准备二女公子迁居之事。又派定那个满面髭须的值宿人等留守山庄,并命令邻近自己庄园中人员常来照顾,连日常细事也处理得十分周到。那个老侍女弁君曾说:“我侍奉两位小姐直到今日,这意外的长寿实甚可恶!老人引人不吉之感,就请大家当作我已

---

〔1〕 古歌:“月是前年月,春犹昔日春。独怜身似旧,不是旧时身。”见《古今和歌集》。
〔2〕 古歌:“时逢五月闻柑橘,猛忆伊人舞袖香。”见《古今和歌集》。

不在人世可也。"她已出家当了尼姑。薰中纳言定要她出来相见，觉得她
很可怜，照例同她讲了许多旧话，后来说道："今后我还想时时来此，只愁
无人可与晤谈。你能留守山庄，乃大好事，我心不胜欣喜。"不曾说完就
哭起来。弁君答道："'越恨越繁荣'〔1〕的长命，实甚可恨。大小姐又不
知为了何事而舍弃了我，使我觉得尘世一切都可悲伤。我的罪障何等深
重啊！"便把她所想到的种种事情向薰中纳言诉苦，牢骚满腹，但薰中纳
言只是善言抚慰。弁君年已老矣，只因当年风韵犹存，故削发后额际变
样，反而年轻了些，另有一种优雅之相。薰中纳言悼念之极，设想当初何
不叫大女公子出家。如果出家，寿命或许可得延长。虽是尼姑，倒可相
与深谈佛道。他多方寻思，竟觉得这老婆子也很可羡慕，便把遮住她身
子的帷屏稍稍拉开，细细地和她谈话。弁君年纪确已老矣，但言语与风
度并不讨厌，可见当年高贵身份，犹有遗迹存焉。她愁眉苦脸地对薰中
纳言赋诗云：

　　　"老泪多如川，但愿投身死。
　　　何苦贪残生，含悲而忍耻！"

薰中纳言对她说道："投身而死，其实罪孽甚重。死者原可到达极乐净
土，但投身自杀者不能，反会沉入地狱中极深的底层，又何苦呢！只要悟
得世间一切皆空就好了。"便答她一诗：

---

　　〔1〕　古歌："可恨池中萍，越恨越繁荣。犹似恨伊人，越恨越情浓。"见《源氏物语
注译》。

> "纵有泪如川,任尔投身死,
>
> 　时刻念斯人,苦恋永不止。

不知到了何生何世,此恨才得稍慰呢!"他的悲哀无有尽期,无心返京,只管茫茫然地耽于沉思。此时日色已暮,但倘肆意在此泊宿,深恐匂亲王见怪,却甚没趣,便动身返京。

　　弁君把薰中纳言的心思与言语转告二女公子,悲哀之情越发难于自慰了。众侍女个个得意扬扬,忙于缝制衣饰。几个年老的侍女也忘记了自己的丑颜,这样那样地打扮,使弁君显得更憔悴了。她就赋诗诉愁:

> "人皆盛饰登天都,
>
> 　独有尼僧泪满襟。"

二女公子答道:

> "萍飘絮泊衫应湿,
>
> 　何异尼僧泪满襟?

我赴京都,自料难于久住。倘有变故,当随时还乡,不会舍弃这故居。如此看来,你我还可会面。但念今后须暂时抛弃你在此孤苦度日,我便无心前往了。惟身为尼僧之人,亦不必终身闭居。还望你体念人世常情,时时入京过访。"这番话说得非常亲切。大女公子生前所常用而可作纪念的器物,都留在山庄中,供弁君使用。二女公子又对她说:"我看你对姐姐的悼念比别人更苦,可知你和她必有特别深厚的前世因缘,便觉你更可亲爱了。"弁君听了这话，越发恋恋不舍，就像孩子一般号哭起来，无法自慰，一任泪如雨下。

　　山庄中处处打扫干净，一切收拾停当。车辆靠近檐前停下。派来迎接的都是四位、五位官员，人数甚多。匂亲王定要亲迎，但因铺张太甚，反多不便之处，因此只取私下迎娶的方式。匂亲王在宫中等待，不胜心焦。薰中纳言也派了许多人来参加行列。此次迎娶，大体事务由匂亲王主办。内部种种细节，则概由薰中纳言调度，照顾无微不至。室内众侍女及室外奉迎人员都催促动身："天色将暮了！"二女公子心情慌乱，不知前途到达的是何等去处，只觉得心情异常悲伤。和二女公子同车的侍女大辅君吟诗云：

　　　　"人生在世能逢喜，
　　　　　幸未投身宇治川。"

吟时笑容满面。二女公子听了想道："她和尼姑弁君心情大不相同。"未免心中不快。另一侍女吟诗云：

　　　　"昔年永诀情难忘，
　　　　　今日荣行乐未央。"

二女公子想道："此二人皆已供职多年，对姐姐都很忠诚，岂知今已如此变心，不复谈起她了。世间人情浇薄，甚可恨也。"她竟懒得说话了。

　　从宇治入京，道里甚遥，山路险峻。二女公子看到这光景，想起匂亲王过去难得来访，她一向恨他薄情，今日始知确也难怪，对他稍稍谅解。

初七夜的月亮清光皎洁地升上天空,四周云霞灿烂。二女公子从未远行,看了这夜景不免痛苦,终于悲伤起来,独吟云:

> "闲观明月东山出,
> 为厌红尘又入山。"〔1〕

境遇变更,不知结果如何,心中不安。前途甚可担心。回思过去多年之间,其实何必忧愁苦闷呢? 她恨不得年光倒流、回复昔日才好。

黄昏过后到达二条院。她从来不曾见过这等壮丽的宫殿,但觉神移目眩。车辆进入"三轩四轩"之中,匀亲王已经等得不耐烦,亲自走近车旁,扶二女公子下车。殿内装饰焕然一新,设备应有尽有。连众侍女的房室,也显然是由匀亲王自己用心布置的,真可谓尽善尽美了。世人起初不知道匀亲王对二女公子待遇厚薄如何,忽然看见如此排场,方知其爱情实在不浅。大家不胜惊叹,羡慕二女公子纳福。薰中纳言定于本月二十日过后迁居新建的三条宫邸,近来天天在那里察看工事。三条宫邸离二条院甚近。薰中纳言欲知二女公子迁居情况,这一天就在三条宫邸住到夜深。派赴宇治参加行列的人员回来了,向他禀告情况。他闻知匀亲王非常怜爱二女公子,一面感到欢喜,一面又痛惜自己错过机会,胸中悲伤不堪。只得独自反复吟咏"但愿流光能倒退"〔2〕的古歌。又吟诗云:

---

〔1〕 此诗暗示她自己出山后,将来或许又将归山。
〔2〕 古歌:"但愿流光能倒退,依然复我旧时身。"见《源氏物语奥入》。

"虽无云雨巫山梦，

曾有清宵促膝缘。"

可见因嫉妒而起了诋毁的念头。

　　夕雾左大臣原定于本月内将六女公子嫁与匀亲王。现在匀亲王迎接了这个意外的人来，表示"先下手为强"，摆脱了六女公子，左大臣心中非常不快。匀亲王闻知此事，甚是抱歉，便时时写信去慰问。六女公子的着裳仪式早已准备，其隆重盛称于世。现在如果延期，势必受人讥笑，因此决定于二十日后举行。左大臣想起："薰中纳言是同族人〔1〕，和他攀亲不甚体面。然而把此人让给别人做女婿，实甚可惜，还不如把六女公子嫁给了他吧。他近年来偷偷地钟爱的那个大女公子已经死去，他正在寂寞悲伤呢。"便托一个相当的人，向薰中纳言探询意见。薰中纳言答道："我眼前但见人世无常之相，觉得人生实在可厌。况且此身也有不吉之感，故此种事情，千万不要提起。"他表示全然无意结婚。左大臣听了，恨恨地说："岂有此理！我卑躬屈膝地自荐，连这个人也拒绝起我来了？"两人虽是手足之亲，但因薰中纳言人品之高超令人敬畏，故亦不敢相强。

　　群花盛开之时，薰中纳言遥望二条院中的樱花，首先想起无主的宇治山庄，独自吟唱"任意落风前"〔2〕的古歌。意犹未足，便到二条院来访问匀亲王。匀亲王近来常住在这里，和二女公子相处十分亲睦。薰中纳言看了，觉得"这才像个样子"。然而不知何故，照例带有不快之感，却也奇怪。虽然如此，他却真心地深为二女公子得所而庆幸。匀亲王与薰君

〔1〕　薰中纳言是夕雾的异母弟，是六女公子的叔父。
〔2〕　古歌："蔓草萦阶砌，荒凉似野原。樱花无主管，任意落风前。"见《拾遗集》。

两人亲切地谈东说西。到了傍晚,匂亲王要进宫去,叫人装备车辆,许多随从人员聚拢来。薰中纳言便离开匂亲王,走到二女公子住处去。

　　二女公子与住在山庄中时大不相同,深居帘内,非常舒服。薰中纳言从帘影里窥见一个可爱的女童,便叫她向二女公子传达消息。帘内就送出一个坐垫来。有一侍女,大约是知道前情的人,出来传达二女公子的答话。薰中纳言说:"相处甚近,本可朝夕相见,无所隔阂。但无甚要事而常来访问,太过亲密,深恐遭人责咎,为此逡巡不前。但觉曾几何时,世间景象已大异于昔。隔着春云遥望贵院庭中树木,不胜感慨之情。"其忧愁苦恨之色,深可怜悯。二女公子想道:"真可惜啊,如果姐姐在世,住在三条邸中,我们便可随时往还。每逢春秋佳节,共赏花香鸟语,日子也可过得快乐些。"她回思往昔,觉得现在虽迁京都,却比从前长年忍受寂寞而闭居山庄中时更加悲伤,真乃遗憾无穷。众侍女也都来劝请:"这位中纳言大人,小姐不可像普通一般人那样疏慢他。他过去无限忠诚之心,小姐当然知道,现在正该对他表示感谢了。"但二女公子觉得不用侍女传言而贸然出去和他直接见面,毕竟不好意思。正在此时,匂亲王因欲出门,进来向二女公子道别。他打扮得非常华丽,容姿实甚可观。他望见薰中纳言坐在帘外,便对二女公子说道:"为何如此疏远,让他坐在帘外? 他对你关怀无微不至,异乎寻常。我常恐他不怀好意。然而过分疏远他,毕竟是罪过的。你请他进来,和他谈谈旧事吧。"接着又改口说道:"虽然如此,对他过分随意不拘,亦非所宜。此人心底里恐有可疑之处。"二女公子见他言语反复,颇感厌烦。但她自己心中想道:"此人过去对我们关怀深切,现在不可疏慢了他。他也曾说过:叫我把他看做亡姐的替身而亲近他。我也希望有机会向他表示此心才好。"然而匂亲王常常疑神疑鬼,说长道短,使她颇感痛苦。

第四十九回　寄　生〔1〕

　　却说当年有一位藤壶女御,是已故左大臣〔2〕之女。今上还当太子时,她首先入宫为太子妃,因此今上特别宠爱她。然而这宠爱终于不曾使她立为皇后,空度了若干岁月。其间明石女御当了正宫,生了许多皇子,个个长大成人。而这位藤壶女御生育稀少,只有一位皇女,人称为二公主。藤壶女御被后来入宫的明石女御所压倒,自恨命苦,不胜悲伤。为欲补偿此缺憾,至少希望这女儿前程荣达,亦可稍慰初心。因此悉心教养这二公主,不遗余力。

　　这二公主生得相貌十分美丽,今上也非常怜爱她。只因明石皇后所生大公主一向宠爱无比,故世人一般都以为二公主不及大公主,但实际情况并不稍逊。女御的父亲左大臣在世时威望显赫,至今余势尚未全衰。故女御生涯十分优裕,自众侍女服饰以至四时行乐等事,无不体面周到,度着新颖而高雅的生活。二公主十四岁时,将举行着裳仪式。从春天起,就停止其他一切事务,专心准备这仪式。无论何事,务求尽善尽美,与众不同。祖先传下来的宝物,此时正好应用,故多方搜集,悉心装备。正在此时,藤壶女御于夏间被妖魔所祟,竟致一病不起,呜呼哀哉!

〔1〕　本回乃倒叙,写薰君二十四岁夏天至二十六岁夏天之事。
〔2〕　此左大臣即"梅枝"一回中的左大臣。其第三女由源氏提拔,入宫为太子(即今上)妃,称丽景殿女御。后迁藤壶院,改称藤壶女御。

此乃无可奈何之事,今上也只有悲伤叹息。这位女御为人情深意密,和蔼可亲,故殿上人无不悼惜,他们说道:"宫中少了这位女御,今后将何等寂寞啊!"连地位并不甚高的女官,也没有一人不思慕她。何况二公主年纪还小,更是悲伤痛哭,恋念不已。今上闻之,心中难过,又很可怜她,便在七七四十九日丧忌过后,悄悄地把她迎回宫中〔1〕,并且天天到她室中看顾。二公主身穿黑色孝服,容颜瘦削,姿色反比从前更加娟秀可爱。性情也非常柔顺,比母亲藤壶女御沉静稳重,今上看了不胜欣慰。然而有一个实际问题:她母亲的娘家没有权势旺盛的母舅可作她的后援人,只有大藏卿和修理大夫,又都是她母亲的异母兄弟。这两人在世间既无人望,又无高贵地位。做女子的以此等人为保护人,实在是很痛苦的。今上觉得她很可怜,便亲自照顾她,为她操心之处甚多。

　　御苑中菊花经霜后色泽变得更鲜,正是盛开之时。天色凄凉,降下一阵时雨。今上记挂二公主,走到她房中,和她闲谈往事。二公主对答从容不迫,全无稚气,今上觉得非常可爱。他想:"这样一个窈窕淑女,世间不会没有赏识、爱护的人。"便回忆起他的父帝朱雀院将女儿三公主嫁与六条院源氏大人的故事来,想道:"一时间虽然有人讥评,说:'啊呀,皇女下嫁臣下,多么不体面啊!让她独身岂不是好?'但现在看来,那源中纳言〔2〕人品超群出众,三公主一切全仗这儿子照顾,昔日声望毫不衰减,依然度着高贵的生涯。当初倘不嫁与源氏大人,难保不发生意外之事,自会遭受世人的轻侮呢。"左思右想了一会,决心要趁自己在位期间为二公主选定驸马:就照朱雀院选定源氏的办法,这驸马除了薰中纳言

----

〔1〕　宫中规例,妃嫔患病必送回娘家,故藤壶女御死在娘家。二公主是随行的。
〔2〕　即薰中纳言。

之外别无更好的人了。他常常在想："此人与皇女并肩，毫无不相称之处。他虽然已有钟情之人〔1〕，但决不会冷遇我女，做出有损名望的事来。他终非有个正夫人不可，还不如趁他未曾定亲以前先向他隐约示意吧。"

今上和二公主下棋。日色渐暮之时，霏霏小雨，颇饶风趣。菊花映着暮色，更增艳丽。今上看了，召唤侍臣来前，问道："此刻殿上有谁人等？"侍臣奏道："有中务亲王、上野亲王、中纳言源氏朝臣。"今上说："叫中纳言朝臣到这里来。"薰中纳言便来到御前。此人确有单独被召的资格，身上的香气远远便已闻到，其他一切姿态都与众人不同。今上对他言道："今日时雨霏霏，比平日更觉悠闲。未便举行管弦之会〔2〕，实甚寂寞。为了消闲解闷，下棋这游戏最为适宜。"便命取出棋盘，叫薰中纳言走近前来，和他对着。薰中纳言常蒙今上召近身边，已成习惯，以为今日亦是寻常。今上对他说道："我有一件很好的赌品〔3〕，不肯轻易给人的，但给你却不惜。"薰中纳言听了这话，不知作何感想，只是惟惟听命。下了一会棋，今上三次之中输了两次。他说："好气人啊！"又说："今天先'许折一枝春'〔4〕。"薰中纳言并不答话，立刻走下阶去折取一枝美好的菊花，便赋诗奏闻：

　　　　"若是寻常篱下菊，
　　　　不妨任意折花枝。"

〔1〕　此时宇治大女公子未死。
〔2〕　二公主正为其母藤壶女御服丧，丧中停止管弦。
〔3〕　暗指二公主。
〔4〕　纪齐名诗："闻得园中花养艳，请君许折一枝春。"见《和汉朗咏集》。

用意实甚深切。今上答道:

> "园菊经霜枯萎早,
>
> 　尚留香色在人间。"[1]

今上屡次向他隐约暗示此意。薰中纳言虽然非由传言而是直接承旨,但因向有古怪脾气,故并无立刻从命之意。他想:"这不是我的本意。多年来别人屡次把可爱的人儿推荐给我[2],我都巧妙地谢绝了。现在倘当了驸马,正好比和尚还了俗。"这想法也很奇怪。他明知有真心恋慕二公主而求之不得的人,心中却寻思:"倘是皇后生的,这才好呢。"这真是太僭越了。

夕雾左大臣约略闻知了此事。本来,他决意要把六女公子嫁给薰中纳言。他想:"即使薰中纳言不肯爽快答应,但只要恳切要求,他终究不会拒否。"现在发生了这件意外之事,他心中非常妒恨。念头一转,想道:"匂兵部卿亲王对我女儿虽然没有诚心,然而常常寄给她富有风情的书信,从未断绝。即使是一时逢场作戏,总有前世宿缘,结果不会不爱她的。嫁给出身低微的寻常人,即使'密密深情不漏水'[3],毕竟没有面子,不能使我满意。"继而又发牢骚:"在这人情浇薄的末世,女儿的事情甚可担心。皇帝尚且要访求女婿,何况做臣下的,女儿过了青春真没办法呢。"此言含有对今上讥讽之意。他就认真地请托妹妹明石皇后玉成六女公子与匂亲王之事。屡次要求,明石皇后不胜其烦,对匂亲王说:

---

〔1〕　园菊指藤壶女御,香色指二公主。

〔2〕　指宇治大女公子劝他娶二女公子,夕雾要把六女公子嫁给他。

〔3〕　古歌:"密密深情不漏水,缘何相见永无期?"见《伊势物语》。

"真可怜啊！左大臣多年来如此热诚地要赘你为婿，你却与他作难，一味逃避，实在太无情了。做皇子的，运气好坏全视外戚如何而定。今上常常说起，想让位给你哥哥。那时你就有当皇太子的希望了。倘是臣下，则正夫人既定，不便分心另娶一人。虽然如此，像夕雾左大臣那样非常认真的人，也有两位夫人〔1〕，不是两方和睦相处，毫无妒恨么？何况是你，如果偿我宿愿而当了太子，则多娶几个女子，有何不可呢？"这一番话与往常不同，说得非常详细，而且理直气壮。匂亲王心中本来就不是全然无意的，怎么会当作荒唐之言而断然拒绝呢？他只是担心：当了夕雾的女婿，闭居在他那严肃刻板的府邸里，不能像向来那样任情取乐，倒是很痛苦的。但念过分和这位大臣结怨，确是很不应该，心思便渐渐地软下来。但匂亲王原是个好色之徒，对按察大纳言红梅家女公子的恋情〔2〕尚未断绝，每逢樱花红叶之时，常常去信叙情，觉得无论哪位女公子都可爱。就这样，这一年〔3〕过去了。

次年，二公主丧服期满。因此议婚之事更是无所顾虑了。也有一些人向薰中纳言进言道："看样子，只要你开口求婚，今上就会答应。"薰中纳言寻思：过分冷淡，只当作不知，也太荒唐无礼了。于是每逢机会，也就隐约吐露求婚之意。今上岂有不睬之理！薰中纳言听人传说，今上已经定下结婚日期。他自己也已察知今上的意思。然而心中还在悲伤那短命而死的宇治大女公子，无时或忘。他想："真不幸啊！宿缘如此深厚

---

〔1〕 云居雁与落叶公主。

〔2〕 匂亲王曾恋爱红梅的女儿。参看第四十三回"红梅"。红梅自第四十四回"竹河"以来已升任右大臣。此处为易于辨别，仍用他的旧官名"按察大纳言"。

〔3〕 这一年薰君二十四岁，冬十一月中宇治大女公子死。次年二月二女公子迁京都。上回"早蕨"所叙是次年之事。

的人，为何终于不得结为夫妇？"回想过去，但觉莫名其妙。他常常想："即使是品貌较差的人，只要略微有一点肖似宇治大女公子，我也会钟情于她。安得昔时汉武帝那种返魂香，让我再见她一面才好！"他并不盼望和那高贵的二公主结婚的日期早些来到。

　　夕雾左大臣赶紧准备六女公子与匂亲王的婚事，日子选定在八月内。二条院的二女公子闻之，想道："果然不出所料！哪里会没事呢？我早就料到：像我这样微不足道的人，定会遭逢不幸，惹人耻笑。早就知道此人生性浮薄，甚不可靠。但接近以后，倒也看不出无情之相，并且对我立下山盟海誓。今后他另有新欢，对我突然疏远之时，叫我怎能沉得住气呢？即使不像身份低微的人那样和我一刀两断，但痛苦之事一定甚多。我身毕竟命苦，恐怕结果非回山中不可了。"她觉得做了弃妇回去而被山中人耻笑，比终身闭居在山中更没面子。违背了亡父生前反复教诫的遗言而轻率地离开了蔓草滋生的山庄，今日始知可耻可痛！她想："已故的姐姐，从外表看来，什么事情都随意不拘，没有主见，但她心底里意志坚定，不可动摇。真是了不起的人！薰中纳言至今时刻不忘记她，终日悲伤叹息。倘姐姐不死而嫁给了他，恐怕也会遭逢此种事情呢。但她计虑甚深，决不上他的当，千方百计地距远他，甚至立意削发为尼。如果她还在世，一定做尼姑了。至今思之，姐姐何等贤明啊！父亲和姐姐的亡魂看到我这般光景，定在责我轻率无知了。"她又觉可耻，又觉可悲。然而现已无可奈何，又何必抱怨呢？便隐忍在心，只装作不知道六女公子之事。匂亲王近来对二女公子比往常更加亲热了，无论朝起夜寝，都情深意密地和她谈话。又和她誓约：不但今世，生生世世永为夫妇。

　　到了五月里，二女公子觉得身体异常，生起病来。并无特别苦痛，只是饮食比往常少进，终日躺卧。匂亲王还不曾见过这种样子，不甚了解，以为只是天气炎热之故。但毕竟觉得有些奇怪,有时也问她:"你究竟怎么样了?照这病状看来,是怀孕呢。"二女公子甚觉羞耻,只是装作没事。也没有多嘴的侍女从旁转达,故匀亲王无从确悉。到了八月里,二女公子从别人那里听到了匀亲王与六女公子结婚的日期。匀亲王并不想瞒过二女公子,只因说出来很没趣,又对不起她,所以不告诉她。二女公子觉得如此秘密反而可恨。这结婚又不是偷偷地举行的,世间一般人都知道了,却连日子也不告诉她,叫她怎不怨恨呢?自从二女公子迁居二条院之后,除了特殊情由,匀亲王即使入宫,晚上也不在宫中值宿。其他各处也从来不去宿夜。今后忽然外宿,叫二女公子何以为情呢?为欲缓和这种苦痛,他这时候常常到宫中值宿,预先使二女公子习惯独宿。但二女公子只觉得他冷酷无情,不胜怨恨。

薰中纳言闻知此事,对二女公子深感同情,他想:"匀亲王乃好色之徒,容易变心,虽然怜爱二女公子,今后势必得新忘旧。左大臣家势威显赫,如果不讲道理,硬把新婚独占,则近几月来不惯独宿的二女公子,今后坐待天明之夜定然很多,真可怜呢。如此想来,我这个人多么不中用啊!怎么会把这二女公子让给了匀亲王呢?我自从钟情于已故的大女公子之后,远离尘世而清澄皎洁的心也变成浑浊,只管为了这个人而意马心猿。我毕竟顾虑到:如果在她未曾心许之时强要成事,则违背了我当初指望神交的本意,所以只希望她稍怀好感、开诚解怀地对待我,然后静待将来发展。但她一面对我非常冷淡,一面又不能全然舍弃我,为了慰情,以'妹妹即是我身'为由,叫我把爱情移向非我所望的二女公子。我既怨且恨,思量首先要使她的计谋落空,便急忙把二女公子推荐给了匀亲王。由于优柔寡断,鬼迷心窍,竟引导匀亲王到宇治来成就其事。现在回想起来,当时好没主意啊!反复思量,不胜后悔。匀亲王倘多少能够回忆当时情况,我想他也许会怕我闻知此事而有所顾忌。然而罢了!他现在绝不会说起当时的事情了。可见耽好色情、容易变心的人,不但使女子受累,朋友也大上其当。他自然会做出轻薄的行径来。"他痛恨匂亲王。薰中纳言性喜专爱一人,故对别人的这种行为深感不满。他又想:"自从那人去世之后,皇上有意将公主赐我,我也不觉得特别欣喜。我但望娶得二女公子,此心与日俱增,只因她与死者有骨肉之缘,使我不能忘怀也。世间姐妹之中,这二人特别亲爱。大女公子临终前曾对我说:'我所遗下的妹妹,请你与我同样看待。'又说:'我一生别无不称心之事。只是你不曾照我的安排娶得我妹,实甚遗憾,故对这世间尚有挂念耳。'大女公子在天之灵如果看到今日之事,定将恨我更深了。"他自己放弃了那人,夜夜抱枕独眠,听到一点儿风声就惊醒。仔细思量过去之事以及二女公子将来之计,但觉人生在世毫无意趣。

薰中纳言对侍女有时也戏作风情之言,有时召唤她们到身边来服侍。此等侍女之中,自然也有楚楚可观之人。但他真正倾心相爱的一个也没有,都是清清白白的。再者,有些女子身份并不低于宇治两女公子,只因时势移变,家道衰微,生涯孤苦无依。这些女子被找寻出来,派在三条宫邸供职的,为数甚多。但薰中纳言坚贞自守,从不沾惹她们。因为他深恐有了恋爱之人,将来出家离世之时受到羁绊。现在却为了宇治女公子而如此受苦,他自己也觉得乖戾。有一晚,由于想念此事,比平常更难入睡,不眠直到早晨。但见晓雾笼罩的篱内,各种花卉开得非常美丽,其中夹杂着短命的朝颜[1],特别惹人注目。古歌云:"天明花发艳,转瞬

〔1〕 朝颜即牵牛花。

即凋零。"〔1〕此花象征人世无常，令人看了不胜感慨。他昨夜不曾关上格子窗，略微躺卧一会儿天就亮了，故此花开时，只有他一人看见。他就呼唤侍臣，对他们说："今天我要到北院〔2〕去，替我准备车子，排场不可太大。"侍臣答道："亲王昨日入宫值宿去了，昨夜随从人等带了空车回来的。"薰中纳言说："亲王虽不在家，但夫人患病，我要去探望。今天是入宫的日子，我须在日高之前回来。"便准备装束。出门之时，信步下阶，在花草中小立。虽不故意装出风流潇洒之姿态，却令人一看就觉得异常高尚优雅而不得不退避三舍，与那种装腔作势的好色之徒截然不同，自有一种优美的神情。他想摘朝颜花，把花蔓拉过来，露珠纷纷滴下。遂独吟云：

"晓露未消尽，朝颜已惨然。

昙花开刹那，何足惹人怜。

真是无常啊！"便摘了几朵。对女郎花则"不顾而去"〔3〕。

　　天色渐明，薰中纳言于晓雾迷离、晨光正美之时来到二条院。室中都是女人，还在放怀睡觉。他想："此时敲格子门或边门，或者扬声咳嗽，似嫌唐突。今天来得太早了。"便召唤随从人，叫他们向中门内探望一下。随从人回来说："格子窗都已掀开，侍女们似乎已在走动。"薰中纳言便下车，靠朝雾障身，从容移步而入。众侍女以为是匀亲王偷访情妇归来，闻到那种特殊的香气夹着雾气飘进来，方知是薰中纳言。几个青年

〔1〕　古歌："天明花发艳，转瞬即凋零。但看朝颜色，无常世相明。"见《花鸟余情》。
〔2〕　二条院位在三条宫邸之北。
〔3〕　古歌："瞥见女郎花，不顾匆匆去。只为此花枝，生在南山路。"见《古今和歌集》。

侍女就肆无忌惮地评论:"这位中纳言大人果然生得漂亮,只是过分一本正经,有些儿讨厌。"但她们不慌不忙,从容不迫地送出坐垫来,很有礼貌。薰中纳言说:"准许我坐在这里,已蒙当作客人看待,不胜喜慰。然而如此疏远地放我在帘外,我心终觉不快,今后不敢常来访问了。"侍女答道:"然则尊意如何?"薰中纳言说:"像我这样的熟客人,应该到北面幽静之处去休息。但也听凭主人做主,不敢叫怨。"说罢,他靠在门槛上了。众侍女便劝请二女公子:"还得小姐出去才是。"薰中纳言本来不是一个雄赳赳气昂昂的人,加之近来更加斯文一脉,因此二女公子觉得现在和他直接谈话,羞涩之感渐渐减少,很习惯了。薰中纳言看见二女公子面有病容,便问:"近来贵体如何?"二女公子并无确切答复,只是神态比往常更加消沉。薰中纳言很可怜她,便像兄妹一般详细教导她种种人情世故,又多方安慰她。二女公子的声音异常肖似乃姐,肖似得奇怪,竟像大女公子本人。薰中纳言如果不怕旁人讥议,很想揭起帘子,走进去和她对面,仔细看看她那忧愁的容颜。他此时恍然省悟:世间无愁的人恐怕是没有的吧。便对二女公子说道:"我自己相信:虽不能像别人那样享受荣华富贵,却很可无忧无虑、明哲保身地度送一世。然而由于自心作祟,遭逢了悲痛之事。又由于自心愚笨,受尽了后悔之苦,弄得万念俱灰,心无宁日。实在太无聊了!别人重视升官发财,因而忧愁悲叹,原是理之当然。比较起他们来,我的忧愁悲叹实在是罪孽深重的啊!"说着,把刚才摘得的朝颜花放在扇子上观赏,但见花瓣渐渐变红,色彩反而更美,便将花塞入帘内,赠二女公子一诗:

　　　　"欲把朝颜花比汝,

只因与露有深缘。"〔1〕

这并非他故意做作,却是那露水自然地停留在他所持的花上,并不滴落。二女公子看了觉得很有意趣。那花是带着露水而枯萎的。遂答诗曰:

"露未消时花已萎,

未消之露更凄凉。"〔2〕

依靠什么呢?"吟声非常轻微,半吞半吐,断断续续地说出。这态度也非常肖似大女公子,就已使薰中纳言悲伤不堪了。

　　他对二女公子说道:"衰秋天色,令人分外增悲。我为排遣寂寥,前日曾赴宇治察看,但见'庭空篱倒'〔3〕,满目荒凉,悲伤之情,难于堪忍。回忆当年六条院先父亡故之后,无论其最后二三年间遁世时所居的嵯峨院〔4〕,或本邸六条院,凡是过访之人,无不感慨悲伤,不胜怀旧之情,洒了许多眼泪在庭院草木及池塘流水中而归去。在先父身边供职的妇人,不论上下,没有一个不是富于深情的。聚居在院内的诸夫人纷纷离散,各自度送离世出家的生涯去了。身份低微的侍女,更是悲伤叹息,无法慰情,心迷意乱,不顾前后。或远赴山林,或当了庸碌的田舍人,走投无路而彷徨各地者甚多。然而等到院宇悉皆荒芜、旧事尽行遗忘之后,反

----

〔1〕 以消逝的露比拟已死的大女公子。
〔2〕 此诗与前诗相反,以花比大女公子,以露比自身。
〔3〕 古歌:"故里荒芜人已老,庭空篱倒似秋郊。"见《古今和歌集》。
〔4〕 源氏晚年出家,栖隐嵯峨院。此事前文未曾提及,此处是初见。当是第四十一回"云隐"中事。

又好了:夕雾左大臣迁入六条院,明石皇后所生许多皇子也来居住,昔日的繁华又恢复了。当时沉痛无比的悲哀,经过若干年月,自有消释之时。可知悲哀原是有限度的。我虽溯说前事,但那时我年事尚幼,未能痛感丧父之悲哀。惟有最近与令姐诀别之苦痛,正像一个永无醒时的噩梦。同是悲伤人生无常,但此次的悲伤罪过更深,竟使我担心后世之事[1]呢。"说罢泪下如雨,可见其怀着无限深情。即使是对大女公子并无深交的人,看了薰中纳言的悲哀之相,也不能漠然无动于衷。何况二女公子自有伤心失意之事,近来比往常更加悲痛地恋念亡姐的面影。今天听了薰中纳言这一番话,伤心更甚,只是默默不语,眼泪流个不住。两人隔帘相对哀泣。

后来二女公子说道:"古人有'尘世繁华多苦患……'[2]之诗。我身居山乡之时,并未特地将尘世和山乡两相比较,空过了若干年月。现在我很想到山中去过闲静的岁月,但未能如愿,我很羡慕弁君这老尼姑呢!本月二十过后是亡父三周年忌辰,我很想到那边去听听附近山寺的钟声。今特向你恳求,可否悄悄地带我去走一遭?"薰中纳言答道:"你不欲使故居荒凉,原是一片好意。但山路崎岖,即使是行动便捷的男子,往返亦甚困难。故我虽然常常记挂,而终于隔了许久才去一次。亲王三周年忌辰应有佛事,皆已嘱咐阿阇梨举办。我看山庄房屋,还是捐献与佛寺吧。常去看视而赚得无穷感慨,亦是徒劳之事,不如改作佛寺,倒可抵消罪孽。愚意如此,但不知小姐更有何等高见。无论如何,我必遵命照办,务请依照尊意吩咐可也。万事毫无顾虑地命我办理,这正是我衷心的愿

---

〔1〕 时人相信:对人世留恋,是一种罪过,可以妨碍死后往生极乐世界。
〔2〕 古歌:"尘世繁华多苦患,山乡虽寂可安身。"见《古今和歌集》。

望。"他又讲了种种家常实际事务。二女公子听见薰中纳言已经承办佛
事，觉得她自己也应该替亡父做些功德。她的意思，是想以此为借口而
赴宇治，就此闭居山中，不复出焉。此意不免在言语中泄露。薰中纳言
便劝导她："此事千万不可。万事平心静气为宜。"

　　日已高升，侍女群集。薰中纳言深恐居留太久，被人疑心有何隐事，
便准备回去。他说："我无论到何处，总不坐在帘外。今日心情很不自
在。虽然如此，今后定当再来访问。"说罢起身告辞。他深知匂亲王的性
情，怕他日后知道了，疑心他为何在主人出门期间来访，不大妥当。就召
唤这里的家臣长官右京大夫来前，对他说道："'我听说亲王昨夜已经回
府，所以前来访问。原来尚未归家，实甚遗憾。此刻我将入宫，或可在宫
中相见。'右京大夫答道："今天就要回来的。"薰中纳言说："那么我傍晚
再来吧。"说罢就出去了。

　　薰中纳言每次看到二女公子的模样，总要想起："我为什么违反大女
公子的意愿而不娶此人呢？真乃太没主意了。"后悔之念与日俱增。既
而回心转意，想道："今日何必后悔！都是我自作自受。"自从大女公子死
后，他一直持斋，日夜勤修佛法。母亲三公主至今还很年轻，性情天真烂
漫。但她也注意到了儿子这般模样，深恐不吉，甚是担心，对他说道：
"'我身世寿无多日'〔1〕了！我总希望于在世期间看到你成家立业。我
自己身为尼僧，未便阻止你出家离世。但你倘真个出家，我生在这世间
毫无意趣，苦痛更多，罪孽也更深了。"薰中纳言诚惶诚恐，自知对不起母
亲，便摒除一切哀思，在母亲面前装作无忧无虑的模样。

　　且说夕雾左大臣把六条院内的东殿装饰得辉煌灿烂，一切布置设备

---

〔1〕　古歌："我身世寿无多日，何必心烦似乱麻？"见《古今和歌集》。

尽善尽美,专等匂亲王来入赘。十六夜的团圞明月渐渐上升,而匂亲王
杳无消息。左大臣等得心焦了,想道:"匂亲王对此婚事本来不甚热心,
难道不肯来么?"心中忐忑不安,便派人去探听消息。使者回来报告:"亲
王于今天傍晚从宫中退出,往二条院去了。"左大臣知道他在二条院有情
人,心甚不快。设想今夜他如果不来,我将被世人耻笑了。便特派儿子
头中将到二条院去迎接,赠诗一首:

> "天上团圞月,清光上我阶。
> 如何宵过半,不见使君来?"

匂亲王想不让二女公子看见他今夜去入赘,怕她看见了心中难过。所以
原定从宫中直接赴六条院,只是给她写了一封信去通知一下。但又非常
可怜二女公子,不知她的回信中怎么说,所以又悄悄地回到二条院来。
他看见二女公子姿色非常可爱,不忍抛舍了她而赴六条院去。知道她心
情不快,对她说了许多誓不变心的话。明知"不能慰我情"[1],也和她一
同到窗前观赏月色。头中将正在此时来到。

　　二女公子近几日来心中愁绪万斛,然而不欲泄露,努力隐忍,装作若
无其事的模样。因此听见头中将来到,只当作不知,神色泰然自若,心中
实甚痛苦。匂亲王听见头中将来到,心念六女公子毕竟也很可怜,便准
备前往,对二女公子说道:"我去一下立刻回来。你一个人'莫对月
明'[2]。我心绪缭乱,实甚痛苦。"他觉得两人相对非常难过,就从荫蔽

---

　　[1]　古歌:"更科舍姨山,月色太凄清。望月增忧思,不能慰我情。"见《古今和歌集》。
舍姨山在信浓国更科郡。此处引用此歌,意思是不能慰二女公子之情。
　　[2]　白居易《赠内》诗:"莫对月明思往事,损君颜色减君年。"

处走往正殿去。二女公子目送他的背影,努力抑制悲伤之情,然而眼泪
纷纷落下,大有'孤枕漂浮'[1]之感。她自己也很诧异:"原来我也有嫉
妒之情,人的心真是不足道啊!"又想:"我姐妹两人自幼身世孤苦,单靠
一个遗世独立的父亲抚养成人,在山乡度送了悠长的岁月。当时只觉得
一年四季总是凄凉寂寞,却并不知道世间有如此伤心彻骨的忧患。后来
连续遭逢了父亲和姐姐的丧事,悲恸无限,片刻也不想生存在世。只因
命不该绝,苟且偷生直到今天。最近迁来京都,出乎别人意料之外,也参
与了富贵尊荣之列,原也不希望长久。但念只要夫妻团圆,总可受到怜
爱,因此悲伤之情渐渐消减,平安无事直到今天。不料此次又发生了这
意外之事,使我悲痛无极,眼见得我和他的因缘从此断绝了!我原可作
如是想:他毕竟不是像父亲和姐姐那样与我永诀,今后虽然对我冷淡,也
总得时时相见。但今夜如此狠心地舍弃了我,使我觉得前尘后事一旦成
空,悲恸难忍,不能自已。我好痛苦啊!不过只要生存在世,或许自
会……"她终于转过念头,聊以自慰。然而还是一任"舍姨山"的月亮皎
皎升空,怀着万斛愁绪左思右想,直到天明。平时听见松风徐徐吹拂,比
较起荒僻的宇治山庄来,在这里原是悠闲、平静而可爱的。但二女公子
今夜并无此感,只觉得比柯叶的声音更加难听。吟诗云:

> "山里松风秋瑟瑟,
>
> 何曾如此惹人愁?"

如此看来,从前在宇治山庄时的哀愁,恐怕她已经忘记了。几个老年侍

---

〔1〕　古歌:"泪川水量新来涨,孤枕漂浮睡不安。"见《拾遗集》。

女说道:"小姐可回里面去了。看月亮是不祥的〔1〕。啊呀呀! 连果物也不吃一点儿,怎么办呢? 说出来难听:从前大小姐也不要吃东西,回想起来更觉不祥,真教人担心啊!"青年侍女们都叹息:"世间忧患真多啊!"又相与议论:"啊呀,怎么这样对待夫人啊! 总不会就此抛弃了吧。无论如何,从前那么深厚的爱情,难道会一笔勾销!"二女公子听了这些话,心里很难过,但她想:"现在听凭他怎么样,我抱定主意不说一句话。只是冷眼旁观,且看下文如何。"大概她不欲让别人说长道短,想把这怨恨藏在自己一人心中吧? 知道前情的侍女互相告道:"可惜啊! 薰中纳言大人如此深情厚意,当初何不嫁了他呢?"又说:"二小姐的命运真奇怪!"

匀亲王一方面对二女公子深感抱歉,但他原是好色之徒,一方面又想尽力讨好正在等他的新人,便兴致勃勃地打扮,浑身薰足了异常馥郁的衣香,姿态之艳丽不可言喻。六条院中等候新婚上门,排场之体面更不待言。匀亲王起初担心:"听说六女公子身体并不小巧纤弱,而是相当壮健的。但不知究竟如何? 会不会大模大样、粗心粗思、毫无温柔之情而一味倚势凌人呢? 如果这样,倒是煞风景了。"但见面之后,大概他并不觉得如此,所以对她恩爱很重。秋夜虽已较长,但因他来时已经更深,故不久天就亮了。

匀亲王回到二条院,并不立刻到二女公子房中,暂在自己室内休息。一觉醒来,就写慰问信给六女公子。旁边的侍女们交头接耳地议论:"看来恩情不浅呢!"又说:"这里的夫人真可怜。即使爱情两方平均,那边威势盛大,这里恐被压倒呢。"这些不是普通侍女,都是贴身服侍匀亲王的人,故对此事深感不满,发了许多牢骚,殿内充满了醋味。匀亲王本想在

---

〔1〕 当时习惯,认为凝视月亮是不吉祥的。

自己室中等待二条院回信,但昨晚一夜不曾见二女公子,似觉比往常外宿更加挂念,可怜她不知怎么样了,因此连忙来到她房中。二女公子刚刚醒来,容姿异常娇美。她看见匀亲王进来,觉得躺着不好意思,略微抬起身子。匀亲王看见她两眼微肿,红晕满颊,觉得今天比往常更加艳丽,便不知不觉地流下泪来。他默默地向她注视了一会。二女公子难以为情,低下了头。鬓发如云,冉冉下垂,姿色毕竟独擅其美。匀亲王心虚胆怯,一时说不出殷勤慰藉的话来。大约他想混蒙过去,故意说别的事:"你为什么身体一直不好呢?以前你说是天气炎热之故,我就盼待天凉。现已到了秋天,而你还是不见好转,真气人啊!做了种种祈祷,一点效验也没有,却也奇怪。虽然如此,法事还是继续举行为是。找得到法术灵验的高僧才好!请某僧官来作夜祈祷吧。"说了一篇冠冕堂皇的话。二女公子想:"他在实务方面也能言善辩。"心中颇感不快,但置之不答也不好意思,便对他说:"我的体质向来与他人不一样,现在虽然生病,不久自会痊愈。"匀亲王笑道:"你说得好干脆啊!"他觉得在温柔娇媚这方面,无人能与这位二女公子并比。但心中毕竟恋念六女公子,巴不得早点和她见面。可见他对六女公子的爱情决非浅鲜。虽然如此,但和二女公子对面相晤期间,爱情大约一点也不衰减,所以又对她立下生生世世为夫妇的誓愿,话语滔滔不绝。二女公子听了他的话,答道:"人命实甚短促,在这短促的'待命期间内'[1]竟也要受到你的冷遇么?那么至少后世不要违背你的誓言,那时我就不怕'蹈覆辙'[2],再来追随你吧。"她一向竭力忍耐,然而今天实在忍不住,就哭起来了。近来她心中每有怨恨,总是千

---

〔1〕　古歌:"我命本无常,修短不可知。待命期间内,忧患莫频催!"见《古今和歌集》。

〔2〕　古歌:"不厌人情薄,留连在世荣,会当蹈覆辙,意外受讥评。"见《古今和歌集》。

方百计地隐忍,不使匂亲王看出。大约现已积集太多,不能再隐忍,所以一经哭出,眼泪便收不住。自己觉得可厌可耻,连忙背过身子。匂亲王硬把她拉转来,对她说道:"我总以为你秉性顺良,定能相信我的誓言。原来你对我也有隔膜! 不然,何以只隔一夜就变了心呢?"说着,用自己的衣袖替她拭泪。二女公子脸上略现笑容,答道:"只隔一夜就变了心的,正是你呢! 从你的言语中可以察觉到了。"匂亲王说:"啊呀,我的好夫人,你的话何等幼稚啊! 其实我胸中并不负疚,故很可放心。无论何等花言巧语,虚伪总是瞒不过的呀! 你一向不懂得世间习俗,固然天真可爱,但也使人为难。喂,请你设身处地替我想想吧! 我的处境真是所谓'身不由心'[1]啊! 如果我有朝一日得遂青云之志[2],我对你的爱情一定胜于其他一切女人,这一点我必须教你知道。但此事不可轻易出口,你只须保养身体,静待良机可也。"

正在此时,派赴六条院的使者回来了。他已喝得酩酊大醉,全然忘记了顾忌,公然地走到二女公子住处的正门前。他揣着许多珍贵的犒赏品和服装,身体几乎被埋没。众侍女看见这模样,知道是送慰问信的使者回来了。二女公子想道:"他在什么时候迅速地写这慰问信的?"心中甚是不安。匂亲王虽然并不强欲隐瞒此事,但觉过分公开,使二女公子难堪,希望使者稍稍用心才好,因此心中颇感痛苦;然而现已无可奈何,便命侍女将回信取来。他想:"事已如此,应该尽力表示对她全无隐瞒。"便当二女公子面前把信展开。一看,原来是六女公子的义母落叶公主[3]代笔的,心中稍稍安慰,便把信放下。虽然是代笔,在这里看毕竟

---

〔1〕 古歌:"是非不敢公然说,身不由心处世难。"见《后撰集》。
〔2〕 指立为皇太子。
〔3〕 六女公子是夕雾之妾藤内侍所生,过继给夕雾的第二妻落叶公主。

很尴尬。信中写道："越俎代谋，实甚失礼。曾劝小女亲书，但因心绪恶劣，不堪执笔，只得代为作复耳：

> 朝露摧残何太甚，
>
> 女郎花萎减芳容。"

此书气品高雅，笔致优美。但匀亲王说："此诗含有怨恨之意，倒很麻烦了。其实我目前大可安心在此度日，却想不到发生这意外之事！"其实，倘是应守一夫一妻之制的寻常百姓，则丈夫娶了二妻而一妻妒恨，旁人都同情她。但匀亲王不能与常人相提并论。故终于发生此事，亦属理之当然。世人都认为匀亲王在诸皇子中地位特殊，将来有册立太子之望，即使多娶几位夫人，也不致受人讥评。因此他再娶六女公子，无人替二女公子叫屈。反之，匀亲王如此郑重其事地优待她，异乎寻常地宠爱她，人都称道二女公子有福气呢。而二女公子自己心中，只因过去受宠太甚，已成习惯，如今忽然被人分爱，不免悲伤愁叹耳。她以前读古代小说，或听人传说，常怪女子为了男子分爱，何必如此深感苦痛。现在轮到自己身上，方始恍然大悟：此种苦痛确非寻常可比。此时匀亲王对二女公子，态度比往常更加温和诚恳，对她说道："你一点东西也不吃，实在不行！"便把上好的果物送到她面前，又召唤手段高明的厨师，特地为她烹调肴馔，劝她进用。但二女公子一点也不想吃。匀亲王叹道："这真是为难了！"此时天色渐暮，到了傍晚，他就回自己的正殿去。晚风送爽，天色清幽可爱。他原是风流潇洒之人，此时神情更见艳丽。但忧愁苦闷的二女公子心中，只觉得无限悲伤，难于忍受。她听到蝉鸣之声，思慕宇治山庄，遂吟诗云：

　　"蝉声不改当年调，

　　　时值衰秋惹恨多。"

　　今夜匂亲王于夜色未深之时即赴六条院。二女公子听见开路喝道之声渐渐远去，但觉"泪比渔人钓浦多"[1]，自己也讨厌自己的妒心。她躺卧着，一面思量，一面倾听。回想起匂亲王最初就使她苦恼的种种情状，竟觉得追悔莫及。她想："此次怀孕，不知结局如何。自己一族人中多短命者，此次我或许将死于难产，亦未可知。虽然性命无足轻重，但死去毕竟是可悲的。况且因产而死，罪孽深重……"她左思右想，一夜不眠，直到天明。

　　到了六女公子结婚三朝那一天，明石皇后玉体违和，大家都到宫中问候。但皇后是稍感风寒，并无重症，因此夕雾左大臣昼间就退出了。他邀请薰中纳言同车出宫。今夜的仪式，左大臣打算办得体面隆重，尽善尽美，然而也有限度。他招请薰中纳言参与此会，颇觉难以为情[2]，但在诸亲百眷之中，和他血缘最近的，除薰中纳言之外更无其他相当的人物。况且薰中纳言在布置仪式等方面，手段特别高明，因此招请了他。薰中纳言今天特别起劲，很早就赴六条院。他并不惋惜六女公子被他人所得，只管和左大臣两人同心协力地照料事务。左大臣心中窃感不快。匂亲王于黄昏过后来到六条院。新婚的席位设在正殿南厢的东面。置办筵席八桌，杯盘照例十分讲究。又有小席二桌，上设雕花脚的盘子，式样非常新颖，是盛三朝饼的。记录此种毫不足珍的琐事，笔者自觉乏味。

―――――――――――――

　　[1]　古歌："恋情欲绝扬声哭，泪比渔人钓浦多。"见《河海抄》。
　　[2]　因以前曾欲将六女公子嫁与薰中纳言。

左大臣走出来说:"夜色已很深了!"便派侍女去请新郎赴席。匂亲
王正和六女公子游戏取乐,并不立刻出来。云居雁夫人的兄弟左卫门督
及藤宰相先出来了。过了一会,新郎好容易来到,容姿优美无比。主人
头中将向匂亲王敬酒,劝请用菜。接着继续敬酒两三次。薰中纳言劝酒
十分殷勤,匂亲王对他微笑。大约是因为他以前曾对薰中纳言说过"左
大臣家里严肃刻板",认为这件亲事不甚相称,现在回想起来,所以对他
微笑吧。但薰中纳言似乎不曾注意及此,只管一本正经地照料。他走到
东厅去犒赏匂亲王的随从人员。其中身份高贵的殿上人甚多:四位者六
人,每人犒赏女装一套,又加长褂一件;五位者十人,每人犒赏三重唐装
一套,其裙腰装饰各人不同;六位者四人,每人犒赏绫绸长褂及裙等。犒
赏品依照规定数量,似乎还嫌菲薄,因此在配色及质料上特别加工,务求
尽善尽美。对于近侍及舍人,犒赏尤为优厚,甚至打破常规。此等繁华
热闹之事,原是人人所爱读的,古代小说中首先描述此种情状,大约是为
此吧? 这里所列举的,恐怕太不详细呢。

薰中纳言的随从中有几个地位不甚高贵的人,夹杂在人丛中暗中观
看这盛况,回到三条宫邸之后叹息道:"我们这位大人为何如此老实,不
肯去当左大臣家的女婿呢? 孤居独处多乏味啊!"他们在中门旁边发牢
骚,薰中纳言听到了觉得可笑。大约此时夜色已深,他们都想睡觉,刚才
看见匂亲王的随从人等得意扬扬地醉饱了美酒佳肴而躺在一处休息,他
们心中不胜羡慕吧。薰中纳言走进自己室中,躺着想道:"当新女婿多难
为情啊! 本来是至亲至眷[1],却神气活现地出来坐席,在灯烛辉煌之下
举杯敬酒,匂亲王倒对付得彬彬有礼呢。"他赞佩匂亲王态度漂亮。又

_____

〔1〕 夕雾是匂亲王的母舅。

想:"的确不错,我倘有个心爱的女儿,除嫁给这匈亲王以外,即使宫中也不愿让她去。世人谁都想把女儿嫁给匈亲王,但他们又说:'还是源中纳言更好。'这句话已变成常谈。可见世人对我的评判不坏。只是我太乖僻,有些老气横秋。"想到这里,颇有骄矜之感。又想:"今上曾经表示欲将二公主降嫁与我,如果真有此意,我只管如此踌躇不决,如何是好?这虽然是脸上增光的事,但不知究竟如何。又不知二公主相貌生得怎样,如果很像已故的大女公子,我真是不胜欣喜了。"他有这种想法,可知毕竟不是全然无意的。照例不能入睡,寂寞无聊,便走进一个比别人更多怜爱的侍女按察君房中,在那里睡到天明。其实即使睡到日高三丈,也不会有人讥议,他却慌慌张张,急忙起身。按察君颇有不满之色,吟诗云:

> "身越禁关偷结契,
> 心忧缘断恶名留。"

薰中纳言很可怜她,答道:

> "关河水面人疑浅,
> 下有深渊不绝流。"

即使说"深",尚且很不可靠,何况说"水面浅"呢!按察君越发伤心了。薰中纳言打开边门,说道:"我实在是要你起来看看这天空。如此美景,怎么可以不看而睡觉呢?并不是模仿风流人物,只因近来失眠,每觉夜长难晓,思量今世之事,直至后世之事,不胜哀愁之至。"如此搪塞一下,就出去了。他不大对女子说风趣话,然而恐是他相貌生得俊俏可爱,女子们并不当他是无情人。偶尔听到他一句戏言的人,觉得即使只能在他身边看看他的美貌,也是好的。恐是因此之故,有的女子勉强找求关系,定要到三条宫邸去替出家为尼的三公主当侍女。随着各种各样的身份,发生各种各样的悲哀情节。

匀亲王在昼间仔细看看六女公子的容颜,觉得实甚美丽,对她的爱情越发深厚了。六女公子身材大小适度,体态窈窕无双,头面与垂发优美可爱,与常人迥不相同。肤色之娇艳令人吃惊,相貌之高贵令人自惭。总之,全身都无缺陷,"佳人"这两个字当之无愧。芳龄大约二十一二,已经不是童年,故身体上毫无不发育之处,一切圆满,正像盛开的花朵。父亲悉心教养,关怀无微不至,故品性上亦毫无缺陷。难怪父母对她如此痴心。只是讲到温柔与娇媚,总要首先想起二条院那位二女公子。六女公子在回答匀亲王问话时,虽然也很怕羞,但并不过分瑟缩,处处表示着多才多艺与聪明干练。她有优良的青年侍女三十人、女童六人,相貌都长得不坏。她们的服装,因为一般的华丽已经看厌,所以另取一种全新的样式,其美观出人意外。六女公子的婚仪,比三条院云居雁夫人所生大女公子入宫当太子妃时更加隆重,或许是为了匀亲王的声望与容姿特别优越之故吧。

自此以后,匀亲王不能自由赴二条院去。只因身份高贵,故昼间未便任意出门,只能在六条院南部从前惯住的地方度日。晚上也不能离开了六女公子而赴二条院去。因此二女公子常常望穿秋水。她想:"这原是意中事,但想不到恩情立刻完全断绝。信乎,若是主意坚定之人,决不会忘却自身之微贱而高攀贵人。"反复思量,觉得当时贸然离开山庄,犹如南柯一梦,追悔莫及,悲伤不已。又想:"还不如想个办法,悄悄地回宇治去吧。并非全然和他断绝,但亦可暂时慰我衷情。只要不同他结怨,原属无妨。"她再三考虑之余,终于不顾羞耻,写了一封信给薰中纳言,信中说道:"前日承为亡父举办法事,曾由阿阇梨传告,均已详悉。若非足下不忘旧谊,热诚追荐,在天之灵何等孤寂!拜受嘉惠,感激不尽。如有机缘,再当面谢。"这信写在陆奥纸上,不拘形式,信笔直书,然亦清秀可爱。已故八亲王三周年忌辰,薰中纳言替他大做功德。二女公子衷心喜慰,向他道谢,虽只寥寥数语,显见真心感激。向例二女公子对薰中纳言来信作答,尚且顾虑多端,不肯放怀详述。此次却主动致书,并且说到"面谢",薰中纳言看了受宠若惊,欢喜无量,心情大为兴奋。他想起匂亲王近正贪恋新欢,遗忘故人,推量二女公子定多苦痛,对她十分同情。因此这信虽然言词直率,并无风趣,薰中纳言却反复细看,爱不忍释。他的回信中说:"来信拜悉。前日亲王三周忌辰,小生敬怀圣僧之虔诚,前往祭奠。其所以并不奉告而私自前往者,实因小姐有同行之意,而窃以为不宜也。来书谓我'不忘旧谊',未免对小生情缘估计太浅,不胜怅恨。余容面陈,惶恐拜复。"这信直率地写在一张坚实的白纸上。

　　次日傍晚,薰中纳言来到二条院。只因私下恋慕二女公子之情转浓,故今日的打扮煞费苦心。柔软的衣服上浓重地薰足衣香,竟有香气太烈之嫌。外加手持一把惯用的丁香汁染的扇子。全身香气之馥郁不可言喻。二女公子也常常想起当年宇治山庄中那离奇古怪的一夜的光景,虽然看见薰中纳言性情正直无私、斯文一脉、与常人迥不相同,但有时恐怕未免会想起:"索性嫁了此人也好。"她已经不是无知小儿,把那可恨的匂亲王同他一比,显然觉得此人优越得多。因念过去常常和他隔物相会,实在对他不起,又恐被他看做不识情趣的女子。因此今天请他进入帘内,自己则在正屋帘前添设一个帷屏,坐在稍深的地方和他会谈[1]。薰中纳言开言道:"今日虽非小姐特地号唤,但蒙破例许可会面,不胜欣喜,理应立即前来叩访。但闻昨日亲王在府,或恐有所不便,因此延至今日。承于帘内赐坐,减少隔物,可见小生多年以来的愚诚,今已渐蒙谅解,实甚难得啊!"二女公子还是非常怕羞,似觉话也说不出来。好容易答道:"先父三周年忌辰,幸蒙赐祭,不胜感激。倘照向例默志于心,则区区谢忱亦不能奉达,实甚遗憾,故而……"她说时态度十分恭谨,身体逐渐向内退缩,因此言语断断续续,声音隐隐约约。薰中纳言好不心焦,对她说道:"小姐离我太远了! 我正想竭诚奉告,并谨聆清教呢。"二女公子觉得果然相距太远了,便稍稍膝行而前。薰中纳言听得她走近来,胸中一阵乱跳,然而立刻镇静下来,装作若无其事的样子。他想起匂亲王对二女公子感情突然冷淡,便直言指责,又殷勤安慰,轻言细语地就各方面说了许多话。二女公子对匂亲王的怨恨,不便出之于口,她只向他表示"不怨处世难……"[2]的意思,用寥寥数语来岔开话头,然后诚恳地请求他带她往宇治一行。

薰中纳言答道:"这一件事,依愚见看来,是不能效劳的。总须将尊意直率告知亲王,遵照他的指示行事,方为妥善。不然,万一稍有差错,亲王必将怪怨小姐轻率,结果实甚不佳。只要不被亲王误解,则往来迎送之事,小生自应一力担当,岂敢惮劳! 小生为人一向正直无私,迥非寻常男子可比,此乃亲王所深悉也。"他口上虽如此说,其实深悔从前将二女公子让与匂亲王,无时或忘。只想如古歌所咏"但愿流光能倒退",而

---

〔1〕　厢屋与正屋间挂着二重帘子,客人坐在厢屋里,主人坐在正屋里。
〔2〕　古歌:"不怨处世难,不怪人情薄。只恨宿命穷,此身长落寞。"见《河海抄》。

把二女公子娶了回来。此时他对二女公子隐约吐露此意。谈谈说说,不
觉天色渐暗。二女公子觉得不便久留他在帘内,便对他说:"罢了,今天
我心绪恶劣,且待稍见好转,再行请教。"说罢即欲退入内室。薰中纳言
十分懊丧,连忙说道:"那么,小姐准备几时动身呢? 我可吩咐他们将路
上蔓草稍稍清除。"他想讨好她。二女公子暂时止步,答道:"本月已将过
完,下月初动身吧。只要悄悄地前往就好了,不必郑重其事地求人准
许。"薰中纳言觉得这声音非常可爱,便比平时更热烈地回想起往事来。

　　他忍无可忍,竟从他靠身的柱子旁边的帘子底下探身进去,拉住了
二女公子的衣袖。二女公子想道:"原来他不怀好意,真讨厌!"她无话可
说,只是默默地向后倒退。薰中纳言紧跟着她,顺水推舟地把半个身子
攒进帘内,就在她身边躺下了,说道:"不知我是否记错:小姐曾对我说过
'没人看见是无妨的'。不知我是否听错,所以进来问问。请你不要疏远
我! 你这态度多么无情啊!"说时不胜怨恨之情。二女公子无心回答,但
觉荒唐可恶,气得发昏。终于镇静下来,说道:"你的用心真乃出人意外!
侍女们看见了成什么样子呢! 人无礼了!"她辱骂他,几乎想哭出来。薰
中纳言觉得这话也有几分道理,心中颇感抱歉。然而还是强辩:"我这行
为不会受人非难。当年曾有一夜和你如此对晤,你总还记得吧。你姐姐
也曾允许我亲近你。你以为我无礼,反而不知趣了。我决没有色情的野
心,请你放心可也。"他说时态度从容不迫。但因近来常常追悔前事,苦
痛越来越深,便把心事叨叨絮絮地向二女公子诉说,全无准备离去的样
子。二女公子毫无办法,此时她的心情,狼狈两字已经不够形容了! 她
觉得对付此人,比对付全不相识的人更加可耻可恨,只有吞声饮泣。薰
中纳言对她说道:"你何必如此呢? 太孩子气了。"他看看二女公子,但觉
说不出的可怜可爱。而她那含蓄优雅之神态,比那年夜间所见更加圆满

成熟。想起了从前自动把此人让与他人，以致今日如此颠倒梦想，后悔不已，竟嘘嘘唏唏地哭了起来。二女公子身边只有两个侍女。她们望见一个素不相识的男子攒进帘内来，不知有何事情，连忙走近来看。看见这男子是薰中纳言，知道他是一向关怀亲切的熟客人，料想今日或有缘故。她们觉得不好意思留在近旁，便装作不知，退出外边去。二女公子更觉孤寂了。薰中纳言深悔当年失策，苦痛难于忍受，心情一时不易镇静。然而从前对晤一夜，尚且规规矩矩，一心不乱。今日当然不会胡作非为。但此种事情，不须详细叙述了。薰中纳言懊恨此行徒然无益，而外人看了又不成样。左思右想了一会，终于告辞而出。

薰中纳言以为还是夜里，岂知已近破晓。他深恐被人看到，惹起讥议，心中不免烦乱。这也是为了不欲损伤二女公子名誉。他听说二女公子为了怀孕而身体不适，今天看见果然如此。为了遮羞而束在身上的那条腰带，薰中纳言看了也觉得可怜，这也是使他不忍放肆的一个原由。他想："回想起来，我是屡次错过良机的。然而丧情灭理之事，毕竟违背我的本意；且凭一时冲动而胡行乱为之后，势必心无宁日。偷偷摸摸地追求欢会，实甚苦心劳思，又使得女方也平添忧患。"然而他这种贤明的思想不能扑灭热烈的情火，直到此时他还恋念二女公子，真乃岂有此理。他立志非把二女公子弄到手不可，其用心实甚不良。他只觉得二女公子那比以前稍稍消瘦而依旧风流娴雅的面影，片刻不曾离去，一直随附在他身旁，因此其他一切事情全都不在他心上了。他只是想："二女公子一心想赴宇治，我可否陪她去呢？只怕匂亲王不允许吧。不过，偷偷地带她去毕竟很不妥便。有何办法可以不受世人非难而成遂这个愿望呢？"他回家时已魂不附体，茫然地躺下了。

清晨天色尚未大亮之时，他就写信给二女公子。照例表面上是冠冕

堂皇的文章,附有诗云:

　　　　"懊恨空归繁露道,

　　　　秋容依旧似当年。

蒙君冷遇,使我'不明事理枉多忧'[1],此外无言可奉陈也。"二女公子想不复他,又恐向无此例,侍女们要诧怪。左右为难,结果略复数字:"来信拜收。心情异常恶劣,未能详复为歉。"薰中纳言接到回信,殊觉言语太少,甚是扫兴,只管恋恋不舍地回想她那可爱的面影。二女公子想是现已渐通人情世故,所以昨夜对薰中纳言虽然如此严拒痛斥,但并不十分嫌恶,态度非常稳静,且又温和婉转,终于推三托四,巧妙地把他送走。薰中纳言现在回想她那模样,心中又是嫉妒,又是悲伤,百感交集,愁闷不已。他想:"此人比较起从前来,样样都长进了。怕什么呢!将来匀亲王抛弃了她,叫她依靠我就是了。那时我虽然不能公然泰然地和她做夫妻,但可暗中往来。我又别无心爱之人,就叫她做我惟一的终身伴侣吧。"他只管筹划此事,其用心实在太不成样了。此人本来非常聪明正直,然而男子的心原都是可恶的。悲伤大女公子之死,虽然已徒劳无益,但并不像此次之痛苦。而此次呢,愁绪万叠,回肠百转,其苦不可言喻。他听见人说:"今天匀亲王到二条院了。"便忘记了自己是二女公子娘家的后援人,顿时妒火中烧,心痛欲裂。

　　匀亲王好多天不回二条院,自己也感到可恨,这一天忽然回来。二女公子觉得事到如今,何必再恨他呢,故对他绝不表示疏远之色。她请

────────────

　　〔1〕　古歌:"善解自身无怨恨,不明事理枉多忧。"见《河海抄》。

托薰中纳言带她回宇治山庄，薰中纳言也淡然不肯相助。如此一想，便觉世间实甚狭窄，使她无地容身，只有自叹命薄。她打定主意："我只索在'命未消'〔1〕期间，听天由命，泰然度日。"便和颜悦色、真心诚意地招待匀亲王。因此匀亲王更加怜爱她，用千言万语来表达他久不回家的歉忱。二女公子腹部已稍稍膨大，身上束着那可羞的腹带，样子越发可怜。匀亲王不曾近看过怀孕的人，竟觉得稀罕。他在严肃刻板的六条院左大臣家住惯了，一朝回到二条院自邸，但觉一切都很舒服，都很可爱，便向二女公子重申山盟海誓，言语滔滔不绝。二女公子听了想道："世间男子大都是会花言巧语的吧。"便联想起昨夜那个肆无忌惮的人的模样来。她想："多年以来一向以为此人循规蹈矩，岂知碰到色情之事，一点规矩都没有了。如此想来，眼前这个人的山盟海誓，也是不可靠的。"但又觉得匀亲王的话略有几句可听。她又想起薰中纳言："哎呀，乘我不备而闯进帘内，毕竟是荒唐的啊！他说和我姐姐始终保持清白关系，确是很难得的。然而还是不可不防。"于是对薰中纳言更加警惕了。但念今后匀亲王势必又有久不还家之时，这期间很可担心，却又未便说出。此次二女公子对待匀亲王比以前殷勤得多，所以匀亲王非常怜爱她。忽然他闻得二女公子衣服上有薰中纳言身上的香气。这香气和寻常世间的香气不同，显然是此人所特有。何况匀亲王对于此道是富有研究的人。因此他觉得奇怪，便向二女公子盘问："到底有何事情？"又察看她的气色。二女公子原知事出有因，一句话也不能回答，但觉非常痛苦。匀亲王想："果然不出所料。此乃必然之事。我早就疑心他不会不转念头的。"他心中非常懊恼。二女公子也曾防到此事，所以昨夜连贴身单衣都换过。然

---

〔1〕　古歌："池中水泡真堪羡，身世飘浮命未消。"见《拾遗集》。

而奇怪得很,想不到连身上都染着他的香气。匀亲王对她说道:"香气如此浓重,可见你对他已经毫无间隔了。"又说了许多难听的话。二女公子痛苦之极,但觉置身无所。匀亲王又说:"我对你关怀特别深切,你却'我先遗忘人'〔1〕。如此背叛丈夫,乃身份卑贱之人所为。我又不曾和你阔别经年,如何你就变心? 你的无情真乃出我意料之外!"此外痛恨之言甚多,笔者不能尽行记录。二女公子只是一言不答。匀亲王越发妒恨了,吟诗曰:

> "汝有新欢香染袖,
> 我怀旧谊恨缠身。"

二女公子被他如此痛骂,无言可以辩解,只是说道:"哪有此事!"便答诗曰:

> "既有常同衾枕谊,
> 岂因细故便分离?"

吟罢嘤嘤啜泣,那模样无限可怜。匀亲王看了想道:"正因为如此,所以会牵惹那人的心。"妒火越发炽盛起来,自己也不禁纷纷落泪。真是个色情狂啊! 二女公子姿色实在非常可爱可怜,即使真个犯了重大过失,对方也不忍全然疏远她。因此不久匀亲王的妒恨渐渐消失,不再责备,反

---

　　〔1〕 古歌:"人未遗忘我,我先遗忘人。如此无情者,岂可久相亲!"见《古今和歌六帖》。

而好言抚慰她了。

次日,匂亲王与二女公子从容睡到日上三竿,方始起身。就在二女公子房中盥洗,吃早粥。匂亲王在左大臣家看惯了高丽、唐土舶来的金碧辉煌的绫罗锦绣,现在看到自邸的装饰,觉得虽是寻常世间之物,却也十分可亲。侍女们的服装也有穿旧了的,这环境给人沉静之感。二女公子身穿柔软的淡紫色衫子,上罩暗红面子蓝里子的褂子。那随意不拘的姿态,比较起六女公子的全般簇新、富丽堂皇的服饰来,并不觉得逊色。她的温柔妩媚的姿色,对匂亲王的深恩重爱受之无愧。她的面庞本来丰肥圆满,近来稍稍清减,颜色越发白嫩,更显得高尚优雅了。原来匂亲王以前不曾发现这种香气时,早就担心:二女公子的容貌比其他女子优越得多,设想倘有非嫡亲兄弟的男子接近她,偶有机会听到她的声音,窥见她的相貌,岂能漠然无动于衷,势必对她发生恋慕之情。他根据自己的好色之心如此推测,所以常常留心察看,往往装作无意的样子,查看二女公子身边的橱子和小柜子,里面有否可作证据的书信。然而一点也找不出来,只找到些寥寥数语的寻常信件,偶然夹杂在其他物件之中。他觉得奇怪,常常疑心两人的关系总不会如此简单。所以今天发现了香气而如此猜忌,原是理之当然。他想:“薰中纳言的丰采,凡是懂得风情的女子,看见了必然爱慕,哪里会坚决拒绝呢? 这两人才貌相当,多分是互相爱上了。”因此又是伤心,又是愤怒,又是嫉妒。他对二女公子总是放心不了,所以这一天不曾出门,写了两三封信送六条院去。几个老年侍女便私下讥议:“分别了才多久,积得这许多话!”

且说薰中纳言闻知匂亲王闭居在二条院,甚是担心。他想:“真不该啊! 我的用心何等愚蠢恶劣! 我本该作为她娘家的后援人去照顾她,岂可忽萌邪念?”便努力扭转自己的心情,推想匂亲王即使宠爱六女公子,

也决不会抛舍二女公子。于是替二女公子庆幸。他想起二女公子身边
的侍女所穿衣服已经陈旧,便走到三公主那里,问道:"母亲这里有没有
现成的女装? 我有个用处,想要几套呢。"三公主说:"下个月做法事[1]
用的白色服装,大概已经做好了。但染色的此刻还未置备。你有用处,
立刻叫他们缝制吧。"薰中纳言说:"那又何必呢! 并不是重要用处,只须
现成的就好了。"便吩咐裁缝所的侍女,叫她们拿出几套女装来,又添几
件漂亮的裰子,这些都是现成的。此外又取了些不曾染色的绫绢。还有
给二女公子本人做衣服的,是薰中纳言自己备用的红色砑光绢,又添上
许多白绫。没有做女裙用的衣料,怎么办呢? 便加了一条腰带,在带上
系一首诗:

　　　　"心怜罗带好,物已属他人。

　　　　何必萦怀抱,徒劳诉恨情?"

薰中纳言派使者把这些衣物送交二女公子身边的侍女大辅君。这侍女
年龄较长,是二女公子所亲信的。使者口头传言:"奉上之衣物,系匆匆
置办,毫不足观,尚请善为处置。"赠二女公子的衣料,力求不要显目,装
进盒子,但包装特别讲究。大辅君并不拿去给二女公子看。只因薰中纳
言此种馈赠,乃以前常有之事,大家早已见惯,不须谦让答谢、你推我辞,
所以大辅君绝不觉得难于处置,就把衣料分送诸人,众侍女各自拿去缝
衣服了。贴身服侍的青年侍女,服饰原应该特别讲究。那些下级侍女
呢,平时惯穿粗布衣服的,如今穿了薰中纳言所赐的白色夹衫,虽然不甚

---

〔1〕 每年正月、五月、九月做祈祷。这里是指九月。

惹目,倒也显得清爽。

实在,二女公子这里,能关心万事、照料一切的,除了薰中纳言而外更有何人呢?匂亲王对二女公子的宠爱原也异乎寻常,其关怀照顾也很周到。然而生活上琐屑之事,他哪能注意到呢?这位皇子生长深宫,养尊处优,不知世间疾苦为何物,原是当然之事。他经常度着风流艳雅的生活,玩弄花露还怕指冷呢。同他比较起来,像薰中纳言那样为了所爱之人而随时用心,一草一木也照顾到,实在是难能可贵。因此二女公子的乳母等人往往讥讽匂亲王:"他的照顾算了吧!"女童中有几个人衣衫不整,二女公子看了颇觉羞耻,有时不免私下叹苦:"住在这华厦里反而出丑了。"何况此时六条院左大臣家排场之奢华天下闻名,匂亲王的随从人等看到这里的状况,安得不见笑呢?因此二女公子更加不快,常常悲叹。薰中纳言很会推察她的心事,所以送这些衣物来。倘对交情疏阔之人,送这些琐屑之物太不成样,有失礼貌。但送二女公子,并无轻侮之嫌,有何不可呢?如果送她隆重的礼物,反而引起旁人讥议,被认为过分讨好。薰中纳言顾虑及此,所以只送些现成品。另外他又命人缝制种种美丽的衣服,又织造一些礼服,连同许多绫罗衣料一并送去。原来这位中纳言也是从小在锦绣丛中长大起来的,其养尊处优并不亚于匂亲王。心性异常骄矜,处世目空一切,真是个佼佼不群的超人。然而自从看到了已故八亲王宇治山庄的光景以来,始知失势之人,原来生涯如此悬殊,实甚可怜。于是推想广大世间种种情况,常常寄与深切的同情。可知这是一番沉痛的经验。

自此以后,薰中纳言总想摒除邪念,光明正大地照顾二女公子。然而力不从心,恋慕之情非常痛苦。因此写给二女公子的信,比以前详细了,动辄透露难于忍受的恋情。二女公子看了,自恨罪孽缠身,悲叹不已。她想:"倘是素不相识之人,可以骂他一声'何其痴狂!'要拒绝他也很容易。可是此人不同,自昔早有交往,互相信赖。如果今天忽然和他决绝,反而引起别人疑怪。他那竭诚尽忠的心情与态度,我并非不知感激。但倘要我为此而开诚解怀地对待他,我实在颇多顾虑。究竟如何是好呢?"她左思右想,心绪缭乱。她身边的侍女之中,稍明事理而可与共话的青年人,都是新进来的,未便和她们深谈。一向熟悉的人,只是从宇治山乡带来的几个老侍女,同她们也没商量。志同道合而可与謦谈心事的人,简直没有。因此无时不怀念已故的姐姐。她想:"如果姐姐在世,此人不会对我发生这种不良之心吧。"心中悲伤不堪。匂亲王的薄幸固已可悲,但薰中纳言之事使她更觉痛苦。

薰中纳言忍受不住了,照例于某日沉静的傍晚到二条院访问。二女公子立刻叫人送出坐垫去,并命侍女传言:"今日心绪甚恶,未能晤谈为歉。"薰中纳言听到这话,心中非常悲伤,眼泪即将夺眶而出。恐被侍女看见了不好意思,便努力忍住,答道:"患病之时,素不相识的僧人都要住在近旁呢。就请把我当作医师,许我进入帘内吧。如此传言问答,我这访问全无意趣了。"众侍女看见他的神色非常痛苦,想起那天夜间闯入帘内之事,对二女公子说:"如此招待,确是太简慢了。"便把正殿的帘子放下,请薰中纳言进入守夜僧人所居的厢屋内。二女公子心中实在非常懊恼。但侍女既已如此说了,如果公然表示坚拒,深恐反而教人怀疑,因此只得忧心忡忡地稍稍膝行而前,和客人对晤。二女公子有时说几句话,然而声音非常轻微。薰中纳言听了,猛然想起大女公子患病初期的样子,觉得不祥。心中一阵悲伤,便觉眼前一片黑暗,一时说不出话来,支吾了好一会。他痛恨二女公子坐的地方太进深,便从帘下伸手进去,把那帷屏稍稍推开,照例顺水推舟地挨身进去。二女公子非常担心,无可奈何,只得召唤她的贴身侍女少将君,对她说道:"我胸中疼痛,你且替我按一下。"薰中纳言听见了,说道:"胸中疼痛,按住了越发难过吧。"他叹一口气,坐一坐端正,但心中讨厌这侍女在座,十分焦灼。又对二女公子说道:"你为什么身体常是如此不适呢? 我曾问过怀孕的人,据说起初确有一个时期身体不适,但不久就会复健。你大约是年纪太轻,过分担心之故吧。"二女公子非常羞愧,答道:"胸痛之病,我是早已有的。亡姐也患此病。据说患此病者寿命都不长呢。"薰中纳言想起世间谁也没有"青松千年寿"[1],很替二女公子担心,非常可怜她。便顾不得少将君在座,把自昔以来对二女公子的爱慕之情一一诉说,但把刺耳难闻的话删去,措词非常文雅,只叫二女公子听了心领神会,而别人听了不觉得异样。少将君听了,觉得此人的好意实在深可感谢。

薰中纳言常常睹物怀人,时刻不忘大女公子,故对二女公子说道:"我从小厌恶尘世,常想清心寡欲地度此一生。然而恐是前世因缘注定之故,我虽常受令姐冷遇,而对她刻骨相思难忘。因此之故,本来的道心终于逐渐消失。为欲慰情,我也常想结识几个女子,看看她们的模样,或可排遣哀思。然而别的女子更无一人可以使我倾慕。经过万般苦思之后,确信世间没有一个女子能牵惹我心。所以如果有人把我当作好色之徒,我心甚觉可耻。今我对你如果稍有半点不良之心,自不足道。然而仅乎如此对晤,常把我心所思之事奉告,或者倾听你的谈话,彼此开诚畅谈,谁复能责咎呢? 我心与众不同,一向正直无私,世间无人能非难我,还请你信任我吧。"他满怀怨恨,啼啼哭哭地说这番话。二女公子答道:

---

〔1〕 古歌:"青松千年寿,谁是此君俦? 可叹浮生短,情场不自由。"见《古今和歌六帖》。

"我如果不信任你,怎么会不顾旁人疑怪,如此接近地招待你呢?多年以来蒙你种种照拂,深感厚意。因此我把你看做特别可靠之人,此次曾经主动写信给你呢。"薰中纳言说:"你几时主动写信给我,我根本记不起来了。你的话说得多甜蜜啊!大约是指:为了准备赴宇治山乡,才写信来召唤我吧?我也确是蒙你信任,我心岂不感激?"他说时还是满怀怨恨。但因旁边有人听见,未便任情罄谈。他向窗外凝神眺望,但见天色渐渐幽暗,虫声历历可闻。庭中假山只见黑影,此外景色都已不能分辨。帘内的二女公子见他只管悄然不动地靠柱坐着,心中十分着急。薰中纳言低声吟诵古歌"人世恋情原有限……"〔1〕,接着说道:"苦痛忍受不住了!我很想到'无音乡'〔2〕去呢。至少,到宇治山乡去,即使不特建寺院,也要依照故人面影雕一个肖像,绘一幅画像,当作佛像,礼拜诵念。"二女公子说:"你发这个心愿,真正令人感动!不过说起雕像,教人联想起放入"洗手川"〔3〕里的偶像,反而对不起亡姐了。至于画像呢,世间有看黄金多少而定容貌美丑的画师〔4〕,所以也是不放心的。"薰中纳言说:"对啊!这雕匠和画师,怎能依照我的意思而造像呢!听说近世有一个雕匠,所雕的佛像真个能使天花乱坠。但愿有这等神工鬼斧才好。"讲来讲去,总忘不了大女公子。神色如此悲伤,显见其富于深情。

二女公子看他可怜,将身稍稍靠近他些,对他说道:"说起雕像,我忽

---

〔1〕 古歌:"人世恋情原有限,不须愁叹负心人。"见《古今和歌六帖》。

〔2〕 古歌:"不堪相思苦,未便高声哭。欲往无音乡,不知在何国。"见《古今和歌六帖》。

〔3〕 "洗手川"是寺院门前的川。举行祓禊时,将偶像放入川中,让它流去。意思是教偶像代受罪过。所以说"对不起亡姐"。

〔4〕 汉武帝命画师毛延寿画宫女像。王昭君不送毛延寿黄金,毛延寿把她的容貌画得很丑,武帝信以为真,将王昭君遣嫁胡人。

然想到一件事,只是怪不好意思告诉你。"说时态度比以前亲切了些。薰中纳言喜出望外,连忙问道:"什么事呢?"同时从帷屏底下伸进手去,握住了二女公子的手。二女公子觉得很讨厌。但她正想设法制止他的恋情,以便放心地和他对话。而且如果声张起来,近旁的侍女看了也不成样。因此装作若无其事,对他说道:"有一个多年以来生死不明的人,今年夏天从远方来到京都,说要来访问我。我想这个人和我关系不疏,然而素未谋面,要立刻和她亲热恐也不能。前些时果然来了,一看,她的面貌和姐姐肖似得奇怪,我就立刻感到她很可亲。你常说我是亡姐的遗念,其实据侍女们说,我虽然和姐姐同胞,但在各方面都和姐姐大不相像。这个人同姐姐关系疏远,不知怎的反而如此毕肖。"薰中纳言听了,疑心自己是在做梦。他说:"一定是有缘分,才会如此亲密。但不知何以不曾听说过。"二女公子说:"唉,什么缘分,我也弄不清楚。父亲在世之时,常常担心自己死后,遗下的女儿孤苦无依,身世飘零。只在我一人身上,他已十分担心。如果再有此种事情,外间传说开去,更将惹人耻笑了。"薰中纳言从这话中察知:大约八亲王有一个私通的妇人,生下这个女儿,不知在哪里养育起来的。二女公子说她相貌酷肖大女公子,这句话攒进他耳朵里去,他就追问:"只有这几句话,使我不得要领。你既然对我说了,就请详细告诉我吧。"二女公子终觉不好意思,不肯对他详说,只是答道:"你倘要去寻访,我可把地址告诉你。至于详细情形,我也不甚明白。说得太详细了,只怕使你扫兴。"薰中纳言说:"为了寻访亡魂在处,即使是海上仙山[1],亦当全力以赴。我对此人的恋慕虽未若是其甚,但与其如此魂思梦想,无法慰情,还不如前往寻访。只要能胜如令姐

---

〔1〕 指唐玄宗寻记杨贵妃亡魂。见白居易《长恨歌》。

的雕像,便供奉她为宇治山乡的本尊,有何不可? 还请你详细指示。"

二女公子见他如此坚决要求,说道:"这便怎么好呢! 父亲不承认她为女儿,我却随口泄漏出去,实在太多嘴了。但我听见你说,要找神工鬼斧来替姐姐雕像,我心十分感动,因此说出这个人来。"便告诉他:"此人多年来住在很远的乡间。她的母亲可怜她,定要她和我通信交往。我未便置之不理,便时时给她回信。前些时她就来访我了。也许是灯光之下看不清吧,但见其人浑身上下无论哪一点,都比我所预想的漂亮得多。她的母亲正在担心她的前程。倘能蒙你供奉她为宇治山乡的本尊佛菩萨,真是她的无上幸福了。但恐这是盼不到的吧。"薰中纳言猜想:二女公子表面上虽然说得头头是道,其实是讨厌他的罗唣,想设法打发他。因此他心中颇感不快。然而想起那个肖似大女公子的人,毕竟有些眷恋。他想:"她虽然深恶痛绝我那不应有的恋情,但表面上不做出使我难堪的行为来,可见她颇能体谅我的心意。"便觉心情异常兴奋。此时夜已很深。帘内的二女公子深恐侍女们看了不成体统,便趁薰中纳言不防之时悄悄地退入内室。薰中纳言左右寻思,觉得二女公子的退避是应该的。然而心中还是不胜怨恨惋惜,情思无法镇静。眼泪即将夺眶而出,又恐被人讥笑,只得努力忍住。百感交集,方寸恼乱。但他明白:不顾一切地胡行乱为,为人为己两皆不利,毕竟是使不得的。于是竭力忍耐,起身告辞而出,愁叹之声比往日更苦。

他在归途上想:"我只管如此愁恨,将来如何是好呢? 真痛苦啊! 有什么办法可使我不受世人讥评而又如意称心呢?"想是由于对恋爱一道缺乏经验之故吧,他往往无端地替自己又替别人考虑未来可忧之事,通夜不眠直到天明。他想:"二女公子说那人酷肖大女公子,但不知是否真实,总得看一看才好。她的母亲身份不高,则求爱想必不难。但倘那人不能使我称心,倒叫我麻烦了。"因此对这女子并不十分向往。

薰中纳言久不访问宇治八亲王旧邸,似觉亡人面影日渐疏远,心甚悲伤,便于九月二十日过后来至山庄。但觉山中秋风甚厉,木叶乱飞。守护这山庄的,只是凄凉骚乱的宇治川水声,难得看到人影。薰中纳言一见便觉黯然销魂,伤心无极。他召唤老尼姑弁君,弁君走到纸隔扇门口,站在一个深青色帷屏后面,告道:"恕我失礼了!年纪一大,颜面丑陋可怕,见不得人了。"便不走出帷屏外面来。薰中纳言对她说道:"我推想你在这里何等寂寞啊!除你以外,我更无知心之人,所以特来和你谈谈。不知不觉之间,又过了许多时光!"说时泪盈于睫,那老尼姑更是流泪不止。薰中纳言又说:"回想起来,大小姐为二小姐的终身大事操心,正是去年这个时节。悲伤无时或已,就中秋风逼人之时更甚。大小姐所忧虑的果然不错,我隐约闻知二小姐与匀亲王的姻缘的确不甚美满呢。思想起来,事事都可痛心啊!"又说:"不过不论情形这样或那样,只要活在世上,将来或有否极泰来之日。只是大小姐怀着这忧虑而死去,我总觉得是我的过失,想起了不胜悲伤。最近左大臣家的事情,其实不必担心,这是世间常有之事。匀亲王虽然又娶了六女公子,但对二小姐绝无疏远之色。说来说去,可悲的正是那个化作灰烬的人!死,原是谁也不能逃避之事,然而或先或后,总是使人悲伤难堪的啊!"说罢又哭泣起来。

随后派人去召请阿阇梨到山庄来,托他举办大女公子周年忌辰的佛事。又对他说:"我想,我常常到这里来,回想不可挽回之事而伤心,亦属徒劳无益。因此想把这山庄拆毁,在你那山寺旁边建造一所佛殿。反正一定要造,不如早日动工。"就把几间佛堂、若干回廊及僧房,以及其他应有房室都画出来,同阿阇梨商谈。阿阇梨大为赞善,说这是功德无量。薰中纳言又说:"不过这是八亲王当年用心设计建造的住宅,我把它拆毁,似乎太无情义。但我推想他的本意,原是想在佛事上面做功德的,只因顾念身后还有两位女公子,所以不曾建造寺院。惟现在这是匂亲王夫人的产业,应归匂亲王所有。如此说来,未便把它改作寺院。我也不该任意处置。然而这地方太近河岸,过分显露,还不如把它拆毁,改造佛寺,另行建造庄屋。"阿阇梨说:"此事无论从哪一方面看来,都是莫大功德。从前曾有一人,悲伤儿子死亡,把尸体包好了挂在颈上,挂了许多年。后来受了佛法感化,把尸囊舍弃,终于进入佛道[1]。如今大人看到这山庄,便触景生情,实甚不利于修行。若能改作寺院,则对后世有劝修之功德,理应早日动工。即请宣召阴阳博士,选定吉日。并雇用技术高明之工匠二三人,计划工事。其他细节,按照佛教宗门定规布置可也。"薰中纳言便就各项事宜规定办法。又召集附近领地内庄屋中人员,吩咐他们:"此次建造寺院,一切工事均须遵照阿阇梨指示。"转瞬之间日色已暮,是夜就在山庄泊宿。

薰中纳言想起:今天是最后一次看到这山庄了,便向各处巡视。但见佛像皆已迁入寺中,剩下的只是尼姑弁君使用的器具。设想她那孤寂的生涯,十分可怜,不知今后如何度日,便对她说:"这邸宅应当改造了。在尚未竣工之前,你可住在那边的廊房中。倘有物件欲送京中二小姐,可唤庄屋内人员来此,妥为办理。"又叮嘱她种种细事。倘是别的侍女,则如此老朽之人,不会受薰中纳言青睐。但此人与众不同,薰中纳言许她晚上睡在近旁,叫她述说往事。旁边并无他人,说话可以放心,故弁君也谈到薰中纳言的生父已故柏木权大纳言之事。她说:"权大纳言临终

---

[1]　据佛经中说:观音和势至前生是两个小孩,被继母杀死。父亲不胜悲痛,把两个孩尸裹入囊中,挂在颈上。后来受佛法感化,舍弃尸囊,进入佛道。

之时,渴望看看大人在襁褓中的姿态,那情状我至今还记得起来。我想不到活到今日,能拜见大人升官晋爵,定是当年勤恳服侍权大纳言而得来的善报。想起了又是欢喜,又是悲伤。又念我这苦命人老而不死,看到了许多逆事,便觉可耻而又可恨。二小姐屡次对我说:'你常常到京中来看看我吧。只管闭居在山中,把我完全抛弃了!'然而我这不祥之身,除了阿弥陀佛,不想拜见别人。"便娓娓不倦地叙述大女公子生前情状:什么时候曾说什么话;欣赏樱花、红叶之时曾咏什么诗歌……虽然声音发抖,倒也说得像模像样。薰中纳言听了,设想大女公子为人像小孩一般不多说话,而性情风流优雅。他听了弁君的话,恋慕之情越发增添,想道:"匂亲王夫人比她姐姐稍稍富有现代风味。她对于性情不相投合之人,态度很冷淡。只有对我深抱同情,愿意和我永结友谊。"他在心中如此比较两女公子的性行。

　　薰中纳言在谈话之中提起二女公子所说的那个可以代替大女公子的人。弁君答道:"此人现在是否在京,我不知道。关于她的情况,我都是听人传说的:已故八亲王尚未迁居山庄之前,夫人病故。不久,亲王和一个上等侍女私通。这侍女名叫中将君,品貌还不坏。但亲王和她交往时间甚短,别人都不知道。后来这中将君生了一个女儿。亲王原知此女儿是自己所生,但因嫌其烦累,此后不再和她交往。又为此事痛自惩诫,就此皈依佛法,度送僧侣一般的生涯。中将君失去依靠,只得辞职,后来嫁与一个陆奥守为妻,跟着他赴陆奥任地去了。过了几年,中将君返京,辗转央人向亲王示意:女儿抚养在家,平安无恙。亲王听到了,说道:'此事不须向我通报。'表示不肯收留。中将君不胜懊丧。后来她丈夫当了常陆介,又带了她赴任地去。此后久无音信。今年春天这位小姐到匂亲王府访问二小姐之事,我亦略有所闻。这位小姐今年大约二十岁。前些时她母亲曾有来信,说'小姐长得非常美丽,十分可怜',信中叙述甚详呢。"薰中纳言听了她的详细说明,想道:"如此看来,二女公子说她酷肖其姐,多半是真的了。"他盼望一见,便吩咐弁君:"只要其人略有几分肖似大小姐,即使住在他乡异国,我也要去寻找。八亲王虽然不认她为女儿,但毕竟是血统很近的人。你也不必特地去通知,只要在音问往还之时,乘便把我的意思告诉她。"弁君说:"她的母亲中将君是已故亲王夫人的侄女,和我是姑表姐妹关系。中将君在亲王家供职时,我住在外地,所以和她不甚熟悉。前些时二小姐的侍女大辅君从京中来信,说这位小姐希望到亲王坟上祭扫,叫我有所准备。但至今还不曾到这里来过。既蒙吩咐,等她来时我定当将尊意转达。"夜色已近黎明,薰中纳言准备回京。他就把昨夜黄昏后京中送来的绢帛等物赠送阿阇梨,又赏赐弁君。阿阇梨寺中诸法师及弁君的仆役,也都受赐布匹等物。这住处实甚荒寂,但因薰中纳言常常来访,多方照拂,故以弁君的身份而论,生涯过得十分安乐,她可以从容自在地修行佛法。

朔风异常凛冽,令人难于禁受。枝上红叶尽行脱落,狼藉满地,而全无人足践踏的痕迹。薰中纳言看了这景象,徘徊不忍遽去。有些寄生的常春藤附缠在姿态优美的深山古木上,还毫不褪色地活着。薰中纳言命人从其中摘取一些红叶,拟带回去送给二女公子。独自吟诗曰:

"当年曾追随,犹似寄生[1]草。

若无此旧谊,旅宿太孤悄。"

---

〔1〕　本回题名据此诗。

弁君答道：

　　"当年寄生处,荒凉剩朽木[1]。

　　今日重来访,哀哉此旅宿!"

此诗虽是十足的古风,但亦不无风趣,薰中纳言听了觉得聊可慰情。

　　薰中纳言遣人将红叶送给二女公子时,正值匂亲王在家。侍女漠不关心地送进去,说道："这是南邸[2]送来的。"二女公子以为照例是谈情的信,非常担心,然而此时岂能隐藏。匂亲王含有意义似地说道："好漂亮的红叶啊!"便取过来看。但见薰中纳言的信中写道："尊处近日想必平安无事。小生前日曾赴宇治山乡,山中朝雾困人,更增伤感。详情他日面罄。该地山庄改造佛殿之事,已嘱咐阿阇梨照办。曾蒙金诺,故敢将庄屋移建他处。应有事宜,即请吩咐老尼弁君可也。"匂亲王看罢说道："这封信写得好堂皇啊! 大约他知道我在这里吧。"薰中纳言或许多少确有几分此种心理,二女公子看见信中并无别事,心中正在欣慰,听见匂亲王说这种猜疑的话,认为冤枉太甚,不胜怨恨,那娇嗔之相非常可爱。即使有万种罪状,也不怕人不容赦了。匂亲王对她说："你写回信吧。我不看就是了。"便背转身子向着别处。二女公子觉得过分撒娇坚不肯写,教人看做古怪,便执笔写道："闻君走访山乡,令人不胜欣羡! 该地庄屋改造佛殿,诚属至善。将来我身出家,不须另觅岩穴,自有归宿之处。而旧居亦不致日渐荒芜。多承美意,无任感戴。"照这回信看来,两

---

　　〔1〕　弁君以朽木自比。
　　〔2〕　薰君所住的三条宫邸在二条院之南,故云。

人交谊纯属普通友爱,无可指责之处。但匀亲王生性好色,以己度人,大概认为两人之间定有异乎寻常的关系而很不放心吧。

庭中秋草皆已枯萎,只有芒草与众不同,仿佛伸出了手,向人招徕,颇有风趣。更有尚未生穗的芒草,也像穿着露珠的丝线,细弱无力地望风披靡。此景虽属寻常,但当此晚风萧瑟之时,亦足催人哀思。匀亲王吟诗曰:

>　"玉露频频来润泽,
>　幼芒哪得不知情?"[1]

他身穿平日惯穿的衣服,上面只加一件便袍,此时拿起琵琶来弹奏。他把琵琶合着黄钟调,弹出非常哀愁的曲子。二女公子原是喜爱音乐之人,听了这琵琶之声,心中怨恨顿时消释,把身子靠在矮几上,从小帷屏旁边稍稍探出头来,那姿态非常可爱。答诗曰:

>　"吹到芒花风力弱,
>　可知秋色已凋零。[2]

悲秋虽非我一人之事,但……"说罢泪下如雨,毕竟觉得不好意思,连忙以扇遮面。匀亲王推量她的心情,也觉得很可怜。但猜疑终是不释,他想:"正因为此人如此惹人怜爱,只恐那人不会放弃她呢。"便觉妒火中

---

〔1〕　玉露比薰君,幼芒比二女公子。
〔2〕　芒花比自己,风比匀亲王。暗示其移爱六女公子也。

烧,不胜痛恨。

白菊尚未全然变紫[1]。其中特别用心栽培的,变紫反而更迟。但不知怎的,只有一枝已经变成非常美丽的紫色。匀亲王命人将这一枝折取过来,口中诵着"不是花中偏爱菊"[2]的古诗。对二女公子说道:"从前有一位亲王,傍晚时吟着此诗而观赏菊花,忽然一位古代天人从空中翱翔而来,把琵琶秘曲教给他[3]。但今世万事都浅薄了,实甚可叹。"便停止弹奏,放下了琵琶。二女公子觉得遗憾,说道:"只是人心变得浅薄罢了,古代传下来的技术怎么会变呢?"她似乎想听一听自己已经荒疏了的古传手法。匀亲王说:"那么,我一人弹奏太单调,你来和我合奏吧。"便命侍女把筝取来,叫二女公子弹奏。二女公子说道:"从前也曾有人教过我来,但现在都已记不清楚了。"她似乎有所顾虑,手也不触筝琴。匀亲王说:"这一点点小事,你也要对我见外,实在太无情了!我最近逢到的那个人,虽然相处日子不多,尚未熟悉,但连幼稚的、生疏的事情也不隐瞒我。大凡女子,总须柔顺而天真才好,那位薰中纳言也曾做这样的定评。你对此君不是十分信任、非常亲睦的么?"他认真地怨恨起来。二女公子无可奈何,只得拿起筝来,略弹一曲。弦线已弛,所以这一回弹南吕调。二女公子弹筝的爪音清朗悦耳。匀亲王唱催马乐《伊势海》[4],嗓音高尚优美。众侍女躲在近边的隐蔽地方窃听,大家笑逐颜开。有几个老侍女相与议论:"亲王另有所爱,原是遗憾。然而身份高贵的人,三

[1] 白菊经霜,色渐变紫,为时人所欣赏。
[2] 元稹诗云:"不是花中偏爱菊,此花开后更无花。"
[3] 相传:醍醐天皇的皇子西宫左大臣高明,一日在庭前赏菊,口吟此诗句。唐朝的琵琶妙手廉承武的灵魂化作一小儿,从空中飞来,指示他"开后"乃"开尽"之误。又把秘曲《石上流泉》教给他。见《河海抄》。
[4] 催马乐《伊势海》歌词:"伊势渚清海潮退,摘海藻欤拾海贝?"

妻四妾也是理之当然。我们的小姐毕竟是有福之人。从前孤居在宇治山乡之时,做梦也想不到能交这样的好运。现在她说要重归山乡,真是荒唐的想法!"她们喋喋不休,年轻的侍女都来制止:"静些!"

匀亲王为了教二女公子弹琴,在二条院居住了三四天。他以日子不好、不宜出行为借口,不到六条院去,六条院里的人就怨恨起来。这一天夕雾左大臣从宫中退出,亲自来到二条院。匀亲王闻之,咕哝地说:"如此大张旗鼓地到这里来做什么呢?"便走出房间,到正殿里迎接。夕雾说道:"只因无甚要事,久不到这里来了。今日睹物思人,不胜感慨呢!"谈了些二条院的旧事之后,便带着匀亲王回六条院去了。随从的有夕雾的诸公子、高官贵族、殿上人等,冠盖如云,气势盛大。二条院里的人看了,都觉万难和他家并比,不免心情颓丧。众侍女都来窥看左大臣,也有人说:"这位大臣真漂亮啊! 他的公子也是如此,个个正当盛年,相貌堂堂,不过没有一人赶得上父亲。哎呀,真是个美男子啊!"然而似乎也有人说:"如此身份高贵的人,特地亲自来接女婿,未免太过分了! 这世间不成样子。"二女公子本人呢,回想自己过去的生涯,但觉终不能和这声势烜赫的人家相并肩,只是相形见绌。从此心情越发颓丧,更加痛切地希望:"还不如无忧无虑地闲居在山乡中,最为安稳。"不知不觉之间,这一年又告终了。

到了正月底,二女公子产期临近,身体不适。匀亲王不曾见过这种状态,看了非常着急,不知如何是好。安产祈祷早已在许多寺院内举行,此时又开始增添了几处。二女公子身上非常痛苦,因此明石皇后也派人来慰问。二女公子同匀亲王结婚,至今已有三年。其间只有匀亲王一人真心宠爱她,世间一般人对她都不重视。现在闻知明石皇后也来慰问,大家吃惊,各方面都来探望。薰中纳言的担心不亚于匀亲王,常常忧愁叹息，计虑后果如何。但也只能作适度的问候，未便过分亲昵地表示关怀。他偷偷地替二女公子举办安产祈祷。

二公主的着裳仪式正在此时举行，举国臣民都为此事奔忙。一切准备工作，均由今上一人亲自筹划。故二公主虽然没有外戚作后援，着裳仪式的排场反而体面。她母亲已故藤壶女御生前预先替她置备着的东西自不必说，此外又命宫中作物所新制许多用具。几个国守也从外地进贡种种物品。这仪式盛大无比。今上原定：二公主举行着裳式后即招薰中纳言为驸马。故此时男方也应该有所准备。然而薰中纳言照例脾气古怪，全然不把此事放在心上，他只管为二女公子生产之事担心。

二月初，宫中举行临时任官式，薰中纳言升任权大纳言，又兼右大将之职。这是因为红梅右大臣辞去了他所兼任的左大将之职，原来的右大将升任为左大将，因此命薰君兼任了右大将。薰君升官后赴各处拜客，匀亲王处也必须一到。匀亲王为了二女公子患病，此时住在二条院，薰大将就来到二条院。匀亲王闻得他来，吃了一惊，说道："这里有许多僧人作祈祷，应酬很不方便呢。"只得换上新的衬衣和常礼服，整饰仪容，下阶来答拜。两人的姿态都很优美。薰大将向匀亲王启请："今夜即将犒赏卫府僚属，特设飨宴，务请光临。"匀亲王为了二女公子患病，能否出席，犹豫未决。这飨宴悉照夕雾左大臣以前的排场，在六条院举行。随从的诸亲王及高官贵族，云集殿上，其喧哗热闹不亚于夕雾升任左大臣时的飨宴。匀亲王终于也来出席，但因心挂两头，未曾终宴，匆匆告退。这里的六女公子听到了，说道："太失礼了，这算什么样子呢！"这并非为了二女公子身份低微，只是因为左大臣声势烜赫，这女儿骄傲成性，便目空一切，惟我独尊了。

次日早晨，二女公子好容易分娩，生下一个男孩儿。匀亲王的操心不曾白费,非常高兴。薰大将在升官之喜上又添了这一件喜事。为了答谢他昨夜出席飨宴,又兼庆贺他弄璋之喜,立刻亲到二条院来,站着[1]应酬了一会。因为匂亲王闭居在二条院中,所以没有一人不到这里来贺喜。致送产后礼物、第三日的祝贺,照例只是匂亲王家内私人参加。第五日晚上,薰大将致送屯食五十客、赌棋用的钱、盛在碗里的饭——这些都照世间常例。另有赠与产母的,是叠层方形食品盒三十具、婴儿衣服五套以及襁褓等物。这些礼物装潢并不华丽,以免旁人注目。但细看起来,件件非常精致,显见薰大将用心异常周到。还有赠与匂亲王的,是十二具嫩沉香木制的方几,高脚木盘上盛着点心。赏赐二女公子的侍女的,叠层方形食品盒自不必说,还有桧木制食品盒三十具,内盛各种各样的食物。但都不特地装潢,以免旁人注目。第七日晚上,明石皇后为之举行祝贺仪式,前来参加的人非常众多,自中宫大夫以至殿上人及高官贵族,不可胜数。今上闻知匂亲王生了儿子,说道:"匂皇子初次做父亲,我岂可不庆祝!"便御赐佩刀一具。第九日晚上是夕雾左大臣的祝仪。夕雾对二女公子虽然没有好感,但恐匂亲工心中不欢,所以也派诸公子前来道喜。此时二条院内无忧无虑,喜气洋洋。二女公子几月以来心多愁闷,身患病苦,一直忧伤烦恼。如今连日喜庆,脸上增光,心情也该稍稍宽慰了。薰大将想道:"二女公子做了母亲,今后对我势必更加疏远。而匂亲王对她的宠爱势必更深了。"他心中甚是遗憾。但念这原是自己当初的愿望,则又觉不胜欣慰。

　　且说二月二十日过后,藤壶公主[2]举行着裳仪式。次日薰大将即

---

　　〔1〕　当时习俗,认为产家污秽,故来客都不坐,站着谈话。
　　〔2〕　即二公主。其母居藤壶院,称为藤壶女御。母亡后,二公主仍居此院。

入赘,这一晚的事是不公开的。世间也有讥评此事的人,他们说:"天下
闻名、宠爱无比的皇女,招赘一个臣下为女婿,毕竟是很不相称而又委屈
的。即使今上已将公主许嫁薰大将,也不必如此匆匆成婚。"但今上的个
性,凡事一经决定,必须赶快实行。今既招赘薰大将为驸马,便一心一意
爱护这女婿,恩遇之深,古来竟无其例。入帝王家当女婿的,古往今来,
不乏其人。但今上现正春秋鼎盛,而迫不及待地招赘一个类似臣下的人
为婿,却是少有其例的事。所以夕雾左大臣对落叶公主[1]说:"薰大将
如此深蒙圣眷,乃世间罕有之事,定是宿世因缘。六条院先父,尚且要到
朱雀院晚年将近出家之时,才娶得薰大将的母亲三公主呢。我更不必说
了,只在别人反对声中拾得了你这位公主。"落叶公主觉得确是如此,但
因怕羞,默默不答。

　　结婚第三日之夜,自二公主的母舅大藏卿开始,以至向来照拂二公
主的许多人,都受封赠为家臣。又非公开地犒赏薰大将的前驱、随身、车
副、舍人等。此种细节,均照普通臣民人家办法。自此以后,薰大将每天
悄悄地到二公主房中住宿。但他心中,还是时刻想念那个难于忘却的宇
治大女公子。他白天在私邸内或起或卧,无时不沉思冥想。到了日暮,
没精打采地赴藤壶院去。他不习惯此种生涯,颇感苦痛,便计划将二公
主接到私邸来住。母亲三公主闻之,不胜欣喜,情愿将自己所住正殿让
与二公主住。薰大将答道:"如此决不敢当!"便在西面新筑殿宇,造一走
廊通向佛堂,意欲请母亲转居西面。东所前年失火之后,早已重建,富丽
堂皇,轩敞宜人。此次更添修饰,详加设备。薰大将这计划,今上也闻知

---

　　〔1〕　落叶公主是夕雾的第二妻,本来是柏木之妻,柏木死后转嫁夕雾。事见第三十
八回"夕雾"。

了。他想:"结婚未久,就毫无顾虑地移居私邸,是否妥当?"然而,虽曰帝皇,父母爱子之心的昏蒙,原是同众人一样的。他遣使送给三公主的信上,所谈的净是二公主之事。已故朱雀院曾把这位尼僧三公主郑重托咐今上照拂。所以三公主虽已出家为尼,威望并不衰减,万事都同从前一样。凡三公主有所奏请,今上无不准许,可知圣眷深重。薰大将身受这两位尊贵人物的无限宠爱,可谓荣幸之至了。然而不知怎的,他心中并不特别欣喜,还是动辄沉思冥想。他只管操心于宇治建造佛寺的工事,盼望其早日落成。

薰大将屈指计算二女公子所生小公子的五十朝,用心准备庆祝的饼。连盛食物的箱笼盘盒都亲自设计。不用世间普通的东西,而全用沉香、紫檀、白银、黄金为材料。他召集各行各业的许多工匠,叫他们制造。这些工匠便各显身手,争工竞巧,造出种种珍品来。他自己呢,照例选匀亲王不在家的一天,亲赴二条院访问二女公子。恐是心理作用所使然:二条院里的人觉得他的模样比前更加神气,增添了高贵的风度。二女公子想道:"现在他已娶了二公主,总不会再像从前那样情迷色恋,向我缠绕不休了吧。"便放心地出来和他会面。岂知他的态度依然如故,一见就落下泪来,说道:"我这婚事其实非出心愿,如今更觉世事都不称意,心情越发迷乱了!"便诉说他的愁思。二女公子对他说道:"呀,你这话岂有此理! 被人听见了会泄漏出去呢!"但她想道:"此人交了这般好运,毫无快慰之色,而还是不忘记故人,真乃深于情者。"她很可怜他,确信此人与众不同。又可惜姐姐早死了。如果在世,岂不甚好? 但她又想:"姐姐即使在世而嫁了他,结果也与我同样命运,两人都成了苦命之身。总之,家道衰微的人,决不能参与荣华之列。"如此一想,更觉姐姐决心不嫁而以此长终,真乃高明之见。

　　薰大将恳切要求看看新生的小公子。二女公子觉得怕羞,但她想道:"如今何必拒绝他呢?此人只有无理求爱这一事是可恨的。除此以外,岂可拒绝他的要求?"她自己并不作答,但教乳母抱小公子出去给他看。将门之子,当然不会丑陋。这小公子长得异常白胖而美貌,声音洪亮,似乎已想说话。脸上时时露出笑容。薰大将看了心中艳羡,恨不得这孩子变了自己的儿子。可见他还是难于舍弃尘世的。他只是想:"我那不可挽回的故人,生前倘能和我做了夫妻,留下这样一个孩子,多么好呢。"但他绝不企望最近新娶的那个荣华的二公主何日早生贵子,其心情也太怪僻了。笔者把此君描写成一个如此儿女之态的痴人,其实对他不起。如果他真是一个不通道理的怪人,皇上不会特别亲近他而赘他为驸马。推想起来,此人在朝廷政治方面定是才能出众的吧。薰大将看见二女公子肯将如此娇小的新生儿抱出来给他看,心甚感激,便比往常更亲切地和她谈话,不觉日色已暮。今日未便放心地在此逗留到深夜,心甚痛苦,只得连声叹气地告辞。他出去之后,也有几个饶舌的侍女说道:"此人留下的衣香多么芬芳啊!真如古歌所谓'折得梅花香满袖'[1],黄莺会来寻访呢。"

　　宫中推算:到了夏天,赴三条宫邸的方向不利。因此决定在四月初,未交立夏以前,叫二公主迁居三条宫邸。迁居的前一天,今上来到藤壶院,举行一个送别的藤花宴。南面厢屋的帘子一律卷上,其中设置今上的御座。此宴会不由藤壶院的主人二公主做主,而是皇上举办的公宴。故公卿王侯及殿上人的飨宴,均由宫中御厨供应。参与宴会的有夕雾左大臣、按察大纳言、已故髭黑大臣之子藤中纳言及其弟左兵卫督。亲王

　　[1]　古歌:"折得梅花香满袖,黄莺飞上近枝啼。"见《古今和歌集》。

之中有三皇子[1]及其弟常陆亲王。殿上人的座位设在南庭的藤花下面。宣召一班乐队,把他们安排在后凉殿东面。到了日暮,命乐人奏双调,殿上管弦之会就此开始。二公主命人取出种种琴和笛来,从夕雾左大臣开始,诸公卿顺次将乐器奉献御前。已故六条院主亲笔书写而交付尼僧三公主的两卷琴谱,插上一枝五叶松,由薰大将呈上。夕雾左大臣接了,奉献御前。接着顺次奉上琴、筝、琵琶、和琴等,都是朱雀院的遗物。笛是夕雾梦中得柏木告语而转赠与薰君的纪念物[2]。今上曾经赞赏此笛,说是"音色之美无比"。薰大将想:"除今日的盛大宴会之外,何时更有良机呢?"因此取出这支笛来。于是夕雾左大臣奏和琴,三皇子奏琵琶,此外分赐诸人,开始演奏。薰大将的笛,今日尽情地吹出盖世无双的美音。殿上人中,几个善歌的人也都应召而出,演唱非常美妙的歌曲。二公主命人取点心,盛在四只沉香木制的食盒里,载在紫檀木制的高脚木盘上。衬布染成紫藤色,深浅有致,上面绣着藤花折枝。白银的酒器、琉璃的杯子、深蓝琉璃的瓶子,概由左兵卫督一手置办。今上赐酒一杯,夕雾左大臣受赐已多,今日不好意思接受。而亲王之中又无适当之人可以转让,便转让给薰大将。薰大将意欲辞退,但恐今上不悦,便接了酒杯,唱一声警跸[3]。其声音与姿态,原与普通仪式中无异,然而似觉特别优美,与众不同。大约由于今日他是天之骄子,所以看来更增光彩吧。薰大将把酒倾入另一瓷杯,怀藏了天子所赐的酒杯,然后喝干了酒,归还了瓷杯[4],下阶拜舞谢恩。其姿态优美无比。地位尊贵的亲王及大臣

---

〔1〕　三皇子即匂亲王。
〔2〕　事见第三十六回"横笛"。
〔3〕　警跸是天子出入时从人呼唱之声,出曰警,入曰跸。赐酒时也如此呼唱。
〔4〕　天子赐酒,必须如此领受。

蒙天子赐酒,尚且引为莫大之荣幸,何况薰大将以驸马身份受此恩宠,实乃世间稀有之珍闻。然而地位高下毕竟都有规定,薰大将拜舞之后只得退归末座,旁人看来实在委屈了他。

按察大纳言[1]看了不胜妒羡,希望自己能交这等鸿运才好。这是因为:他从前曾经倾心恋慕二公主的母亲藤壶女御。女御入宫之后,犹不断念,常常送情书去。最后又想娶得她所生的二公主,曾经托人向女御示意,要做二公主的保护人。但女御终于不曾将此意转告皇上。因此之故,按察大纳言心甚不快,他说:"薰大将的人品果然佼佼不群,但今上在位之时,岂可如此隆重地优待一个女婿?九重之内,御座之旁,让一个臣下任意出入,甚至举办飨宴,大张旗鼓地招待他,真是史无前例的啊!"他愤愤不平,讥讽得很凶。然而总想看看这个宴会,所以也来出席,心中却在生气。

殿上燃起纸烛,大家奉献祝歌。走近文台来呈献歌稿的人,个个脸上得意扬扬。然而这些诗歌,想必照例是稀奇古怪的陈腔滥调,所以笔者并不特地向人探询而一一记录。几位地位高贵的王侯,所咏的诗歌并不特别优秀。为欲纪念这个盛会,探询得一二首在此。这一首大约是薰大将走下庭中来折取藤花、奉献皇上饰冠时所咏的歌吧:

"欲为君王添冕饰,

高抬罗袖摘藤花。"[2]

---

〔1〕　此按察大纳言是谁,古来有两说:一说是红梅右大臣,按察大纳言是他的旧官名;一说是另一人,非红梅。

〔2〕　藤花比二公主,言高攀也。

诗中得意之色,未免可厌。今上答诗云:

> "藤花万世长鲜艳,
>
> 今日贪看无餍时。"[1]

还有两首,不知是谁所作:

> "此花原为君王摘,
>
> 饰冕鲜明胜紫云。"
>
> "移植九重深苑内,
>
> 藤花香色不寻常。"

这最后一首,似乎是那位生气的按察大纳言所咏。此种诗歌之中,或许有笔者误听之处。总之,皆非特别优秀之作。

夜色渐深,管弦之声更增佳趣。薰大将唱催马乐《安名尊》的嗓音美妙极了。按察大纳言昔年擅长唱歌,至今不曾荒疏,此时也神气十足地起来和薰大将合唱。夕雾左大臣的第七位公子,还是个幼童,已能吹笙,吹得非常美妙。今上赏赐他御衣一袭。他的父亲便下阶拜舞谢恩。今上于天色近晓之时还宫。犒赏物品,公卿及亲王等由今上颁赐;殿上人及乐人则由二公主赏赐,品类甚多。

是晚二公主从宫中迁居三条院,仪式非常盛大。皇上的侍女全部护送。二公主乘的是有庇的辇车。此外有无庇丝饰车三辆,黄金饰的槟榔

---

[1] 藤花比薰大将。

毛车六辆,普通槟榔毛车二十辆,竹舆车二辆。陪送的侍女共三十人,女童及仆役八人。薰大将方面来迎接的车有十二辆,是三条院本邸的侍女们所乘的。犒赏公卿及殿上人的物品,精美无以复加。

迁居既毕,薰大将在本邸中从容细看二公主,但见她的容姿非常可爱。身材小巧,态度高尚优雅,毫无缺陷。他觉得自己命运不坏,心中颇感骄矜,希望因此而忘记了已故的宇治大女公子。然而终于不能忘记,还是时刻恋慕。他想:"这相思之苦在现世恐怕无法慰藉了。直须等到我死去成佛之后,明白了这段异常痛苦的因缘是何种恶业的果报,方始可以忘怀吧。"他专心料理宇治山庄改造佛寺的工事。

贺茂祭〔1〕的忙碌过了之后二十几日的某天,薰大将照例访问宇治。他检阅了佛寺的建筑工事,作了些应有的指示之后,思量如果不去探望那个"朽木"〔2〕,似觉对她不起,便往她的住处走去。忽见一辆不甚华丽的女车,由许多腰间带着箭壶的雄赳赳的东国〔3〕武士簇拥着,又带着许多仆人,正在驶过宇治桥来,样子颇有威势。薰大将看了想道:"这是乡下地方来的。"便走进新建的山庄去。他的随从人等还在纷忙不定的时候,那辆女车也向着山庄这边过来了。随从人等喧哗起来,薰大将制止了他们,叫他们去问:"这车中是谁人?"一个操方言的男子答道:"是前常陆守〔4〕大人家的浮舟小姐,赴初濑进香回来,顺路到此借宿一宵。"薰大将听了,记起以前二女公子和弁君的话,想道:"对了,正是以前听说过的

---

〔1〕　贺茂祭于每年四月中间的酉日举行。

〔2〕　指老尼弁君。前文弁君诗中自称朽木。

〔3〕　常陆国在关东,故称东国。

〔4〕　这里指的是常陆介。常陆的国守是由亲王担任的,臣下不能当国守。但实际政务由介掌管,故称介为守。

那个人。"便叫随从人等退避一旁,又遣人去对那方面的人说:"请你们赶快把车子赶进来吧。这里另有一位客人借宿,但他是住在北面的,这南面空着。"薰大将的随从人等都穿便服,姿态并不堂皇,但从神色上看得出是高贵的人家,因此那方面的人有些狼狈,把马退避一旁表示谦让。那女车进入邸内,停在走廊西端。这山庄是新造的,帘子还未挂上,格子窗都关着。薰大将走进室中,就从南北两室中间隔着的纸门上的洞隙中偷窥。罩袍窸窣有声,他便把它脱去,只穿便袍和裙子。

车中人并不立刻下车,先叫人向老尼弁君探问情况:"听说有一位贵人住在这里,不知是谁。"薰大将刚才闻知车中是此人之后,就预先告诫众人:"决不可告诉他们我住在这里!"因此侍女们都会意,答道:"请小姐快快下车吧。这里原有一位客人,但他是住在那边的。"同乘的一个青年侍女先下了车,把车上的帘子揭起。这青年侍女不像那些随从人的乡村气,看上去很顺眼。又有一个年纪较大的侍女下车,对车中人说:"请快下车。"车中人答道:"这里似乎有人看见的。"这声音微弱而文雅。那年纪较大的侍女用老练的口气说:"您总是说这样的话。这里一向是关上窗子的。这种地方,哪里有人看见呢?"车中人便小心翼翼地走下车来。但见其人头面和身材都很小巧优雅,薰大将一看就回想起大女公子来。她用扇子遮住脸,薰大将看不见她的颜貌,很焦急。他一边注视着,一边心头扑通扑通地乱跳。车子很高,而下车的地方很低。两个侍女若无其事地跨了下来,但这位女主人下车时颇感困难,她东看西看,许久才下了车,立刻膝行进入室内去了。她身穿深红色裙子,外罩暗红面蓝里子的常礼服和浅绿色的小礼服。她室中的纸隔扇边立着一个四尺高的屏风。但薰大将窥探的那个洞隙位在高处,所以完全看得清楚。这位浮舟小姐担心邻室有人窥看,把脸向着那边,斜倚着躺在那里。两个侍女毫无疲劳之色,相与谈话:"小姐今天累得很了!木津川中的渡船,二月里水浅的时候很平稳,但今天水涨,的确很可怕。不过其实算得了什么呢!想想我们东国的旅行,这里哪有可怕的地方!"小姐一言不发,默默地躺着。她露出的手臂,圆肥可爱。此人全不像是身份低微的常陆守的女儿,实在是一位高贵的千金小姐。

薰大将站着窥看,渐渐腰痛起来。但是,为欲使那边不觉得此地有人,还是一动不动地站着。但见那青年侍女吃惊地说:"好香啊!这种香气太美妙了!大约是那老尼姑在薰香吧。"那老侍女说:"的确,这种香气真好闻啊!京里的人到底风雅时髦。我们夫人在这方面算是天下闻名的能手,但在东国调制不出这种香料。这里的老尼姑生活虽然极其简朴,服装倒很讲究,尽管是灰色的、青色的,样子也很漂亮呢。"她如此称赞弁君。此时那边廊下走进一个女童来,说道:"请吃些茶点。"便接连地送过几盘食物来。侍女把果物送到小姐身边,叫她起来:"请小姐吃些果物吧。"但小姐不起来吃。两个侍女就拿些果物,大约是栗子吧,喀啦喀啦地嚼着吃。薰大将听不惯这种声音,颇感不快,便离开洞隙,退后几步。但一离开就想念那人,立刻又走过去窥看。比这女子身份高贵的人,自明石皇后开始,相貌漂亮的、人品温良的,他至今见过很多。除非十分优越的,总不能牵惹他的心目。所以别人都批评他过分老实。然而只有此次,这女子并无何等特别优美之处,他却贪看得不肯离去,真是一种怪僻的心理。

老尼姑弁君想,薰大将处也得去探望一下,便走过去。薰大将的随从人等机敏地回报她道:"大人身体有些不适,此刻正在休息。"弁君想道:"他以前说过要找寻这个人,大约今天想乘此机会和她会面,所以在那里等待日暮吧。"她不知他正在洞隙里窥看呢。薰大将领地中庄院里的人,照例送些装盒子的食品来,弁君那里也有一份。弁君想请东国来的人们也吃些,以表示招待,便整理一下衣饰,来到客人室中。那老侍女所称赞的装束,果然非常整洁,相貌也很端正清秀。弁君开言道:"我道小姐昨天可到,等候了多时。为什么到今天这么晚的时候才来呢?"那老侍女答道:"我家小姐途中疲劳得很,昨天在木津川那边泊宿了一宵。今天早晨是否可以登程,也踌躇了好久,所以到得晚了。"便催小姐起身。小姐好容易坐了起来,看见了这老尼姑,觉得难为情,把脸转向一旁。从薰大将这边望去,正好看得清楚。但见她的眉目与垂发的确非常优雅。薰大将对已故的大女公子的相貌虽然不曾仔细端详过,但一见此人,便觉完全肖似,回忆前尘,不禁又掉下泪来。小姐对弁君答话,声音很轻,然而很像匂亲王夫人的声音。薰大将想道:"唉,多么可爱的人啊!世间有这等肖似的人,而我一向不知,实在太荒唐了。只要是与大女公子有关的人,即使身份比此人更低,倘如此酷肖乃姊,我也不会轻易放过。何况此人虽然不蒙八亲王认领,到底确是他的亲生女儿。"这样一想,便觉无限可爱,无限可喜。又想:"我恨不得现在就走到她面前,对她说道:'原来你还活在世间!'这才可慰我心。玄宗皇帝叫方士寻到了蓬莱岛上,只取得些钗钿回来[1],毕竟是不满意的吧。此人虽然不是大女公子本人,然而非常肖似,可慰我心。"大约他和此人宿缘甚深。老尼姑略谈一会,不久就告辞回内室去。两侍女闻到香气,弁君明知是薰大将在近处窥看之故。大约因此她不再多谈,就退出了。

日色渐暮,薰大将才离开洞隙,穿好衣服,照例召唤弁君到那纸隔扇边,向她探问情况。他说:"我来得正好,却是可喜。托你的事怎么样

---

〔1〕 杨贵妃的故事,见白居易《长恨歌》。

了?"老尼姑答道:"自从大人吩咐之后,我就静候适当机会。去年匆匆过去了。今年二月小姐赴初濑进香,道经此地,我始得和她见面。那时我就把大人的意思隐约告知她母亲。她母亲说:'叫她代替大女公子,实在是诚惶诚恐,不敢当的。'但那时候我闻知大人很忙[1],未便谈及此事,所以不曾把她这话转达。本月小姐又去进香,今日方才回来。她归途中到此泊宿,和我亲昵,也只是为了怀念旧日情缘之故。但此次她母亲有事未便同行,只有小姐一人出门,所以我没有告诉她大人在此。"薰大将说:"我也不愿叫乡下人看见我这便服微行的姿态,所以诚告随从人等不可说出。然而很难说,那些底下人未见得会隐瞒到底吧。今天该怎么办呢? 小姐一个人来,反而容易对付。你可向小姐传言:'我俩不期而遇,定有宿世深缘。'"弁君笑道:"真稀奇啊! 你们这宿缘是几时结成的呀?"接着又说:"那么,我就向小姐传言吧。"说着回到室内去了。薰大将自言自语地吟诗曰:

　　"好鸟似相识,鸣声亦惯听。

　　分开榛莽路,跋涉远来寻。"[2]

弁君就到浮舟室中去传言了。

_____

[1] 正在招驸马。
[2] 本文又名"貌鸟",即"好鸟",乃根据此诗。

第五十回　东　亭[1]

　　薰大将虽然有心攀登"筑波山",但倘强欲身入"丛林密"处[2],将被世人讥评为轻率,不当稳便。因此心生顾虑,并不直接写信给浮舟,只是叫老尼姑弁君屡次向她母亲中将君隐约表示求爱之意。浮舟的母亲认为薰大将不会真心恋爱她的女儿。只觉得承蒙这位贵人如此用心寻找,实甚荣幸。她想:"这是当代一等红人,我的女儿若得身份相当,可知好哩。"她满腹踌躇。

　　常陆守的子女,已故的前妻所生者甚多。这后妻也生了一位小姐,父母非常疼爱,以下还有年幼的,参差五六人。常陆守对这许多子女,个个悉心抚育,独有对后妻带来的浮舟漠不关心,视同他人。因此这位夫人常常怨恨常陆守无情。她日夜筹思,切望这女儿嫁得一个好丈夫,提高身份,脸上增光。浮舟的容貌丰采,如果和其他姐妹一样平平常常,那么做母亲的也何必为她如此煞费苦心地日夜筹思呢,只要把她同别的女儿一律看待就是了。可是这浮舟生得如花似玉,在诸姐妹中佼佼不群。因此母亲很可怜她,为她抱屈。

　　当地贵公子等闻得常陆守有许多女儿,来信求婚者甚多。前夫人所

---

　　〔1〕　本回继前回之后,写薰君二十六岁秋天之事。
　　〔2〕　古歌:"筑波山内丛林密,不阻真心欲入人。"见《新古今和歌集》。筑波山在常陆国。此文意思是说:虽欲寻访常陆守的养女,但真个向她求爱,有所未便。

生二三位小姐,都已选定相当女婿,婚嫁完毕。现在中将君也想替这前
夫所生的女儿找一个如意称心的女婿。她朝夕照管浮舟,对她无限疼
爱。常陆守出身并不微贱,他生于公卿之家,亲戚中也没有一个庸碌之
人。家中财产十分富厚,因此生活相当骄奢,住的是华厦广宇,用的是锦
衣玉食。只是在风雅方面有些缺憾,那性情异常粗暴,大有田舍翁习气。
大约是从小以来多年埋没在那远离京都的东国地方之故吧,惯说一口土
话,声音含糊不清。他最怕豪门势家,对他们敬而远之。万事十全其美,
只是缺乏雅趣,不谙琴笛之道而十分擅长弓箭。这原不过是普通地方官
人家,但因财力雄厚,所以优秀的青年女子都集中到他家来当侍女。她
们的装束非常华丽,有时合唱几个简易的歌曲,有时讲些故事,有时通夜
不眠地守庚申[1],做的都是粗浅庸俗的游戏。

　　恋慕浮舟的贵公子们闻知她家如此繁华,相与议论:"这姑娘定然
很可爱,相貌想必也很漂亮。"他们把她说成一个美人,大家醉心梦想。
其中有一人叫做左近少将的,年纪只有二十二三,性情温和,才学之丰
富乃众所周知。然而,恐是由于缺乏豪华时髦之相的缘故吧,以前往来
的几个女子都和他断绝关系了。现在他非常诚恳地来向浮舟求婚。浮
舟的母亲想道:"在许多求婚者之中,此人最为合格,性情温和,见识丰
富,人品也很高尚。境遇比他更好的高贵子弟,对于我们这种地方官人
家的女儿,即使是长得很美貌,恐怕也不会来追求吧。"因此常把左近少
将寄来的情书交付浮舟,每逢适当机会,便劝她写含有情趣的回信。这
母亲就自作主张选定了浮舟的女婿。她下决心:"常陆守虽然对她漠不

────────────

　　〔1〕　当时迷信:庚申日之夜如果睡了,便有一种虫,叫做三尸虫,上天去把这人的恶
事告诉天帝,对这人不利。因此大家不睡,通宵做游戏。

关心,我定要拚着性命提拔这女儿。看到了她的美貌,决不会有人怠慢她的。"便和左近少将约定:今年八月中结婚。一面准备妆奁,细微琐屑的玩具等物,也都求其式样特别精美。泥金画,螺钿嵌,凡是做工精巧、式样优美的器物,她都藏起来,留给浮舟作妆奁;而把那些粗劣的物品给常陆守看,对他说:"这是好的。"常陆守不大懂得好坏,不管这样那样,凡是女子的用品,越多越好地收购进来,陈列在亲生女儿房里,堆山塞海,人都几乎走不出来。他又向宫中的内教坊聘请琴和琵琶的教师,来教女儿学习。每逢教会一曲,他不论站着或坐着,就向教师膜拜,又喧哗扰攘地命人取出许多礼物来犒赏教师,使得教师的身体几乎埋藏在礼物中。有时教习华丽的大曲,于暮色清幽之时由教师与学生合奏,这常陆守听了也深受感动,泪流不止,胡乱地赞赏一番。浮舟的母亲略有审美修养,看到这种情状,觉得非常粗蠢,从来不跟着丈夫赞赏。丈夫常常恨她,对她说道:"你看不起我的女儿!"

　　且说那左近少将等候八月佳期,颇不耐烦,央人来催促:"既蒙金诺,何不提早结婚?"浮舟的母亲思量:要她一人独力提前准备,颇有困难之处;而对方人心究竟如何,也有些儿担心。当初说合的媒人来到之时,她便请他进来,对他说道:"关于这女儿的婚事,可虑之处甚多。以前蒙你作伐,我也考虑了很久。只因对方不是寻常之人,辱承青睐,未便违命,终于遵命订约。但此女实系无父之儿,靠我一人抚育成人,深恐教养不周,受人非难,这是我早就担心的。舍下原有许多青年女儿,但都有父亲照顾,自当听其做主,不须由我操心。只有这女儿,我深恐自己世寿无常,不免痛切关怀。久闻少将乃知情达理之人,因此忘怀一切顾虑,将她许配。但倘出乎意料之外,日后对方忽然变心,那时我们就成了世人的笑柄,真乃可悲之事了。"

　　这媒人就来到左近少将处,把常陆守夫人这一番话如实转达。少将勃然变色,对他说道:"我一向不知道这不是常陆守的亲生女儿呢!虽然同是他家的人,但外人闻知她是前夫所生,势必看轻。我在他家出入,也没面子。你没有打听清楚,岂可向我谎报!"媒人受了委屈,答道:"他家详细情况,我原是不知道的。只因我的妹妹在他家当差,知道内情,我才把您的意思向他们传达。我知道他家许多女儿之中,这浮舟小姐最宠爱,就确信她是常陆守的亲生女儿。我从来不曾听说他家养着别人所生的女儿,也不曾问过呢。我只听说:这位浮舟小姐德容兼备,母亲异常怜爱,悉心教养,希望她嫁个德才兼优的丈夫。那时您来问我:'有没有人可以替我向常陆守家说亲?'我告诉您:'我与他家有此关系。'就替您去做媒。您说我谎报,我决不能担当这罪名。"此人脾气很大,又能言善辩,其答语如此。左近少将也毫不客气地说:"老实说,当地方官的女婿,外人看来不是很有面子的事。虽说现世通行如此,不须计较,只要岳父岳母看得起,其他缺憾都可抵消,然而实际上即使把前夫所生的女儿当亲生女儿一样看待,外人看来总以为我是贪他的财产而讨好他。源少纳言和赞歧守[1]都得意扬扬地出入其家。只有我却一点也得不到常陆守的眷顾而参与其列,实在太没面子了。"这媒人性情卑鄙,爱讨好人,觉得这头亲事说不成功很可惜,对双方都不利,便对左近少将说:"您倘真要娶得常陆守的女儿,还有一个年纪虽然还小,我可替您去说说看。这是现在这位夫人所生的次女,人都尊称她为'公主',常陆守非常疼爱她。"左近少将说道:"呀!回掉了当初追求的人而要求调换另一个人,不像话吧!不过,我向他家求婚的本意,原是为了这位常陆守德隆望重,是个忠

────────────

〔1〕　此二人是常陆守的亲生女儿的夫婿。

厚长者,希望他做我的靠山。我抱着这目的,方始向他家女儿求婚。我并非只要一个相貌漂亮的女子就行。如果我只要一个品貌兼优的女子,那么容易得很,要几个都有。我往往看到:家道贫寒、生活拮据而酷爱风雅的人,其结果总是弄得困窘潦倒,为世人所不齿。所以我总希望度送安稳富足的生涯,略受世人讥评也无所谓。你就去向常陆守说说看吧。如果他有许可之意,就照你的办法亦无不可。”

　　这媒人的妹妹,是在常陆守家西所——即浮舟房中——当差的。以前左近少将给浮舟的情书,都由此女传送。但媒人自己其实不曾见过常陆守。这一天他贸然地来到常陆守的居处,央人通报:“有事要见主人。”常陆守冷淡地说:“我曾听说此人常在这里出入,但我并未召他前来,今天他有什么事?”媒人央人代答:“是左近少将大人派我来拜见的。”常陆守便和他会面。媒人显出不好意思开口的样子,膝行到常陆守近旁,说道:“月前少将有信给夫人,向小姐求婚,已蒙许诺,约定于本月内结婚。少将已选定吉日,盼望早日成礼。岂料有人对少将说:‘这位小姐虽然确是夫人所生,但不是常陆守的亲生女儿。你这贵公子攀这门亲,世人闻知了会说你讨好常陆守呢。大凡贵公子当地方官的女婿,总是希望岳父像对家中主君一般尊重他,像掌上明珠一般爱护他,万事关怀照拂。抱这目的而去当地方官女婿的人,原是有的。如今你所娶的不是常陆守的亲生女儿,则上述的希望怕谈不到了。岳父不把你当作女婿,对你的待遇比对别的女婿疏慢,在你实在是犯不着的。’有很多人常常这样非难他,此刻少将困窘得很。他当初原是看中大人威望显赫,家道隆盛,可作他的靠山,这才提出求婚的,却并不知道这位小姐是别人所生。因此他对我说:‘据说此外年纪尚幼的小姐甚多,倘蒙许诺一人,得偿凤愿,实甚欣幸。你就替我去探探口气吧。’”

　　常陆守答道:"少将有这意思,我实不曾详悉。对于这个女儿,我实在应当同别的女儿一样看待。然而家里庸碌的子女甚多,我身能力有限,一一照顾,势难周到。其间夫人就多心起来,说我歧视此女,把她当作外人。因此关于此女之事,都不容我插嘴。少将求婚之事,我也略有所闻。但对我如此看重,我却一向不知。他要和我攀亲,我实不胜欣幸。我有一个非常疼爱的女儿。在许多女儿之中,我最爱此人,情愿为她舍命。曾有数人前来求婚,但我观今世之人性行浮薄,深恐早为定亲,反而使她受苦,因此概不答应。正在日夜筹思,总想找个稳重可靠的女婿。讲起这位少将,我年轻时曾在他老太爷大将大人麾下供职。那时我以家臣身份拜见这位少将,觉得真是一个英俊少年,私心倾慕,情愿为他服务。但因后来远赴外地任职,多年不返,遂致日渐生疏,久未登门拜访。今闻少将有此志望,使我诚惶诚恐,不胜感激。所谈之事不成问题。只是改变了少将原来的计划,生怕夫人怀恨,如是奈何?"这番话说得非常周详。媒人看见大事已定,不胜欣喜,说道:"此事不须担心。少将只指望您一人许诺。他说:'即使年齿尚幼,只要是亲生父母所疼爱的,便符合我的本意。只是勉强追随,迹近谄媚,则非我所愿。'这位少将人品高贵,声望优越。虽是青年贵公子,全无骄奢淫逸之气,却是深通人情世故。领地庄园甚多,到处皆是。目下虽然收入尚少,然而自有优裕的家世,远胜于暴富得势的寻常人。他来年一定晋爵四位。此次升任天皇侍从长无疑,这是今上亲口说的。今上说道:'这朝臣富有才能,全无缺陷,何以至今尚无妻室? 应即选定一岳丈作为后援人才是。此人不日即可升至公卿之位,有我在此,可保无虞。'皇上身旁一切事务,均由这少将一人承办。只因此君性情非常机警,故能担当重大任务。如此难得的乘龙佳婿,自动先来求婚,大人务须从速定夺才好。因为少将府上,欲得他为婿而前来说亲的人甚多,这里如果犹豫不决,他就向别处定亲了。我是专为贵府利益而前来说亲的。"此人信口开河,说了一大套甜言蜜语。常陆守原是个非常鄙俗的田舍翁,满面笑容地听他说罢,然后答道:"目下收入尚少之话,全然不须谈及。只要我生存在世,一定全力照顾,不要说捧在掌上,捧到头顶上我也乐意,哪里会叫他感到缺乏呢?即使我中途死去,不能照顾到底,我所留下来的宝物和各处领地庄园,全归此女所有,无人敢来争夺。我家虽有许多子女,但此女从小就是我所特别疼爱的。但得少将真心爱护她,即使他要使尽珍珠宝贝去求取大臣之位,我也能供应无缺。当今皇上如此看得起他,我做他的后援人可保无虑了。这件亲事,为少将计,为小女计,都是幸福之事。你说对么?"媒人听见常陆守说得兴高采烈,非常欢喜,也不把此事告诉他妹妹,也不到浮舟母女处告辞,立刻赴少将邸内去了。

媒人觉得常陆守这一番话实在诚恳可喜,便如实转告左近少将。少将觉得有些鄙俗,然而并不讨厌,微笑着听媒人讲。听到"使尽珍珠宝贝去求取大臣之位"的话,觉得太过分了,有些刺耳。他听完之后踌躇起来,说道:"那么你有没有把这情况告诉夫人?她对此事一向非常热心,如今我背了约,深恐有人讥评我反复无常、蛮不讲理,如是奈何?"媒人说:"这又何妨!现在这位小姐,也是夫人非常疼爱、悉心抚育成人的。只因浮舟小姐在姐妹中年龄最长,夫人担心她的婚事,因此首先将她许嫁。"少将也曾想到:"这浮舟向来是夫人非常关怀的爱女。今我突然变卦,毋乃不可?"但他又想:"让她暂时恨我无情吧,让世人讥讽我几句吧,我自己的前程幸福毕竟第一。"这左近少将的打算真是极度精明的。他如此变计之后,结婚日子也不调换,就在原来约定的一天晚上和浮舟的妹妹成婚了。

且说常陆守夫人正在悄悄地准备一切事宜:叫众侍女一律改穿新

装,把房间装饰得焕然一新;叫浮舟洗头,整理服装,打扮得非常美丽,令人觉得即使嫁给像少将这样身份的人也是可惜的。夫人仔细寻思:"这孩子真可怜啊!假使她父亲当年收留了她,让她在自己身边长大,那么即使父亲死了,薰大将所说的事,——虽然很不敢当,——我怎么会不答应呢?可是现在,只有我们自己知道她出身高贵,外人都不把她看做常陆守的亲生女儿。知道实情的人,反而为了当初八亲王不肯收留而看轻她。思量起来,实甚可悲!"又想:"事已如此,无可奈何了。女子过了盛年不嫁,终非所宜。这少将出身不算贱,人品也还好,如此诚恳求婚,我就许了他吧。"她一心打定了主意。这是由于那个媒人花言巧语,妇女们更易轻信,因此上了他的当。

夫人想起婚期就在眼前,便心绪不宁,手忙脚乱。她不能安心坐定在女儿房中,只管忙忙碌碌地东奔西走。常陆守从外面进来,对她滔滔不绝地讲了一大篇话,他说:"你瞒着我,想把恋慕我女儿的人夺走,真是不通道理,浅薄之极了!须知你那位高贵亲王家的小姐,贵公子们是不要的!而我们这种不成样子的下贱人家的女儿,他们倒是要追求的呢!你虽然用尽心计,可是对方全然无意,却看中了另外一人。既然如此,我就对他说'悉听尊便',答应了他。"常陆守性情粗暴,全不替对方着想,任意乱讲。夫人大吃一惊,一句话也不说,只觉得世间可悲之事接踵而来,眼泪即将夺眶而出,立刻返身入内。她走到浮舟房中,看见她相貌异常娇艳,想道:"无论如何,她的相貌决不比别人坏。"心中稍稍安慰,就和乳母二人谈话:"人心如此浅薄,实甚可悲!我自知对于女儿个个都要一视同仁,惟有对这孩子的女婿,我特别关切,为他舍命也情愿。岂知此人为了她没有父亲而欺负她,舍弃了这长姐而改娶尚未成年的幼妹,哪有这种道理?我不忍看到又听到亲近人之中有这等可悲的事情。常陆守却

看做极有面子的事,连忙答应下来,大肆宣扬,这两人倒是志同道合的一
对翁婿。我决定今后对此事绝不插嘴,想暂时离开这里,到别处去住几
时才好。"说着悲叹不已。乳母也很愤慨,痛恨他们欺负自家的小姐。她
说:"怕什么呢? 断绝了这门亲事,多半是我家小姐的造化。这少将的心
地如此卑鄙,恐怕小姐这般花容月貌他也不会赏识吧。我家小姐应该嫁
个知情达理、博学多才的郎君。那薰大将大人的容貌风采,我上次隐约
窥见,真漂亮啊,叫人看了寿命也可延长呢! 他如此真心爱慕小姐,夫人
还不如听天由命,把小姐许给了他吧。"夫人说道:"唉,不要做这梦吧!
我听人说:这位薰大将多年来决心不娶寻常女子。夕雾左大将、红梅按
察大纳言、蜻蛉式部卿亲王[1]等,都非常诚恳地要把女儿嫁给他,但他
一概谢绝,终于娶得了皇上所最宠爱的二公主。怎样十全无缺的美女,
才能博得他真心的爱呢? 我只想送小姐到薰大将的母亲三公主那里去
当差,让她常常和大将见面。然而,三条院地方虽好,与人争宠毕竟也很
没趣。匂亲王的夫人,世人都说她十分幸福,然而近来也遭到了忧患。
如此看来,无论如何,只有不生二心的男子,才是体面而可靠的。只要看
我自身,就可明白:已故的八亲王,人物原也风流潇洒,高尚优雅,然而不
把我当作人看,真使我伤心啊! 现在这常陆守呢,虽然无才无德,粗俗不
堪,但是专志守一,从无二心,因此我得安心度送年月。有时他脾气暴
躁,不讲情理,原也是讨厌的。然而大家并不真心痛恨,遇有不称心处,
互相争吵一番,过后也就无事。公卿大夫、皇亲国戚人家,虽然荣华富
贵,但我们这种身份低微的人,进去了也是徒然。无论何事,总须与自己
身份相称。如此想来,我家小姐前途实甚可悲。总得替她找个如意称心

---

〔1〕 蜻蛉亲王是桐壶帝之子,源氏之弟。

的女婿,不致受人讪笑才好。"

　　常陆守忙着准备次女的婚事,对夫人说:"你这里有许多漂亮的侍女,暂时借我一用吧。帐幕等物,这里也有新制的,但时间匆促,来不及拿到那边去换,干脆就借用这里的房间吧。"他就来到浮舟所居的西所,有时站着,有时坐着,喧哗扰攘地装饰房间。浮舟的房间本来布置得很美观,各处安排都很妥帖。他却自作聪明地搬进些屏风来,东一个西一个地摆得乱七八糟;又不三不四地加入一个橱和一个双层柜。常陆守如此策划,自鸣得意。夫人虽然觉得难看,但因决心不再插嘴,只是袖手旁观。于是浮舟只得迁居北所。常陆守对夫人说:"你的心我完全知道了。同是你所生的女孩,想不到你对这一个如此冷淡。算了吧,世间没有母亲的女儿并非没有!"白昼里,常陆守就同乳母两人替女儿打扮装饰。这女儿相貌也长得不坏,年纪大约十五六岁,身材矮小,体态圆肥。头发长得很美,和礼服一样长短,下端密密丛丛。常陆守觉得这头发很可爱,用手抚摩着,说道:"其实不一定要把企图娶别人的男子招为女婿。然而这位少将人品高贵,才华盖世,多多少少的人都想招他为婿。让给别人多可惜啊!"他受了那媒人的骗而说这话,真是个傻瓜!左近少将也听信媒人的话,知道常陆守如此殷勤看待,觉得万事都无缺陷,便不变更婚期,就在约定的那天晚上来入赘了。

　　浮舟的母亲和乳母觉得此事荒唐,卑鄙可厌。住在这里照管浮舟,也很乏味。母亲便写一封信给匂亲王夫人,信中说道:"无端相扰,乃放肆不恭之行。因此多时以来,未敢任意致书。今者,小女浮舟欲回避凶神[1],

---

　　〔1〕　时人迷信:某时某地有凶神,对某人不利,其人必须迁地回避。此处乃以此为借口。

拟暂时迁居他处。尊府隐蔽之处如有僻静之室可蒙赐借,不胜欣幸。我身愚陋无知,一手抚育此女,定多不周之处,因此痛苦之事甚多。可仰仗者,惟有尊处而已。"此信显然是和泪写成的,二女公子看了甚觉可怜。她想:"父亲生前不承认此人为女儿。现在父姐皆故,只留我一人在世,我擅自认她为妹,是否应该呢?但此人颠沛流离,艰难困苦,而我装作不知,置之不理,实在很不忍心。并无特异事故而姐妹东分西散,在亡人恐亦名誉攸关吧?"她心烦意乱,犹豫不决。浮舟的母亲也曾向二女公子的侍女大辅君诉苦,因此大辅君对二女公子说:"中将君写这信来,必有不得已之苦衷。小姐复信不可冷淡,叫她难受。姐妹之中有庶出之人,乃世间常见之事。万不可过分疏远于她。"二女公子便复信道:"既蒙见嘱,舍间西面有僻静之室可以让出。惟设备十分简陋,倘蒙不嫌弃,即请暂时来住可也。"中将君得信不胜欣喜,就决定悄悄地带浮舟前往。浮舟本来想亲近这位异母姐,此次婚事的变卦反而使她获得了机会,因此也很高兴。

常陆守一心想要隆重招待左近少将,但他不懂得如何可以办得休面阔绰,只管将东国土产的粗劣的绢一卷一卷地大量抛出,犒赏从人。又搬出许多食物来,到处摆满,大声呼唤,叫大家来吃。那些仆从都认为这招待真客气!少将也很得意,认为攀这门亲真乃英明之见。夫人觉得在这兴头上离家而去,一切不管,似乎太乖戾了,因此暂时忍耐,一任常陆守作为,自己冷眼旁观。常陆守奔忙策划:这里作为新婚的坐起间,那里作为随从人的住处。他家屋子原很宽敞,然而东所被前妻所生女儿的夫婿源少纳言占住。他家又有许多男子,因此没有空屋。浮舟的房间已给新婚占住,就叫浮舟住在走廊末端的屋子里。夫人颇感不满,觉得浮舟太委屈了,再三考虑的结果,才提出向二女公子请求借住。夫人想起:浮

舟没有体面的后援人,以致被人欺负。因此不管二女公子不曾正式承认
这妹妹,定要把她送来。带来的只有乳母一人、青年侍女二三人,住在西
厢北面人迹罕到的房间里。母夫人也陪同前来,特向二女公子问候。虽
然多年以来音信隔绝,但毕竟不是陌生人。二女公子和她们会面并不含
羞。常陆守夫人觉得这二女公子真乃有福之贵人,看到她照料小公子的
模样,又是羡慕,又是悲伤。她想:"我是已故八亲王夫人的侄女,也是至
亲至戚。只因身为侍女,生下的女儿就不能参与姐妹之列,以致处境困
苦,如此受人欺负。"这样一想,便觉今天强来亲近,亦甚乏味。此时二条
院方向不利,无人前来访问,因此母夫人也在这里住了二三天。此次她
方始可从容地看看这里的光景。

　　有一天,匂亲王回来了。常陆守夫人很想看看,便从缝隙中窥探,但
见匂亲王容姿异常清丽,犹如刚才摘下来的一枝樱花。有几个四位、五
位的殿上人跪在他面前伺候。这些殿上人,比较起虽然粗暴可恨而是她
所真心信赖的丈夫常陆守来,风采、容貌和人品都优秀得多。一群家臣
一一向他申报各种事务。又有许多年轻的五位官员,她都不认识。她的
继子式部丞兼藏人的,当了宫中的御使,也来参见。她看了这位威势显
赫、令人不敢迫近的匂亲王的神情,想道:"唉,何等英俊的人物啊! 嫁得
这个丈夫的人真好福气! 我不曾拜见他时,设想此人虽然高贵,但爱情
不专,怀有二心,二女公子定多痛苦。现在想来,这种推测太浅薄了。我
看匂亲王的容姿,觉得倘能做他的妻室,即使只能像织女星那样一年和
他相逢一度,也是莫大的幸福啊!"此时但见匂亲王抱着小公子,正在逗
他玩乐;二女公子隔着短屏坐着。匂亲王推开短屏,和她对面谈话。两
人容貌都很艳丽,真乃一对璧人! 回想起已故八亲王的寒酸之姿,两相
比较,觉得虽然同是亲王,实有天壤之别。后来匂亲王进帐中去了,小公

子就同青年侍女和乳母游戏。许多人前来请安,但匂亲王命人传言心情不佳,概不接见,一直睡到了日暮。这一天饮食也在这里进用。浮舟的母亲看了这种光景,想道:"此间万事气象高贵,迥异寻常。看了这种光景之后,便觉自己家里虽然力求豪华,但因人品低劣,毕竟粗率可怜。只有我的浮舟,倘能匹配此种高贵人物,毫无不称之处。常陆守凭仗他那丰厚的财力,一心想把他的几个亲生女儿捧得皇后一般高。这些女儿虽然同是我腹中生下来的,然而浮舟比她们优越得多。如此想来,今后关于浮舟的前程,不可不抱高远的志望了。"她通夜不眠地打算将来之事。

　　匂亲王睡到日高方才起身。他说:"母后又是身体不适,今天我要入宫请安。"便准备装束。浮舟的母亲又想看看,再从隙缝中窥探。但见匂亲王穿上华丽的大礼服,容姿又是高贵,又是娇艳,又是清秀,无人可与比拟。他还舍不得小公子,只管同他玩耍。后来吃过粥和饭团,便起身出门。今天早上来了些人员,正在侍从室中等候,此时都上前来,向匂亲王报告。其中有一人,自己确已用心打扮,然而毫无可观之处,面目猥琐可憎,身上穿着常礼服,腰间挂着佩刀。此人走到匂亲王面前,益觉相形见绌。便有两个侍女相与私语,一人说:"这便是那常陆守的新女婿左近少将呀。起初定的亲是住在这里的浮舟小姐,后来他说要娶得常陆守的亲生女儿,才肯真心爱护,于是改娶了一个幼小的女童。"又一人说:"可是,浮舟小姐带来的人绝不谈起此事;都是常陆守方面的人在谈论呢。"她们都没有防到浮舟的母亲听见。浮舟的母亲听见侍女们如此议论,气得要命。回思自己以前把少将当作好男子,真是上当!原来他是一个毫不足取的庸人。她就更加看不起他了。此时小公子匍匐而出,从帘子一端向外窥探。匂亲王瞥见了,又回转身,走近帘前,对二女公子说:"母后如果身体好了,我立刻就回来。如果还不见愈,我今夜就得在宫中值宿。

近来和你分别一夜就不自在,真难受呢!"他暂时抚慰小公子一番,便出门去。浮舟的母亲偷看他的容姿,觉得异常艳丽,反复百遍也看不厌。他出去之后,这里顿觉岑寂了。

她就来到二女公子房中,极口称赞匂亲王不置。二女公子觉得此人有些乡下人气,笑着听她讲。她对二女公子言道:"当年夫人逝世之时,您还幼小得很呢〔1〕。亲王和身边的人都忧愁叹息,担心您的前途如何是好。全靠您宿世命好,在那山乡的怀抱之中也能顺利地长大成人。可惜的是大小姐早年夭折,真乃遗憾之事!"说罢流下泪来。二女公子也啜泣了,答道:"人生于世,常有可恨可悲之事。但念自己犹能长生在世,有时亦可稍稍慰情。我所依靠的父母先我而死,原是世之常例。尤其是母亲,我连面貌也不知道,故悲哀之情也有限度。惟有姐姐夭折,使我非常伤心,永远不能忘怀。薰大将为她悲伤,千方百计也无法慰藉,足见此君富于深情,使我更加悼惜不已了。"中将君说:"薰大将招了驸马,皇帝恩宠之深厚世无其例,想必骄矜满志了。如果大小姐在世,恐怕也不能阻止他当驸马吧。"二女公子说:"这也难说。如果这样,我姐妹两人同样命运,更加惹人耻笑,倒不如早点死了的好。人早死了受人悼念,原是世之常情。可是这薰大将不知何故,异乎寻常地永不忘怀,连父亲死后的超荐功德等事也深切关怀,热心照顾呢。"她们谈得很亲切。

中将君又说:"他甚至对老尼姑弁君说,要找寻这个微不足数的浮舟去赡养,作为大小姐的替身呢。此事我当然不敢妄想,但这也是为了'一枝紫草'〔2〕的缘故,虽然万不敢当,其深切关怀之情甚可感激。"就乘便

〔1〕　八亲王夫人生了二女公子,即患产病而死。
〔2〕　古歌:"一枝紫草生原野,遍地闲花尽有情。"见《古今和歌集》。紫草比大女公子,闲花比浮舟也。

谈到她为浮舟操心之苦痛,说时声泪俱下。关于左近少将欺负浮舟之事,既然外人都已知道,她也约略向二女公子谈及,但不甚详细。她说:"只要我活在世间,怕什么呢!我可和她相伴,互相慰藉而共度岁月。所可虑者,我死之后,她遭逢意外之灾,弄得颠沛流离,那真是可悲的了。因此我在忧愁苦闷之时,不免想起:索性让她当了尼姑,闭居深山,专修佛法,从此断绝尘缘吧。"二女公子说:"你的处境确是困苦。然而无可奈何。受人欺侮,是我们这种孤儿份内之事呀!不过闭居深山,毕竟不是办法。像我,本已决心遵照父亲遗嘱,断绝尘缘,然而也会遭逢这种意外之变,在这里随俗沉浮。何况这浮舟妹妹,哪里做得到呢?花朵一般的人,穿了尼僧服装多可惜啊!"这是老成持重之言,中将君听了非常欣喜。这中将君年纪虽已不小,但因出身高贵,气度仍很优雅。只是身体过分肥胖,俨然是一位常陆守夫人。她说:"已故八亲王无情无义,不认浮舟为女儿,使得她脸上无光,受人怠慢。现在能和您通问见面,往日的苦恨也消释了。"就对她罄谈过去多年来在外地的生活,也谈到陆奥地方浮岛的美景。她说:"我在筑波山下的生涯,真所谓'惟我一身多苦患'[1],无人可与共话。今天我才得把这情况向您罄诉了。我很想永远住在您身旁。只是那边还有许多讨厌的孩子,不知何等喧哗扰攘地在寻找母亲,故我长久躲在这里毕竟是不放心的。我沦落为地方官的妻子,常痛惜自身命苦,不愿叫浮舟蹈我覆辙。所以想把这孩子托付与您,听凭您处置,我概不闻问。"二女公子听了她这番愁诉,也觉得不忍叫浮舟受苦。浮舟原也生得品貌兼优,无可指摘。腼腆含羞,但不十分做作;像孩子一般天真,却又很有见识。她见了二女公子的贴身侍女,也巧妙地躲避。二女

---

〔1〕 古歌:"惟我一身多苦患,何须痛恨世间人?"见《拾遗集》。

公子忽然想道:"她说话时,语调也酷肖姐姐。我想叫找求姐姐雕像的那个人来看看呢。"

正在此时,侍女们报道:"薰大将来了!"便设置帷屏,准备迎客。浮舟的母亲说:"好,让我也拜见一下吧。难得窥见过一面的人,都说这位大将异常美貌。但我想来,总比不上匀亲王吧。"二女公子身边的侍女说:"照我们看来,谁比谁好很难说定。"二女公子说:"两人并坐之时,亲王显然相形见绌。分别看时,则孰优孰劣难于分别。相貌漂亮的人,往往盖倒别人,真讨厌呢。"众侍女都笑起来,答道:"然而亲王是比不输的!无论何等美貌的男子,总盖不倒我们的亲王。"外面报告:大将现已下车。但闻威风凛凛的前驱之声。薰大将并不立刻入内,众人等了好久,他才缓步而入。浮舟的母亲初看一眼,并不觉得艳丽。然而仔细看时,的确非常优雅、高尚而清秀。她不知不觉地感到自己鄙陋可耻,连忙整理额发,竭力装出斯文一脉、端庄无比的模样来。薰大将大约是从宫中退出的,故随从人员甚多。他对二女公子说:"昨夜我闻知皇后玉体欠安,因即入宫问讯。皇子们都不在侧,皇后颇感寂寞,因此我就代匀亲王侍奉,直到现在。匀亲王今晨入宫也很迟。我猜想是你不好,把他拖住了吧?"二女公子只是答道:"承蒙代理,此深情厚意诚可感谢!"大约薰大将是觑定匀亲王今夜值宿宫中,特选这一天来访的。他照例和二女公子亲切晤谈。动辄谈到永远难忘的故人,又说对世事更加厌恶。措词并不十分明显,只是隐隐地诉说愁情。二女公子推想:"经过了许多年月,为什么还是如此念念不忘呢?大约是他最初已经说出对姐姐爱慕甚深,故至今不肯表示忘怀吧。"然而他的神情显然非常伤心,言语愈说愈多,二女公子心非木石,自然深为感动。只是有许多恨二女公子无情的话,她听了非常讨厌,又很担心。为欲杜绝他这种野心,她就说出那个可以当作雕像的人来,隐约告诉他:"这个人最近悄悄地住在这里。"薰大将听了这话当然不会漠不关心,颇有些儿神往。但也并不觉得心情立刻由此移彼,说道:"呀! 这位本尊如果真能满足我的愿望,真是可尊敬的了! 但倘依旧常使我心烦恼,那就反而亵渎了名山胜地。"二女公子答道:"归根到底,是你的求道心太不虔诚了!"说着吃吃地笑。浮舟的母亲在偷听,也觉得好笑。薰大将说道:"那么就请你转达我的意思吧。但你如此热心推荐他人,使我回忆起旧事[1],颇有不祥之感呢。"说着又落下泪来。遂吟诗曰:

> "倘能代伊人,与我长相处,
>
> 可以作抚物[2],拂去相思苦。"

照例用戏谑的口吻来掩饰本意。二女公子答道:

> "抚物拂身后,投水不复问。
>
> 君言长相处,此语谁能信?

你是所谓'众手都来拉'[3]的纸币吧! 如此说来,我向你提出此人,是多

---

　〔1〕 指从前大女公子把二女公子推荐给他。

　〔2〕 "抚物"是祓禊时所用的纸人纸衣。祓终,以此拂拭身体后投入河中,意思是拂去灾殃。

　〔3〕 古歌:"众手都来拉纸币,我虽思取恐徒劳。"见《古今和歌集》。祓禊毕,大家拉过纸币来拂身,然后将纸币抛入河中。此处比喻爱薰君的女子甚多。

嘴了,对不起她呢。"薰大将说:"岂不闻'终当到浅滩'〔1〕么? 只是吾生渺茫,有如水泡。唉,我真像被你抛在河中的'抚物',叫我何以慰情呢?"天色渐暮,客人不走,二女公子讨厌起来,劝他早归,说道:"在此借宿的客人看了会诧怪的,今夜请你早些回去吧。"薰大将说:"那么,请你向客人转达,说这是我多年来的夙愿,决不是逢场作戏之类的浅薄行为。你切勿使我失望! 我平生不惯此道,遇事胆怯不前,实甚可笑呢。"如此叮嘱一番,就回去了。

浮舟的母亲极口赞美:"这大将相貌真美丽啊!"她想:"乳母往常突然想起这人时,就劝我把浮舟嫁给他。我总认为是荒唐之言,向不理睬。现在看到了他这相貌,觉得即使隔着银河,一年只逢一度,也情愿把女儿嫁给这光辉灿烂的牵牛星。我这女儿长得这般美貌,嫁给寻常人实甚可惜。只因在东国看惯了那些粗蛮的武士,以为那左近少将是优秀人物。"她自悔当时见识浅陋。薰大将所倚靠过的罗汉松木柱、所坐过的垫子,都染上了异常美妙的余香,说起来别人还道是故意夸张。连常常拜见他的侍女们,也没有一次不极口赞美。有的人说:"阅读佛经,知道种种殊胜功德之中,香气芬芳最为尊贵。佛菩萨说这话确是有道理的。《药王品》等经文中,言之更详,说有一种毛孔里出来的香气叫做'牛头旃檀'〔2〕。这名称虽然可怕,但确有其事,眼前这薰大将便是证据,可见佛说是真实的。这位薰大将想必从小就勤修佛法吧。"又有人说:"不知他前世积了多少功德呢。"她们众口交誉,浮舟的母亲听了不知不觉地面露

〔1〕 古歌:"争拉纸币人虽众,流去终当到浅滩。"见同上。这里引用此诗,意思是说:我所爱的,结果只有你。
〔2〕 《法华经》《药王品》中说:"若有人闻是药王菩萨本事品,能随喜赞善者,是人现世口中,常出青莲花香。身毛孔中,常出牛头旃檀之香。"

笑容。

　　二女公子把薰大将所说的话悄悄地告诉中将君,对她说道:"这薰大将性情固执,凡事一经决定,便不轻易变计。不过目前他新招驸马,这情况的确有些不利。但你既然要让她出家,就算是当了尼姑,还是试把她嫁给他吧。"中将君说:"我为欲使浮舟不遭苦患,不受人侮,所以打算叫她闭居在'不闻飞鸟声'〔1〕的深山中。但今天拜见了这位薰大将的容貌风采,连我这上了年纪的人也觉得若能依附在他身边,即使当奴仆也是福气。何况青年女子,看见了他一定倾心爱慕。然而我这女儿'身既不足数'〔2〕,会不会反而莳下了忧患的种子呢?原来做女子的,不论身份贵贱,为了男女之事,往往不但今世吃苦,到后世也还要受累。如此想来,这孩子实在可怜得很!然而一切请您做主。无论怎样,请您不要舍弃她!"二女公子颇感为难,叹息说道:"怎么办呢?就过去看来,这薰大将富有深情,很可信赖。但今后如何,难于预知了。"此外并不多说。

　　次日破晓,常陆守派车子来接夫人。随带一封信来,信中言词似甚愤慨,并有威胁之语。夫人含泪向二女公子恳求:"诚惶诚恐,万事拜托您了。这孩子还得暂时寄隐尊府。让她出家还是怎样,我犹豫未决。在这期间,虽然她是微不足数之身,也请您不要见弃,多多赐教。"浮舟不惯于离开母亲,心情郁抑。但因这二条院中环境新颖优美,又得暂时亲近这异母姐,所以心中还是欢欣。常陆守夫人的车子开出之时,天色已呈微明,恰巧匂亲王从宫中回家。他是为了记挂小公子,偷偷地从宫中退出的,所以不用平时出门排场,而乘简朴的车辆。常陆守夫人的车子和

---

　　〔1〕 古歌:"我心如深山,不闻飞鸟声。但望爱我者,能知我此心。"见《古今和歌集》。此处只引用前两句,与后两句无关。

　　〔2〕 古歌:"身既不足数,不要相思苦。岂知亦犹人,沾袖泪如雨。"见《后撰集》。

他相遇，立刻避开一旁。匀亲王的车子便来到廊下。他下车时望望那辆车子，问道："这是谁的车子，天没亮足就急忙离去？"他根据自己经验而推测，以为从情妇家里出来，才是这样偷偷摸摸的，这用心也太荒唐了。常陆守夫人的从者答道："是常陆守的贵夫人回去。"匀亲王随从人中有几个年轻人说道："称作'贵夫人'，好神气啊！"说得大家笑起来。常陆守夫人听见了，想起自己身份的确低微，不胜悲伤。正因为她专心关念浮舟之事，所以希望自己身份也高贵些才好。何况浮舟本人，如果嫁了一个身份低微的丈夫，她更将悲伤不堪呢。

匀亲王走进室内，对二女公子说："有一个叫做常陆守夫人的人，和这里有来往么？在这晓色苍茫的时候匆匆乘车出门，那车副等人非常神气呢。"口气中仍然表示疑虑。二女公子听了觉得难受，颇感痛苦，答道："这个人是大辅君年轻时的朋友，又不是什么了不起人物，你何必大惊小怪呢！你只管疑神疑鬼，说这种难听的话。'但请勿诬蔑'〔1〕吧！"说着背转了身，姿态娇美可爱。这一晚匀亲王睡得好，不知东方之既白。许多人来访问，他才走出正殿来。原来明石皇后并无大病，今已痊愈，因此诸人皆甚快慰。夕雾左大臣家几位公子相与赛棋，又作掩韵游戏。

傍晚时分，匀亲王来到二女公子室中。二女公子正在里面洗发，众侍女各在自己房中休息，室中空无一人。匀亲王呼一小女童来，叫她去对二女公子说："我回家时你偏偏洗发，叫人太难堪了。难道让我一人寂寞无聊么？"二女公子叫侍女大辅君出来对他说道："一向都是趁大人不在家时洗的。可是近来夫人异常疲劳，久不洗了。过了今天，本月内别

〔1〕　古歌："既蒙许相爱，何故又生疑？但请勿诬蔑，不妨将我遗。"见《后撰集》。

无吉日。而九月、十月都是不宜洗发的〔1〕,所以只得今天洗。"她表示抱歉。此时小公子正在睡觉,故侍女们都在那边。匀亲王百无聊赖,且向各处闲步。他看见西边的屋子那面有一个面孔陌生的女童,猜想这屋子里住着新来的侍女,便走近去窥探。他从中间的纸隔扇的隙缝里张望一下,但见里面离开纸隔扇一尺左右的地方立着屏风,屏风一端沿着帘子设置着帷屏。帷屏上的一条垂布揭起着,那里露出女子的袖口,里面衬的是紫菀色的华丽衣服,外面罩的是女郎花色衫子。有一个屏风折叠着,从这里窥探,里面的人并不觉得。他想:"这新来的侍女想必是很漂亮的吧。"便小心地拉开通向厢房的纸隔扇,悄悄地步入廊内,竟无一人得知。这里廊外的庭院里开着各种秋花,灿烂如锦。池塘一带的假石也饶有趣致。浮舟此时正躺在窗前欣赏此景。匀亲王把本来开着的纸隔扇再拉开些,从屏风的一端窥探。浮舟想不到是匀亲王,以为是常到这里来的侍女,便坐起身来,那姿态非常美妙。匀亲王原是好色之徒,此时岂肯放过,便拉住了浮舟的衣裾,又把刚才拉开的纸隔扇拉上,自己在纸隔扇和屏风之间坐下了。浮舟觉得奇怪,连忙以扇障面而向这边回顾,姿态又很美妙。匀亲王便握住她拿扇子的手,说道:"你是谁? 把名字告诉我!"浮舟害怕得很。匀亲王把脸朝着屏风,不让她看见,行动非常诡秘。因此浮舟猜量他是最近热心找寻她的薰大将;闻到一股香气,更确信是薰大将,便觉非常羞耻,不知如何是好。乳母听见里面情况异常,觉得奇怪,就推开那边的屏风,走进来看,说道:"这是怎么一回事? 真奇怪!"但匀亲王如同不闻,毫无顾忌。这虽是无聊之极的恶戏,但因此人

---

〔1〕 时人迷信,洗发须择吉日。每年正月、五月、九月是办佛事的,不宜洗发;十月叫做神无月,亦不宜洗发。

本性能说会道,所以这样那样地谈个不住,不觉天色已经全黑。匀亲王
对浮舟说:"你是谁?不把名字告诉我,我不放手。"便从容自在地躺下身
子。乳母这时候才知道是匀亲王,惊诧之极,一句话也说不出来。

　　那边点起灯笼,侍女们在叫:"夫人已经洗好头发,马上就出来了。"
除坐起间之外,别处的格子窗已经一扇扇地在那里关了。浮舟的房间离
正屋稍远,本来是不住人的,所以室中放着一组高架橱,各处墙上靠着许
多套在袋里的屏风,还有种种物件零乱地堆置着。浮舟来住之后,这里
便打开一面的纸隔扇,以便通向正屋。大辅君的女儿名叫右近的,也在
此地当侍女,此时她正在挨着次序关一扇扇格子窗,逐渐向这边靠近。
她叫道:"呀,暗得很啊!这里还没有上灯呢!辛辛苦苦老早就把格子窗
关上,暗得叫人发慌!"便重新把格子窗打开。匀亲王听见了,稍感狼狈。
乳母更加着急,但她原是个精明干练而无所顾忌的人,便对右近说道:
"喂喂,这里出了怪事,我弄得毫无办法,动手不得了!"右近说:"什么事
情呀?"便摸摸索索地走过来,看见一个穿衬衣的男子躺在浮舟身旁,又
闻到浓烈的香气,便知道是匀亲王又做得好事。她推量浮舟是不会答应
他的,便说道:"啊呀,这太不成样子了!叫我右近说什么好呢?赶快到
那边去,悄悄地把这事告诉夫人吧。"说过就去了。这里的侍女都觉得把
此事告诉夫人,太过分了。但匀亲王满不在乎。他想:"这是一个令人吃
惊的美人呢!不知到底是谁?从右近的口气听来,似乎不是一个新来的
普通侍女。"他莫名其妙,便问东问西,向浮舟缠绕不清。浮舟不胜其苦,
表面虽不表示愤怒之色,但心中又是羞耻,又是懊恼,只想寻条死路。匀
亲王便用软语温言抚慰她。

　　右近对二女公子说:"亲王如此如此……浮舟小姐真可怜,不知多么
痛苦呢!"二女公子说:"又是老毛病发作了!浮舟的母亲知道了定然诧

怪:认为这是多么轻率而荒唐的行为！她回去时还再三地说寄居在此很放心呢。"她觉得很对不起浮舟。然而她想:"有什么办法可以制止他呢？他是有这怪癖的人,侍女中稍有姿色的也不肯放过呢。但不知他怎么会知道浮舟在这里。"她懊恼之极,话也说不出来。右近和另一个叫做少将君的侍女议论:"今天来了许多王公大人,亲王陪他们在正殿里游戏。照往日规例,这些日子他总是很迟才回内室的。因此我们都放心地去休息了。岂知今天他进来特别早,以致发生此事,如今怎么好呢？那乳母真厉害,她一直守护着浮舟小姐,眼睛盯住亲王,几乎想把他赶出去呢!"

正在此时,宫中派使者来了,报道:"明石皇后今天傍晚忽然心痛,此刻病势甚重。"右近悄悄地对少将君说:"在这尴尬的时候生起病来,真不巧啊! 我去传达吧。"少将君说:"不要去吧,这时候你去传达,徒劳无益,太不知趣了。你不要过分打扰人家。"右近说:"不要紧,现在还没有成那事。"二女公子听见了,想道:"此人有此种恶习,说出去多难听啊! 稍具戒心的人,连我这里也不敢来了。"右近便去向匀亲王报告,把使者的话加以夸张。匀亲王听了不动声色,问道:"来的是谁？又要大惊小怪地来恐吓我了。"右近答道:"是皇后的侍臣,名叫平重经的。"匀亲王舍不得离开浮舟,竟不顾旁人耳目,一直呆在这里。右近只得出去,把使者叫到这西室前面来,向他探问情况。刚才传达使者的话的人也来了。使者报道:"中务亲王[1]也已入宫去了。中宫大夫刚刚动身,小人在路上遇见他的车驾的。"匀亲王想起皇后确是常常突然生病的,今天如果不去,深恐惹人非议,便向浮舟说了许多怨言,订了后会之期,然后离去。

浮舟犹如做了一个噩梦,汗流浃背地躺着。乳母替她打扇,说道:

---

[1] 中务亲王是匀亲王之弟。

"住在这种地方，万事都要当心，实在很不方便！今天已被他发现，来过一次，以后决不会有好事。啊呀，真可怕啊！尽管他是身份高贵的皇子，但名分上是姐夫，毕竟不成体统。不拘好坏，总得另选一个没有瓜葛的人才是。今天倘真的被他骗上，小姐名誉攸关，所以我装出降伏恶魔的神态，眼睛一直盯住他。他把我看做一个最讨厌的女仆，狠狠地拧我的手。这是下等人求爱的态度，实在可笑之极。今天我们家里，常陆守和夫人闹得很厉害呢！常陆守说：'你只照顾那一个，把我的女儿完全抛弃了。新女婿上门的日子，你故意出宿他处，成什么样子！'常陆守说得声势汹汹，连仆从们都听不惯，替夫人抱屈呢。都是那个左近少将不好，此人实在可恶。如果没有他这件事情，家里虽然常常小有争执，却并无大碍，多年来一直平安到如今了。"说着连声叹息。浮舟此时无暇考虑它事，只是悲伤这从未遭逢过的奇耻大辱，还要担心二女公子对此事如何想法。痛苦之极，只管俯伏着嘤嘤啜泣。乳母很可怜她，安慰她道："小姐何必如此伤心！没有母亲的人，孤苦无依，这才可悲呢。没有父亲而被世人看轻，原是遗憾之事，但倘有父亲而被不慈的继母所憎恶，还是没有父亲的好得多。总之，母亲定会替你安排，你切不可灰心。何况还有初濑的观世音菩萨呵护你，可怜你的身世而保佑你。像你这样不惯旅行的人，几次不惮跋涉而前往进香，菩萨定会答应你的祈愿而赐你幸福，使得向来侮蔑你的人又惊又愧。我们的小姐哪里会受世人耻笑呢！"她说得很乐观。

匀亲王匆忙出门。大约是贪近便，不走正门而走这里的门出去，因此浮舟房中也听得见说话声。但闻声音非常优美，吟咏着富有情趣的古歌而从这里经过。浮舟听了不由地感到讨厌。替换用的马拉了出来。匀亲王只带十余个值宿人员，进宫去了。

二女公子想起浮舟受了委屈,很可怜她,便装作不知此事,派人去对她说:"皇后患病,亲王进宫去探望了,今夜不回家来。我想是今天洗发之故,身体也不舒服,到现在还不曾睡。请你到这里来坐坐吧。想你也是寂寞无聊的。"浮舟叫乳母代答:"我心情不好,非常痛苦,想休息一下。"二女公子立刻又叫人来慰问:"心情怎样不好?"浮舟答道:"也说不出怎样不好,只觉得非常痛苦。"少将君和右近使个眼色,说道:"夫人心中定然非常难过呢!"这也是因为这妹妹非比别人,所以夫人特别关心。她想:"此事实甚遗憾,浮舟也太不幸了。薰大将屡次说起对她的恋慕之情,如果闻知此事,定会当她是个轻薄女子而看她不起。像亲王那样荒淫无度的人,有时会把毫无根据之事说得非常难听;反之,有时碰到确有几分荒谬之事,却又满不在乎。但薰大将不然,他口上虽不说出,而心中怀着怨恨,真是个善于隐忍而修养功深的人。浮舟身世飘零,又添上了一重不幸。多年以来,我从未和她相识会面,如今一见,觉得她的性情和容貌可爱而又可怜,教人不能抛舍。人生在世实在太艰辛,太痛苦了!就我自身境况而论,不称意之事虽然甚多,但可能和她同样遭逢不幸而终于不曾落魄,总算是有面子的。现在,只要那个讨厌的薰大将不再来缠绕我,乖乖地断绝了念头,我就更无可忧之事了。"她的头发很多,一时不易干燥,起居很不方便。她身穿一套白衣,窈窕可爱。

浮舟实在心绪恶劣得很。但乳母竭力怂恿她去,对她说道:"不去实在不好,会使夫人怀疑真有什么事情。你只要坦然地前去访问好了。至于右近等人,我会把这事从头叙述给她们听的。"她就走到二女公子的纸隔扇面前,叫道:"请右近姐姐出来,有话奉告!"右近就走出来。乳母对她说道:"我家小姐刚才遭逢了那件奇怪的事情,受惊之余,身体发热,实在痛苦得很,叫人看了十分可怜。请你带她到夫人那里,给她些安慰吧。

小姐自身毫无过失,叫她如此受惊,实甚冤枉! 若是略微懂得男女之道的人,还稍好些。可是我家小姐全不懂得,当然十分可怜。"她就扶起浮舟来,叫她去见二女公子。浮舟已经气得发昏,只觉得在人前怕羞。但因性情过分柔顺,就让她们推送到二女公子房中去坐下。她的额发沾着眼泪,湿得厉害,她就背向灯火,以便隐藏。在一向认为二女公子的美貌无以伦比的众侍女看来,浮舟的姿色也并不逊色,确有高尚的美质。当时只有右近和少将君两人在侧,浮舟要躲也躲不过。两人仔细端详她,想道:"亲王如果看上了这个人,定会闹出大事来。他生性爱新弃旧,只要是新的,即使姿色寻常的也要追求呢。"

　　二女公子亲切地和浮舟谈话,对她说道:"请你不要因为这里和你自己家里不同而局促不安。我们的大姐故世之后,我一直想念,无时或忘,实在不胜悲伤。我身又多苦恨,寂寞无聊地在世度日。现在看见你相貌酷肖大姐,觉得非常可亲,心中十分快慰。我身在世间更无亲人,你倘能用大姐那样的心情来爱我,我真是不胜欣幸了。"但浮舟因为惊魂未定,又因为犹有乡村鄙气,所以不知怎样回答才好。她只是说道:"多年以来常叹姐姐和我遥隔山川,现在能够拜见,心中喜慰万分。"说时声音非常娇嫩。二女公子拿出些画册来给她看,叫右近诵读画中的文字,两人一同欣赏。浮舟和二女公子相向而坐,不再怕羞,只管专心看画。二女公子细看她映着灯光的容貌,觉得毫无缺点可指,简直十全其美。那额角眼梢充满秀气,和大女公子完全相似。她看着浮舟,只管思念姐姐,更没心情看画册了。她想:"唉,这个人的相貌真可爱啊! 怎么会这样酷肖姐姐呢? 她又很肖似父亲。曾闻几个老侍女说:姐姐相貌像父亲,我相貌像母亲。面貌相似的人,看了怪可亲爱。"她拿浮舟来比拟父亲和姐姐,不禁流下泪来。又想:"姐姐的姿态无限端庄高贵,一方面又亲切和爱,有过分温柔优雅之感。这浮舟呢,想是举止还带稚气、万事小心翼翼之故吧,在艳丽这点上不及姐姐。此人倘能再添一些安详稳重之相,做薰大将的配偶也当之无愧了。"她用做姐姐的心情来替浮舟打算。

看罢画册,两人相与谈话,直到天色近晓之时方才就寝。二女公子叫浮舟睡在她身旁,和她谈父亲生前之事,以及多年来蛰居宇治山庄时情状,虽不从头至尾,却也漫谈了不少。浮舟非常想念亡父,可惜终于不得和他见面,不胜悲伤。知道昨夜之事的侍女中有一人说:"实际情况不知究竟怎样?这位美貌的小姐,夫人虽然异常怜爱,然而已被玷污,怜爱也徒然了,真可怜啊!"右近答道:"不,没有这回事。那乳母拉住了我,向我仔细诉说,听她说来确无此事。亲王出门时,口中也吟唱着'相逢犹似不相逢'〔1〕的古歌。但也难说,也许是故意吟唱此歌的吧?究竟如何,不得而知。不过昨夜灯光中细看这位小姐的神情,非常安详,不像是有过什么事情的。"她们悄悄地议论此事,都可怜这浮舟。

乳母向二条院借一辆车子,来到常陆守的邸内,把昨日之事从头至尾报告了夫人。夫人大为吃惊,心肝都摧折了。她想:"侍女们一定看不起我的女儿,在那里讥评了。亲王夫人又不知做何感想。争风吃醋之事,贵人也是一样的。"她推己及人,便觉焦灼万状,刻不能待,就在当天傍晚来到二条院。恰巧匀亲王不在家,可以放心。便对二女公子说道:"我把这幼稚无知的孩子寄托在府上,原是很可放心的。然而总是心挂两头,坐立不安。家里那些无知小儿也都在怪怨我呢。"二女公子答道:"并不像你所说那样幼稚。你不放心,神色仓皇地说这些话,倒教我不好

---

　　〔1〕古歌:"夏夜初眠天即晓,相逢犹似不相逢。"见《河海抄》。另一说不是此歌,此处所引古歌不详。

意思了。"说罢莞尔而笑。常陆守夫人看了她那安详稳静的神色,由于心中怀着鬼胎,局促不安起来。她不知道二女公子究竟如何想法,一时话也回答不出。后来说道:"能在这里侍奉小姐,多年来的愿望就满足了。外间说出去也好听,真是有面子的事。然而……毕竟还是有所顾虑。终不如照原来的打算,让她闭居在深山中修行,倒是最可放心的。"说到这里哭泣起来。二女公子也觉得可怜,对她说道:"在这里有什么不放心呢?如果我冷淡她,样样事情都不管她,那是自不必说了。……这里原有一个心地不良的人,常常会做出不成样子的事情来。然而大家都熟悉其人的脾气,处处用心提防,决不会让你女儿吃亏。不知道你对我是怎样猜想的。"常陆守夫人答道:"不不,我决不会疑心您冷淡。已故八亲王怕没面子,不肯认浮舟为女儿,这也不必再提了。但在另一方面,我和您原有不可分割的血统关系[1]。赖有这点缘分,我才敢把浮舟拜托您照顾。"这话说得非常恳切。最后又说:"明日和后日,是浮舟的严重的禁忌日,因此想带她到僻静的地方去闭居。改天再来拜望。"说罢便带着浮舟回去。二女公子觉得事出意外,不胜怅惘,但也不挽留她。常陆守夫人被昨天的怪事吓坏了,心绪不宁,匆匆告辞而去。

　　常陆守夫人曾在三条地方建造一所小小的宅院,作为回避凶神的地方。屋宇本来简陋,且又尚未竣工,因此设备装饰都不很周全。她带浮舟到这宅院内,对她说道:"可怜啊!我为了你一人,赢得种种烦恼!在这个事与愿违的世界里,我实在不想待下去了。如果只为我一人,即使降低身份,过着不像人的生活,我也会听天由命,闭居在一个角落里度日。……那位夫人,本来是不承认你为妹妹的。我们去亲近她,如果惹

　　〔1〕　中将君是二女公子的母亲的侄女,她俩是表姐妹。

出不成样子的事情来,将被世人耻笑。唉,真无聊啊! 这里房屋虽然简陋,但无人知道,你暂且躲藏在这里吧。我自会替你另图善策。"她吩咐之后,自己就准备回家。浮舟啼啼哭哭,设想此身在这世间何等命苦,便觉心灰意懒。她实在是怪可怜的,但母亲痛苦更甚,她觉得把女儿关在这里,委屈了她,实甚可惜。她总希望女儿平安无事地长成,如意称心地完姻。如今遭逢了那件可悲可恨之事,深恐被外人看做轻薄女子,甚可担心。这母亲并非不明事理的人,只是容易动怒,又略有些儿刚愎自用。其实不妨把浮舟隐藏在自己邸内。但她以为隐藏在自己家里会委屈浮舟,所以决定采取这办法。母女两人多年以来形影不离,朝夕相见,如今突然分居,彼此都不胜寂寞。母亲对女儿说:"这屋子还没有完全竣工,生怕有不谨慎之处,你必须小心在意。各处房间里的侍女都可叫来使唤。值宿人员虽然都已吩咐过了,还是很不放心。然而那边常陆守要生气,故我不得不回去,真痛苦啊!"母女两人挥泪而别。

常陆守为了款待新女婿左近少将,忙得不亦乐乎。他埋怨夫人,说她不肯和他同心协力,有损体面。夫人气得很,她想:"都是此人不好,惹起这许多纠纷。"她所最疼爱的女儿为此而遭受苦患,使她痛心疾首,因此全不把这女婿看在眼里。她回想前几天看见这少将在匂亲王面前,形容猥琐得不像一个人,因此十分看不起他,奉他为东床娇客的念头早已打消。但她想:"不知他在这里怎样,我还没有看见过他日常晏居时的模样呢。"就在有一天昼间,当少将闲居在家之时,走到他的房间旁边,向隙缝中窥探。但见他身穿柔软的白绫上衣,内衬鲜艳的研光淡红梅色衫子,正坐在窗前欣赏庭中花木。她觉得此人姿态也还清秀,并无拙劣之相。那女儿还很稚气,无心无思地靠在一旁。她回想匂亲王和二女公子并坐时的模样,觉得这一对夫妻毕竟逊色得多。少将和身边几个侍女谈

笑戏要起来。夫人细看他那随意不拘的姿态,觉得不像以前在二条院看
到时那样丑陋不堪入目。她疑心那天看到的是另外一个少将。正在此
时,忽闻少将说道:"兵部卿亲王〔1〕家里的萩花真是特别好看! 不知是
哪里来的种子。同是花枝,他家的格外艳丽。前天我到他家,想折取一
枝。但亲王正好要出门,我终于不曾折得。那时他还吟唱着'褪色萩花
犹堪惜'〔2〕之歌。我真想叫年轻的女子看看他那时的丰采呢!"说罢,他
自己也吟唱些诗歌。夫人在心中讥诮他:"算了吧! 我想想此人品性之
卑鄙,觉得不像个人;看看他在匂亲王面前时的丑陋,实在令人难堪。不
知他在吟唱什么诗歌。"然而看他此时模样,毕竟不是全不知趣的人。她
想试试他的才能,便命侍女传言,赠以诗曰:

　　　"小萩有护篱,清高意自得。

　　　绿叶逢霜露,何故即变色?"〔3〕

少将觉得对她不起,答曰:

　　　"早知萩是宫城种,

　　　决不分心向别花。〔4〕

愿得拜见尊颜,面陈衷曲。"夫人想见他已知道浮舟是八亲王血统,她就

---

〔1〕　即匂亲王。
〔2〕　古歌:"褪色萩花犹堪惜,何况繁露欲摧枝。"见《拾遗集》。
〔3〕　小萩比浮舟,绿叶比少将,霜露比浮舟之妹。
〔4〕　宫城野是产萩花有名的地方;暗示浮舟乃八亲王之女。

越发希望她和二女公子同样地嫁个身份高贵的人了。于是薰大将的姿态风貌不由地浮现在她眼前。她想:"匂亲王和薰大将一样俊美,然而我对此人一开始就断念了,不把他放在心上了。他欺侮浮舟,擅自闯入室中,想起了深可痛恨。薰大将有心追求浮舟,毕竟不曾唐突地启口,表面上若无其事,真是很难得的。我尚且常常想起他,何况青年女子,安得不恋恋于心?像少将这种可厌的人,如果当真做了浮舟的夫婿,真乃太没面子了。"她只管为浮舟之事操心担忧,有时想这样,有时想那样,千方百计为她考虑善策,但实行起来困难得很。因为她想:"薰大将看惯了二公主那样身份高贵的人,即使有品貌优于浮舟的女子,怕也不容易使他动心吧。我在世间见闻所及,人的容貌和品性的优劣,往往根据其人身份的高低而定。试看我的子女,常陆守所生的总赶不上八亲王所生的这个浮舟。又如这个少将,在常陆守邸内看来品貌优越无比,但和匂亲王一比较就相形见绌。由此盖可推量一切。薰大将已得当今皇上的爱女为妻,恐怕在他看来,浮舟粗陋可耻,毫无足取吧。"如此一想,不禁心灰意懒,茫然若失了。

浮舟住在三条的宅院里寂寞无聊,看看庭中花草,亦觉毫无意趣。往来出入的只有口操异样的东国方言的人。庭院中也没有可以赏心悦目的花卉。她在这枯燥无味的屋子里闷闷不乐地度送晨夕。回想二条院中二女公子的模样,这青年女子的心中不胜依恋。那个肆无忌惮的闯入者的模样,此时也浮现到她心头来。不知道他说些什么,但记得许许多多温存委婉的话。那身上的衣香,似乎到现在还留剩着。连可怕的情节也都回忆起来。有一天,母亲派人送一信来,殷勤慰问,挂念殊深。浮舟想起母亲如此苦心关怀,而自己却生不逢辰,不觉流下泪来。母亲信中有言:"吾儿独居定多不惯,不知心情何等寂寞?"浮舟的回信中说:"女儿在此并不寂寞,反觉安心。

> 但得远离浮世苦,
> 身心安乐永无愁。"

此诗尚有童稚之气,母亲看了泪如泉涌,想起这女儿如此命薄,弄得置身无所,实在可怜之极,答以诗云:

> "但得儿身交泰运,
> 虽非人世也甘心。"

母女二人常以此种浅率之诗歌互相赠答,借以慰心。

　　且说薰大将每届秋色渐深之时,似乎已成习惯,总是夜夜失眠,想念大女公子,不胜悲恸。宇治新建的佛寺恰好在此时落成,他就亲自前往察看。久不来访,但觉山中红叶特别可爱。拆毁了的山庄的基地上,今已另建新屋,备极华丽。想起已故八亲王所建原来的山庄简单朴素,犹似高僧的居处,不胜依恋,便觉新建的屋宇改变模样,甚是可惜。因此感慨之情比往日更深。原来的山庄中的装饰设备,并不全体一律,有一部分非常庄严,另一部分十分纤丽,宜于女眷居住。现在把竹编屏风等粗率的家具移送新建的佛寺中供僧众使用,这里另行新制山乡风味的器什,然而并不简陋,非常优美而富有趣致。薰大将坐在池塘旁边的岩石上留连观赏,一时不肯起立,即景赋诗云:

> "池塘清水依然满,

　　　不见亡人照影留。"

他把眼泪揩干,前往访问老尼姑弁君。弁君一见薰大将,悲从中来,几乎哭泣。薰大将就在门边坐下,把帘子的一端揭起,和她谈话。弁君隐身在帷屏背后对答。谈话中薰大将顺便说到浮舟:"听说那位小姐前几天来到匂亲王家里。我觉得不好意思,不曾向她开口。还是请你传达吧。"弁君答道:"前天她母亲来过信了。她们为了避凶,正在东奔西走。信中说道:'目前隐避在一简陋之小屋中,甚是可怜。如果宇治离京稍近,颇思托庇贵处,以求安心。然而山路崎岖,往来诚非易事。'"薰大将说:"大家都怕走这山路,只有我一向不惮烦劳,常常跋涉而来。这是何等深厚的宿缘,想起了感慨无量!"说到这里,照例流下泪来。又说:"那么,就请你写一封信,送到这无人注目的小屋中去吧。且慢,还是请你亲自去走一遭吧。"弁君答道:"要传达尊意,事甚容易。只是现在再要我到京都去,实在为难。我连二条院也不曾去过呢。"薰大将说:"你也何必如此!叫人送信,万一被人闻知,须不好看。即使是爱宕山中的高僧,也常因时制宜,下山进京去呢。打破自己清戒,成就他人夙愿,正是莫大功德。"弁君说:"可惜,'我身不积济人德'〔1〕呀!进京去干这种事,被人听到了闹笑话呢。"她不愿去。薰大将异常坚决地强请:"还是得你去一趟,此次正是绝好机会。后天我派车子来接你吧。你先把她寓居之所调查清楚。我决不胡行乱为,使你为难。"说着笑了起来。弁君不知道他有何意图,甚是担心。但念此人素无荒唐浅薄之行,一定顾惜外间声望,也决不会连累到她,便答道:"既然如此,只得遵命。她的寓所离尊处甚近。但请

────────────

〔1〕　古歌:"我身不积济人德,安得年高似古桥?"见《后撰集》。

您先去一信。不然,人家以为我自作聪明,多管闲事,当了尼姑还要做月下老人。这便太不成样了。"薰大将说:"写信很容易,只是恐怕惹起世人议论,以为'右大将爱上了常陆守的女儿'。况且那常陆守是个粗暴的人。"弁君笑起来,觉得此人很可怜。天色渐暗,薰大将告辞出门。他采了些花草,折了几枝红叶,将以奉赠二公主。他对二公主并不疏远,只因表示对皇女的敬意,故不十分亲昵。皇上对他,像臣民的父亲一般亲爱。对他母亲尼僧三公主也照顾周至。因此薰大将也奉二公主为高贵无极的正夫人,对她非常重视。他深蒙圣眷,又荣任驸马,而私下移爱他人,自心亦觉歉愧。

到了约定的日子,薰大将派一个心腹的下仆,陪着一个素不相识的放牛人,驱车到宇治去迎接弁君。他对下仆说:"到庄园里去挑选一个老实的人,叫他当警卫。"他前天早已和弁君约定,叫她必须进京,故弁君虽然很不乐意,也只得打扮一下,乘车出发。她看到山野的景色,想起古来种种诗歌,不胜感慨。不久车子来到了浮舟所居的三条宅院。这地方非常冷僻,不见人影。弁君很放心,叫车子进入院内,命引路人传言:"弁君奉薰大将之命前来叩访。"便有一个以前伴赴初濑进香的青年侍女出来迎接,扶弁君下车。浮舟住在这荒凉的屋子里,晨夕愁叹,不胜寂寞。闻得这个可与话旧的人来了,喜不自胜,立刻唤她到自己房中相见。她想起这人所服侍过的人是我的父亲,便觉异常可亲。弁君对她说道:"自从那天拜见小姐之后,私心仰慕,无时或忘。但老身早已出家为尼,与世长遗,故二条院二小姐处亦不曾前去拜访。惟此次薰大将再三嘱托,异常热心,因此只得勉强遵命,前来奉扰。"浮舟和乳母前日曾在二条院窥见薰大将丰采,不胜赞美。又曾听他说过时刻不忘浮舟,更深感激。却想不到如此突然地派人来访。

　　黄昏过后,有人轻轻地敲门,说是从宇治来的。弁君推想是薰大将的使者,便命人开门。但见一辆车子进入门内,她觉得奇怪。便有人来报告:"要拜访尼僧老太太。"而所提的却是宇治山庄附近庄园的经理人的姓名。弁君就膝行到门口来接见。此时天空洒着微雨,冷风吹入门内,带进妙不可言的香气来,方知是薰大将来了。这个优越的人物突然降临,而此地乱七八糟,毫无准备,使得大家心慌意乱,忙叫"怎么办呢!"薰大将叫弁君传言:"我想在这幽静的地方把近来思慕之苦心向小姐陈述一番。"浮舟狼狈不堪,不知如何作答。乳母着急了,说道:"大将特地来访,难道可以不招待他,叫他回去么? 派个人到常陆守邸内去悄悄地告知夫人吧。"弁君说道:"何必如此疏远呢! 年轻人互相谈谈,不会立刻亲密起来。况且这位大将性情异常温厚周谨,若非小姐心许,决不会任情而动。"此时雨势稍大,天空全黑,便有一个守夜的值宿人操着东国方言告道:"东南角上的土墙坍损了,很不谨慎。这位客人的车子倘是要进来的,赶快进来,把大门关上吧。这种客人的随从人都是糊里糊涂的。"薰大将听不惯这种口音,觉得刺耳难闻。他吟唱着"佐野谁家可庇身"[1]的古歌,就在那乡村风的檐下坐下了。吟诗曰:

　　　　"草长东亭门紧闭,
　　　　雨中等待已多时。"[2]

---

　　〔1〕 古歌:"漫天风雨行人苦,佐野谁家可庇身?"见《万叶集》。
　　〔2〕 本回题名据此诗。此诗根据催马乐《东屋》,其词曰:"(男)我在东屋檐下立,斜风细雨湿我裳。多谢我的好姐姐,快快开门接情郎。(女)此门无锁又无闩,一推便开无阻挡。请你自己推开门,我是你的好妻房。"

他举袖拂去身上的雨点,衣香随风四散,芬芳过分浓烈,使得那些东国的乡人也吃惊了吧。

此时万无理由可以谢绝会面,只得在南面厢房内设一客座,请薰大将入内。浮舟不肯立刻出来与他相见,众侍女勉强扶她出来,把拉门关上,略微留一条隙缝。薰大将看了不快,说道:"造这门的木匠真可恶!我从来不曾坐在这种门的外面呢。"不知怎么一来,他竟把门拉开,走进里面来了。他并不提及希望她代替大女公子的话,只是说:"前在宇治邂逅相遇,窥见芳容以来,相思相望直至今日。如此念念不忘,定有宿世深缘。"浮舟容姿原来就妍丽动人,薰大将觉得不失所望,对她无限怜爱。

不久天色渐明,鸡声报晓。此处地近大路,户外人声嘈杂。但闻叫卖之人成群来往,而听不懂所喊的是什么物名。薰大将想象:在这黎明时分,头上顶着货物而叫卖的商人,形容都像鬼怪。他从来不曾在这种蓬门草舍中宿过夜,觉得别有趣味。后来听见这里守夜的人开门出去,各自回室中去休息了,他就召唤随从人夫,把车子赶到边门口来,自己抱了浮舟登车。事出意外,这里的人不胜骇怪,喧吵起来:"现在是不宜结婚的九月里,这事情使不得啊!怎么办呢?"大家很着急。弁君也意想不到,很可怜浮舟;但她安慰众人,说道:"大将自有主意,大家不必担心。我知道明天才交九月的节气。"原来今天是十三日。弁君又对薰大将说:"今天我不能奉陪了。二小姐定会闻知此事。我若不去拜访,悄悄地来了就回去,太失礼了。"薰大将以为现在还早,立刻把此事告知二女公子,似觉难以为情,答道:"你以后再向她道歉吧。今天到那边去,如果没有人引导,很不方便。"他强要弁君同去。又说:"再带一个侍女去才好。"便选定浮舟身边一个名叫侍从的侍女,叫她和弁君同乘。乳母和弁君带来的女童,都留在这里,她们都弄得莫名其妙。

　　人们以为这车子将驱往附近某处,岂知一直向宇治去了。途中调换用的牛早已准备。经过川原,到了法性寺附近,天色方始大明。那个侍从偷窥薰大将的容姿,觉得俊美无比,不胜恋慕之情,便把世人对此事如何评议等事都忘记了。浮舟则因此事过分唐突,吓得神志昏迷,只管俯伏车中。薰大将对她说:"这一带地方路上石子高低不平,你觉得不舒服么?"便把她抱在膝上。车子前面遮着一件轻罗女袍〔1〕,鲜明的朝阳光辉射入车中,照得老尼姑弁君害羞。她想:"安得大小姐在世,让我伴她作此旅行! 可恨我身长生在世,遭逢此种意外之变。"她心中悲伤,努力隐忍,然而不知不觉地愁形于面,泪下沾襟。侍从看了颇感不快,想道:"这婆子真讨厌啊! 今天小姐新婚,车子里带个尼姑已经不吉祥了,为什么还要愁眉苦脸,啼啼哭哭呢!"她觉得此人可恨亦复可笑。原来侍从不知弁君心事,只当作老太婆爱哭。

　　薰大将觉得眼前这个人儿的确可爱。然而一路上眺望秋天景色,怀旧之情油然而生。入山愈深,愈觉泪眼模糊,有如身在雾中。他靠在车中沉思冥想,那衣袖长长地露在车外,与浮舟的衣袖相重叠。被川雾润湿之后,他的淡蓝色衣袖衬着浮舟的红色衣袖,色彩非常鲜艳。车子下急坡时,方始发现,才把衣袖收进。他在不知不觉之间赋得一诗,自言自语地吟道:

　　　　"愁对新人思旧侣,
　　　　弥天朝雾湿青衫。"

――――――――――

　〔1〕　坐在车中观赏风景时,车子前面挂一帷幕。但有时用女子长袍代替。

老尼姑听了更是泣不可抑,袖上几乎绞得出泪水来。侍从愈加奇怪了,她觉得这样子真难看,一路上喜气洋洋,怎么添了这种怪现象！薰大将听到弁君隐忍不住的啜泣声,自己也偷偷地弹泪。但念浮舟可怜,不知她看了做何感想,便对她说道:"我因多年以来屡次在这路上往返,今天触景生情,不知不觉地感慨起来。你也稍坐起来,看看这山中景色吧。这山非常深邃呢。"便强把她扶起来。浮舟做出恰当的姿势,以扇障面,羞答答地眺望山景,那眉目之间实在非常肖似大女公子。只是端庄而过分沉着,似觉稍有出入耳。薰大将觉得大女公子一方面像小儿一般天真烂漫,另一方面又用心深远,考虑周至。于是他对亡人的悼念之情依旧"充塞天空","无处逃"〔1〕了。

　　不久到达宇治山庄。薰大将想道:"可怜啊！她的亡魂宿在这里,此刻定然看见我来到吧。我做此种周章狼狈之事,毕竟为谁？无非是为了她呀！"下车之后,为欲使浮舟休息,暂时离开了她。浮舟在车中时,想起母亲对她何等挂念,不胜悲叹。但念如此艳丽的男子情深意密地和她共语,颇感心慰。于是跟着下车。老尼姑命车子停靠在走廊边,然后下车。薰大将看见了,想道:"此处不是我久居之地,她何必考虑得如此周到！"附近庄园里的许多人照例纷纷前来参见主人。浮舟的食事由老尼姑办理。适才来时,一路上荆棒满目。此刻进了山庄,便觉环境开朗,气象清幽。新建屋宇设计周妥,室中可以欣赏水光山色。浮舟近几日来愁闷之情,此时皆得排遣。然而想起了今后此身不知将被如何处置,则又恐惧不安,无法自慰。薰大将忙写信给京中的母亲及二公主。信中言道:"此间佛寺内部装饰尚未完竣。前日曾予指示。今日吉日,故匆匆前来检

----

〔1〕　古歌:"恋情充塞天空里,欲避相思无处逃。"见《古今和歌集》。

阅。近来心情烦恼,又想起这几天不宜出行,故今明两日将在此间斋戒。过后当即返京。"

薰大将平居晏处之时,姿态比出门时更加漂亮。走进室中时,使得浮舟自感羞惭,但因室中无处躲避,只得坐着。她的服饰由乳母等悉心置备,力求美观,然而不免略带乡村风度。薰大将不由得回想起大女公子常穿家常半旧衣服,丰姿反而高尚优雅。但浮舟的头发非常美丽,末端浓艳可爱。薰大将看了,觉得不亚于二公主的美发。他考虑她的前途,想道:"我如何处置这个人呢? 如果现在立刻收作妻室,迎往三条宫邸,则深恐世人讥议。如把她列入大群侍女之中,对她和众人一律看待,则又非我本意。如此看来,只有暂时让她隐避在这山庄里。然而不能常常见面,亦是一大缺憾。"他很可怜浮舟,诚恳亲切地和她谈话,直到天暮。其间也曾谈及已故八亲王之事。又历叙往事,兴趣横生,庄谐杂作。然而浮舟只是小心翼翼,羞羞答答,使得薰大将扫兴。但他想:"这虽然是缺点,但小心谨慎总是好的,今后我当逐渐教养。反之,如果染着村俗恶趣,品质不良,言行冒失,那才真个不配当大女公子的替身了。"他终于回嗔作喜。

薰大将拿出山庄中原有的七弦琴和筝来,想起浮舟对此道必然更无知识,实甚可惜,只得独自一人弹奏。自从八亲王逝世之后,薰大将久不在此奏乐了,今日重温旧梦,自觉颇饶佳趣。正在乘兴鼓弦,心驰神往之际,月亮出来了。他回想八亲王弹出琴声,并非锋芒毕露,却很悠扬婉转,沁人心肺,便对浮舟说道:"当年你父亲和大姐在世之时,你倘也在此地生长,今日你必更多理解人生情趣。八亲王的风度,即使是像我这样的外客,也觉得和蔼可亲,恋恋不舍。你为什么长年住在乡僻地方呢?"浮舟被问,深感羞愧,默默地斜倚着,手弄白扇。但见她的侧影,肌肤洁白如玉,额发低垂如画,这神情竟和大女公子一模一样。薰大将深为感动,越发想把丝竹之事好好地教会她,使她适合身份,便问她:"这七弦琴你也略懂得些么? 你长住吾妻地方〔1〕,吾妻的琴总会弹吧?"浮舟答道:"我连那大和词也不大懂得,何况大和琴〔2〕。"薰大将见她回答得巧妙,觉得此女才情不坏。因念把她放在这里,不能随意前来相会,终非善策。他深感今后相思之苦,可见他对浮舟的爱情非寻常可比。他把七弦琴推开,口中吟诵"楚王台上夜琴声"〔3〕的古诗。在只讲弯弓射箭的东国地方长大起来的侍从,听了这吟声也觉得非常美妙,极口赞叹。可知她们不懂得上一句诗中所咏班婕妤看见秋扇而伤心的故事,而只是叹赏吟声的优美,见识也太浅了。薰大将想道:"可吟诵的诗句甚多,我为什么偏偏取这不吉的句子呢?"此时老尼姑派人送果物来了。一个盒盖中铺着些红叶和常春藤,其间巧妙地布置着种种果物。衬在下面的纸上草率地写着一首诗,在明朗的月光之下显露出来。薰大将注目观看,好像急于想吃果物的样子。老尼姑的诗是:

　　"细草经秋虽变色,
　　　月光清丽似当年。"〔4〕

书体是古风的。薰大将看了既感羞愧,又觉悲伤,也吟诗曰:

---

〔1〕 吾妻即东国。东国的琴名曰"吾妻琴",这里故意称为"吾妻的琴"。

〔2〕 "大和琴"即"吾妻琴"。"大和词"即"和歌"。这里表示浮舟回答得巧妙。

〔3〕 "班女闺中秋扇色,楚王台上夜琴声。"见《和汉朗咏集》。汉成帝的宫女班婕妤好失宠,曾自比秋扇而赋诗。因浮舟手持白扇,故薰君想起此诗。但他只说出下句,暗示上一句。

〔4〕 细草比薰君所爱的女子,月光比薰君。

　　"绿水青山仍旧里，

　　　深闺明月照新人。"

这不算是答诗。他就叫侍从向老尼姑传达。

第五十一回　浮　　舟[1]

　　匂亲王自从数月前某日傍晚与浮舟邂逅相遇以来，对她至今不能忘怀。他回忆此女虽非身份高贵之人，但品貌十分端详，实在非常可爱。此君原是好色之徒，那天仅能一握其手，于心终不餍足，思之不胜后悔。他又埋怨二女公子，怪她为了这些些小事，便如此嫉妒，把此女隐藏。因此常常责备她"太无情义"。二女公子不胜其苦，曾经想把此女来历向他如实说明。但她又想："薰大将虽然不会把浮舟当作正式的妻房，但对她的爱情甚深，所以把她隐藏起来。我倘多嘴多舌地说穿了实情，匂亲王定然不肯就此罢休。此人本性实在不良，我身边的侍女之中，凡是偶因几句戏言而被他看中了的人，他都不肯放过，连不应该去的地方也会去追寻。何况他对这浮舟数月以来不能忘怀，一旦被他找到，定会做出不好看的事来。如果他从别处探知，那就无可如何了。此事对薰大将和浮舟两方都很不利，然而此人生性如此，我实无力防止。万一有事，我是她的姐姐，自然更觉可耻。但无论如何，我总不可轻举妄动，惹是生非。"她如此想定之后，心虽担忧，口上一言不发。她也并不另外捏造理由来哄骗搪塞，只装作世间普通女子嫉妒的模样，默不作声。

　　薰大将则异常从容自在地在那里打算。他推想浮舟在宇治等得心

────────────

〔1〕　本回写薰君二十七岁春天之事。

焦,很可怜她;但自己因身份高贵,行动拘束,若无适当机会,不易前去和她共叙,真比"神明禁相思"[1]更觉痛苦。然而他想:"不久我就会迎接她进京来过好日子的。目前我打算让她住在宇治,作为我入山时的话伴。我将捏造一件事情,说是须在山中逗留多日才能完成,那时便可和她从容相叙。暂时把这无人注目的地方作为她的住处,使她渐渐了解我的意图而安下心来,我也可不受世人非难。如此稳步进行,实为上策。不然,如果立刻迎她入京,则世人势必喧哗诧怪:'突如其来!''是谁?''几时成功的?'这就违反了我当年到宇治学道的初志。而被二女公子知道了,又将怪我舍弃旧游之地,顿忘昔日交情。这实在不是我的本意。"他如此抑制恋情,又是过分迂阔的打算。他已经在准备浮舟迁京时的住处,悄悄地新建了一所宅院。近来公私皆忙,少有余暇。然而对于二女公子,还是同从前一样尽心照顾,曾不少懈,使旁人看了觉得奇怪。但二女公子现已渐渐通达人情世故,看到薰大将这种态度,觉得此人的确不忘旧情,自己是他恋人的妹妹,也蒙他如此关怀,这真是世间少有其例的多情人。她的感动实在不浅。薰大将年事渐长,人品和声望越发优越无比。而匂亲王对她的爱情常有不可信赖之时。此时她往往想道:"我的宿命何等乖戾! 我没有依照姐姐的安排嫁与薰大将,而嫁给了这个使我怄气的匂亲王。"然而她要和薰大将会面,是不容易的事。宇治时代的情况,相隔多年,已成往事。不曾深悉内情的人说:"寻常百姓之家,为了不忘旧谊而亲睦往还,原是常有之事;身份如此高贵的人,为什么不顾规例,也轻易地和人交往呢?"人言如此,二女公子也很有顾虑。加之匂亲王一直怀疑她和薰大将的关系,因此她更加痛苦,更加恐惧,对薰大将自

---

〔1〕 古歌:"恋苦何妨来共叙,神明原不禁相思。"见《伊势物语》。

然疏远起来。然而薰大将对她还是亲睦,永不变心。匀亲王秉性浮薄,常有使她难堪的行径。然而小公子逐渐成长,非常可爱。匀亲王想起了别人不会替他生这样的儿子,对二女公子便十分重视,把她看做一位真心相爱的夫人,待她比六女公子更为优厚。因此二女公子的忧患比从前减少,可以安心度日。

过了正月初一之后,匀亲王从六条院来到二条院。小公子开年又长大了一岁。有一天昼间,匀亲王正在和小公子玩耍,看见一个幼年女童姗姗地走来,手中拿着一个用绿色晕渲的纸包好的大信封、一根附有小须笼[1]的小松枝,此外还有一封不加装饰的普通立文式的信。她正要把这些东西送与二女公子。匀亲王问道:"这是哪里送来的?"女童答道:"是宇治送来给大辅君的。那使者找不到大辅君,交不出去。我想宇治来的东西向来是送交夫人看的,所以接受了。"她说时上气不接下气。继而又笑着说道:"这须笼是用金属做的,上面涂着彩色。这松枝也做得很巧妙,同真的一样。"匀亲王也笑了,说道:"拿过来,让我也来玩赏一下。"二女公子心中着急,说道:"这封信交给大辅君去吧。"说时脸上泛红。匀亲王想道:"大概是薰大将给她的信,故意说是给大辅的。用宇治的名义,定然是他的了。"就把信取了过来。但他到底有些顾虑:如果真是薰大将给她的,岂不使她难堪。便说道:"我拆开来了。你不会怨我么?"二女公子说:"太不成样子了!侍女们私人间的通信,你怎么可以拆看呢?"说时并无狼狈之色。匀亲王说:"原来如此,那么我就拆看了。女人之间写的信是什么样儿的?"他把那封信拆开一看,但见笔迹非常稚嫩,信中写道:"阔别多时,不觉岁历云暮。山中荒居岑寂,峰顶云封雾锁,不知何

―――――――――――――

〔1〕 笼子编剩的条子不剪去,像须一般保留着的,叫做须笼。

处是京华也。"信纸一端又附记曰："此粗陋之物,奉赠小公子哂纳。"此信写得并不特别漂亮,但看不出是谁的手笔。匂亲王心中疑怪,便把那封立文式的信也拆开来看,果然也是女子的笔迹。信中写道："岁历更新,尊府想必平安无事,贵体亦必康泰纳福。此间环境美好,照顾周到,然而终不适于小姐〔1〕居住。我等亦常奉劝:与其在此沉思闷坐,不如常往尊处奉访,以慰岑寂之心。但小姐鉴于上次所遭可耻可怕之事,已怀戒心,不敢前来,言之不胜愁叹。卯槌〔2〕一柄,乃小姐奉赠小公子者,请于亲王不在家时代为奉呈。"此外又不顾新年忌讳,写着许多悲伤愁叹的话。匂亲王觉得此信乖异,反复察看,不胜讶怪,便问二女公子:"你告诉我吧,这是谁写来的信?"二女公子答道:"这是从前宇治山庄中一个侍女的女儿,听说最近不知为了何事,借住在那边。"匂亲王觉得这不是普通侍女的女儿所写的信。看到信中"上次所遭可耻可怕之事"一语,恍悟这便是以前邂逅的那个女子。他看看那卯槌,觉得非常精致,显然是寂寞无聊的人所做的。形成桠杈的小松枝上,插着一只人造的山橘,附有诗云:

　　　　"松枝虽幼前程远,

　　　　敬祝贤郎福寿长。"

此诗并不十分出色,但匂亲王认为是他所想念的那个女子所咏的,看到了很注目,对二女公子说道:"你写回信给她吧。不复太无情了。其实这

_____

　　〔1〕　此信是浮舟的侍女侍从写给二女公子的侍女大辅君的。小姐指浮舟。
　　〔2〕　卯槌是用桃木或玉、犀角、象牙制成的一个小槌,长三四寸,用五色丝线装饰。正月里第一个卯日用以辟邪。

种信不须隐藏,你又何必生气呢!好,我就到那边去吧。"匀亲王去后,二女公子悄悄地对少将君说:"这件事弄糟了!东西交给这小孩,怎么你们都没看见?"少将君说:"我们倘看见,怎么会让她送到亲王那里去呢!这孩子老是无心无思,多嘴多舌。一个人是从小看大的,小时候谨慎小心,大起来才会好呢。"她埋怨这女童。二女公子说:"算了吧!不要怪怨这小孩了!"这女童是去年冬天有一个人推荐来的,相貌很漂亮,匀亲王也很喜欢她。

匀亲王回到自己室中,想道:"事情真奇怪啊!我早就听说薰大将年来不断地到宇治去。并且有人说他有时悄悄地在那里宿夜。虽说是为了纪念大女公子,但千金之子在这种地方泊宿,总是不相称的。原来他有这样的一个女子藏在那里!"他想起有一个掌管诗文的大内记[1],名叫道定的,常在薰大将邸内出入,便召唤他。大内记立刻来了。他叫他把做掩韵游戏时所用的诗集选出来,堆积在手头的书架上,便中问他:"右大将近来还是常常到宇治去么?听说那佛寺造得非常漂亮。我也想去看一看呢。"大内记答道:"佛寺造得实在庄严堂皇。听说还在计划建造一所非常讲究的念佛堂呢。从去年秋天起,右大将赴宇治的次数比往时更多了。他家的仆役们私下告诉我说:'大将在宇治藏着一个女子。这人不是普通一般的情妇,附近庄园里的人都受大将吩咐,去替她服役,或者值夜。京中本邸内也常悄悄地派人去照料。这女子真好福气!但住在这山乡里总是寂寞无聊的。'这话是去年十二月间他们对我说的。"匀亲王听得津津有味,说道:"这女子到底是谁,他们没有说起么?我听说他到宇治,是去访问一向住在那里的老尼姑的。"大内记说:"老尼姑是

---

〔1〕 大内记是起草诏命的文官。

住在廊房里的。这女子住在此次新建的正殿内,有许多漂亮的侍女服侍,生活真阔绰呢。"匂亲王说:"这件事真耐人寻味!但不知他所隐藏的究竟是怎样的人,如此隐藏起来做何打算? 此人毕竟另有一套,和普通人性情不同。我听见夕雾左大臣等在批评他,说此人学道之心太切,动辄前往山寺,甚至夜里在那里泊宿,实在太轻率了。当初我想:其实,他如此悄悄地出门,哪里是为了佛道! 还不是为了挂念恋人的旧居之地! 岂知都猜不对,原来是这么一回事! 算了吧! 名为比别人诚实而道貌岸然的人,其实反而有别人所想不到的秘密勾当。"他对此事颇感兴趣。这大内记是薰大将邸内一个亲信的家臣的女婿,故薰大将的隐事他都知道。匂亲王心中想道:"这女子是否我所邂逅的那个人,总得去认定一下才好。薰大将如此郑重其事地隐藏,想见此人不是寻常凡庸女子。但不知有何因缘而和我家夫人相亲近。夫人和薰大将同心协力地隐藏这女子,真叫我妒煞了!"从此他专心考虑此事。

　　正月十八日的竞射和二十一日的内宴过去之后,匂亲王悠闲无事。地方官任免之期,人皆尽力钻营,却与匂亲王无关,他所考虑的只是如何可以秘密赴宇治一行。这大内记盼望升官,不分昼夜地讨好匂亲王。匂亲王也比往日更亲切地使唤他。他对大内记说:"无论何等困难的事,你能照我所说的办到么?"大内记恭恭敬敬地遵命。匂亲王又说:"这话说出来不好意思。不瞒你说:我和住在宇治的那个女子,以前曾有一面之缘。后来此人行向不明,听说是右大将把她寻找出来藏在那边的。是否确实如此,不得而知。我只希望从隙缝中窥探一下,到底是否我所见过的那个人。但须十分秘密,绝不叫人知道,你有什么办法?"大内记一想:此事困难。但他答道:"到宇治去,山路十分崎岖。然而里程并不很远,

傍晚出发,亥子时间[1]即可到达。然后于破晓动身返京。如此,除随从
人员之外,不会有人知道。不过那边细情如何,不得而知了。"匂亲王说:
"你说的是。这条路我以前也曾走过一两次。我所顾虑的不在道路,倒
在于外间非议,怕有人讥评我行动轻率。"他自己心中虽然也反复考虑,
认为万不可行,但一经说出,就欲罢不能。于是选定随从人员:以前曾经
陪他去过而熟悉那边情况的二三人,这大内记,还有一个青年人,是他的
乳母的儿子,本来是六位藏人而现已升为五位的,这些都是他的亲信。
又叫大内记去打听清楚:薰大将今明两日之内是不会赴宇治去的。到了
出发的时候,他回想起从前的情形:从前薰大将和他异常亲睦,曾经引导
他到宇治去。今日此行,实在对他不起。他就回想起种种事情来。然而
不管如何,这位在京中也不敢微服出门的贵人,今天竟也穿上了粗布衣
服。他想起骑马觉得可怕,认为是痛苦之事。但今日色胆包天,毅然入
山,越走越深,一路上只是想:"快点到吧! 不知此行究竟如何? 如果不
能看到此女而空手归来,多么扫兴,那真是荒唐之行了。"他心头跳个不
住。从京中到法性寺是乘车的,以后乘马。

　急急忙忙地赶路,黄昏过后到达宇治。大内记先去找一个熟悉内情
的、薰大将的家臣,向他探听情况,避开了值夜人所在之处,走到西面围
着苇垣的地方,把苇垣稍稍拆毁些,钻了进去。他以前不曾到过这地方,
不免有些慌张。幸而这是人迹罕到之处,无人注目。他摸索前进,但见
正殿南面尚有幽暗的灯光,里面还有轻微的人声。他就回到外面,报告
匂亲王:"她们还没有睡,您可以从这里进去。"便替他带路。匂亲王走进

---

〔1〕 亥子时间,即夜十时至十二时之间。

里面,一脚跨到正殿廊上,看见格子窗有隙缝。但挂在那里的伊豫帘子[1]籁籁地响,他不由得屏住了呼吸。这屋子虽是新造且又很讲究的,但因竣工不久,有些隙缝尚未补好。侍女们以为谁也不会到这里来窥探,毫不戒备,那些窟窿也不填塞。匀亲王向内窥看,但见帷屏的垂布撩起在一边,灯火点亮着,有三四个侍女正在缝纫,还有一个相貌美好的女童正在搓线。匀亲王首先注目这女童,记得这面庞正是上次在二条院灯光之下看见过的。但又疑心也许看错。又见那时看到的一个侍女,名字也叫做右近[2]的,也在那里。浮舟以肘作枕,斜倚在那里凝望着灯火。那眉梢眼角和低垂的额发非常高尚优雅,与二女公子十分肖似。右近一面折叠手中的缝物,一面说道:"小姐倘赴石山进香,要好几天才回来呢。昨天我听京中的使者说:'过了地方官任免期之后,二月初一左右,大将一定到这里来。'大将给小姐的信上怎么说的?"浮舟不答,脸上愁容可掬。右近又说:"真不凑巧,好像故意逃避似的,倒很不好意思。"坐在右近对面的侍女说:"小姐是去进香的,只要写一封信告诉大将就好了。怎么可以轻易地出门,不声不响地逃避呢?进香之后,不要到常陆守夫人家耽搁,立刻回到这里吧。这里虽然寂寞,倒安逸自在,可悠闲度日。在京中反而好像作客似的。"另一侍女说:"还不如暂不出门,在这里等待大将回来,又是安稳,又是得体。不久大将迎接小姐进京之后,尽可从从容容地去探望常陆守夫人。那位乳母真性急,何必匆匆忙忙地劝请进香呢?自古至今,凡事都要有耐性,结果才是幸福的。"右近说:"为什么不阻止乳母呢?一个人年纪老了,头脑往往不清。"她们在怪怨那乳母。匀

---

〔1〕 伊豫国所产的帘子。

〔2〕 二女公子有一侍女也叫右近。

亲王记得那天邂逅遇见浮舟时,旁边确有一个很讨厌的老婆子,觉得好像是梦中见过的。侍女们信口乱谈,说的话甚至刺耳难闻。有一人说:"二条院的匂亲王夫人真好福气!六条院左大臣威势如此盛大,待女婿如此优厚,然而二条院这位夫人生了小公子之后,亲王对她比六条院那位夫人重视得多了。这也是因为她身边没有像这里的乳母那样多管闲事的人,所以夫人可以自由自在,贤明地安排一切事情。"又一人说:"我们这里,只要大将真心宠爱我家小姐,永不变心,那么我家小姐也不会赶不上二条院夫人。"浮舟稍稍抬起身来,说道:"你们说这些话多难听啊!倘是别人,由你们去说赶得上赶不上,对二条院夫人,你们千万不要说这种话。如果被她听到了,多难为情!"匂亲王听了这话,想道:"不知这女子和我家夫人有什么亲戚关系?相貌确是非常肖似的。"他就在心中把两人比较,觉得在优雅高贵方面,二女公子比此人占胜得多;此人只是一味娇艳,五官生得清丽可爱。照匂亲王的习性,凡是魂思梦想地要见的人,一旦果然见到了,即使其人确有缺点,也决不肯轻易放过。何况现在已把这浮舟看得清清楚楚,他心中所计虑的只是如何能把这人占为己有。他想:"看样子她就要出门。又好像是有母亲的。那么除此地之外,还能向哪里去寻找她呢?今夜有什么办法可以到手呢?"此时他已魂不附体,只管向洞内窥视。

　　但闻右近说道:"唉,我想睡了。昨夜也不知不觉地做到了天亮。这一点留到明天早上再缝也来得及。常陆守夫人虽然性急,放来迎接的车子总要日高时分才到。"便将缝物收起,把帷屏挂好,横卧着打起瞌睡来。浮舟也走进内室去睡觉了。右近站起身,到北面自己房中去转了一转,立刻回来,躺在小姐近旁睡觉了。侍女们都已想睡,不久大家都睡着了。匂亲王看到这光景,觉得没有其他办法,便轻轻地敲打格子门。右近听见了,问道:"是谁?"匂亲王咳嗽两声。右近觉得这声音是贵人口吻,以为是薰大将回来了,便起身走出去。匂亲王在门外说道:"先把这门打开!"右近答道:"真奇怪,想不到大人在这时候回来,夜已经很深了!"匂亲王说:"仲信[1]告诉我说:小姐明天要出门。我吃了一惊,连忙赶回来看。想不到在路上出了些事情。快开门吧!"这声音很像薰大将,因为说得很轻,不易辨别,所以右近全然想不到是另一人,便把门打开。匂亲王进了门,又低声说道:"我在路上碰到了很可怕的事情,服装弄得奇奇怪怪,你不要把灯点得太亮了。"右近说道:"哎呀! 真可怕啊!"她战战兢兢地把灯火移开。匂亲王叮嘱她:"不要让别人看到我,也不要叫人知道我回来了。"真亏他想得周到。他的声音本来和薰大将很相像,此时又用心模仿薰大将的态度,竟混进内室去了。右近听见他说"在路上碰到了很可怕的事情",不知弄得怎么样了,很是担心,就伏在隐处窥看。但见他装束整齐而华丽,衣香之浓烈不逊于薰大将。他走近浮舟身边,脱下衣服,装作习惯的样子躺下去。右近说道:"请到以前住的那个房间里去吧。"匂亲王不答。右近便把衾枕送上,叫起睡着了的侍女来,大家退往那边去睡了。随从人员向来不是归侍女们招待的,所以她们绝不怀疑。还有自作聪明的人说:"这么夜深时分特地赶来,情义真重啊! 小姐恐怕不知道他这一片好心吧。"右近说:"喂,静些! 夜静时分低声说话反而听得清楚。"于是大家都睡着了。浮舟发觉来的不是薰大将,惊惶万状,不知所措。但匂亲王默不作声。他在人目昭彰的地方尚且肆无忌惮,此时更加不顾一切了。浮舟如果最初就知道不是薰大将,多少总可设法拒绝。但现在毫无办法,只觉得像做梦一般。匂亲王渐渐开口说话,向她

---

〔1〕 大藏大辅仲信,是薰大将的家臣,是大内记的岳父。

诉说上次不得相亲之恨,以及别后相思之苦。浮舟此时才知道是匂亲王。她越发觉得可耻,想起将来被姐姐知道了如何是好,痛苦万状,只管哭个不住。匂亲王想起今后无法和她再会面,反而悲伤起来,也陪着她哭了。

　　夜色渐明。匂亲王的随从人来请主人动身返京。右近此时才知道是匂亲王,便向他传达。匂亲王不想返京,他热爱浮舟,永无厌时,又念再到宇治,谈何容易,想道:"不管京中如何扰攘地寻找我,至少今天我必须住在这里。有道是'生前欢聚是便宜'〔1〕,今天就此告别,真要使我'为恋殉身'了!"便召唤右近前来,对她说道:"我实在太不体谅人了! 不过今天我决计不回京去。你去安排我的随从人等在附近地方好好地躲避起来。再吩咐我的家臣时方到京中去走一遭,有人问起我行踪时,回答说'微行赴山寺进香了',要巧妙对付。"右近听了又惊又气,想起昨夜太不小心,闯了这祸,懊恨不已。只得勉强镇静下来,想道:"事已如此,吵闹也是枉然,匂亲王面上又不好看。那天在二条院他见了小姐如此恋恋不舍,原来两人早有这不可逃避的宿世因缘。这是不能怪人的了。"她如此自慰,答道:"今天京中派车子来迎接小姐呢。不知亲王在此有何主意? 你俩既有这不可逃避的宿世因缘,我等也无话可说了。只是时候实在不巧。今天还请亲王回京为是。如果有意,下次再请过来。"匂亲王觉得她这话说得真漂亮,说道:"我魂思梦想了多时,头脑已经发昏,所以外人如何非难,我一概不懂,只知道定要如此。稍能顾虑自己身份名誉的人,难道肯不避艰险,偷偷地到这里来么? 京中来迎接,只要回报他们说:'今天是禁忌日子,不宜出门。'这是不可叫人知道的事,请你为我和

_____

〔1〕　古歌:"为恋殉身何裨益? 生前欢聚是便宜。"见《拾遗集》。

她两人着想。别的事情都无须考虑了。"可知匀亲王此时已经迷恋浮舟,把世间一切讥评都忘记了。右近便走出去,对催促动身的随从人员说:"亲王所言如此如此。此事实在太不成样,还望你们劝谏一番。此种荒唐行为,即使他本人要做,你们这些随从人员也应该尽力谏阻,怎么可以糊里糊涂地引导他来呢? 倘使这里的村夫俗子得罪了这位皇子,怎么得了!"大内记心知此事的确糟透,哑口无言地站着考虑。右近又向他传言:"名叫时方的是哪一位? 亲王吩咐他如此如此。"时方笑道:"被你骂了一顿,我已经吓坏,即使亲王不吩咐,我也想逃走了。老实告诉你:亲王这种荒唐行径,我们早已看清,大家都是拚着性命来的! 你们这里的值宿人员就要起身了,我赶快走吧。"他立刻出去了。右近苦心考虑,如何可使家里的人不知道此事。这时候众侍女都已起身。右近对她们说道:"大将出了些事情呢! 昨夜回来时非常秘密。看样子是途中碰到了匪徒吧。曾吩咐我:不要叫人知道,衣服等也须在夜间悄悄地送进去。"侍女们说:"哎呀! 真可怕啊! 木幡山一带非常荒凉。大概这回不像平时那样开路喝道,而是悄悄地经过,以致出了事情吧。哎呀! 可怕极了!"右近说:"喂! 不要高声,静些儿吧。被那些仆役们听见了一点风声,就不得了。"她如此骗过了众侍女,心里却非常着急:如果碰得不巧,大将的使者来了,怎么办呢? 便虔诚地祷告:"初濑观世音菩萨! 保佑我们今天平安无事!"

太阳高升时,格子窗都开了,右近随侍在浮舟身边。正厅的帘子一律挂下,贴上"禁忌"的字条。如果常陆守夫人亲自来接,准备骗她说"小姐昨夜梦见不祥",请她不要会面。送进来的盥洗水同平日一样,只有一份。匀亲王觉得不周全,对浮舟说:"你先洗吧。"浮舟看惯了斯文一脉的薰大将,如今看到了片刻不见她便焦灼欲死的匀亲王,想起所谓多情种者,大约就是这样的人了。又念此身命运何等乖戾,如果此事宣泄出去,不知外人将如何讥评。最担心的是恐被姐姐闻知。但匂亲王并未知道她是何人,他频频探问:"我屡次问你,你总不肯说,教人好气啊!还望你把姓名告诉我吧。无论你出身何等微贱,我总越来越疼爱你。"但浮舟决不肯说。关于别的事情,她都和蔼可亲地回答,态度十分柔顺。因此匂亲王无限地怜爱她。

日高时分,京中常陆守夫人派来迎接的人到了。有车二辆,骑马的七八人,照例是赳赳武夫。此外尚有随从的男子多人,都是粗蠢之辈,操着东国方言纷纷地进来了。众侍女讨厌他们,叫他们躲进那边的屋子里去。右近想道:"怎么办呢?如果骗他们说薰大将在此,则如此高贵的人物在不在京中,外人自然知道,是骗不过的。"她就不同众侍女商量,独自写一封信给常陆守夫人,信中言道:"小姐昨夜月信忽至,今日不便进香,实甚遗憾。加之昨日夜梦不祥,今日必须斋戒。出行之日适逢禁忌,真乃不巧之至。恐有鬼怪故意妨碍也。"她把此信交付来人,请他们吃过酒饭,回返京都。她又叫人去告诉老尼姑弁君:"今天禁忌,小姐不赴石山进香了。"

浮舟平日只是怅望云山,但觉日长难暮。但今天匂亲王生怕日暮之后即将别去,看得寸阴如金,浮舟同情于他,也觉得转瞬日色已暮。在这昼长人静的春天,匂亲王细看浮舟,但觉妩媚可爱,毫无瑕疵,真所谓"相看终日厌时无"[1]。其实浮舟的容貌毕竟逊于二女公子。而比起年华鼎盛的六女公子来,相差更远。只因匂亲王爱她入迷,便把她看成盖世无双的美人。浮舟也一向认为薰大将是盖世无双的美男子,如今看到这

───────────────

〔1〕 古歌:"貌似山樱春雾罩,相看终日厌时无。"见《古今和歌集》。

风流俊俏的匀亲王,方知薰大将远不如他。匀亲王取过笔砚来,随意书写。他的戏笔非常美妙,绘画也十分生动,使得这青年女子倾心爱慕。画罢,他对浮舟说道:"如果我不能随心所欲地前来与你相聚,这期间你可看看这幅画。"画中所写的是一对美貌男女互相偎傍的情景。他指着这幅画说:"但愿我俩常常如此。"说罢流下泪来,吟诗云:

> "纵然订得千春约,
>
> 寿命无常总可悲。

我作此想,实甚不祥。今后我力不从心、使尽千方百计不能与你相会之时,恐怕真会失恋而死呢! 当初你对我如此冷淡,其实我何必来寻找你,如今反而痛苦了。"浮舟就用他那蘸了墨的笔写道:

> "如若无常惟寿命,
>
> 世间不必叹人心。"[1]

匀亲王看了想道:"如果我的心也无常而易变,确是可叹的了。"便觉浮舟十分可怜,笑着问她:"你曾看见谁人对你变心?"便频频探询薰大将当初送她来此的情由。浮舟不胜其苦,答道:"我不愿意说的,你何必定要盘问?"其娇嗔之相亦复天真可爱。匀亲王心念此事将来自会知道,便不强迫她说了。

入夜,赴京的使者左卫门大夫时方回来了。他找到右近,报道:"明

---

〔1〕 诗意是说:无常的不仅是寿命,男子的心也是无常的。

石皇后也派使者来探询亲王下落,他说皇后非常着急,说道:'左大臣也在生气。亲王对谁也不告知,擅自出游,举止实太轻率,且亦难保无意外之虞。倘被皇上闻知,我等难辞其咎。'我对人说:'亲王到东山去探望一位高僧了。'"接着时方又说:"女人真是罪孽深重的东西啊!害得我们这种非亲非故的人也受累,还逼得我说谎。"右近说:"你把女人说成高僧,好极好极!这点功德足可抵消你说谎的罪过了!你家亲王的性情实在奇怪,怎么会有这种脾气的?如果我们预先知道他要来,那么此事关系重大,我们一定设法对付。这样蛮不讲理,突如其来,叫我们怎么办呢!"她如此应对之后,便回进去见匀亲王,把时方的话如实传达。匀亲王原已料到京中为他非常着急,但他对浮舟说道:"我为身份所拘,行动不能自由,太痛苦了!但愿做个平凡的殿上人,即使暂时也好。像这种应该顾虑的事情,我一向肆无忌惮,怎么办呢?倘被薰大将知道了,不知他做何感想。我同他原是近亲,加之从小就是知己朋友,现在我做出这种伤情背义的事情来,被他知道了,我多么不好意思!今后又如何见面呢?我还想到:世人有'责人则明,恕己则昏'之说,深恐薰大将不知道自己劳人盼待之罪,而责备你不贞。所以我想带你离开此地,迁居到绝无人知的别处去。"匀亲王今天不便再通宵闲居在这里,只得准备回京,然而他的灵魂似乎已经落入浮舟怀袖中了[1]。天色尚未明亮之时,他的随从人员在外面咳嗽,表示催促动身。匀亲王携着浮舟的手来到边门口,并不立刻出去,吟诗曰:

　　"平生不识生离苦,

――――――――――

〔1〕 古歌:"别时似觉魂离舍,落入伊人怀袖中。"见《古今和歌集》。

　　泪眼昏花别路迷。"

浮舟也无限伤心,答吟云:

　　"袖小实难收别泪,
　　身微无力挽行人。"

天色向晓,风声凄厉,严霜载途,行人似觉身上衣衫皆已冻冰。匀亲王上
马之后,犹自屡次回头,恋恋不舍。但因许多随从人员在旁,未便任意回
马,只得急急忙忙地前行,昏昏沉沉地离开了宇治。这两个五位官
员——大内记道定和左卫门大夫时方——起初随侍匀亲王马头两旁步
行,经过了险峻的山路之后,方才跨上自己的马。匀亲王但觉马蹄践踏
岸边薄冰之声,也很凄凉悲惨。他回思从前也曾为了恋情而走这条山
路,觉得对这山乡似有奇缘。
　　匀亲王回到二条院,想起二女公子故意把浮舟隐藏,心怀怨恨,因此
不到她房中去而走进自己那间舒适的房间里躺下了。然而无论如何也
睡不着,独自寻思,痛苦难堪,终于心肠软了下来,走进二女公子房中去。
二女公子心无挂碍,安详地坐着。匀亲王一看,此人比起他最近看成稀
世之宝的浮舟来,毕竟更胜一筹。而浮舟又非常肖似此人,便觉热恋满
胸,痛苦不堪,走进帐中去睡觉了。二女公子跟着他进去。他对二女公
子说道:"我心情非常恶劣!似觉寿命将尽,实甚可悲。我真心爱你,但
一旦舍你而死,你必立刻变心。因为那人[1]蓄意已久,定欲达到目的。"

———————————

　　〔1〕　指薰大将。

二女公子想道:"这种荒唐的话,怎么如此认真地说出?"答道:"你这话多难听啊! 倘泄漏出去,被那人闻知,将疑心我在你面前说了什么话。真是太不成样了! 我是身多忧患的人,听到你一句戏言,也要伤心呢。"便背转身子。匀亲王又认真地说:"假定我真个恨你,你将做何感想? 我对你总算宠爱了,外人都怪我宠爱过分呢! 但在你心中,恐怕我不及那人吧。这就算是前世因缘,无可奈何了。但你处处隐瞒我,叫我好恨啊!"此时他想起了自己对浮舟有前世因缘,终于寻着了她,不觉掉下泪来。

二女公子见他态度认真,心中不胜惊讶:不知道他听到了什么谣言? 她只是默不作答,想道:"我当初原是受那人摆布而轻率地和他结婚的。因此他处处疑心我和那人有暧昧关系。那人对我非亲非故,而我一向信任他,受他的照顾,确是我的过失。为此他就不信任我了。"她左思右想,悲伤不堪,那神情实甚可怜。原来匀亲王暂时不把找到浮舟之事告诉她,而借别的理由来怪怨她,因此二女公子以为他是真心怀疑她与薰大将有事而说这种气话,她就猜想有人造谣。在没有水落石出之前,她见了匀亲王不免感到羞耻。此时明石皇后从宫中派人送信来了。匀亲王吃了一惊,立刻回到自己室中,脸上还带怒容。但见明石皇后的信上写道:"昨日你不曾进宫,皇上甚是挂念。如果健好,望即入见。我也久不看到你了。"他想起母后、父皇为他担心,自觉不好意思。然而心情实在非常不快,因此这一天终于没有入宫。许多高官贵族前来参见,但匀亲王一概挡驾,在帘内闭居了一天。

傍晚时分,薰大将来访。匀亲王说:"请里面坐。"就亲切地和他会面。薰大将言道:"听说你身体不适,皇后很担心呢。现在可好些?"匀亲王一见薰大将,便觉胸中扑通扑通地跳,话也不能多说。他想:"此人本来像个得道和尚,然而道行未免太高深了:把那样可爱的人儿藏在山里,让她望穿秋水,而自己满不在乎。"倘在平时,即使逢到些些小事,他看见薰大将装作诚实人或自称诚实人时,必然极口讥笑他,说破他;如果发现了他在山中藏着女人,不知道将何等肆意地挖苦他呢。然而今天他一句戏言也不说,脸上只是显出非常痛苦的神色。薰大将蒙在鼓里,说道:"我看你的样子很不舒服呢。虽然不是重病,但日子拖久了很不好。必须多多保重,当心受风。"他诚恳地慰问了一番,就告辞而去。匂亲王独自寻思:"此人风度翩翩,令人看了自觉羞惭。山中那个女子把我和他相比,不知做何感想?"他想这样,想那样,时刻不忘地想念那山中女子。

且说宇治山庄中,因为石山进香作罢,大家很感寂寞。匂亲王派人送来长长的信,备述相思之苦。他派人送信,也很不放心,故特选一个全不知情的人,是时方大夫的家臣。右近对朋辈说:这是她从前相识的人,最近当了薰大将的随从,上次到宇治来遇到了她,因此依旧互相往还。万事全凭右近说谎。匆匆过了正月。匂亲王心中焦灼,然而未便再到宇治相访,但觉长此下去,将活不成。因此更添烦恼,终日愁叹。薰大将公事稍暇,照例微行来到宇治。先赴寺中拜佛,命僧众诵经,布施了各种物品,傍晚时分方始悄悄地来到浮舟房中。他虽然是微行,打扮并不十分朴素,头戴乌帽子,身穿常礼服,姿态异常清秀。缓步入室之时,风度特别优雅。浮舟深感无颜相见,对着天空也觉得可耻可怕。她心中不由地浮现出那个非礼相犯的人的面貌来,想起今天又要逢迎这个男子,但觉痛苦不堪。她想:"匂亲王信中曾说:'我自从与你相识之后,似觉以前惯见的女子都可厌了。'听说他此后的确非常困顿,无论哪位夫人的地方都不再去。他家里正在忙着祈祷呢。如果他知道我今天又在接待薰大将,不知又将做何感想。"她心中非常痛苦。但她又想:"这薰大将实在是一表人才,态度含蓄,举止文雅。在为久不访问作解释时,言语也不太多。他并不滥用'相思''悲伤'等语,而是巧妙地诉说会少离多之苦。但这却比声泪俱下的千言万语更加使人感动。这一点正是此人的特性。至于风流优艳方面,固然不及那人,然而讲到忠厚可靠、恒久不变之心,则远胜于那人。我这回意外地对那人发生了爱慕之情,倘被大将知道了,如何得了! 那人丧心病狂地想我,而我竟会怜爱他,实在是荒唐之极的轻率行径! 如果大将以我为荡妇而遗弃了我,我就孤苦伶仃,抱恨无穷了。"她深自警惕,满怀愁绪。薰大将全不知情,看看她的神色,想道:"多时不见,她已变成大人模样,深通人情世故了。住在这寂寞的地方,想必多愁多恨吧。"他很可怜她,比往日更加殷勤地和她谈话,说道:"我为你新造的屋子即将完工。前天我曾去察看,地点也在水边,但不像这里那样荒凉,也有樱花可供观赏。离三条宫邸甚近。你迁居之后,我们自然不再有朝夕相思之苦了。如果进行顺利,今春可以迁居。"浮舟想道:"匀亲王昨日来信,也说已为我准备好一个清静的地方。薰大将不知此事,又为我如此打算,实甚可怜。然而我岂有追随匀亲王之理?"思量至此,匀亲王的面影浮现在眼前,但觉孽由自作,此身何其不幸,便嘤嘤地啜泣。薰大将安慰她道:"你不要只管闷闷不乐,你精神振作时,我的心情也安乐。是不是有人在你面前造我的谣? 我倘对你稍有一点冷淡之心,决不会不惜自己身份而远道跋涉来此。"时在月初,天空挂着眉月一弯,两人来到稍近窗前之处,躺着眺望夜色,各自沉思。男的回忆大女公子,不胜伤逝之情;女的思念今后更添忧患,悲叹自身命薄,两人各有苦衷。夜雾笼罩了山峰。站立在寒汀上的鹊,由于环境关系,姿态特别美观。宇治长桥遥遥在望。川上处处有载柴的船来来去去。此种景色都是别处所看不到的,故薰大将每次看到,总是回忆往日情景,似觉就在目前。即使这个恋人并不肖似大女公子,今天难得相聚,也是深可喜慰的。何况这浮舟酷肖大女公子,毫不逊色,而且渐渐通达人情世故,习惯京都生活,举止态度都很雅驯,薰大将觉得她比以前可爱得多了。但浮舟满怀忧惧,眼泪时时刻刻想夺眶而出。薰大将无法安慰她,赠以诗云:

> "千春不朽无忧患,
> 结契长如宇治桥。

今日你可看见我的真心了吧。"浮舟答曰:

> "宇治桥长多断石,
> 千春不朽语难凭。"

此次薰大将与浮舟比往日更觉难分难舍,他想在此暂留数日。但念世人物议,实甚可虑。不久便可长聚,今日何必贪欢。便回心转意,于破晓时分启程返京。一路上回想浮舟此次忽然变成大人模样,对她的挂念比往日更深了。

二月初十左右,宫中举行诗会,匀亲王与薰大将皆出席。会上演奏适合时令的各种曲调。匀亲王唱催马乐"梅枝",嗓音非常优美。此人无论何事都远胜于他人,只有一事罪孽深重,便是耽于女色。天上忽然降雪,风势非常猛烈,音乐演奏立刻停止了。大家都到匀亲王的侦宿室来,吃过酒饭,随意休息。薰大将要找一个人说话,步出檐前,在星光之下隐约望见雪已渐渐积厚。他身上的香气随风四散,真有古歌所谓"春夜何妩暗"之感。他闲诵"绣床铺只袖……今宵盼待劳"〔1〕的古歌,信口吟出寥寥数句,态度异常潇洒,意味特别深长。匀亲王正欲就寝,听见了他的吟声,怪他"可吟之歌甚多,何必特选此歌!"心中非常不快。他想:"看来他同宇治那个女子不是泛泛之交。我以为这女子'铺只袖''独寝'而'盼待'的,只有我一人。岂知他也有同感,真可恨啊! 这女子抛舍了如此关怀她的一个男子而更热情地爱慕我,不知是什么缘故?"他对薰大将吃醋。

次日早晨,雪已积得很厚。大家把昨日所作诗歌呈请御览。匀亲王此时正值盛年,站在御前,风姿异常优美。薰大将年龄和他相仿,恐是稍长二三岁之故,态度神情比他老成些,仿佛有意做作似的,竟是一个高尚贵公子的范本。世人都赞誉他,说他当皇帝的女婿毫无不足之处。他在学问方面和政治方面都不落人后。诗歌披诵既毕,大家从御前退出。人都称道匀亲王所作诗歌优秀,大声吟诵。但匀亲王本人全然不觉得高兴。他想:"这些人怎么有闲情逸致来吟诵诗歌?"他对诗歌心不在焉,一味想念着浮舟。

匀亲王看出薰大将也在渴想浮舟,越发不放心起来。他就勉力筹划,有一天居然向宇治出发了。京中的雪已渐消融,犹有残雪似在等伴。但入山愈深,积雪愈厚。那些羊肠坂道埋在雪中,全无人迹,与往常情况大异。随从人等又是恐慌,又是吃力,几乎想哭出来。带路人道定,身为大内记,又兼任式部少卿,两者都是高贵的官职,但今天只得适应情况,撩起衣裾而徒步护驾,那姿态实甚可笑。

────────

〔1〕 古歌:"绣床铺只袖,独寝正无聊。宇治桥神女,今宵盼待劳。"见《古今和歌集》。古人独寝时,把睡衣的一只衣袖铺在席上,睡在这上面,表示怀人。

　　宇治方面虽已得到亲王今天要来的通知,但念如此大雪,未必成行,大家不以为意。岂知到了夜深,果然有人来向右近通报了。浮舟闻知,对亲王的诚意也很感动。右近近来常常忧虑这个局面如何了结,心中非常痛苦。然而今宵看见亲王雪夜入山,一切顾虑都忘记了。事已如此,总不好劝他回去,她就找一个同自己一样为浮舟所亲信而知情达理的侍女,即名叫侍从的,同她商量:"这件事非常困难!但愿你和我同心协力,严守秘密。"两人就设法引导匀亲王入内。他那在路上沾湿了的衣服,香气四溢,使得两人担心。全靠这香气与薰大将的相似,可以马虎过去。

　　匀亲王早有计虑:既然去了,当夜立即回京,倒不如不去的好。但山庄中人目众多,颇感拘束,所以他预先布置好:叫时方在对岸找一所屋子,准备带浮舟到那里去。时方比他先出发,在对岸安排好了,于夜深时分来山庄报命:"一切都已准备。"右近在睡梦中被唤醒,不知道亲王要把小姐怎么样了,非常狼狈,昏昏沉沉地前来帮忙,好像玩雪的顽童一般浑身发抖。匀亲王不让别人问明情由或提出反抗,只管抱了浮舟出门。右近只得留守在此,叫侍从跟着小姐前去。匀亲王抱着浮舟上船,就是浮舟平日朝夕望见的那种冒险伶仃的小舟。这船渡向对岸时,浮舟似觉离岸疾驶,遥赴东洋大海,心中恐怖,只管紧紧地抱住匀亲王,匀亲王觉得非常可爱。此时天空挂着残月,清光照遍四方,水面明净如镜。舟子报道:"这个小岛叫做橘岛。"便暂时停船,以便欣赏。这小岛形似一大岩石,上面生着许多常青的橘树,枝叶繁茂。匀亲王对浮舟说:"你看这些橘树!虽然微不足道,但其绿色千年不变。"便吟诗曰:

　　　　"轻舟来橘岛,结契两情深。
　　　　似此常青树,千年不变心。"

浮舟也觉得这道中景色十分新奇,答诗云:

> "岛上生佳橘,常青不变心。
>
> 浮舟随叠浪,前途不分明。"[1]

由于风景和人都很可爱,匂亲王觉得此诗富有趣味。

不久小舟到达对岸。下船之时,匂亲王舍不得把浮舟让别人抱,便亲自抱了她上岸,而叫别人扶持自身。看见的人想道:"这样子真难看啊! 这女子毕竟是谁,值得如此宠爱?"这屋子是时方的叔父因幡守领地内的别庄,建筑不甚讲究,而且尚未竣工。因此设备亦颇简陋,那些竹编屏风等,都是匂亲王从未见过的粗货,风也不能全防。墙根的雪已经消融得斑斑驳驳,但此时天色阴晦,又下雪了。

不久太阳出来,照着檐前的冰箸,发出晶莹的光辉。浮舟的容颜映着这光辉,越发娇艳可爱。匂亲王微行而来,身上服装十分轻便。浮舟也因就睡时已卸装,此时只穿衬衣,娇小玲珑,丰姿更美。她自念毫无修饰,随意不拘的姿态对着这清丽无比的美少年,非常羞耻。然而无法隐避。她身穿白色的家常内衣五件,连袖口和衣裾上都流露出娇艳之色,反比五色灿烂的盛妆更美。匂亲王在常见的两位夫人身上,从来不曾看到过如此随意不拘的姿态,今天看见浮舟这样打扮,反而觉得新颖可喜。侍从也是个丰姿翘楚的青年侍女。浮舟想起自己这种行径不仅右近知道,这侍女也全般看到了,颇觉难以为情。匂亲王对侍从说:"你又是谁?你不可把我的名字告诉人啊!"侍从觉得这位亲王风度实甚优美。这别

---

[1]　本回题名"浮舟"据此诗。浮舟这名字也由此借来。

庄的管理人把时方看做主人,殷勤招待。时方所住的房间和匀亲王的住
处只隔一扇拉门,他住在那里得意扬扬。管理人非常尊敬他,低声下气
地说话。时方看见他不识亲王而只认主人,觉得可笑,并不和他答话。
后来吩咐他:"据阴阳师占卜,我这几天有可怕的禁忌,京中也不可居住
,所以到这里避凶。你不可让外人走近我来。"于是匀亲王和浮舟放心地
欢叙了一天,绝无人来打扰。匀亲王推想薰大将来时浮舟是否也这样地
对待他,便觉妒火中烧。他就把薰大将如何重视并宠爱二公主的情形讲
给浮舟听。而关于薰大将吟诵古歌"绣床铺只袖"之事,则绝不谈起。其
居心也可谓不良了。时方派人送进盥洗具及果物来。匀亲王同他开玩
笑:"如此尊贵的客人,不该当这种下贱的差使!"侍从是个多情的青年女
子,爱慕这时方大夫,和他相对晤谈,直到日暮。匀亲王在雪景中遥望浮
舟原来的住处,但见云霞断续之间露出几处树梢。雪山映着夕阳,像挂
着的镜子一般闪闪发光。他就把昨夜来时一路艰险的情况讲给浮舟听,
加以夸张,动人听闻。遂吟诗曰:

> "马踏山头雪,车行渚上冰。
>
> 不曾迷道路,为汝却迷心。"

又取过粗劣的笔砚来,信手戏书"山城木幡里,原有马可通"的古歌。浮
舟也在纸上题一首诗:

> "乱舞风中雪,犹能冻作冰。
>
> 我身两不着,转瞬即消泯。"

写毕立刻勾消。匂亲王看到"两不着"三字，表示不快。浮舟一想，写这三字的确失策，羞耻之余，把纸撕破了。匂亲王的丰姿本来是令人百看不厌的，此时更加深深地感动了浮舟的心。他对浮舟说尽千言万语，其风度之优美不可言喻。

匂亲王对京中人说出外避凶两天，故在这期间可与浮舟从容欢聚，两人的情爱就越来越深。右近留守山庄，照例捏造借口，替浮舟送衣服去。浮舟今天把寝乱的头发稍加整饰，换上了深紫色和红梅色的衣服，色彩配合非常调和。侍从也脱去原来的旧衣，换一件华丽的新上装。匂亲王戏把这新上装给浮舟穿上，叫她捧盥洗盆[1]。他想："把此人送给大公主当侍女，大公主定然宠爱她。大公主身边虽有许多出身高贵的侍女，但相貌如此漂亮的恐怕没有吧。"这一天两人任情作种种游戏，有的不堪入目。匂亲王再三地对浮舟说，要秘密带她到京中去隐匿。并且要她对天立誓："在这期间决不和薰大将相见。"浮舟非常困窘，一句话也不能回答，甚至流下泪来。匂亲王看到这模样，想道："她在我面前，尚且不能忘怀那人！"不胜伤心。这一晚他有时诉恨，有时哭泣，直到天明。天色尚未亮足之时，他带了浮舟回对岸山庄，与来时一样，亲自抱她上船，对她说道："你所关怀的那个人，对你总不会如此亲切吧！你懂得了我的真心么？"浮舟想来的确如此，对他点点头，匂亲王觉得她非常可爱。右近开了边门，放他们进来。匂亲王就此告别而去，心中犹未餍足。

匂亲王返京，依旧回到二条院。他身心非常困恼，饮食也不能进。过了几天之后，面色发青，身体消瘦，样子完全变了。皇上以下所有亲故，都替他担忧，每天有许多人来问病，门庭若市。因此给浮舟的信，也

---

〔1〕 这种上装规定是宫中侍女穿的，故下文云云。

不能写得详细。在宇治方面,那个爱管闲事的乳母,因为女儿分娩要她照顾,久已出门去了,此时方才回来。浮舟忌惮她,也不能放心地仔细阅读匀亲王的来信。浮舟住在如此荒僻的地方,所指望的只是薰大将的照拂,静待他来迎接。她母亲也很欣慰,认为此事虽然不是公开的,但薰大将已决心于最近期内来接,则不久定能迁居京中,这真是很体面、很可喜之事。因此她早已物色适当的侍女,选取相貌漂亮的女童,送到宇治山庄。浮舟心中也觉得这是当然之事,从当初就是指望如此的。然而她一想起那个热狂的匀亲王,他那妒恨的神色和诉说的言语都浮现到她脑际来,便觉昏沉欲睡,一合眼就梦见匀亲王的姿态,连她自己也觉得讨厌。

　　一连多日,雨下个不住。匀亲王再度入山之事已经绝望,相思之苦实在难熬。他想起"慈亲束我如蚕茧"[1],叹恨此身太不自由。真是难为了他!他就写一封长长的信给浮舟,内有诗曰:

　　　　"遥望君家云漠漠,

　　　　　长空暗淡我心悲。"

信笔乱书,却非常可观,富有趣致。浮舟年方青春,性情本不十分稳重,读了这封长长的情书,对他的爱慕之心越发加深了。然而想起最初结契的那位薰大将,觉得此人毕竟修养功深,人品优越。大约因为这是最初使她经历人事的人,所以她很重视,想道:"我那暧昧之事如果被他闻之,他势必疏远我,此时叫我如何是好?母亲正在焦灼盼望他早日迎我进京,遇到了这意外之变,势必非常伤心。而这个专心致志的匀亲王呢,我

―――――――――――――――

　　〔1〕　古歌:"慈亲束我如蚕茧,欲见姣娘可奈何!"见《拾遗集》。

早就听说他是一个本性非常浮薄的男子,目前虽然如此爱我,日后如何不得而知。即使依旧爱我,把我隐匿在京中,长久地视为他的侧室,叫我怎么对得起我的姐姐呢?况且人世之事总不能隐瞒到底。例如在二条院那天傍晚,我只因偶然被他撞见,后来虽然躲藏在宇治山中,也终于被他找到。何况叫我住在京中,无论怎样隐匿,岂有不被薰大将闻知之理?"她左思右想了一会,终于悟得:"我自己也有过失。为此而被大将遗弃,实可痛心!"正在对着匂亲王的信胡思乱想之时,薰大将的使者送信来了。两封信同看,实太难堪。她便仍然躺在那里阅读匂亲王的长信。侍从对右近使个眼色:"她终于见新弃旧了。"这句话尽在不言之中。侍从说道:"这是当然的呀!大将的相貌固然优美无比,但亲王的风度毕竟更加俊俏。他放任不拘的时候,神情真娇艳呢!叫我做了小姐,受过了他这等爱怜之后,决不肯呆在这里。总要设法到皇后那里去当个宫女,才能常常看到他。"右近说:"你这个人也是靠不住的。比大将人品更高的人,到哪里去找啊?相貌且不谈,他那性情和仪态,多么优越!亲王的事,毕竟太不成样子了!将来如何解决呢?"两人信口谈论。右近本来独自一人操心,现在有了侍从,说起谎来也方便得多了。

　　薰大将的信中说:"多日不见,梦想为劳。常蒙赐书,不胜欣慰。纸短情长,书不尽意。"信的一端题着一首诗:

　　　　"苦雨添愁绪,心头久不晴。

　　　　川中春水涨,遥念远方人。

相思之情比往日更深矣!"这信写在白纸上,封成立文式。笔迹虽然不甚工致,但书法确有真实功夫。匂亲王的信则写得很长,信笺折得很小。

两者各有趣致。右近等劝道:"趁无人看见之时,先给亲王写回信吧。"浮舟羞答答地说:"今天我不能写回信。"她只是随手题一首诗:

　　　　"里名宇治人忧患,

　　　　　渐觉斯乡不可居。"〔1〕

近来她常常取出匂亲王所绘的画来观赏,每次总是对画啜泣。她左思右想,总觉得对匂亲王的因缘不会久长,但又觉得被薰大将锁闭起来而和匂亲王断绝关系,是可悲的。赋诗复匂亲王曰:

　　　　"身如萍絮难留住,

　　　　　欲上山头化雨云。

但愿'没入'〔2〕而已。"匂亲王看了这诗,号啕大哭起来。他想:"如此看来,她毕竟是爱我的。"浮舟那忧郁的面影就一直浮现在他眼前。那端庄的薰大将呢,从容不迫地展读浮舟的复书,想道:"可怜啊! 她在那里何等寂寞无聊!"便觉此人非常可爱。浮舟的答诗是:

　　　　"知心雨〔3〕降无休止,

---

〔1〕 日文中"宇治"与"忧"发音相同。

〔2〕 古歌:"此身化灰烬,没入白云里。君欲觅我时,但见荒烟起。"见《花鸟余情》。又:"此身投沧海,没入荒波里。消失同水泡,谁复思念你?"见《新敕撰集》。此处所引用"没入"二字,出自此二古歌。前者与复诗中"化雨云"相关联;后者与浮舟后来投水相关联。

〔3〕 古歌:"君心思我否,但看晴与雨。欲问知心雨,雨降竟如注。"见《古今和歌集》。她引用此歌,是怨恨薰君不思念她。

　　袖上也愁水位高。"

薫大将反复观看,不忍释手。

　　有一天薫大将和二公主谈话,便中他对二公主说:"有一件事,说出来生怕对你不起,所以至今未敢启口。不瞒你说:我早年就有一个女子养在外面。这女子一向被舍弃在荒僻地方,十分孤苦伶仃,我看她可怜,想叫她到附近地方来居住。我的性情自昔就和常人不同,不爱寻常家庭生活,常怀遗世独立之想。然而自从与公主结缡之后,就未便任意抛舍这尘世了。连这个一向不使人知的女子也叫我关怀,似觉舍弃她便是罪过。"二公主答道:"我不知道什么事情可以使我嫉妒。"薫大将说:"恐怕有人在皇上面前说我的坏话吧。世人搬是弄非,实在荒谬可恶! 为了这女子,不值得大惊小怪。"

　　薫大将打算叫浮舟迁居到新造的屋子里,又担心外人纷纷宣扬,说"这屋子原来是为小夫人造的!"因此装饰屏门等事非常秘密。能办此事的人其实甚多,他却派了一个他所亲信的大藏大夫,名叫仲信的,以为此人可靠,吩咐他去装饰房屋。这仲信原是大内记道定的岳父,因此辗转传述,事情全都被匂亲王闻知了。大内记对匂亲王说:"绘屏风的画师,乃从随从人员中选出,都是亲信的家臣。一切设备实在都非常讲究。"匂亲王闻言,越发着急了。他想起自己有一个乳母,是一个远方国守的妻子,就要随丈夫赴任地去,其任地在下京方面。他就嘱托这国守:"有一个极秘密的女子,要暂时隐藏在你家里。"国守不知道这女子是何等样人,颇感为难。但因匂亲王郑重其事地托他,不敢不接受,便答道:"遵命。"匂亲王安排好了这隐藏所,稍稍放心了。国守定于三月底动身赴任地,匂亲王准备就在这天去接浮舟。派人通知右近:"我已如此布置定当,你们方面务须严守秘密。"但他自己未便亲赴宇治。同时右近也来回信,告诉他那个爱管闲事的乳母在家,叫他不要亲自来接。

薰大将则定于四月初十迎接浮舟入京。浮舟不愿"随波处处行"[1],她想:"我的命运真奇怪! 不知将来如何结局?"但觉心绪缭乱,打算到母亲处暂住,以便从容考虑。但常陆守家里因为少将的妻子产期将近,正在诵经祈祷,喧哗扰攘。即使去了,也不便同母亲赴石山进香。于是常陆守夫人到宇治来了。乳母出来迎接,对夫人说:"大将送了许多衣料来给侍女们做衣服。万事总要办得尽善尽美才好。然而叫我这老婆子一人做主,生怕办得全然不成样子呢。"她兴致勃勃地谈长说短。浮舟听了,想道:"如果做出怪事来让人耻笑,母亲和乳母又如何想法呢?那蛮不讲理的匂亲王今天也有信来,说'你纵然遁迹层云里[2],我也定要寻到,与你同归于尽。还望你安心下来,跟我去隐居吧。'叫我怎么办呢?"她心绪恶劣,躺卧在床。母亲看见她这般模样,甚是吃惊,问道:"你为什么今天和往常不同? 面色非常青白,且又消瘦了呢!"乳母答道:"小姐近来身体一直不好,饮食也不大进,每日只是愁眉不展。"常陆守夫人道:"真奇怪! 难道是有鬼魂作祟? 说是有喜呢,看来也不对,石山进香不是为了身子不净而作罢的么?"浮舟听了这话,心中异常难过,头也抬不起来。

日色既暮,明月当空。浮舟回想起那天晚上在对岸看到残月时的光景,眼泪流个不住,自己想想也觉得太荒唐了。常陆守夫人和乳母闲谈往事,又把住在那边的老尼姑弁君叫来共话。弁君叙述已故大女公子的

---

〔1〕 古歌:"寂寥难忍受,愿化作浮萍,但得川流导,随波处处行。"见《古今和歌集》。

〔2〕 古歌:"纵然遁迹层云里,定要寻时决不难。"见《古今和歌集》。

情状,说她修养功夫极深,关于应有之事,都考虑得非常周到。然而眼看她青春夭逝了。她说:"如果大小姐在世,定然也像二小姐一般做了高贵夫人,和你通信往还。那么你多年以来的孤苦生涯,也会变成无上幸福了。"常陆守夫人想道:"我的浮舟和她们是亲姐妹呢。只要宿命亨通,如意称心,将来也不会比她们逊色吧。"对弁君说:"我为这孩子操心担忧,至今已历多年,现在方得稍稍放心。今后她迁居京都,我们到这里来的机会很难得了。所以我要趁今天会面的时候,大家互相谈谈旧话。"弁君说:"我总觉得我们出家为尼的人是不吉祥的,不应该常常来打扰小姐,所以见面之时不多。但现在她将舍我而乔迁京都,我倒不胜依恋之情了。然而我看这种地方毕竟荒僻不堪久居,乔迁京都真乃可喜之事。况且薰大将身份之高贵、品性之敦厚,乃世间罕有。他如此热心地找寻小姐,这一片诚意实非寻常可比。我早就对你如此说过,可见我不是胡言乱道的人。"常陆守夫人道:"今后如何虽然不得而知,但现在大将的确热诚地爱她。这都是你老人家说合之功,我们十分感谢。辱承匂亲王夫人垂青,我们也很感激。只因发生了意外之变,几乎使得她流离失所,实甚可叹。"老尼姑笑道:"这位亲王如此好色,实在令人讨厌。他家几个聪明一点的青年侍女都在那里叫苦呢。大辅姐姐的女儿右近[1]对我说:'亲王大体上说来原是一位贤良的主人,只是这件事讨厌。如果夫人知道了还要怪怨我们轻狂,那真是受罪了。'"浮舟躺着听她说,想道:"他对侍女尚且如此,何况对我。"常陆守夫人说:"唉,想想有些可怕。薰大将已有今上的女儿为妻。不过浮舟对公主关系是疏远的。我想,今后不论是好是坏,也只能听天由命。如果再碰到匂亲王,发生不应有之事,那么我无

---

〔1〕　这右近是匂亲王家的侍女,不是浮舟的右近。

论何等悲伤,恐怕也见不到我的浮舟了!"浮舟听了两人交谈的话,但觉心胆俱裂。她想:"我还是死了罢休。不然,终于会流传丑闻。"此时宇治川中水势汹涌,其声凄厉可怕。常陆守夫人说:"别的河边水声并不如此可怕。这地方的荒僻实在是世间少有的。所以薰大将舍不得叫浮舟长住在这里。"她说时得意扬扬。于是大家谈论自古以来这河中所发生的可怕的事情。有一侍女说:"前些时,这里的渡船夫的孙子,是个小孩,划船时一不小心,掉在河里淹死了! 这条河里淹死的人向来很多。"浮舟想道:"我身倘也投入河中,不知去向,则大家大失所望,但这失望不过是暂时之事。不然,我倘活在世间,则势必闹出怪事,惹人耻笑,而忧患永无绝期了。"如此想来,只要一死,则障碍全部消除,万事圆满解决。然而回头一想,又觉非常悲伤。她躺着听母亲诉说种种替她操心的话,但觉心乱如麻。母亲看见她精神萎靡,身体消瘦,非常担心,对乳母说:"你去找个地方,替她举办祈祷。还得祭祀神佛,举行祓禊。"她们不知道她正在企图"祓禊洗手川"〔1〕,徒然地在那里喧嚣忙碌。母亲又吩咐乳母:"侍女人少了。还须找寻适当的人。新来的不可带进京中去。凡身份高贵的妇人,虽然本人气度宽大,但万一有了争宠之事,两方侍女往往发生纠纷。所以你要仔细选择,在这点上特别留心。"她无微不至地叮嘱了一番之后,又说:"那边的产妇不知怎么样了,我也很担心。"意思是即日就要回去。浮舟忧伤之极,意气消沉,想到今后竟不能再见母亲了,说道:"女儿心绪恶劣,离开母亲便觉孤苦无依,让我暂时跟母亲回去几天吧。"她依依不舍。母亲说道:"我也这样想。可是那边也嘈杂得很。你的侍女

---

〔1〕 古歌:"祓禊洗手川,誓不谈恋情。神明闻此誓,掩耳不要听。"见《古今和歌集》。洗手川是寺院门前的川。引用此句,意谓浮舟将断绝恋情而投水。

们到那边去,要做缝纫也不方便,地方狭窄得很。怕什么呢! 即使你迁居到了辽远的'武生国府'〔1〕,我也会悄悄地前来看望你的。我身份低微,害得你处处受委屈,实甚可怜。"说着流下泪来。

薰大将今天也有信来。他听说浮舟身体不适,不知近来如何,故特来信探问。信中说道:"我本想亲自前来探望,只因不可避免之事甚多,以致未能如愿。现在你迁京之期已近,我的盼待之心反而更痛苦了。"匀亲王因为昨天的信得不到浮舟答复,今天又写信来,其中有言:"你为什么犹豫不决? 我担心你'随风飘泊去'〔2〕,已经气得发昏了!"他的信总是很长的。下雨的日子,两家的使者常常在此相逢,今日又碰到了。薰大将的随从和匀亲王的使者以前在式部少辅〔3〕家常常会面,彼此相识。薰大将的随从问道:"你老兄常常到这里来干什么?"匀亲王的使者答道:"我是来访问我的一个私人朋友的。"薰大将的随从说:"访问私人朋友,难道亲自带情书〔4〕来的? 你老兄真奇怪,何必隐瞒呢?"那人答道:"老实对你说:是那位出云权守〔5〕的信,送给这里一个侍女的。"薰大将的随从看见他说话先后不符,觉得奇怪。但在这里定要寻根究底,也不成样,便各自回京去了。薰大将的随从是个机灵人,到了京中,吩咐陪他同行的童子说:"你偷偷地跟着这个人走,看他是否到左卫门大夫〔6〕家里去。"童子回来报道:"他到匀亲王家里,把回信交给式部少辅了。"匀亲王的使者是个愚笨的仆人,不觉察有人追随他的行踪,又不深知此事内情,

---

〔1〕 催马乐《道口》歌词:"还乡诸公听我一言,请君转告我的双亲:我在道口武生国府,盼望彼此互通音信。"武生国府是地名。

〔2〕 古歌:"盐灶须磨渚,青烟缥缈□。随风飘泊去,不管到何方。"见《古今和歌集》。

〔3〕 大内记道定,兼任式部少辅,已见前文。

〔4〕 情书往往附有花枝,故看得出。

〔5〕〔6〕 时方是左卫门大夫,又兼出云权守。

以致被薰大将的随从看出底细,实甚遗憾。这随从回到三条院,正值薰大将即将出门之时,他就把回信交付一个家臣,叫他转呈。这一天明石皇后返六条院省亲,故薰大将穿了官袍前往侍候。前驱人等不多。这随从把回信交付与家臣时对他说道:"有一件事情很奇怪,我要探究底细,所以到此刻才回来。"薰大将约略听见,步出乘车的时候问这随从:"什么事情?"随从觉得此事不便让这家臣闻知,只是默默地站立致敬。薰大将知道其中必有缘故,也不再问,乘车出门去了。

明石皇后身体非常不适,诸皇子都来侍疾,许多公卿大夫前来问候,殿内非常嘈杂。但皇后并无特别重病。大内记道定是担任内务部政治的,公事繁忙,来得较迟。他要把宇治的回信送呈匂亲王。匂亲王便来到侍女值事房,召唤他到门口来,接受了回信。薰大将也正从里面走出来,瞥见匂亲王躲在侍女值事房里看信,想道:"一定是重要的情书了!"好奇心起,就站在那里窥看。但见匂亲王展开信来阅读,信写在红色的薄纸上,非常详细。匂亲王专心看信,一时顾不得其他。这时候夕雾左大臣也从里面出来,将经过侍女值事房。薰大将便从纸隔扇门口走出来,故作咳嗽,以提醒匂亲王,使他知道左大臣来了。匂亲王立刻把信藏过。左大臣向室中探望。匂亲王惊惶失措,连忙整理袍上的衣带。左大臣就在那里屈膝坐下,对他说道:"我要回去了。皇后这老毛病虽然长久不发了,但很可担心。你立刻派人去招请比叡山的住持僧来吧。"说罢匆忙地向别处去了。到了夜深时分,大家从皇后御前退出。左大臣叫匂亲王当先,带了许多皇子、公卿大夫、殿上人等,一同赴自邸去。

薰大将最后退出。他想起出门时那个随从的态度,觉得有些奇怪。便趁前驱人等走到庭前去点灯的时候,召唤这随从过来,问道:"刚才你说的是什么事情?"随从答道:"今天早上小人在宇治山庄里,看见出云权守时方朝臣家的一个男仆,拿着一封结在樱花枝上的紫色薄纸信件,从西面的边门里交给一个侍女。小人向这男仆如此如此地探问,他的回答先后不符,似是说谎。小人怪他为何言语如此,特派一个童子跟着他走,童子看见他走到兵部卿亲王府上,把回信交给了式部少辅道定朝臣。"薰大将觉得奇怪,又问:"山庄里送出来的回信是什么样子的?"随从答道:"这个小人不曾看见,因为是从另一扇门里送出来的。但据童子说,是红色的,非常漂亮。"薰大将想起刚才看到匀亲王手里的信,觉得一点也不错。这随从能够如此侦察,实甚能干。但因近旁人多,他也不再细问。在归途中想道:"这位亲王连角落里都找到,实在令人吃惊!不知道他因什么机会而知道有这个人的。又不知道是怎样地爱上她的。当初我以为在荒僻的山乡地方决不会出这种乱子,真是幼稚之见!论理,这女子倘是与我漠不相关的,你要爱她尽听尊便。可是我和你从小莫逆相亲,我曾经千方百计地为你拉线,替你带路,你对我难道可以做这等亏心负义之事?思想起来,实甚痛心!我对你那二女公子,虽亦倾心恋慕,然而多年以来,关系清清白白,足见我心何等稳重。况且我对二女公子,不是现今开始的不成体统的恋爱,而是本来早就相识的。只因我有顾虑:如果存心不良,为人为己都很痛苦,所以严守尺度。现在想来,实在太迂阔了。最近匀亲王连日患病,家中问病客多,异常纷乱,不知他怎么能够写信遥寄宇治的。也许已经开始往来了吧。宇治这条路,对恋人说来实在太远了。前些时我曾听说,有一天匀亲王失踪了,大家找寻他呢。他原来是为了这种事而心烦意乱,并不是生什么病。回想从前他恋爱二女公子时,为了不能到宇治去,那忧愁苦闷之状叫人看了发慌呢。"他如此历历回思,恍悟前日浮舟愁眉不展,神情恍惚,原来道理在此!诸事都已看清,心中好不悲伤!又想:"世间最靠不住的,无过于人心了!这浮舟的模样端庄温雅,却不道是个水性杨花的女子,和匀亲王倒是志同道合的一对。"他想到这里,自己准备退出,而把浮舟让给匀亲王。然而又想:"如果我当初是想娶她为正夫人的,倒要讲究。但事实并非如此,所以还不如把她当作情妇,听其所为吧。叫我从此和她断绝往来,倒是舍不得的。"如此反复考虑,令人觉得可笑。他又想:"我倘嫌恶了她,把她抛弃,则匀亲王必然取了她去,据为己有。但他绝不会考虑到这女子日后的不幸。起初热爱、后来玩腻了送给大公主当侍女的女子,至今已有二三人。如果浮舟也被如此处理,叫我看到、听到了,多么难过啊!"他终于舍不得她。为欲探明情况,写一封信给她。趁无人在旁之时,召唤那个随从来前,问他:"道定朝臣近来还是常和仲信家的女儿往来么?"随从答道:"是。"又问:"派到宇治去的,常常是你所说起的那个男仆么? …… 那边的女子一时家境衰落了,道定不知底细,也想去向她求爱呢。[1]"他叹一口气,又叮嘱他说:"你把这信送去,切不可叫人看见! 看见了不得了!"随从遵命,心中想道:"少辅道定常常探询大将的动静,又打听宇治方面的情形,原来是有道理的。"但他不敢在大将面前随便饶舌。大将也不欲使仆人们知道详情,所以不再问他。宇治方面,看见薰大将的使者来得比往日更加频繁,增添了种种忧虑。他的信中只有寥寥数语:

　　　"妄想美人盼待我,
　　　不知波越末松山。[2]

―――――――――

　　〔1〕 在随从面前,故意不说匀亲王,而推在那天代接回信的道定身上。
　　〔2〕 古歌:"我若负君怀异志,海波越过末松山。"见《古今和歌集》。末松山是一个高山的名称。

慎勿作惹人耻笑之事!"浮舟觉得这封信很奇怪,忧惧充塞胸中。如果表明理解此诗之意义而作复,实在难以为情;如果说他言语怪僻,不能理解,则又不成样子。于是把来信照原样折好,在上面添注数字:"此信恐系误送到此,故特退还。今日身体异常不适,只字亦难奉复。"薰大将看了,想道:"应付得实在巧妙,想不到她这样机敏。"他微微一笑,对她并无嫌恶之心。

浮舟看见薰大将信中虽不明言而隐约表示已有所知,心中更添恐惧。她想:"此身终于要做出荒唐可耻的事情来了!"正在忧愁之时,右近走过来,说道:"大将的信为什么退了回去? 退回信件是不吉祥的啊!"浮舟答道:"我看见信中言语怪僻,不能理解,想是送错了人,所以退了回去。"原来右近看出事有蹊跷,拿出去交付使者时已在途中打开信来看过了。右近这样做实在不好。她并不表示已经看过那信,说道:"啊呀,怎么办呢! 这事情叫大家都很痛苦! 大将似乎已经听到消息了。"浮舟听了顿时红晕满颊,一句话也说不出来。她没想到右近已经看过那信,以为是另有知道薰大将情况的人告诉她,但也并不问她是从谁那里听来的。她想:"这些侍女看到我这光景,不知做何感想? 我实在可耻啊! 虽然原是自作自受,我的命运也太苦了。"她不堪其忧,便躺卧下来。

右近和侍从两人谈话。右近说:"我有一个姐姐,在常陆国时和两个男子相好。人世间不管身份高下,这种事情总是有的。这两个男子对我姐姐一样情深,不分优劣。我姐姐无所适从,弄得心迷意乱。有一次她对后相好的一个略微多表示了一点好感,那先相好的一个就嫉妒起来,终于把后一个杀死,他自己也不再和我姐姐往来了。可惜的是国守府里损失了一个能干的武士。而那个凶手呢,虽然也是国守府里优秀的家臣,但是犯了这种过失,怎么还能任用呢? 就被驱逐出境。这都是女人糊涂之故,因此我姐姐也不能留在国守府内,只得出去当了东国的民妇。直到现在,我母亲想起了她还要哭泣呢。这真是罪孽深重的事啊!我讲这话虽然似乎不祥,但无论身份高下,在这种事情上糊里糊涂,实在是很不好的。即使不致丧失性命,也按各人身份而各有其痛苦。而身份高贵的人,有时反会受到比丧失性命更痛苦的耻辱呢!所以我家小姐总须确定一方面才好。匂亲王比薰大将情深,只要是诚意的,小姐不妨追随他,不必如此忧愁苦闷了。影响了身体也是无补于事的。夫人如此深切地关怀小姐,我母亲〔1〕又专心一意地准备迁居,妄想薰大将来迎接。岂知匂亲王比他先下手。真是糟糕透顶!"侍从说:"哎呀,不要说这种可怕的话了!万事都是宿命注定的。只要是小姐心中稍稍倾慕的人,便是前世有缘的。实在,匂亲王那诚恳热烈的模样,叫人看了甚不敢当。薰大将虽然如此急欲迎娶,小姐不会倾向他吧。据我想来,还不如暂时躲避薰大将,追随了那多情的匂亲王。"她是热诚赞美匂亲王的,此时信口直言。但右近说:"据我看来,还是到初濑或石山去求求观世音菩萨:无论追随哪一方,总要保佑我们太平无事。薰大将这儿领地内各庄院的办事人,都是粗蛮的武夫。宇治地方到处都是他们一族的人。凡在这山城国和大和国境内,大将领地各处庄院里的人,都是这里的那个内舍人〔2〕的亲戚。大将任命他的女婿右近大夫当总管,吩咐他办理一切事情。身份高贵的人不会做出粗鲁的事情来。然而不明事理的田舍人,经常轮流地在这里守夜。尽管希望在当值期间一点乱子也不出,然而难免发生意外的祸事。像那天夜间小舟渡河之事,叫人想起了不寒而栗!亲王异常小心

---

〔1〕　乳母是右近的母亲。
〔2〕　内舍人是宫中司理杂务的官。

谨慎,随从也不带一个,衣服总是穿得很简朴。如果被这些人看见了,真乃不堪设想啊!"浮舟听了她们这些话,想道:"归根到底,是由于我的心倾向了匂亲王,所以她们说这些话。我真可耻! 其实在我心中,对双方都不思慕。只是看到匂亲王焦灼万状,不知道他为何如此想我,因而像做梦一般吃惊,不免对他稍稍注意。然而对于久蒙照拂的薰大将,我决不想突然离开他。为此弄得如此心绪缭乱。诚如右近所说,闯出祸事来怎么办呢?"她左思右想了一会,说道:"我真想死了! 世间没有像我这样命苦的人! 如此不幸之身,在下等人中也是少有其例的吧!"说罢便把身子俯伏着。这两个深知内情的侍女都说:"小姐不可如此伤心! 我们是为了要使你安心,所以说这些话的。从前,你即使有了可忧之事,也满不在乎,泰然自若。自从亲王之事发生以后,你一直忧伤烦恼,我们看了非常担心呢。"她们都心烦意乱,忙着商量办法。那乳母只管兴致勃勃地染衣料,缝服装,准备迁居。她把新来的几个美貌的女童唤到浮舟面前,对她说道:"小姐看看这些孩子,散散心吧。只管躺在那里发愁,恐怕是有鬼魂作祟呢。"说罢叹息一声。

　　且说薰大将收到了那封退回的信之后,并不答复,匆匆过了数日。有一天,那个威势十足的内舍人到山庄来了。果如右近所说,其人非常粗蛮,是个体格魁梧的老人,声音嘶嘎,说起话来语调异乎常人。他叫人传言:"有话要对侍女谈。"右近就出来接见。他说:"我蒙大将宣召,今日入京参见,此刻方才回来。大将吩咐种种杂务,其中说起一事:近有一位小姐住在这里,夜间警卫之事,因有我等担当,故京中不曾特派值宿人来此。但据悉近有来历不明之男子常与此间侍女往还。大将责问我,他说:'此事实太疏忽。守夜人应该查明情况。怎么你们会不知道呢?'但我并未闻知此事,便禀告大将:'某因身患重病,久未担任守夜之事,其实不悉此种情况。但曾派定干练男子,令其轮流守夜,不得懈怠。若果有此等非常事件发生,何以某迄未闻知?'大将言道:'今后必须小心在意!如果发生荒谬之事,定当严予惩办!'不知大将为什么说这种话,我实不胜惶恐。"右近听了这话,比听到猫头鹰叫更觉恐怖,一句话也回答不出。她回进里面,传达了内舍人的话,叹道:"请听他的话! 和我所预料的一点也不差! 多分大将已经听到风声了。信也不写一封来。"乳母约略听到这些话,说道:"大将如此吩咐,我听了真高兴! 这一带地方盗贼很多,那些值夜人不像从前那样认真,都找一些吊儿郎当的下司来代理,连巡夜也没有了。"她说时喜形于色。

　　浮舟看到这光景,想道:"此身的厄运果然即将来到!"加之匂亲王来信频问"何日可以相逢",诉说"缭乱似松苔"[1]的心情,使得她痛苦不堪。她想:"总而言之,我无论追随哪一方面,另一方面必然发生可怕的事情。惟有我一身赴死,是最安全的办法。从前曾有为了两个情夫同样热爱、难于解决而投身入水的事例[2]。我身如果活在世间,定将遭逢痛苦之事。则此身一死,又何足惜? 我死之后,母亲当时必然悲伤,但她要照顾许多子女,后来自会忘怀。如果我活在世间,为了行为不端而惹人非笑,忍耻偷生,则母亲悲伤势必更甚。"浮舟为人天真烂漫,落落大方,而又温和柔顺。但因从小不曾受过高深的教养,缺乏涵养功夫,故一遇困窘,顿萌短见。她想毁灭旧信,不使后人看见。但并不众目昭彰地一

―――――――――――

　　〔1〕　古歌:"何日逢君盼待久,芳心缭乱似松苔。"见《新敕撰集》。
　　〔2〕　从前津国有一女子,两个男子(菟原氏、智努氏)同样地热爱她。其母难于解决,命两男子到生田川上射水鸟,射中者是女婿。一人射中鸟头,一人射中鸟尾。女儿吟诗曰:"住世多忧患,投身愿自沉。生田川水好,毕竟是空名。"遂投身川中而死。两男子也投身川中,一人执女子手,一人执女子足,三人俱死。事见《大和物语》。《万叶集》中也有相似的故事。

次毁灭,而是逐渐处理,有的就灯火上烧毁,有的投在水里。不悉内情的侍女,以为她即将迁居京中,故把往日寂寞无聊时随意乱涂的字稿毁弃。侍从看见了,说道:"小姐何故如此！情侣之间真心诚意的通信,不欲让别人看见,尽可藏之箧底,闲时私下取出观看,每一封信各有其情趣。信笺如此讲究,而且满纸都是情深意蜜、令人感激的言语。如此全部毁灭,岂不可惜！"浮舟答道:"有什么可惜！这是不可给人看见的。我身在世不长久了。这些信留在世间,对亲王也是不利的。大将知道了,怪我恬不知耻地保藏这些信,多难为情！"她左思右想,不堪悲伤,又犹豫不决起来。因为她也曾隐约记得佛教中有一句话:背亲而死,罪孽最重。

匆匆过了三月二十。匂亲王约定的那人家定于二十八日动身赴任国。匂亲王给浮舟的信上说:"是日夜间我定当前来迎接。望即早做准备,勿使仆从窥破形迹。此间严守秘密,绝不走漏风声,请勿怀疑。"浮舟想道:"亲王微服而来,此间戒备森严,势必不能与我再见一面,而徒劳往返,真乃可悲之事！有什么办法可以相叙片刻呢？只得让他抱恨空归了。"匂亲王的面影又片刻不离地出现在她眼前。不堪其悲,便拿起那封信来遮掩了颜面。暂时隐忍一下,终于扬声大哭。右近连忙劝解:"哎呀,小姐啊！你这样子,将被人家看出内情了。已经渐渐有人怀疑了呢。你不要只管悲伤,应该好好地写回信给他。有我右近在这里,无论何事都不怕。你这么小小的一个身体,即使要从空中飞行,亲王也能带走你。"浮舟略微镇静一下,拭泪答道:"你们只管说我爱慕他,真使我伤心！如果事实如此,由你们说吧。可是我一向认为此事荒唐之极。只是那人蛮不讲理,硬说我爱慕他。我倘坚决拒绝,不知他会做出何等可怕的事情来。我每念及此,痛感自身命苦！"她把匂亲王的信置之不复。

匂亲王猜想:"她始终不肯表示愿意跟我出走,而且连回信也没有,大概是由于薰大将劝诱她,她相信依靠他比依靠我合理,就决心跟他走了。"他明知这是当然之事,然而不胜惋惜,妒火燃烧起来。他苦苦寻思:"虽然如此,但她确曾倾心爱我。定然是和我相别期间,侍女们在她面前说了我的坏话,她就变心了。"便觉"恋情充塞天空里",忍无可忍,又不顾一切地赴宇治去了。

将近山庄,望见那篱垣外面警卫森严,气象与往日大异。便有人连声盘问:"来者是谁?"匂亲王连忙退回,派一个熟悉当地情况的仆人前往,连这仆人也受盘问。可见情形与从前不同了。仆人不胜狼狈,连忙答道:"京中有要函派我送来。"便指出右近的一个女仆的名字,叫她出来相见,把情形告诉了她。女仆进去告知右近,右近非常狼狈,叫她出去回复:"今夜无论如何也不行,实在对不起得很!"仆人回去将此言报告了匂亲王。匂亲王想道:"为什么忽然这样疏远我了?"他不能忍受,对时方说:"还是你进去找侍从吧。总得替我想个好办法。"便派他前往。时方是个机灵人,信口开河地搪塞了一会,果然被他进去找到了侍从。侍从说:"听说,不知为了什么,薰大将发下紧急命令。因此最近守夜人警备森严,实在毫无办法了。我家小姐也为此十分忧虑。她深恐屈辱了亲王,非常担心。尤可虑者:今夜亲王如果被守夜人看到了,以后事情就更加难办。等不久以后亲王决定了来迎的日子,到那天晚上我们这里就悄悄地先做准备,通知你们来迎吧。"又告诉他这里的乳母晚上容易觉醒,叫他小心。时方答道:"亲王来此,一路上是很不容易的。看他的样子定要会见小姐呢。我倘回报他办不成功,他将责我怠慢。还请你和我同去,我们一同把情形向他详细说明吧。"便催侍从同走。侍从说:"这太没道理了!"两人争执期间,夜色已经很深。

匂亲王骑着马,站在稍远的地方。好几匹声音粗俗的村犬,跑出来向他狂吠,非常可怕。几个随从人都很担心,他们想:"我们人数很少,亲王又打扮得这样微贱,倘使走出几个不分皂白的暴徒来,怎么办呢?"时方只管催促侍从:"快走吧,快走吧!"终于带着她来了。侍从把长长的头发挟在胁下,让端挂在前面,容姿非常可爱。时方劝她乘马,她一定不肯。时方便捧着她的长裾,替她当跟班。又把自己的木屐给她穿上,自己穿了同来的仆人那双粗劣的木屐。走到匀亲王面前,时方便把情况向他报告。然而这样地站在那里,谈话也很不方便。于是在一所草舍的墙阴下杂草繁茂的地方,铺上一块鞍口,请匀亲王下马席地而坐。匀亲王自己心中寻思:"我这般模样多难看啊!眼见得此身将毁损在情场中,不能好好地做人了!"眼泪便流个不住。侍从心肠很软,看了他这模样更是不胜悲伤。匀亲王的容姿非常优美,即使是可怕的敌人所变成的鬼看见了,也不忍抛弃。他略微镇静一下,对侍从说道:"难道连说一句话都不行吗?为什么戒备忽然森严起来?想必是有人在薰大将面前毁谤我了。"侍从便把情况详细告诉他,说道:"不久决定了来迎的日子,务请预先妥善地做好准备。我们看到亲王如此不惜尊严,屡次劳驾,即使粉身碎骨,也必设法玉成其事。"匀亲王自己也觉得这样子难看,便不怪怨浮舟一方面了。其时夜已很深,与人为难的群犬不断地狂吠,随从人等把它们赶走。那些守夜人听到了,便拉动弓弦,发出声响。有一个男子怪声怪气地叫喊:"火烛小心!"匀亲王非常慌张,只得命驾返京,此时他心中的悲伤自不必说。对侍从吟道:

　　"白云遮断山山路,
　　无处舍身饮泣归。

那么你也早点回去吧。"便劝侍从归去。匂亲王容姿俊俏,风度优美,深夜露湿了衣裳,衣香随风四散,美妙不可言喻。侍从吞声饮泣地回山庄去了。

且说右近将谢绝匂亲王访问之事告诉了浮舟。浮舟闻之,心绪更加混乱了,一直躺在那里。正在此时,侍从回来,把情况一一告知了浮舟。浮舟一言不答,然而眼泪几乎使枕头浮了起来。又恐侍女们看见了诧怪,只得努力隐忍。次日早晨,自知两眼红肿难于见人,一直躺着不肯起身。后来勉强披衣束带,起来诵经。她一心指望消减先亲而死的罪孽。又取出那天匂亲王所绘的画来看看,觉得他描绘时的姿态和俊俏的面貌,历历如在目前。想起昨夜不能和他交谈一语,今天倍觉悲痛,无限伤心。又想起那薰大将,"他指望迎我入京,从容相见,永远聚首。一旦听到了我的死耗,不知做何感想,实在对他不起。我死之后,世间恐怕也有非难我的人,想起了深觉可耻。然而与其活在世间,被人指为浮薄女子,当作笑柄,恶评传入薰大将耳中,则远不如死。"遂独吟云:

> "忧患多时身可舍,
> 却愁死后恶名留。"

她觉得对母亲也很可恋念。平时并不特别关心而相貌丑陋的弟妹,也很可恋念。又想起匂亲王夫人二女公子……愿得今生再见一面的人很多。众侍女准备薰大将来迎接,忙于缝衣染帛,说东谈西,但在浮舟听来全不入耳。到了晚上,她就考虑办法,如何可以避免人目而走出门去。因此通夜不眠,心绪恶劣,元气尽失。到了白天,她就向宇治川眺望,觉得死期比步入屠场的羊更近了。

匂亲王写了一封缠绵悱恻的情书来。浮舟现在不想再教人看到她的书札，所以连回信也不肯随意写一封，只写了一首诗：

> "尸骨不留尘世里，
> 使君何处哭新坟？"

交付使者带回去。她想叫薰大将也知道她赴死的决心。但她又想："我对双方都写信通知，他们原是亲密朋友，终于会互相说出，此事亦甚乏味。我将使任何人都不明我的去向，谁也不知我之所终。"就决定不告诉薰大将。

母亲从京中写信来了。信中说道："昨夜我做了一梦，看见你的模样异乎寻常。今天正在各处寺院举办诵经祈祷。想是昨夜梦后不曾再睡之故，今天白昼想睡，睡后又得一梦，梦见你逢到世人所认为不祥之事。醒后立刻写此信与你。务望小心在意为要。你的住处荒僻，薰大将时时赴访，他家二公主恐多怨气，若受其祟，甚是可怕[1]。正当你身体不适之时，我做这种噩梦，实在非常担心。我很想到宇治来探望你，但你的妹妹产前疾病缠绵，似有鬼怪作祟。我离开她片刻，常陆守就要严责，因此未能前来。希望你在附近寺院中也举办诵经祈祷。"此外又附有各种布施物品及致僧侣的请托书。浮舟想道："我命已到大限，母亲犹然不知，说此关怀之语，实甚可悲！"便在派遣这使者赴寺院的期间写回信给母亲。欲说之事甚多，而无勇气走笔，只写了一首小诗：

---

〔1〕 时人迷信生魂能为人作祟。第九回葵姬即其一例。

　　"此生如梦何须恋，

　　且待来生再结缘。"

寺中诵经的钟声随风飘来，浮舟躺在床上静听钟声，又赋一诗：

　　"钟声尽处添呜咽，

　　为报慈亲我命终。"

她把此诗写在寺中取来的诵经卷数记录单上。那使者说："今晚不能回京了。"便把记录单依旧系在那枝条[1]上。乳母说道："我心跳得厉害呢！夫人也说做了噩梦。要吩咐守夜人小心在意！"浮舟躺着听她说，心中痛苦无限。乳母又说："一点东西也不吃，实在不好。吃些羹吧。"说东说西，百般照顾。浮舟想道："这乳母自以为清健，但已年老貌丑，我死之后，叫她何处去安身呢?"她替这乳母担心，觉得此人很可怜。她想把自己即将辞世之事隐约告诉她。然而语未出口，泪已先流，恐人见疑，终于未能说话。右近躺在她近旁，对她说道："忧愁的人，灵魂会飘荡出去。小姐近来只管忧愁，所以夫人要做噩梦。小姐应该打定主意跟从哪一方面，然后听天由命吧。"说罢连声叹息。浮舟只是用她常穿的便服的衣袖遮住脸面，默默地躺着。

―――――――――――

　　[1]　诵经卷数记录单是结在一根树枝上的，此乃当时风习。

第五十二回　蜉　蝣 [1]

　　次日清晨,宇治山庄中不见了浮舟,众侍女惊恐万状,东寻西找,终于不明下落。这正像小说中千金小姐被劫后次晨的光景,不须详述。京中母夫人的使者昨日不曾归去,母夫人不放心,今天又派一个使者来。这使者说:"鸡鸣时分我就奉命出发了。"从乳母以至众侍女,个个周章狼狈,困惑万状,不知该如何作答。乳母等不知底细的人,只管惊惶骚扰。知道内情的右近和侍从,回想起浮舟近日忧愁苦闷之状,猜想她恐已投身赴水。右近啼啼哭哭地打开母夫人的信来,但见信中写道:"恐是我为你操心太甚,不能安枕之故,昨夜在梦中也不能清楚地看见你。一合眼就被梦魇住。因此今天心情异常恶劣,念念不忘地惦记你。薰大将迎你入京之期已近,我想在这以前先迎接你到我这里。但今日天雨,容后再定。"右近再打开浮舟昨夜答复母亲的信来看看,读了那两首诗,号啕大哭起来。她想:"果然不出我之所料! 这诗中的话多么伤心啊! 小姐下此决心,为何绝不让我知道呢? 她从小万事都信任我,对我无话不谈。我也对她毫无隐讳。今当永别之时,她竟遗弃了我,绝不向我透露一点风声,真叫我好恨啊!"她捶胸顿足地大哭,竟像一个幼年的孩童。浮舟忧愁苦闷之状,她早已看惯。然而这位小姐性情一向温顺,她万万想不

---

〔1〕　本回紧接前一回,写薰君二十七岁春天至秋天之事。

到她会走上这条绝路。因此骇怪万状,悲痛不已。乳母平日自作聪明,今天却呆若木鸡,嘴里只管念着"怎么办呢? 怎么办呢?"

匀亲王看了浮舟回答他的诗,觉得诗中口气与往常不同,似乎含有别种意思,想道:"她到底打算怎样呢? 她原是有心爱我的。但只恐我变心,深怀疑虑,所以逃往别处去躲藏了吧?"他很不放心,便派一个使者去察探。使者到了山庄,只见满屋子的人都在号哭,信也无法送上。他向一个女仆探问情由,女仆答道:"小姐昨夜忽然去世,大家正在惊慌失措呢。能做主的人偏偏又不在这里,我们一群底下人只得东靠西倚,弄得束手无策了。"这使者并不深悉内情,故亦不详细探问,就回京去了。他把所见情状报告了匀亲王。匀亲王如在梦中,十分惊诧。他想:"我并未听说她患重病。只知道她近来常常闷闷不乐。然而昨天的回信中看不出这方面的迹象,笔致反而比往常更加秀美呢。"他疑团莫释,便召唤时方,对他说道:"你去察看一下,问明确实情由。"时方答道:"恐怕薰大将已经听到什么风声,所以严厉斥责守夜人,说他们怠职。近来仆役们出入都要拦阻,仔细盘问。我时方倘无适当借口,贸然赴宇治山庄,被大将得知了,深恐他要怀疑呢。况且那边突然死了一个人,定然喧哗扰攘,出入的人很多。"匀亲王说:"你的话也不错,然而总不能听其自然,置之不理呀。你还得想个适当办法,去找那知情的侍从,问明究竟是怎么一回事。刚才这仆人所报告的恐有错误。"时方看见主人可怜,觉得不好意思违命,便在傍晚时分动身前往。

时方行动轻便,很快到达了宇治山庄。其时雨势已稍停息,但因山路崎岖,他不得不穿简便服装,形似一个仆人。走进山庄,就听见许多人在喧嚷,有人说"今夜应当行个葬礼!"时方一听吓呆了。他要求和右近会面,但右近挡驾,叫人向他传言说:"现已茫然若失,不能起身。大夫驾临，今夜该是最后一次了。失迎不胜抱歉。"时方说道："如此说来，我不能探明情况，如何回去报命呢？至少那位侍从姐姐总得出来和我一见。"他恳切请求，侍从只得出来和他会面，对他说道："真是万万想不到啊！小姐之死，仿佛她自己也不曾预料到的。请你转告亲王：我们这里的人说悲伤也好，说什么也好，总之全像做梦一般，茫然不知所措了。且待心情稍稍安静之后，当把小姐近来愁闷之状，以及亲王来访那夜她的痛苦情况一一奉告。丧家不吉，等到四十九日忌辰过后，请大夫再来晤谈。"说罢啜泣不止。内室中也只听见许多人的哭声。其中有一人在嚷，大约是乳母吧："我的小姐啊！你到哪里去了？快点回来呀！连尸骨也看不见，叫我好伤心啊！往日里朝夕相见，还嫌不够亲近。我日日夜夜盼望小姐交运纳福，因此我这条老命也得延长到今天。想不到小姐忽然抛弃了我，连去向也不得而知。鬼神不敢夺我的小姐。大家所深惜的人，帝释天也会让她还魂。夺取我家小姐的人，不论是人或者是鬼，都该快快把她还给我们！至少也得让我们看看她的遗骸。"她一五一十地哭诉。时方听见其中有尸骨不见等话，觉得奇怪，便对侍从说道："还请你把实情告诉我。或许是有人把她隐藏了吧？亲王要知道确实情况，我是代替他来的，是他派来的使者。现在不论是死亡或是被人隐藏，总是没有办法的了。但倘日后水落石出，而实情与我今天回去报告的不符，亲王定会向我这使者问罪。亲王以为虽然事已如此，或许传闻失实，尚有一线希望，所以特派我来向你们面询，这岂不是一番好意么？耽好女色之事，在中国古代朝廷里也不乏其例。但像我们亲王那样一往情深，我看是世间所没有的。"侍从想道："这真是个亲切的使者！我即使想隐瞒，这种世无其例的大事情将来自会揭穿的。"便答道："大夫疑心有人隐藏小姐，如果略有一点儿可能，我们这里的人为什么个个如此悲伤哭泣呢？实在是我家小姐近来非常忧愁苦闷,为此,薰大将说了她几句。小姐的母亲和这个高声哭喊的乳母,都忙着做准备,让她迁居到最初结缘的薰大将那里去。亲王的事情,小姐绝不让人知道,只在自己胸中感激思慕,因此她心情异常烦恼。万没想到她自己会起舍身赴死的念头,所以我们如此悲伤,那乳母怪声怪气地哭喊不住。"这话虽不详尽,总算把事实约略说明了。时方还是难于置信,说道:"那么,以后再见吧。我们立谈片刻,实在太不详尽。将来亲王定当亲自来访。"侍从答道:"唉,那是不敢当。小姐与亲王的姻缘,现在如果被世人知道了,对已故的小姐说来,倒是光荣幸运之事。然而此事一向严守秘密,所以现在还是不可泄露,这才不负死者的遗志。"这里的人都在尽力设法,务使这不寻常的横死事件勿让外人知道。时方倘在这里久留,自会被人看出情由,因此侍从劝时方早点离去。时方就走了。

大雨滂沱之时,母夫人从京中赶来。她的悲痛无法言喻。她哭道:"你倘在我眼前死去,虽然我也十分悲痛,但因死生乃世之常事,人间还有其例。如今尸骨不存,叫我何以为心?"浮舟为了同亲王纠缠而忧愁苦闷等情,母夫人全然不知。因此她万没想到她会投水自尽。她疑心浮舟被鬼吞食,或者被狐狸精取去了。因为她记得古代小说中记载着这种怪异事件。东猜西想了一会,终于想起了她一向担心的二公主:她身边或许有心地不良的乳母,闻知薰大将将迎接浮舟入京,认为深可痛恨,便暗中勾结了这里的仆人下此毒手,亦未可知。于是她怀疑这里的仆人,问道:"有没有新进来的陌生的仆人?"侍从等答道:"没有。这里地点荒僻,住不惯的人一刻也做不牢,总是推说'我去一下就来',便卷卷铺盖回乡去了。"这确是实情,本来在此任职的人,也有几个人辞职而去。所以这时候山庄中仆人甚少。侍从等回想小姐近几日来的神情,记得她常常哭着说"我真想死了"。又看看她平日所写的字,在砚台底下发现了"忧患多时身可舍,却愁死后恶名留"之诗,更确信她已投水,向宇治川凝眸眺望,听到那汹涌澎湃的水声,觉得可怕而又可悲,便和右近商谈:"如此看来,小姐确是投水了,而我们还在东猜西测,使得各方关怀她的人都疑虑莫释,实在对他们不起。"又说:"做那件秘密的事,原本不是出于小姐自己的心愿。做母亲的即使在她死后闻知此事,对方毕竟并非令人感到可耻的等闲之辈。我们索性把事情如实告诉了她吧。她为了不见遗骸而东猜西测,困惑万状,知道了实情也许可以稍稍减释疑虑。况且殡葬亡人,必须有个遗骸,才是人世常态。这没有遗骸的奇怪丧事倘延续多天,定将被外人看破情由。所以还不如把实情告诉了她,大家尽力隐讳,也可聊以遮蔽世人耳目。"两人便把事情悄悄地告诉了夫人,说话的人悲痛欲绝,几乎说不完全。夫人听了不胜伤心,想道:"如此看来,吾儿确已亡身在这荒凉可怕的川流中了!"悲痛之极,恨不得自己也投身水中。后来对右近说:"我想派人到水里去寻找,至少总要把遗骸好好地找回来,才好殡葬。"右近答道:"此刻到水里去寻找,还有什么用处? 遗骸早已流到去向不明的大海中去了。况且做此无益之事,叫世人纷纷传说,多难听啊!"母夫人左思右想,悲情充塞胸中,实在无法排遣。于是右近与侍从二人推一辆车子到浮舟房间门口,把她平日所铺的褥垫、身边常用的器具,以及她身上脱下来的衣服等等,尽行装入车中,叫乳母家做和尚的儿子及其叔父阿阇梨、平素熟悉的阿阇梨弟子、一向相识的老法师,以及七七四十九日中应邀来做功德的僧人,装作搬运亡人遗骸的样子,一同把车子拉出去。乳母和母夫人不堪悲痛,躺在地上号哭。此时那个内舍人——就是以前为了值夜之事来警戒右近的那个老人——带了他的女婿右近大夫也来了。他说:"殡葬之事,应该禀明大将,择定日期,郑重举行才好。"右近答道:"只因有个缘故,务求勿使人知,所以特地在今夜以前办了。"就把车子驱向对面山麓的草原上,勿令他人走近,仅由知道实情的几个僧人举办火葬。这火葬很简单,烟气一会儿就消失了。乡村人对于殡葬仪式,反而比城市人看重,迷信也更深,就有人讥评:"这葬式真奇怪! 规定的礼节和应有的事项都不完备,竟像身份卑贱人家的做法,草率了事。"又有一人说道:"京都的人,凡有兄弟的人家,故意做得简单。"此外还有种种令人不安的讥评。右近想道:"这种乡村人的讥评,已足令人警惕,何况消息不能隐瞒,不久就会传开去。将来薰大将闻知小姐没有遗骸,定会疑心匀亲王将人藏匿。匀亲王也会疑心薰大将藏匿。但他与大将交往亲密,虽然暂时疑心他,不久终会知道小姐究竟是否在他那里。而大将也定然不会一直疑心亲王藏匿。于是两人会猜想另有一人把小姐带走隐藏。小姐生前命好,备受高贵之人怜爱。死后如果被疑心跟下贱人逃走,实在太冤屈了。"她很担心,于是仔细察看山庄中所有的仆役,凡是在今天的混乱中偶然看破实情的人,她都郑重叮嘱其不可泄露。凡是不知实情的人,她绝不让他们知道,戒备得非常周密。两人互相告道:"过了几时之后,自当把小姐寻死的情由悄悄地告知大将和亲王。现在就让他们知道,反会减却他们的哀情。所以目下倘有人走漏风声,我们对不起死者。"这两人心中负疚甚深,所以尽力隐瞒。

且说薰大将为了母夫人尼僧三公主患病,此时正闭居石山佛寺中大办祈祷。离京远出,对宇治关念更深。但并无一人立刻前往石山报道宇治近况。首先是浮舟死后并不见薰大将的使者前来吊奠,宇治的人都认为没有面子。于是领地庄院就有一人前往石山,将事情如实报告。薰大将听了大吃一惊,不知所措。便派一向亲信的大藏大夫仲信前往吊唁,于浮舟死后第三天早晨到达宇治。仲信传达大将的话:"我闻知此不幸之事，便想立刻亲自前来。只因母夫人患病，正在举办祈祷，功德期限自有规定，以致未能如愿。昨夜殡葬之事，理应先来通知，延缓日期，郑重举办。为何如此匆遽，轻率了事？人死之后，丧事或繁或简，固然同是徒劳，然而此乃人生最后之举，你等如此简慢，竟受乡村小民之讥评，使我也丧失面子了。"众侍女闻知薰大将的使者来了，更增悲伤。听了这话，无言可对，只得以哭昏为由，不作详明的答复。

薰大将听了仲信的报告，沉思前事，不胜悲伤。他想："宇治真是一个可恶的地方！我为什么叫浮舟住在这种地方呢？最近发生这桩意外之事，也是由于我把她放在那里认为可以安心，因而别人就去侵犯了。"他深悔自己疏忽大意，不通世故，胸中不胜悲痛。母夫人正在患病，他在这里悲痛这种不吉之事，甚不相宜，便下山返京。但他并不进入二公主房中，而是叫人传言："有一个和我接近的人遭逢不幸。虽无重大关系，我心不免悲伤。深恐不吉，暂不进房。"就独自在室中悲叹人世无常之苦。回想浮舟生前容姿，实在非常姣美可爱，更增悲伤恋慕之情。他想："她在世之日，我为什么不热诚地爱她，而空过岁月呢？如今回想起来，百思不能自解，后悔将无已时。在恋爱的事上，我是命里注定要遭受痛苦的。我本来立志异于众人，常思出家为僧。岂知事出意外，一直随俗沉浮，大约因此而受佛菩萨之谴责吧？也许是佛菩萨为欲使人起求道之心，行了个方便办法：隐去慈悲之色，故意叫人受苦。"于是悉心修行佛道。

匀亲王受苦更甚：自闻浮舟死耗，二三日间神志昏迷，似乎已经魂不附体。旁人都以为鬼怪作祟，十分惊慌。后来他的眼泪逐渐哭干，心情略微镇静下来，想起了浮舟生前模样，更增悲伤恋慕之情。他对于外人，只说身患重病。但无端哭肿两眼，不便叫人看见，便巧妙地设法隐蔽，然而悲伤之色自然显露。也有人说:"亲王为了何事而如此伤心? 看他忧愁得性命垂危呢!"薰大将详悉匂亲王忧伤之状,想道:"果然不出我之所料,他和浮舟的关系不仅是寻常通信而已。浮舟这个人,只要被他一见,定然牵惹他的神魂。如果她生存在世,定会做出比过去更加使我难堪的事来。"如此一想,他对浮舟的悼念之情稍稍消减了。

到匂亲王家问病的人甚多,天天门庭若市。几乎无人不到,举世骚扰。此时薰大将想:"他为了一个身份并不高贵的女子之死而闭居在家中哀悼,我倘不去慰问,似乎太乖戾了。"便前往访问。此时有一位式部卿亲王逝世,薰大将为这叔父服丧,穿着淡墨色丧服。但他心中只当作为他所悼惜的浮舟服丧,色彩倒很相称。他的面庞稍稍瘦削,然而相貌更增俊俏。别的问病人听见薰大将来,全都退出。这正是幽静的夕暮时分。匂亲王并非常常躺卧在床。疏远的人虽一概不见,一向出入帘内的人则并不拒绝会面。只是和薰大将相见有些顾虑,颇觉不好意思。一看到他,未曾开言,眼泪便欲夺眶而出,难于抑制。好容易镇静下来,说道:"我其实并无大病,只是别人都说这病非要小心谨慎不可。父皇与母后也非常替我担心,真不敢当。我实在是看见世事无常,不胜感伤耳。"眼中泪如泉涌,他想避人注意,连忙举袖揩拭,但泪珠已经纷纷落下。他觉得不好意思,但念薰大将未必想到这眼泪是为浮舟流的,只是笑我怯弱如同儿女而已。便觉可耻。但薰大将想道:"果然如此! 他一直在为浮舟悲伤。不知两人几时开始往来的。数月以来,他常在笑我是个大傻瓜吧。"这样一想,他对浮舟的哀悼之情便忘怀了。匂亲王察看他的神色,想道:"此人何等冷酷无情! 凡人胸中怀抱哀愁之时,即使其哀愁不是为了死别,看到空中飞鸣的鸟也会引起悲伤之情的。我今无端如此伤心哭泣,如果他察知我的心事,不会不感动而流下同情之泪的。只因此人深悟人世无常之理,所以泰然无动于衷。"便觉此人可羡可喜,把他看做美人曾经倚靠过的"青松柱"〔1〕。他想象薰大将与浮舟相对之状,觉得此人正是死者的遗念。

　　两人谈了些闲话之后,薰大将觉得浮舟之事不必过分隐讳,便开言道:"自昔以来,我每逢有事隐藏在心而暂时不对你说,便觉非常难过。现在我侥幸而升官晋爵,你身居高位,更是少有闲暇,从容谈话的机会竟没有了。并无特别事由,我也不敢前来拜访,不知不觉间过了多时。今天告诉你一件事:你曾到过的宇治山庄中那个短命而死的大女公子,有一个同一血统的人,居住在意想不到的地方。我闻知了,就常常去看她,想对她加以照拂。但当时我方新婚,深恐平白地受人讥议,便把此女寄养在那荒僻的宇治山庄中。我并不常去看她。她似乎也不想专心依靠我一人。如果我要把她当作高贵的正夫人,当然不能让她如此。但我并无此心。而看看她的模样,也并无特别缺陷。因此我安心地怜爱她。岂知最近忽然死去。我想起世间诸事无常,不胜悲痛。此事想必你也闻知了吧。"此时他也忍不住流下泪来。他并不想叫匀亲王看到他悲伤,便觉不好意思。然而眼泪一经出眶,便无法制止,脸色有些狼狈。匀亲王想:"他的态度异乎寻常,大约已经知道我的事情了吧? 真遗憾。"但仍若无其事地说道:"这真是可悲之事。我昨天也曾约略闻知。曾想派人前来慰问,探询情状。但因听说这是足下决意不欲使人知道之事,故未奉访耳。"他装作漠不关心地说,然而心中悲伤不堪,因此语甚寥寥。薰大将说:"因为她与我关系如此,所以我也想推荐与你。但你自然已经见过了吧? 她不是曾经到过你府上么?"这话中略有暗示。继而又说:"你身心

────────────

〔1〕　古歌:"剧怜座畔青松柱,曾是佳人笑倚来。"见《源氏物语注释》。

欠安之时,我对你说这些无甚意味的世事,有渎清听,实甚冒昧。务望保重为要。"他说过这话就告辞而去。归途上想道:"他思念得好厉害啊!浮舟不幸短命而死,然而宿命生成是个高贵之人。这匂亲王是当代皇上、皇后异常宠爱的皇子。自颜貌姿态以至一切,在现今世间都是出类拔萃的。他的夫人都不是寻常人,在各方面都是高贵无比的淑女。但他撇开了她们而倾心热爱这浮舟。现在世人大肆骚扰,举办祈祷、诵经、祭祀、祓禊,各处都忙得不可开交,其实都是为了匂亲王悼念此女而生病之故。我也是个高贵之人,娶得当今皇家公主为夫人。我对浮舟的悼念,何曾不及匂亲王之深?如今想起她已死去,悲伤之情无法制止呢!虽说如此,这等悲伤实在是愚笨的。但愿不再如此。"他努力抑制哀情,然而还是左思右想,心绪缭乱。便独自吟诵白居易"人非木石皆有情……"[1]之诗,躺卧在那里。想起浮舟死后葬仪非常简单,不知她的姐姐二女公子闻知后做何感想,薰大将觉得很对人不起,又很不安心。他想:"她的母亲身份低微。此种阶层的人家有一种迷信:有兄弟的人死后葬仪必须简单,因此草率了事吧。"思之心甚不快。宇治情况如何,他所不悉者甚多。为欲知道浮舟死时的情状,他想亲自赴宇治探问。然而在那边长留,实非所宜。如去了立刻回来,又觉于心不忍。心中犹豫不决,不胜烦恼。

转瞬已入四月。有一天傍晚,薰大将想起:浮舟如果不死,今日应是乔迁入京之日,便觉悲伤更甚。庭前近处的花橘发出可爱的香气。杜鹃飞过,啼了两声。薰大将独吟"杜宇若能通冥府"[2]之诗,犹觉未能慰

---

〔1〕 白居易《李夫人》诗:"人非木石皆有情,不如不遇倾城色。"
〔2〕 古歌:"杜宇若能通冥府,传言我正哭声哀。"见《古今和歌集》。时人相信杜鹃能通冥府。

情。这一天匀亲王正好来到北院〔1〕,薰大将便命人折取花橘一枝,赋诗系在枝上送去。诗曰:

> "君若有心怜杜宇,
> 也当饮泣暗吞声。"〔2〕

匀亲王因见二女公子面貌酷肖浮舟,深为感慨。此时夫妇二人正在默坐沉思。忽接薰大将来书,读后觉得此诗颇有意义,便答诗曰:

> "花橘香时人怀旧,
> 知情杜宇缓啼声。〔3〕

多啼令人心烦。"二女公子已经完全知道匀亲王与浮舟之事。她想:"我的姐姐和妹妹都如此命薄,想是她们易于感伤、思虑太深所致。只有我一人不知忧患,大约是因此而能活到今天吧。然亦不知能苟延多久。"思之不胜伤心。匀亲王知道她已洞悉情由,觉得隐讳也太无情,便把过去之事略加修饰,从头至尾告诉了她。二女公子说:"你隐瞒我,实甚可恨!"两人在谈话中时而哭泣,时而嬉笑。因为对方是死者的姐姐,所以谈话比对别人更为亲切。那边六条院内,万事大肆铺张。此次为匀亲王疾病举办祈祷,亦纷忙骚扰。问病之客甚多。岳父夕雾左大臣及诸舅兄

〔1〕 二条院在薰大将所居三条院之北,故称之为北院。
〔2〕 因相信杜鹃通冥府,故用以比已死的浮舟。
〔3〕 花橘的香气令人怀旧,根据古歌"乍闻花橘芬芳气,猛忆伊人怀袖香。"见《古今和歌集》。

弟时刻在旁问讯,实在不胜烦乱。这二条院里却很安静,匀亲王觉得可爱。

匀亲王寻思:浮舟到底为了何事而突然死去,此事竟像做一个梦。他心中怏怏不乐,便召唤时方等人,派他们到宇治去迎接右近。浮舟的母亲住在宇治,听听宇治川的水声,自己也想跳进水里。悲伤忧愁无法消解,不胜其苦,便回京去了。于是右近等只能和几个念佛的僧人作伴,非常寂寞无聊。正在此时,时方等人来了。以前这里值宿人警备森严,但现在更无一人前来阻挡。时方回思前事,想道:"真遗憾啊!亲王最后一次来到这里时,竟被他们阻挡,不得入内。"便觉他很可怜。他们在京中看见亲王为了这不足道的恋情而忧伤悲叹,觉得无聊之极。但到了这里,回想起从前有好几夜不惮跋涉而来的情状,以及抱着浮舟乘舟时的光景,觉得其人丰姿何等优美。回思前事,大家垂头丧气,不胜感伤。右近出来会见时方,一见就泣不可抑,这原是难怪她的。时方对她说:"匀亲王说如此如此,特地派我前来。"右近答道:"现在热丧之中,我就入京去见亲王,别人看了都将诧怪,我有所顾虑。即使去见,也不能清清楚楚地报告,使亲王确悉详情。且待四十九日丧忌过去之后,我找个借口,对人说'我要出门一下',这才像个样子。如果我能意外地苟延性命,则到了心情稍稍镇静之时,即使亲王不召唤我,我也定当把这做梦一般的情状向亲王诉说。"她今天不肯动身。时方大夫也哭起来,说道:"亲王和小姐的关系如何,我们并不详悉。我们虽然是不知内情的人,但看见亲王对小姐宠爱无比,觉得不须急急地和你们亲近,将来自有替你们效劳的时候。现在发生了这件不可挽回的悲惨之事,就我们的心境来说,更加希望同你们亲近了。"又说:"亲王思虑周至,特派车辆来接。如果空车回去,岂不使他失望?既然如此,就请另一位侍从姐姐前往如何?"右近便

呼唤侍从,对她说道:"那么你去走一遭吧。"侍从答道:"我更不会诉说情
况。并且我丧服在身,亲王府中得不禁忌?"时方说:"亲王患病,府中正
在举办祈祷,原有种种禁忌,然而似乎并不禁忌服丧之人。况且亲王与
小姐宿缘如此深厚,他自己也应服丧。四十九日之期所剩已无多天,还
请你今天劳驾吧。"侍从一向恋慕匂亲王的英姿。浮舟死后,她以为不得
再见了。今天乘此机会去见,私心乐愿,便动身入京。她身穿黑色丧服,
打扮得很漂亮。她现已没有主人,不必穿裳[1],所以没有把裳染成淡墨
色。今天就把一条淡紫色的叫随从者带着,以便参见亲王时系上。她设
想如果小姐在世,她今天走这条路进京必须秘密。她是私下同情匂亲王
与浮舟的恋爱的。她在路上不断地流泪,不久来到了匂亲王邸内。

　　匂亲王听说侍从来了,不胜悲痛。因为这件事太不好意思,所以没
有告诉二女公子。匂亲王来到正殿上,叫侍从在廊前下车。他向她详细
探问浮舟临终以前的情状,侍从把小姐那一时期悲伤愁叹之状、以及那
天晚上哭泣之状,一一告诉了他。她说:"小姐异常沉默,对万事都无精
打采。虽有忧患之事,亦不大肯告诉人,只是闷在自己心里。想是因此
之故,临终连遗言也没有。她如此痛下决心,实在做梦也想不到。"她报
告得很详细,匂亲王听了越发悲伤,推想浮舟心情,怪她何不听天由命,
随俗沉浮,而要如此痛下决心,投身溺水呢?又念当时如果看见她投水,
拦腰抱住,多么好呢!便觉心痛如捣,然而现已无法挽回了。侍从也说:
"当她烧毁书信之时,我们何以不加注意,实在太疏忽了。"她回答匂亲王
的问话,谈了一夜,直到天明。又把浮舟写在诵经卷数单上答复母亲的
绝命诗读给他听。匂亲王向来对这侍从并不十分注目,此时也觉得可亲

---

〔1〕　裳即下裙,是系在外面的短裙,是女子礼服。在主人或贵人前必须穿裳。

可爱,对她说道:"你今后就在此间供职如何? 你对我家夫人也不是生疏的。"侍从答道:"我虽欲在此供职,但心中悲痛未已。且待七七过后再说吧。"匀亲王说:"希望你再来。"他连此人也觉得依依不舍。破晓之时,侍从言归,匀亲王把以前为浮舟置办的栉箱一套和衣箱一套赏赐了她。他为浮舟置办的器物甚多,但赏赐侍从亦不宜太丰,所以只把与她身份相称之物送她。侍从来此,想不到会受赏,如今带了这许多东西回去,生怕同辈看到了诧怪,倒是麻烦之事。因此她很为难,然而不好意思退回,只得带着回去。到了山庄,与右近二人悄悄地打开来看。每逢寂寞无聊之时,看到这许多巧妙精致、新颖可爱的东西,不觉悲从中来,相与泣下。衣服也都是很华丽的。"在此丧忌之中,怎样隐藏这些东西呢?"两人相与愁叹。

薰大将也非常关念宇治情况,不堪其忧,便亲赴宇治来探视。他一路上回思昔日种种事情:"当初我由于何种宿缘而来访问她们的父亲八亲王呢? 后来竟替他全家的人操心,连这个意想不到的弃女也照顾到。我之来此,木是欲向这位道行高深的先辈请教佛法,替自身后世修福。不意后来违背素志,动了凡心。大约正是为此而身受佛菩萨惩罚吧。"到了山庄,他就召唤右近,对她说道:"此间情状,我所闻知的很不清楚。这真是无限伤心之事! 七七丧忌余日不多,我本想于丧忌过后来访,然而不能自制,就匆匆地来了。小姐毕竟患了什么病症,而如此突然亡身?"右近见问,想道:"小姐横死之事,老尼姑弁君等也都知道。将来总会被大将闻知。我倘隐瞒了他,将来他听见别人所说不同,反而要怪怨我。所以应该对他直说。"至于浮舟和匀亲王的秘密事件,右近曾煞费苦心地隐瞒,并且预先准备:如果面对这位态度异常严肃的薰大将,应该说怎样怎样的话。然而今天真个看见了他,准备好的话全都忘记了。她不胜狼

狈,便把浮舟失踪前后情况如实告诉了他。薰大将听了,觉得这真是意
想不到之事,一时说不出话来。他想:"决不会真有这种事情! 浮舟沉默
寡言,一般人常说的话她也不肯多说,真是个温柔的淑女,怎么可能痛下
决心而做出如此可怕之事? 多半是这些侍女捏造事实来欺骗我。"他疑
心匂亲王把浮舟隐藏起来,心中愈加烦乱了。然而回想匂亲王哀悼之
色,分明是真实的。看这里的侍女们的模样,如果是假装哀悼,自然看得
出来。此时山庄中上下人等闻知薰大将来到,大家伤心起来,一齐号啕
大哭。薰大将听到了,问道:"有没有与小姐一同失踪的人? 还得把当时
情况详细告诉我! 我想小姐决不会嫌我冷淡而背弃我。究竟突然发生
了什么不可告人之事,因而投身赴水? 我始终不能相信。"右近看薰大将
可怜;又见他果然怀疑,颇感为难,便对他说:"大人当然知道:我家小姐
自幼不幸,生长穷乡。近又僻处在这荒寂的山庄中。自此以后,平居常
多愁闷。惟静候大人偶尔降临,是其乐事,竟可使她忘怀过去之不幸。
她希望早日迁京,安居逸处,时时侍奉左右,口虽不言,心中无时或忘。
后来闻得此事即将如愿,我们当侍女的人也都欢喜庆幸,忙于准备乔迁。
那位常陆守夫人得遂长年之志,更是兴高采烈,日夜筹划乔迁之事。岂
知后来大人来了一封莫名其妙的信。这里守夜人也来传达尊意,说侍女
中有放肆之人,警卫必须森严。那些不通情理的粗暴村夫,竟有妄猜瞎
测,乱造谣言者。而此后大人久无音信。于是小姐痛感自身自幼不幸,
顿萌绝望之念。母夫人一向用尽心力,务求女儿交运纳福,不落人后。
小姐此时觉得妄图幸福,反受世人讪笑,实甚伤心,于是沦入悲观,日夜
愁叹。除上述情况之外,竟想不出其他致死之原因。即使被鬼怪隐藏
了,也总得留些痕迹。"说罢掩面大哭,悲伤不已。薰大将便不再怀疑,悲
从中来,泪流不止。他说:"我身不能随意作为,一举一动都受人注目。

每逢挂念她时,总是想道:不久即将迎她入京,使她有名有目,无忧无虑,和我永远欢聚。全靠以此自慰,过了许多日子。她疑心我疏远她,而实际是她抛舍了我。真使我好伤心啊!有一件事,本来今日我已不想再提,但此间别无外人,不妨说说,这便是匀亲王之事。他和小姐究竟是几时开始往来的?这位亲王对于色情之事特具专长,善于诱惑女人之心。我料想小姐是为了不能常常和他相逢,不堪悲伤,因而投身自尽的。你须得如实告我,对我不可隐瞒!"右近想道:"他确已完全知道了!"不胜遗憾,答道:"这件深可痛心之事,原来大人已经闻知了?我右近是时刻不离小姐左右的……"她略想一想,又说:"大人当然知道,小姐曾经悄悄地到亲王夫人那里住过几天。有一天,没料到亲王闯进了小姐室内。经我们严词抗拒,他终于走了出去。小姐害怕了,就迁居到三条地方那所简陋的屋子里。此后亲王见音信全无,就不再来纠缠了。小姐来此之后,不知他从何处闻知消息,派人送信来,这正是二月间之事。以后又有好几次来信,但小姐看也不看。我等劝她:'置之不理,太不礼貌了,反而显得小姐不懂情理。'于是小姐作复,大约有一二次吧。除此以外,我们并没有看到别的事情。"薰大将听了,想道:"她的回答总不过如此,我强欲深究,也太乏味了。"于是俯首沉思,他想:"浮舟珍视匀亲王,对他倾心爱慕。另一方面对我毕竟也不能忘情,以致左右为难,无法解决。她本来优柔寡断,又值居近水边,就起了这个念头。如果我不把她安置在家里,即使她遭逢极大的忧患,未必能找到一个'深谷'[1]而投身自杀。如此看来,这水实甚可恨!"他便深恶痛疾这宇治川。他近年来为了那可怜的大女公子和这浮舟,奔走往返于崎岖的山路上,如今回想起了觉得可哀。

---

〔1〕 古歌:"每逢忧患时,常思投深谷。深谷皆太浅,忧患何残酷!"见《古今和歌集》。

连"宇治"这个地名他也不愿再闻了。又想:"匀亲王夫人最初向我提出此人时,把她比作大女公子的雕像,已是不祥之兆。总之,此人完全是由于我的疏忽而亡身的。"他想来想去,想到了浮舟的葬仪,觉得这母亲毕竟身份低微,女儿的后事办得如此草率,实甚遗憾。听了右近的详细报道,又想:"做母亲的定然非常悲伤吧。浮舟作为这样一个母亲的女儿,总算是出类拔萃的人物了。浮舟与匀亲王的秘密事情,做母亲的未必闻知。她定然以为我对浮舟的关系有何变卦,因而使她自杀,正在怨恨我呢。"便觉万分对她不起。

浮舟不死在家里,此屋中原无不祥之气。但因随从人等都在面前,故薰大将未便入内,命人将架车辕的台搬来当作凳子,坐在边门外面。但觉样子难看,后来就走到繁木荫处,以苔为茵,暂坐休息。想起今后不会再到这凄凉的地方来,心甚悲伤,便环顾四周,独自吟诗:

"我亦长辞忧患宅,
谁人凭吊此荒居?"

阿阇梨今已任律师之职。薰大将召唤他到山庄来,吩咐他为浮舟举办法事,叫他增添念佛僧侣人数。自杀罪障甚深,故必须举办可以减轻罪障的法事。关于每个七日的诵经供养办法,均有详细指示。天色已经很暗,薰大将准备返京,心中反复思量:"如果浮舟在世,我今夜不会就此归去。"他召唤老尼姑弁君。弁君派人代答道:"此身太不祥了,为此日夜愁叹,神思愈益昏迷,惟有茫然奄卧而已。"她不肯出来参见。薰大将也不定要进去看她,就此上道。他在归途上痛悔不曾早日迎接浮舟入京,听到宇治川的水声,心如刀割,想道:"连遗骸也找不到,何等悲惨的死别啊！不知她现在怎样,在何处海底与贝介为伍?"其哀思无法自慰。

浮舟的母亲因常陆守邸内正为祈祷女儿安产而举办法事,而自己又因到过丧家,身蒙不祥之气,所以返京后不赴常陆守邸内,暂时旅居在三条地方那所简陋的屋子里。她的哀思也无法自慰。一方面又挂念邸内的女儿是否安产。后来闻知这女儿平安地分娩了。但她因为身蒙不祥,未便去看产妇。对其他子女也无法照顾,只是茫然地度日。正在此时,薰大将悄悄地派人送信来了。母夫人虽然神志昏迷,也觉得十分可喜,又十分可悲。薰大将的信中写道:"此次不幸而遭逢意外之变,鄙人首先应向夫人致吊。然而心绪缭乱,泪眼昏花。推想夫人爱子情深,亦必悲伤至极。因此欲待心绪稍宁,再行奉候。不觉岁月匆匆,已过多时。痛感世事无常,更觉愁恨难消。但鄙人倘得侥幸存命于世,务请视我为令媛之遗念,随时枉顾为幸。"此信写得非常诚恳,送信的使者就是那个大藏大夫仲信。薰大将又嘱仲信口头传言:"鄙人行事迟缓,以致年关已过而尚未迎接令媛入京,大人或将疑我恩情消减乎?然而既往不咎,自今以后,无论何事,必当尽力效劳。夫人亦请暗记在心。令郎等如欲出仕朝廷,鄙人定当尽力拔擢。"夫人认为子女之丧并无十分需要忌避的不洁,故无甚妨碍,坚请使者入内坐憩。自己挥泪作复,复书中说:"身逢逆事而能苟延残喘,忧伤度日,正乃仰承宠锡嘉言之故。多年以来,每见小女愁苦之状,常痛感此乃为母亲者出身微贱之罪。近蒙惠许迎接入京,正庆从此可得托庇长享幸福。岂知忽遭无可挽回之灾厄,令人闻'宇治'之名,亦觉凶恶可嫌,悲伤无极。今蒙赐书存问,殷勤抚慰,欣喜之余,自觉寿命可延。倘得暂时生存于世,自当仰仗鼎力之助。惟目前泪眼昏花,未能恭敬作复为歉。"送使者的礼品,若照普通规例,此时不甚相宜。

不送则又觉招待不周。便把本欲奉呈薰大将的斑纹犀角带一条,以及精
美佩刀一把装入袋中,载在使者车上,对仲信说:"此物乃死者遗念。"即
以奉赠。使者返邸,薰大将看了这赠品,说道:"其实大可不必。"使者报
道:"常陆守夫人亲自接见,啼啼哭哭地说了许多话。她说:'连无知小儿
亦蒙体恤关怀,实令人诚惶诚恐。况我等乃身份低微之人,反觉羞惭无
地。我当勿使外人知道何种关系,将所有不肖之子遣赴尊邸,令其服
役。'"薰大将想道:"这些固然不是关系密切之人。然而天皇的后宫中,
也并非没有地方官身份的女儿。如果由于有宿世因缘而蒙皇上宠爱,也
不至于受世人讥评吧。至于普通臣下,娶贫贱人家的女儿或嫁过人的妇
人为妻,也是常有之事。外人纷纷传说我爱上了一个地方守吏的女儿,
但我最初就不打算娶她为正妻,所以不能指为我行为上的污点。况且那
母亲丧失了一个女儿,不胜悲伤。故我必须看这女儿面上而照顾她的家
人,以慰这母亲之心。"

　　且说常陆守到三条那屋子里来找他的夫人了。他怒气冲冲地站着
叫道:"家中女儿分娩之时,你却独自躲在这里!"原来夫人并未把浮舟年
来下落和情况如实告诉他。他以为浮舟已经沦入困境。夫人想等薰大
将迎接浮舟入京之后,才把这光彩之事告诉丈夫。但现在弄得这般模
样,隐瞒也是徒然,便啼啼哭哭地把情况从头至尾告诉了他,并且拿出薰
大将的信来给他看。常陆守是个卑鄙之人,崇拜高官贵族,看了这信大
吃一惊,反复观玩,说道:"这孩子抛弃了偌大的幸福而死去,真可惜啊!
我也是大将的家臣,常常出入邸内,然而从未蒙大将召近身边。他是一
位非常尊严的贵人啊! 现在蒙他关怀我的儿子,我们真要交运了!"他满
面喜色。夫人则痛惜浮舟已不在世,只管俯伏哭泣。常陆守此时也流下
泪来。其实,如果浮舟在世,恐怕薰大将反而不会关怀到常陆守的儿子。

只因他自己做错了事,致使浮舟丧命,心甚抱歉,至少要安慰她母亲,所以顾不得世人讥评了。

　　薰大将为浮舟举办七七的法事,却又怀疑她是否真个死去。但念无论死或不死,做功德总不是坏事。于是十分秘密地在宇治那律师的寺中大做道场。命令办事人:赠与六十位法师的布施品必须从丰。浮舟的母亲也来到宇治,另外添办几种佛事。匀亲王将黄金装入白银壶中,送到右近处。他深恐外人怀疑,不便公然为浮舟大办法事,这黄金只当作是右近供养的。不悉内情的人都说:"为什么这侍女的供养那么阔绰?"薰大将方面,派遣了一大批亲信的家臣到山寺来办事。有许多人惊诧地说:"真奇怪! 这女子从未闻名,何以法事做得如此体面? 她毕竟是何等样人?"此时常陆守也来了,他毫不客气地以主人自居。众人看了都觉得奇怪。常陆守近来因女婿少将生了儿子,大办庆祝,忙得不亦乐乎。他家中珍宝几乎应有尽有,近又收集了唐土和新罗[1]的种种物品。然而身份所限,这些物品毕竟甚不足观。这法事本来是秘密举办的,然而排场非常盛大。常陆守看了,想道:"浮舟如果在世,其命运之高贵决非我等所能并比!"匀亲王夫人也送来种种布施物品,又命设筵宴请七僧。皇上也闻知了薰大将曾有如此一情妇,设想他对此人情爱甚深,未便使二公主知道,所以一向隐藏在宇治山中,觉得他很可怜。薰大将与匀亲王二人心中,一直为浮舟悲伤。匀亲王在情火炽盛之时忽然失去了恋人,更是非常痛心。然而他原是浮薄成性的人,为欲安慰悲情,试向别的女子求爱的事又多起来。薰大将则身任其咎,虽然多方照顾了浮舟的遗族,还是难于忘怀这莫可挽回的恨事。

―――――――――

　　[1]　即中国和朝鲜。

　　且说明石皇后为叔父式部卿亲王服轻丧,这期间还住在六条院。匀亲王的哥哥二皇子代任了式部卿,这官位很尊严,不能常来参谒母后。匀亲王心绪不佳,寂寞无聊,常到与母后同来的姐姐大公主那里去闲玩,借以散心。大公主身边美貌侍女甚多,匀亲王未得仔细欣赏,引以为憾。薰大将也不禁动情,偷偷地爱上了大公主身边的侍女小宰相君,其人相貌也很漂亮。薰大将认为这是一个品性优越的女子。同是弹琴或弹琵琶,她的爪音、拨音比别人美妙。写信或讲话,也往往添加富有情趣的词句。匀亲王以前也认为这是一个美人,照例企图破坏薰大将对她的恋情而据为己有。但小宰相君说:"我为什么要像别人那样服从他!"她的态度非常强硬。严肃的薰大将就相信"此人异于常人"。小宰相君察知薰大将心甚悲伤,不忍坐视,赋诗奉呈,诗曰:

　　　　"省识君心苦,同情不让人。

　　　　　只因身份贱,不敢吐微忱。

让我代她死了吧。"此诗写在一张雅致的信笺上。在这凄凉的夕暮,她善于推察大将的隐忧而奉呈此诗,其用心实甚可喜。薰大将答诗云:

　　　　"阅尽无常相,何尝露隐忧?

　　　　　无人知我苦,除却汝心头。"

为了答谢她的好意,走进她房间里,对她说道:"我正在忧伤之时,得你赠诗分外喜慰。"薰大将一向矜庄持重,举止端详,不肯随便出入于侍女之室,是个高贵人物。而小宰相君的居处十分简陋,又窄又浅,便是宫中所谓"局"〔1〕的小屋。薰大将走近那拉门口时,小宰相君觉得不好意思。但她并不过分自卑,不慌不忙,巧妙应对。薰大将想道:"此人比我所爱的那人更加优雅可爱呢! 为什么在这里当宫女呢? 最好当了我的侍妾,让我来照管她吧。"但他这秘密企图绝不让人知道。

莲花盛开之时,明石皇后举办法华八讲。首先是为亡父六条院主,其次是为义母紫夫人。各各分定日期,供养经佛。这法会非常庄严盛大。讲第五卷的那一天,仪式尤为隆重,各处通过有亲戚关系之侍女到六条院来观光之人甚多。第五天朝座讲第八讲,功德圆满。这期间殿内暂作佛堂装饰,现在要恢复原状,因此北厢中的纸隔扇也都打开,以便仆役等进去布置装修。这时候就请大公主暂住西面廊房中。众侍女听讲疲倦了,各自回房中休息,大公主身边侍女甚少。薰大将因有要事必须与今天退出的法师中的一人商谈,便换了便袍走到钓殿里来找他。后来僧众全部退出,薰大将暂时坐在池塘旁边纳凉。此时人影稀少,前述的小宰相君等在附近设置帷屏,隔成小室,暂在那里休息。薰大将想道:"小宰相君或恐就在这里,听到衣衫窸窣之声呢。"便从中廊的纸隔扇的隙缝里窥探,但见里面不像普通侍女房间的样子,布置得非常清爽。从参差的帷屏的隙间窥探,室内一目了然。其中有三个侍女和一个女童,把冰块盛在盖子里,正在喧嚷着要把它割开来。她们既不穿礼服,又不穿汗衫,都是放任不拘的样子。因此薰大将想不到这是大公主的住处。忽见那边有一个穿白罗衫子的女子,正在微笑着闲看众侍女喧哗弄冰,其颜貌美不可言。这正是大公主。这一天暑热难堪,大概她嫌浓密的头发披在后面太热,所以略略挽向前面,其姿态美妙无比。薰大将想:"我

〔1〕 局是日本古代宫中独立的小屋,宫女等所居。

见过的美人不少了,却从无一人比得上此人。"相形之下,她身边的侍女竟像土块一般了。他定一定神,仔细观看,又见一个侍女,身穿黄色生绢单衫,外缀淡紫色裙子,手中拿着扇子,打扮得特别齐整。此人对弄冰的人说道:"你们这样费力,反而热了! 还不如放着看看吧。"笑时眉目娇艳动人。薰大将一听声音,就知道这是他所属意的小宰相君。众侍女费了许多气力,终于把冰割碎,各人手持一块。也有人不成体统地把冰放在头上或贴在胸前。小宰相君用纸包了一块冰,送到大公主面前。大公主伸出那双晶莹洁白的玉手,用纸包的冰揩拭一下,说道:"我不要拿,滴下水来很讨厌。"薰大将隐约听见她的声音,也觉得无限欢喜。他想:"还在她很小的时候,我见过她。那时我自己也还是个无知无识的小儿,就觉得这女孩相貌真漂亮。后来彼此隔绝,连情况也不明。今天是什么神佛赏赐我这个好机会? 唉,这是否也会同从前一样,成为忧愁苦患的起因呢?"他不安地想着,痴立在那里凝望。此时正在北面乘凉的一个女仆,忽然想起:自己因有要事,打开这纸隔扇走了出来,不曾关上。如果有人在这里窥探,自己将大受呵斥。她很担心,立刻慌张地跑回来。但见一个穿便袍的男子站在那里,不知是谁。她心中惶恐,也顾不得自己被人看见,就沿着回廊急急忙忙地奔来。薰大将想:"我这种好色的行为,决不可叫人看见。"立刻转身离去,躲藏起来。那女仆想道:"不得了啊! 连帷屏都没有遮好,望进去全都看见! 这官人大约是左大臣家的公子吧? 陌生人不会到这里来。如果被人知道了,一定会追究:'是谁把纸隔扇打开的?'幸而这官人穿的单衣和裙子都是丝绸的,行动没有窸窣声,里面不会有人注意到吧。"她担心得很。薰大将想:"我本来道心日渐坚定了,只因宇治之事走错了一步,以致变成一个百苦交煎的凡夫! 如果当时早早出家为僧,现已安居深山之中,不会如此心烦意乱了。"他辗转思忖,情绪缭乱。又想:"我为什么年来一直渴望看到大公主呢? 如今见了,反而增加痛苦。这真是无可奈何之事。"

薰大将回三条院后,次日一早起身。看看夫人二公主的相貌,觉得非常姣美。但他想:"虽说大公主未必胜于这二公主,然而仔细看来,毕竟不同,大公主异常高雅,光艳照人,其美实在不可言喻! 但这也许是我有成见之故,或者时地不同之故吧。"便对二公主说:"天气热得很呢。你换一件薄一点的衣服吧。女子的衣服须时时更新,才能显出各季节的风趣。"又对侍女说:"到皇后那里去,叫大式〔1〕替公主缝一件轻罗单衫。"众侍女想:"我们公主青春美貌,大将要仔细欣赏。"大家很高兴。薰大将照例到佛堂诵经,然后回到自己室中休息。中午来到二公主房中,看见刚才吩咐侍女去要的轻罗单衫已经挂在帷屏上了。他对二公主说:"你为什么不穿? 人多的时候,穿半透明的衣服似乎放肆,但现在无妨。"便亲手替她换衣。裙子也同昨日大公主所穿的一样,是红色的。二公主头发很浓密,长长地下垂,其美也不逊于大公主。然而各有特色,并不完全相同。他命人拿些冰来,叫众侍女把它割碎,拿一块送给二公主。如此模仿,自己心中也觉得可笑。他想:"世人有把所爱的人写入画中、借看画以慰情者。何况她是大公主的妹妹,更宜于替我慰情。"但他又想:"如果昨日我也能像今天一样参与其间,任意欣赏大公主……"这么一想,不觉叹息一声。便问二公主:"你近来写信给大公主么?"二公主答道:"没有。在宫中时,父皇叫我写,我就写给她。但此后长久不写了。"薰大将说:"你嫁给了臣下,所以大公主不写信给你,真是遗憾。你赶快去见母后,向她诉说:你怨恨大公主。"二公主说:"怎么可以怨恨呢? 我不去

---

〔1〕 大式是皇后身边的侍女。

说。"薰大将说:"那么你可对母后说:大姐为了我是臣下,看我不起,所以我也不写信给她。"

这一天匆匆过去了。次日早晨,薰大将前往参见皇后。匂亲王照例也到。他身穿丁香汁染的深色轻罗单衣,外罩深紫色便袍,神情异常风流潇洒。他的相貌之美,并不亚于大公主[1]。肤色白皙,眉清目秀,比从前略微瘦些,然而非常动人。薰大将一见这个貌似大公主之人,恋情立刻涌上心头。他想:"岂有此理!"赶快镇静下来。但觉比未见大公主以前更加痛苦了。匂亲王命人拿了许多画来,吩咐侍女将画送交大公主。他自己不久也到大公主那里去了。

薰大将走近明石皇后御前,和她谈谈法华八讲的尊严、六条院主与紫夫人在世时之事,看看送大公主后剩下来的画幅,顺便说道:"我家那位二公主,为了辞别九重,降嫁臣下,心中常感委屈,很可怜呢。她认为大公主不同她通信,是由于自己已是臣下身份,故见弃于大公主。为此一向闷闷不乐。但望此种图画等物,以后便中也送她一些。由我带去也无不可。不过我带去就不大稀罕了。"明石皇后说:"怪哉!怎么会见弃于大公主呢?她们两人在宫中时,相去很近,时时通信往还。后来分居两地,自然音问稀少了。我就劝大公主写信给她吧。你叫二公主也不要有顾虑。"薰大将说:"二公主怎么可以冒昧写信呢?她虽然不是你亲生的,但我和你有姐弟之谊。倘蒙看在这面上加以青眼,实甚欣幸。况且她们本来惯于通信往还,如今忽然见弃,乃痛心之事。"他说这种话,实出于好色之心,但明石皇后意想不到。

----

〔1〕匂亲王与大公主皆明石皇后所生,二人是嫡亲姐弟。二公主则是已故藤壶女御所生。

　　薰大将辞别明石皇后出来,想去望望那天晚上曾入其室的小宰相君,并且看看前天窥探过的那间廊房,借以慰情。便穿过正殿,走向大公主所居的西殿去。这里帘内的侍女戒备特别森严。薰大将相貌堂堂,威风凛凛地走近廊前,但见夕雾左大臣家诸公子正在那里和侍女们谈话,便在边门面前坐下,说道:"我经常到这一带地方来,却难得和各位见面。真想不到,似觉自己已经变成了老翁,今后非下决心多来亲近亲近不可。你们这些年轻人看了会说我不相称吧?"说着向几个侄儿看看。有一个侍女说道:"从今练习起来,定会返老还童。"这里的人随随便便说一两句话也有风趣,可见这殿内非常优雅,富于情味。他来这里并无事情,但和侍女们说说闲话,觉得非常舒服,因此坐得特别长久。

　　大公主来到母后那里,母后问道:"薰大将到你那里去过了么?"跟从大公主来的侍女大纳言君答道:"薰大将是来找小宰相君谈话的。"母后说:"这个严肃的人也会关心女子而找她谈话?倘是个不大伶俐的女子,应付困难,心底里也将被看透了。但小宰相君是很可放心的。"她和薰大将虽然是姐弟,但向来对他很客气,故希望侍女们也小心应付他。大纳言君又说:"薰大将特别喜欢小宰相君,常常到她房中去,长谈细说,直到夜深才出来。然而恐怕不是普通一般的恋爱吧?小宰相君说匂亲王是个非常薄情的人,所以连回信也不写给他,真屈辱了他!"说罢笑起来。明石皇后也笑了,说道:"匂亲王那种讨厌的浮薄性情,小宰相君能够看出,却也可喜。我真想设法使他改掉这种恶癖才好。这实在是可耻的。这里的侍女们也都在讥笑呢。"大纳言君又说:"我还听到很奇怪的事情呢:薰大将那个最近死了的女子,是匂亲王夫人的妹妹。大概不是同一母亲所生的吧。还有一个前常陆守某某之妻,据说是这女子的叔母或母亲,不知究竟是怎么一回事。这女子住在宇治,匂亲王和她私通了。薰大将闻讯,立刻准备迎接她进京,添派了许多守夜人去,警备非常森严。匂亲王又悄悄地去访,竟不能进门,在马上和一侍女立谈了一会就返京。这女子也恋慕匂亲王,有一天忽然失踪了。乳母等都说她已投水而死,哭得很悲伤呢。"明石皇后听了也很吃惊,说道:"这种话是谁说的? 真是荒唐可耻的事啊! 不过这样的奇闻,世间自会纷纷传说,何以薰大将不曾说起? 他说的只是人世无常之事,以及宇治八亲王一族大都命短之事,深为悲叹而已。"大纳言君说:"娘娘请听我说:下等仆役说的话靠不住,我也知道。但这是在里面当差的一个女童说的。这女童有一天来到小宰相君的娘家,确确实实地说出这件事来。她还说:'不要把小姐横死之事告诉别人吧。情节实在奇离可怕,所以大家尽力隐讳。'大概宇治那边的人没有详细告诉薰大将吧?"明石皇后说:"你叮嘱那个女童:切不可再把这件事说与别人听! 匂亲王如此放荡,深恐将来身败名裂,如之奈何!"她非常担心。

后来大公主写信给二公主了。薰大将看了大公主的手笔,觉得异常秀美,心中不胜欣喜,悔不早点叫她们通信,早点欣赏这手笔。明石皇后也送了二公主许多美丽的图画。薰大将收集许多更美丽的图画,赠送大公主。其中有一幅画的是《芹川大将物语》中的情景:远君恋慕大公主[1],有一个秋天的傍晚,不堪相思之苦,走进大公主室中去。画笔非常美妙。薰大将看了,觉得这远君很像是替自己写照,他想:"我的大公主能像画中的大公主那样爱我才好。"便悲叹自己命苦,赋诗曰:

---

〔1〕《芹川大将物语》今已失传。远君是一个男子,或曰"十君"。这大公主是这物语中的人物。

　　　　　　"秋风吹荻凝珠露,

　　　　　　　暮色苍时我恨长。"

　　他想把这诗写在那幅画上送给大公主。但念在这世间,自己这种念头略微吐露一点,便会引起绝大麻烦,应该绝对不泄漏出去才是。如此左思右想,忧愁苦恨的结果,终于记起了那个已死的宇治大女公子:"此人如果不死,我绝不会分心去爱别的女子。即使当今皇上欲以公主赐我,我也不会领受。且皇上闻知我有如此钟爱之人,也不会将公主嫁我。总之,害得我如此忧伤烦恼的,还是这'宇治桥姬'〔1〕!"如此苦思一番之后,又想到了那个匂亲王夫人,觉得又是可恋,又是可恨。当初自己让给了他,何等愚蠢!现在追悔莫及了。如此痛悔一番之后,又想到了那个突然死去的浮舟,觉得此女年幼无知,不通世故,轻率地自丧性命,何其愚痴。但又想起右近所述浮舟忧愁苦闷之状,以及闻知大将变志而负疚在心、悲伤饮泣之状,又觉得她很可怜。想道:"我本来不拟娶她为正妻,只当她是个忠贞可喜的情妇,这人实在是很可爱的。如此想来,匂亲王也不可恨,浮舟也不足怪,都是我自己不会处理世事之罪。"他常常如此沉思冥想。

　　薰大将虽然气度安闲,举止端详,但逢到了恋爱之事,自然也会身心交困。何况那好色的匂亲王,自从浮舟死后,哀情无法宽慰。连可以当作浮舟的遗念而相与其诉哀情的人也没有。只有他的夫人二女公子,有时说"浮舟可怜"。然而她和这异母妹并不是从小一起长大,而是最近才见面相识的,所以对她的同情并不甚深。而匂亲王也不好意思在妻子面

────────────────

　　〔1〕　以宇治桥的女神比拟大女公子。

前任意说"浮舟可爱,浮舟可怜"。因此他把一向在宇治的侍从接到了二条院来。宇治山庄中自浮舟死后,侍女们纷纷散归,只有乳母和右近、侍从三人,不忘旧情,还守在那里。侍从对浮舟虽然并不十分亲密,但也暂时陪着乳母和右近作话伴。当初听到这荒凉的宇治川的水声,确信希望在前,可以自慰,而现在只觉得凄凉可怕。后来侍从终于辞别宇治,来到京都,住在一个简陋的地方。匀亲王派人去找她,对她说道:"你到这里来当差吧。"她感谢匀亲王的好意,但念这地方对她的旧主人浮舟有复杂关系,深恐众侍女纷纷传说,言语不堪入耳,因此不愿住在二条院,要求到明石皇后那里当侍女。匀亲王说:"这样很好。你在那边,我可以私下差使你。"侍从思念到了宫中,可以消遣孤苦无依之情,便找人说情,到明石皇后那里当了宫女。别的宫女觉得此人身份虽低,然而相貌不坏,人品也好,便无人歧视她。薰大将也常常来此,侍从每次见到他,总觉不胜感伤。她以前听别人说,皇后那里有许多身份高贵的、像小说中所描写的千金小姐。现在她留心察看,渐渐觉得竟没有比得上她的旧主人浮舟的人。

且说今春逝世的式部卿亲王有个女儿,亲王夫人是她的后母,很不喜欢她。这后母的哥哥右马头,其人毫不足道,却恋慕这个女儿。后母不顾女儿委屈,答应把这女儿嫁给他。明石皇后偶然闻知此事,说道:"可惜啊! 她父亲在日非常疼爱她,如今要被糟蹋了!"这女儿也很悲伤,日夜愁叹。女儿的哥哥侍从便说:"既然皇后这样慈祥地关怀……"最近就把这妹妹送进宫中。此女与大公主作伴,最为适当。因此特别受人尊敬。然而身份自有规定,所以给她取名为宫君,但不穿侍女制服,只添一条侍女用的短裙。实在也是很委屈的。匀亲王闻知此事,想道:"恐怕只有这宫君,相貌比得上我所恋慕的浮舟。她父亲和八亲王原是兄弟。"他好色的老毛病还是不改,为了恋慕浮舟,便希望看看宫君。他念念不忘,

总想早点看到她。薰大将闻知宫君当了宫女,想道:"这真是岂有此理之
事啊!她父亲曾想把她嫁给皇太子,又曾表示想把她嫁给我,还是昨今
之事呢!世事无常,逢到了衰运,还不如投身水底,也可免受讥评。"他对
宫君的同情比别人更深。

明石皇后到了六条院之后,众侍女都觉得这里比宫中宽敞,更多趣
味,住得更舒服。平日不常来伺候的侍女,也都跟来,无拘无束地住着。
长长的一排边屋,以及回廊、廊房等处,住得满坑满谷。夕雾左大臣的威
势不亚于源氏当时,凡事都经营得尽善尽美,用以招待皇后。源氏这一
族日渐繁荣,比较起从前来,一切排场反而更加新颖了。匂亲王如果依
旧好色,则皇后居住六条院的期间,不知会做出多少色情之事来呢。幸
而这时候他非常安静。别人看见了,都以为他生来具有的恶癖已经稍稍
改去了。岂知近日老毛病又发作起来,看中了那个宫君,一直在打主意。

天气渐凉,明石皇后打算回宫中去。众青年侍女都觉得可惜,聚集
在皇后殿前央请:"秋色方盛,这里的红叶正美,难道不看么?"于是天天
临水赏月,管弦之会不绝,比往常更热闹了。匂亲王最擅长音乐,常常参
与演奏。此人虽然朝夕见惯,但其容貌之映丽,常像初开的花。薰大将
则不常来此,众侍女都觉得此人仪表威严,难于接近。这两人同来参见
皇后之时,侍从从屏后窥见了,想道:"这两个人,都是我家小姐所爱慕
的。小姐倘能活在世间,享受福报,多么好呢!顿萌短见,其心实在太怯
弱了。"她对人装作不知道宇治那边的事情,绝不谈起,只在自己心里痛
惜。匂亲王向母后详细禀告宫中之事,薰大将便告辞而出。侍从想道:
"不要让他看见我吧。未过小姐周年忌辰我就出来,深恐他怨我无情。"
便躲避了。

薰大将走到东面的走廊边,看见开着的门口有许多侍女正在低声谈

话。他就对她们说:"你们应该知道我是最可亲近的人。女人也没有像我这样可以信托。我虽然是男人,却也能把女人须知之事教给你们。你们会渐渐了解我的心情的,所以我很高兴。"众侍女都默默不能作答。就中有一个名叫弁姐的,是一个熟悉世故而年事较长的侍女,答道:"没有密切关系的人,总是不好意思亲近的。不过世间的事往往相反。就像我,并非对你有密切关系而可以任意不拘地相见的人。然而我们这种厚着面皮当侍女的人,装作怕羞而不理睬你,不是可笑的么?"薰大将说:"你断言对我不必怕羞,我倒又觉得遗憾了。"他向里面望望,但见脱下的唐装堆在一旁,大约正在任情不拘地弄笔。砚台盖里盛着些琐碎的小花枝,看来是她玩耍的。有几个侍女躲进了帷屏后面;另有几个背转了身子,向开着的门口眺望。她们的头发都很美丽。薰大将便把那里的笔砚移过来,题一首诗:

　　"女郎花烂漫,伴宿卧花阴。

　　一片冰心洁,不蒙好色名。[1]

何故不放心呢?"就把这诗送给背转身子坐在纸隔扇后面的一个侍女看。这侍女身子也不转过来,从容不迫地振笔疾书道:

　　"女郎花名艳,素志自坚贞。

　　不比闲花草,任情染露痕。"

―――――――――

　　〔1〕　古歌:"遍地女郎花,伴花宿亦佳。时人讥好色,漫把恶名加。"此诗根据此歌,以女郎花比众侍女。

薰大将看看她的手笔,觉得虽然草草不工,却也颇有风趣,楚楚可观。他不知道此人是谁,想必是正欲上皇后殿前去,被他遮断了路,暂时滞留在此的。弁姐看了薰大将的诗,说道:"说得斩钉截铁,像是老翁口气,太没趣了。"便赠诗曰:

> "女郎花艳艳,正值盛开时。
>
> 试傍花阴宿,君心移不移?

然后可以确定好色不好色。"薰大将答以诗云:

> "蒙君留我住,一宿自当陪。
>
> 倘是闲花草,余心决不移。"

弁姐看了这诗说道:"请勿侮辱我们! 我说的是野宿在别的郊原上,不是我们留你宿!"薰大将略微说了几句无关紧要的话,侍女们希望他再说下去。但他已准备离去,说道:"我只管拦住道路,太任性了,现在放你们走吧。今天你们特别怕羞,东避西躲,定然有个缘故吧?"说罢就站起身来走出去。有几个侍女想道:"他以为我们都是像弁姐一样不怕羞的人,真冤枉了!"

　　薰大将靠在东面的栏杆上,在夕阳中眺望庭院里渐次开放的秋花。不堪忧伤之情,低声吟诵白居易的诗句"大抵四时心总苦,就中肠断是秋天"。[1] 忽闻女子衣衫窸窣之声,分明是刚才背转身子吟诗的那个人,

---

〔1〕 见白居易诗《暮立》。

她穿过正殿的门，走向那边去了。此时匂亲王走过来，问侍女们："适才从这里走到那边去的是谁？"有一侍女答道："是大公主那里的侍女中将君。"薰大将想道："这也未免太不谨慎了。对于怀着好奇心探问的男人，怎么可以随随便便地公然把名字告诉他！"他替这女子抱屈。看见众侍女对匂亲王都很亲近，又觉得嫉妒。想道："想必是匂亲王态度强硬，所以众侍女只得服帖。我真倒霉，为了匂亲王的狂恋，一直妒恨忧伤，不知吃了多少苦头。这些侍女之中，定有品貌不凡的女子，是他所倾心热恋的。我将设法诱惑这女子，占为己有，让他也尝一尝我这种苦头的滋味吧。真正有思虑的女子，一定倾向我这方面。然而这种人不易多得。这就使我想起那二女公子来。她常嫌匂亲王的行为不适合他的身份，又明知我和她的恋情不便公开，被世人讥评起来也不好听，然而对我的友爱之情始终不曾放弃。能有这等见识，实在是世间难得的贤女。这许多侍女之中有否这样的人呢？我对她们生疏，不得而知了。近来寂寞无聊，夜寝不能安枕，让我来学习一下，也干一些风流逸事吧。"他现在这样想，也是不适合他的身份的。

薰大将又像前天偷窥一样，有意走向大公主所居的西廊方面去，这种行径也是讨厌的。大公主晚上到明石皇后那里去了，众侍女无拘无束地在廊上看月亮，说闲话。有一人正在弹筝，音节十分美妙，爪音清脆悦耳。薰大将不让她们知道，悄悄地走近去，说道："为什么'故故'地[1]弹得如此美妙？"侍女们大吃一惊，来不及放下揭起着的帘子，有一人站起

---

〔1〕"故故将纤手，时时弄小弦。耳闻犹气绝，眼见若为怜。"是《游仙窟》中的句子。此书乃唐代张文成所著，写一男子游仙境，遇一美女名十娘，善弹琴。此四句乃男子描写十娘弹琴之状。

来答道:"'气调'相似的兄弟[1]不在这里呀!"察其声音,这便是名叫中将君的人。薰大将也引用《游仙窟》中典故戏答道:"我是'容貌'相似的母舅[2]呢!"他知道大公主不在此,觉得扫兴,问道:"公主总是常在那边的,她在这归省期间做些什么事呢?"侍女答道:"不论在哪里,都不做什么事,只是寻寻常常地度日而已。"薰大将想起大公主身份之优越,不知不觉地叹了一口气。深恐别人诧怪,努力装作无事,立刻拿过侍女们送出来的和琴,不加调整,就弹奏起来。这和琴合着律调,其声与秋天的季候非常适合,音节美妙动人。薰大将弹到半途忽然停止,热心听赏的侍女们异常惋惜,觉得反而难过。薰大将此时心事重重,他正在想:"我的母亲身份不逊于这大公主。惟大公主乃皇后所生,这一点不同而已,其各受父帝宠爱,亦完全相同。然而这大公主特别优越,是什么缘故呢?想来皇后出生的明石浦是个胜境,所以地灵人杰吧。"又想:"我能娶得二公主为妻,宿命已甚尊贵,若能兼得大公主,可知更好哩。"这真是妄想了。

　　已故式部卿亲王的女儿宫君,在大公主所居的西殿那里有她自己的房间。许多青年侍女都在那里看月亮。薰大将想:"唉,可怜!此人与大公主同是皇家血统呢。"他回思式部卿亲王当年曾经有心将此女许配与他,觉得非无缘故,便走向那边去。但见两三个相貌姣好的女童,穿着值宿制服,在外面闲步。看见薰大将走过来,连忙退入室内,其娇羞之态可爱。但薰大将觉得这是世间常见之相。他走近南面一角里,咳嗽几声,

---

[1][2]　"容貌似舅,潘安仁之外甥;气调如兄,崔季珪之小妹。"亦《游仙窟》中句,是十娘的侍女描写十娘的相貌。中将君引用此典,意思是说:匂亲王乃大公主之弟,你要看大公主,只要看匂亲王,但他不在这里。薰大将引用此典,意思是说:我是大公主之母舅,故不妨亲见大公主。

便有一个年事稍长的侍女走出来。薰大将对她说道:"我常想对宫君表示同情之意。但用世人惯说的老生常谈,反而好像模仿浮泛的应酬话,所以正在努力'另外觅新词'〔1〕呢。"那侍女并不进去通报宫君,自作聪明地答道:"我家小姐意外地身逢此种境遇,常常回想起亲王生前对她的宠爱。又蒙大人时时寄与深切的同情,她闻知了不胜欣慰。"薰大将觉得这是对普通人的应酬话,无甚意味,心中颇感不快,说道:"我与你家小姐是嫡堂兄妹,原有不可分离的族谊。尤其是小姐身逢此种境遇,更应多多关怀。今后倘有事务见嘱,定当乐为效劳。但倘疏远规避,叫人传言通话,则我不敢再来访问了。"侍女觉得的确怠慢了他,心甚不安,便力劝宫君亲自应对。宫君便在帘内答道:"我今孤苦无依,'苍松亦已非故人'〔2〕了。乃蒙不忘旧谊,令人铭感五中。"这不是命人传言,而是亲口对答,其声十分娇嫩,并有优雅之趣。薰大将想道:"这倘是住在这里的一个普通宫女,倒是很有意思的。但她是亲王家的女公子,只因今日处此境遇,不得不与人直接通话。"他很可怜她。推想她的容貌亦必非常美丽,颇思见她一面。忽念此女定然使得那匂亲王苦思劳心,觉得可笑。却又慨叹世间理想的女子不易多得。他想:"这宫君是身份高贵的亲王悉心教养成长的千金小姐,然而这种环境之下产生的美人,并不稀奇。最稀奇的,是出生于高僧一般枯寂的八亲王之家,成长在荒凉的宇治山乡中,而个个长得美玉无瑕。连那个被人视为身世飘零、意志薄弱的浮舟,对晤之时,也令人觉得非常优雅可爱。"可见他无论何时何地,都只是

　　〔1〕　古歌:"特地钟情汝,专心誓不移。相思字太泛,另外觅新词。"见《古今和歌六帖》。

　　〔2〕　古歌:"谁与话当年? 亲友尽凋零。苍松虽长寿,亦已非故人。"见《古今和歌集》。

想念宇治一族的人。暮色沉沉之时,他历历回思对她们的异常恶劣的因缘,感伤不已。忽见许多蜉蝣忽隐忽现地飞来飞去,遂赋诗云:

"眼见蜉蝣在,有手不能取。

忽来忽消逝,去向不知处。[1]

世事也都是像这蜉蝣一般'似有亦如无'[2]的。"此诗照例是独吟的吧?

---

　　[1]　本回题名据此诗。日文是"蜻蛉",蜻蛉与蜉蝣发音相同,各注释本都确定是蜉蝣。

　　[2]　古歌:"蜉蝣生即死,似有亦如无。世事皆如此,莫谈荣与枯。"见《后撰集》。

第五十三回　习　字

　　此时〔1〕比叡山横川地方住着某僧都,是个道行高深的法师。他有一个八十多岁的老母和一个五十岁左右的妹妹,都是尼僧。这母亲和妹妹很早以前许下愿心,此时要到初濑的观世音菩萨那里去还愿。僧都叫一个他所亲信而重视的弟子阿阇梨陪去,办理佛经供养等事。在那里做了许多功德,归途上经过一个叫做奈良坂的山的时候,那母亲生起病来。年高的人生了病,怎么能再走余下的路程而安抵家中呢?大家都很担心。幸而宇治那边有一家向来相识的人家,就向这人家投宿。那老尼姑休养了一天,病还是很重,只得派人到横川去通知僧都。僧都正闭居在山中修道,曾经立下誓愿:今年决不下山。但他闻此消息,深恐老母风烛残年,亡身于旅途,非常担心,连忙下山到宇治来探视。虽然高寿之人死不足惜,但僧都还是亲自同几个道行高深的弟子举行祈祷,骚扰起来。这人家的主人闻知了,说道:"我们要到吉野御岳去进香,正在这里斋戒。这样年老的人在这里生重病,倘有三长两短呢?"他深恐家里死了人不吉,有妨斋戒。僧都闻之,觉得此事确也难怪,实甚对他不起。又嫌此地狭窄而且肮脏,想带老母回家去。无奈此时回家方向

---

　　〔1〕　本回紧接第五十一回"浮舟",写薰大将二十七岁三月至二十八岁夏天期间所发生的事。第五十二回"蜉蝣"亦紧接第五十一回,但单叙薰大将与匂亲王方面之事。本回则叙另一方面的事。这里的"此时"是指浮舟失踪前数日。

不利,不宜出行。忽然想起已故朱雀院的领地中有一所屋子名叫宇治院,就在这附近,那守院人是和僧都相识的,便派一使者前往,要求借宿一两天。使者回来报道:"守院人全家都到初濑去进香了。"他带了一个形容很古怪的看家老翁来。这老翁说:"如果你们要来住,请早点来。院中的正屋都空着呢。到这边来进香的人常常来投宿的。"僧都说道:"这便好极了。这屋子虽然是皇家的,但无人居住,倒很舒服。"便先派人去看看。因为常有人来投宿,这老翁惯于招待,虽然设备简陋,也整饬得很清楚。

僧都带了数人先到宇治院,环顾四周,这地方实在荒凉可怕! 他就吩咐:"各位法师,请诵经吧!"陪赴初濑进香的阿阇梨和另一同等职位的僧人,想知道环境如何,叫一个能干的下级僧侣点起灯火,带他们到正屋后面人迹不到的地方去看看。但见树木丛茂,似乎是个森林,阴惨之气逼人。再向树林里面探望,看见地上放着一团白色的东西。这是什么呢? 大家走近去,把灯火添亮些,站定了细看,好像是一个什么东西坐着的样子。一个僧人说:"大概是狐狸精化身吧? 讨厌的东西,要它显出原形来!"便再走近一点。另一僧人说:"喂,不要走近去吧,怕是个妖怪。"就举手结起退治妖魔的印来[1],眼睛还是注视这东西。倘是有头发的人,一定吓得根根竖起,幸而拿着灯火的是个光头和尚。他毫不惧怕,毅然决然地走近去。但见这东西长着很长而很有光泽的头发,靠在一株大树根上高低不平的地方,正在吞声饮泣。这僧人说:"这真是稀奇了! 去请僧都来看看吧。"他觉得非常奇怪,连忙去见僧都,把所见情况告诉了他。僧都说:"狐狸精变作人形,古来曾有这话。然而从未看见过。"就特

---

〔1〕 手指装出各种姿势,叫做结印,是佛教真言宗的一种法术。

地走出去看。此时因为老尼僧即将迁过来住,那些仆役之中能干的人,都在厨房等处忙着应有的种种准备,所以僧都身边人数甚少,他只带了四五个人同去。一看,这东西并无什么变化。他很奇怪,姑且站着守候一下。他希望天早点亮,可以看个分明,究竟是人还是什么。一面在心中念动退治妖魔的真言咒,并且试结手印。大概后来被他看清楚了,说道:"这是个女人,并不是什么稀奇的怪物。走近去问她吧。看来不是一个死人。也许是已经死了,被人丢在这里,又苏醒过来的。"僧人说:"怎么可以把死人丢在这院子里呢?即使真个是人,恐怕也是被狐狸、林妖之类的东西所欺骗,带到这里来的。这对于病人很不相宜,生怕这是一个不吉的地方吧。"便呼唤那个看家老翁。呼唤时那边传来的回声非常可怕。那老翁的打扮很古怪,帽子掀在后脑上,从屋里出来了。僧人问他:"这里有年轻的女人住着么?怎么有这等怪事!"便指给他看。老翁答道:"这是狐狸精耍的花样。这林子里有狐狸精,常常做出奇怪的事情来。前年秋天,住在这里的一个人的孩子,还只两岁,被狐狸精抓了去。我到这里来找,那狐狸精不慌不忙,若无其事。"僧人问:"这孩子死了么?"老翁答道:"不死,照样活着。狐狸精不过吓吓人罢了。这家伙不会真个闹出大事情来的。"他说时仿佛表示这是很寻常的事。大概他正在关心夜深时分招待客人的饮食吧。僧都说道:"如此说来,这是狐狸精之类的东西所做的事吧?还得仔细看看。"便叫那个毫不惧怕的僧人走近去。那僧人上前去喝道:"你是鬼,是神,是狐狸精,还是林妖?天下闻名的得道高僧在这里,你能隐藏么?快快自己说出名目来!"便伸手扯她身上的衣服。这女人用衣袖遮住了脸,哭得更加厉害了。僧人又说:"喂!可恶的林妖!你想隐藏?看你隐藏得了!"他想看她的面貌。又想这说不定是从前比叡山文殊楼中所见的那个无目无鼻的女鬼〔1〕,觉得有些嫌恶。然而他要在人前逞强,竟想剥她的衣服。这女子便俯伏在地,扬声号哭起来。僧人说:"不管如何,世间不会有这等奇怪的事。"定要看个究竟。此时雨下得很大,有一人说:"让她放在这里,怕要死了。把她拖到墙脚下去吧。"僧都说道:"这确是一个人的模样。眼看着她尚未绝命而抛弃她在这里,太不慈悲了。即使是池中的游鱼、山间的鸣鹿,眼见被人捉去,将要就死,而不设法救援,也是很可悲伤的事。人命原是不久长,即使寿命只剩一二天,也非珍惜不可。无论她是被鬼神所祟,或者被人驱逐,或者被人诱骗,总是逢到了死于非命的遭遇。这种人必然蒙佛菩萨救援。且给她喝些汤菜,试试看是否可救。如果终于救不活来,那就没有办法了。"便吩咐这僧人把她抱进里面去。僧都的徒弟中也有人反对,说道:"此事太不妥当了!室内有人正患重病,送进这怪物去,必然会发生不吉利的事情。"但也有人说:"不管她是否鬼怪化身,眼见是一个活的人,而任凭她淋在雨中死去,到底是残忍的事。"如此各人各说。那些仆役最爱多嘴,往往歪曲事实。因此就让这女子躺卧在僻静而隐藏的地方,不教他们看见。

　　母尼僧迁居宇治院,下车的时候病势又重起来。大家都很担心,奔走忙乱了一会。等到病人稍稍安静之后,僧都问徒弟:"刚才那个人现在怎么样了?"徒弟答道:"还是昏昏沉沉,一句话也不说,生气全无,定然是被鬼怪迷住了。"那妹尼僧听见了,问道:"什么事?"僧都答道:"是这么这么一回事。我活了六十多岁,今天看到了一件怪事。"妹尼僧听了这话哭起来,说道:"我在初濑寺中做了一个梦呢。是怎样的一个人?快让我看一看。"徒弟说:"就在这东面的边门旁边,请快去看吧。"妹尼僧立刻跑过

〔1〕　据《河海抄》说,此事载在绘画物语《朱盘》中。但《朱盘》这书今已失传。

去看,但见其人身旁并无一人,被抛弃在那里。这是一个非常年轻貌美的女子,身穿一件白绫衫子,系着一条红裙,衣香非常芬芳,气品高雅无限。她说:"这正是我所悲伤悼惜的女儿回来了!"一面哭泣,一面呼唤侍女,叫她们把这女子抱进室内去。侍女们不曾看见过她在树林中时的模样,所以并不害怕,就抱她进室内去了。这女子虽然全无生气,却还能略微睁开眼睛来望望。妹尼僧对她说道:"你说话吧。你到底是谁?为什么来到这地方?"但她似乎没有知觉。妹尼僧便拿些汤来,亲手喂她喝。但她一味昏迷,似乎就要断气的样子。妹尼僧想:"我已认领她,如果她死了,反而增添我的悲伤。"便对同来那个有法术的阿阇梨说:"这个人似乎要死了。请你快快替她祈祷。"阿阇梨说:"我早就说过不中用了。这是枉费心机。"但他还是向诸神诵般若心经,又作祈祷。僧都也走过来探视,问道:"怎么样了?她究竟是被什么东西作祟?快制服了妖怪,问个明白。"这女子还是昏迷不醒,似乎即将消逝的样子。僧都的徒弟们便相与议论:"这人不会活了。我等无端地遭逢这种不祥之事而耽搁在这里,实在倒霉。然而这女子看来是个身份高贵的人。即使死了,也不能随随便便地抛弃在这里。这真是为难了。"妹尼僧阻止他们,说道:"轻些儿吧!不要让人听见。深恐引起麻烦。"她怜惜这个人,定要把她救活过来,对她竟比对患病的老母更重视,不顾一切地悉心看护她。这个女子虽然不知来历,然而相貌生得异常美丽。因此所有的侍女都希望她不要死,尽力地服侍她。这女子有时也睁开眼睛来,眼泪淌个不住。妹尼僧看了,对她说道:"唉,真伤心啊!我知道你是佛菩萨引导到此,来代替我所痛惜的女儿的。你如果死去,我反而更添悲伤了!我和你能在此相遇,定有宿世因缘。你总得对我说几句话才好。"那女子好容易才开口说道:"我即使能活过来,也是个无用的废物了。请你不要让人看见,夜间把我扔进这条河里去吧。"那声音轻得几乎听不见。妹尼僧说:"你好容易说话了,我正高兴呢。想不到你说出这难听的话来。你为什么要说这可怕的话呢? 你究竟是什么原因来到这地方的?"但她不再说话了。妹尼僧猜想她身上或许有伤残,所以不想活下去。但仔细察看,毫无缺陷,全身长得非常美丽。她就疑心:难道真是出来诱惑人心的妖魔化身?

僧都等一行人在宇治院闭居了两天,替母尼僧和这个女子祈祷,诵念之声不绝。同时人们纷纷议论这件怪事。住在这附近的乡人之中,有几个人从前曾在僧都处当过差,闻知僧都到此,都来访问,谈了许多话。他们说:"已故八亲王家的女公子,和薰大将结了因缘,最近并无大病,突然亡故,大家都很惊骇。我等要帮他们办理殡葬中的杂务,因此昨天不曾前来参见。"妹尼僧闻之,想道:"如此说来,是鬼怪取了那女公子的灵魂而化作这个人的吧?"便觉眼前这个人不是实体,是会消失的,心中不胜恐惧。侍女们说道:"昨夜这里也望见火光,这火葬仪式似乎并不隆重呢。"乡人答道:"是啊,他们故意从简,办得不很隆重。"乡人因为参与葬事,身子不洁,所以并不入内,交谈一会就回去了。侍女们说:"薰大将爱上八亲王家大女公子,但大女公子多年前早已死了。刚才他们所说的女公子是谁呢? 薰大将已经娶了二公主,决不会另外爱上别的女子吧。"

后来母尼僧的病痊愈了。方向不利的时期也已过去。久居在这荒僻的地方也很乏味,便准备回家。侍女们说:"这个人还是非常衰弱,怎么可以上道? 很可担心呢。"于是备办二辆车子,老人乘的车子里派两个尼僧服侍。妹尼僧乘的车子里带着这个人,叫她躺卧着,由另一侍女服侍。一路上车子不能迅速前行,常常要停下来,给这个人服汤药。她们的家住在比叡山西坂本的小野地方,此去路程很远。大家说,中途应该宿一夜。到了夜深时分,总算抵达了。僧都照料母亲,妹尼僧照料这个来历不明的人,都从车上抱下来休息。母尼僧是老病,平日也时常发作。此次经过路途风霜之后,又发作了几天。然而不久也就痊愈。僧都依旧上山去修道了。

僧都深恐外人传说他带了这样一个美人来,于他的身份不利,因此凡不曾亲见此事的徒众,他都不告诉他们。妹尼僧也叮嘱大家勿说出去。她深恐有人来寻找,很不放心。她诧怪这样高贵的人物,怎么会落魄在这种田舍人所居的地方。又疑心是入山进香的人在途中患了病,被后母之类的人偷偷地抛弃在那里的。这人除了"把我扔进这条河里去吧"一语,并不曾说过别的话。因此妹尼僧非常担心,一心希望她早点恢复健康。然而这人老是昏昏沉沉,全无起色。她觉得很奇怪,疑心她终无生望。但又不忍抛弃不管。她就把在初濑寺做的梦对人宣说,并请以前曾为这女子祈祷的阿阇梨悄悄地替她焚芥子[1]作祈祷。

妹尼僧如此悉心看护这女子,不觉过了四五个月,然而并不见效。她很烦恼,便写一封长长的信,派人送到山上去给僧都。信中有言道:"我想请兄长下山来,救救这个人。她既能挨到今日,足见是不会死的人。定是顽强的鬼怪只管缠着她不去。佛一般慈悲的兄长! 若要你入京,当然不便。但到这山麓上总是无妨的吧。"言词十分恳切。僧都答书道:"此事实甚奇怪! 其人竟能延命至今,当时若抛弃不顾,何等可惜! 我能寻着她,亦定有前世缘分。今我定当试行救助。如果救助无效,那是她前世命定了。"不久他就下山。妹尼僧欢喜拜谢,把几个月以来的情况告诉僧都。她说:"病得这样长久的人,形容总是憔悴的。岂知此人姿色一点也不衰减,一直非常清秀,绝无难看之处。我以为总要完结了,却

---

〔1〕 祈祷时焚芥子,是佛教密宗的做法。

想不到竟能活到现在。"她怀着满腔热爱之情,啼啼哭哭地说这番话。僧都说:"我最初找到她时,就觉得相貌异常秀美! 且让我看一看吧。"便走过去窥探一下,说道:"容貌的确优越非凡! 这是前世积德的善报,故能长得如此美貌。大概是犯了某种过错,因而遭逢此种灾厄吧。你曾听到什么消息么?"妹尼僧说:"没有,一点也不曾听到。总之,这人是初濑的观世音菩萨赐给我的。"僧都说:"总是具有某种因缘,所以赐给你。没有因缘,怎么能成事呢?"他认为此事奇特,便开始替她祈祷。

　　这僧都闭居深山,朝廷召唤也不接受,现在轻易下山来替这样的一个人大办祈祷,倘被世人纷纷议论起来,实在很不好听。他自己这样想,他的徒弟们也这样说。因此秘密举办,不使外人闻知。他对众徒弟说:"各位请不要声张! 我是一个不知羞惭的僧人,多次违反了佛戒。然而关于女人之事,从来不曾犯什么过错,亦从来不曾受人讥评。如今年届六十余龄,若再受人非难,也是前世命定的了。"徒弟们说:"若有不良之人乱造谣言,这便成了佛法上的瑕疵。"他们都不以为然。但僧都不管,立下种种严肃的誓言,说:"此次祈祷若不见效,死不罢休!"便通夜祈祷,直到天明,定要把这鬼魂移到巫婆身上,然后叫它说出来:是何种妖魔? 为何如此使人受苦? 又叫他的弟子阿阇梨来合力祈祷。于是几个月来绝不显露的鬼魂,终于被制服了。这鬼魂借巫婆之口大声叫道:"我本来是不会到这里来被你们如此制服的。我昔在世之时,是个修行有素的法师。只因死时在人世留有遗恨,便彷徨于鬼途,不得超生。这期间我住在许多美女所居的宇治山庄中,前年已曾制死了其中一人[1]。现在这个人自己真心厌世,日日夜夜地说'我要寻死',我就得其所哉。有一天

---

　　〔1〕 指大女公子。下文说"现在这个人",便是浮舟。

深黑之夜,她独自彷徨,我就取了她去。然而观世音菩萨多方保护她,我终于被这僧都制服了。现在我就走吧!"僧都便问:"那么你叫什么名字?"大约是这巫婆怯弱之故,并不清楚地说出名字来。

鬼魂去后,这女子浮舟顿觉心头清爽,知觉也稍稍恢复了些。她环顾四周,一个认识的人也没有,只见许多衰老丑陋的僧人。她觉得仿佛来到了陌生的外国,心中非常悲伤。她回忆过去的情况,然而连自己住在哪里、叫什么名字也不大记得清楚。她只记得自己不要再活,决心投身河中。但现在来到了什么地方呢?她努力思索,渐渐地记起来:"有一天晚上,我痛感自身命苦,不堪悲伤,于侍女等睡静之后,偷开边门,走了出去。其时风势猛烈,水声凄厉。我孤身独行,恐怖之极,前前后后都不省得,只管沿着廊檐走下去,方向也迷失了。此时欲回家也回不去,欲前行也不能,口中念着:'我坚决要离开这人世了! 我生怕求死不得而被人看见。鬼也好,怪也好,请你们快来把我吃掉吧!'正在迷离恍惚之时,忽见一个相貌非常清秀的男子走近我来,对我说道:'来,到我那里去吧!'我似觉被他抱走,心想这大约是匀亲王吧。从此以后我就昏昏沉沉,只觉得这男子把我放在一个不知什么地方,他便无影无踪了。我想起不能成遂求死的本愿,非常悲伤,哭个不住。此后就完全失却知觉,无论如何也记不起了。现在听这里的人说,我在这里已经过了许多日子。受这些素不相识的人照顾,我的丑态全被他们看到了。"她觉得很可耻。想起求死不得,终于复苏,觉得非常遗憾,反比昏迷不醒之时更加消沉了。过去失却知觉的时候,有时也还糊里糊涂地吃些东西;如今清醒了,反而连一点汤药也不要喝。妹尼僧哭着对她说道:"你怎么生了这么久的重病? 长时间的热度现已退尽,心情也爽朗了,我看了心中正要替你高兴呢。"她时刻不离地看护她。家里的人看见这女子容貌如此美丽,大家怜爱她,尽心地照顾。她心中虽然还是想寻死,但她能忍受如此长期的重病,可知抵抗力甚强。后来渐渐能坐起身,饮食也渐进了,面庞却反而消瘦了些。妹尼僧不胜欢喜,一心希望她早早痊愈。有一天她对妹尼僧说道:"请允许我落发为尼。不然我就不愿活在世间。"妹尼僧说:"你这般美丽的相貌,怎么舍得让你当尼姑呢?"便把她顶上的头发略微剪落几根,给她受了五戒〔1〕。浮舟心中还不满足,但她本来是个性情温顺的人,所以也不强请。僧都对妹尼僧说:"今已大致无妨了。以后还得好好疗养,求其痊愈。"说罢就上山去了。

妹尼僧得得到了这样一个美人,觉得仿佛做梦,心中不胜欢喜,便强要她坐起来,亲自替她梳头。浮舟病中全然不顾头发,只是把它束好了堆着。然而一丝不乱,解开来一看,光彩艳艳,非常美好。这地方"百年缺一岁"〔2〕的老女甚多,她们看看浮舟,觉得容光眩目,好比天上降下来的仙子,只怕她插翅飞去呢。她们对她说道:"你为什么只管愁眉不展?我们大家如此疼爱你,你为什么总是不肯亲近我们呢?你究竟是谁?家住哪里?为什么来到这个地方?"她们定要问她。浮舟觉得非常可耻,答道:"想必是在长期昏迷之中遗忘了一切吧,从前的情况我竟记不起了。所能隐约回忆的只有这一点:我一心想要离去这人世,每天夕暮走到檐前来沉思怅望。有一天,庭前一株大树背后走出一个人来,突然把我带走。除此以外,连我自己是谁也记不起来了。"她说时神情非常可怜。后来又说道:"务请勿使外人知道我还活着。如果有人知道了,非常麻烦。"说罢嘤嘤啜泣。妹尼僧觉得过分盘问得紧,使她痛苦,便不再问了。妹

---

〔1〕 五戒是:杀、盗、淫、妄、酒。
〔2〕 古歌:"有女恋慕我,我见其白首。百年缺一岁,芳龄九十九。"见《伊势物语》。百年缺一岁,乃夸张其年老。

尼僧疼爱浮舟,比竹取翁疼爱赫映姬更甚,常恐她化阵青烟,从隙缝中消失了,因此很不安心。

　　这人家的主人母尼僧,也是品质高尚的人。妹尼僧原是一位高贵官员的夫人,后来这官员死了。她只生一个女儿,非常疼爱,赘了一位贵公子为婿,悉心照料他们。岂知这女儿又死了。她悲伤之极,便削发被缁,做了尼僧,从此隐居在这山乡中。寂寞无聊之时,常常忧伤悲叹,总想找到一个相似之人,作为她所朝夕思慕的亡女的遗念。这回果然得到了这个意想不到的女子,而且相貌姿态比她的女儿优越得多。她觉得很奇怪,仿佛是做梦,心中不胜欣喜。这妹尼僧年纪虽然大了,容姿却很清秀,举止态度也很文雅。她们所住的小野地方,比浮舟从前所居的宇治山乡好很多,水声也很幽静。房屋建造式样别具风格,庭前树木姿态优美,花草也很可爱,是个极有趣致的住处。

　　渐渐到了秋季,天色清幽,催人感慨。附近的田里正在刈稻,许多青年女子依照当地农家姑娘的习惯,高声唱歌,欢笑自得。驱鸟板[1]的鸣声也很有趣味。这使得浮舟回忆起当年住在常陆国时的情景。这地方比夕雾左大臣家落叶公主的母亲所居的山乡更进深一些,所以松树非常繁茂,起风的时候,松涛之声异常凄凉。浮舟空闲无事,每日只是诵经念佛,悄然度送岁月。月明之夜,妹尼僧亦常弹琴作乐。她的徒弟名叫少将的小尼僧弹琵琶,和她合奏。她对浮舟说:"你也玩音乐么? 空闲无事的时候,玩玩也好。"浮舟想道:"我从小命苦,不曾享过玩弄弦管的清福。自幼以至成人,一向不识风雅之趣,实甚可怜!"她每次看见这些年事已长的妇人玩弄丝竹排遣寂寥,总是不胜感慨,觉得此身实在毫无意趣,自

〔1〕　是驱逐鸟雀的设备。拉动绳子,木板敲打发声,可以惊散鸟雀。

己亦深为怜惜。习字的时候便写诗一首：

　　　"我欲投身随激浪，
　　　谁将木栅阻川流？"

她意外得救，反增忧伤。思量今后如何度日，觉得此身实甚可嫌。每逢月明之夜，老尼僧等总是吟咏艳歌，回忆往昔，讲种种故事。但浮舟无法应对，只是独自沉思。又写诗云：

　　　"我身流落风尘里，
　　　都下亲朋总不知。"

她常常想："我决心赴死之时，觉得可恋之人甚多。但现在并不十分想念其他的人，只是记挂母亲，不知她何等悲伤！还有乳母，她一心希望我同别人一样荣华富贵，自我失踪以后，不知她何等失望，又不知她现在何处。她们怎么会知道我还活在世间呢？我现在一个知心的人也没有。从前时刻不离、无话不谈的右近等人，不知又如何了。"

　　青年女子要从今隔绝红尘而闭居在这荒寂的山乡中，是难能之事。因此常住在这里的，只有七八个年纪很大的老尼姑。她们的女儿及孙辈，有在京都宫中服役的，有住在别处的，常常到这里来访问。浮舟担心："这些来客之中，倘有人出入于和我有关的人家，则我尚在世间的消息，自会传入什么人的耳中，这便使我羞死了。他们将推想我做了何等不端之事，以致沦落在此，便会把我看做世间少有的下流女子。"因此她绝不和这些来客见面。只有妹尼僧自己身边的两个侍女，一个也叫做侍从，一个叫做可莫姬的，派在浮舟房中服侍。这两个人的容貌与性情，自然比不上她从前所见的京都女子。因此每有所感，总想起她从前咏的诗句"但得远离浮世苦"，恍悟这里便是远离浮世的地方。浮舟一直悄悄地躲在这里。妹尼僧也恐防这个人被人知道了真会发生事端，故对这里所有的人都不详细说明。

　　且说妹尼僧从前赘的女婿，现已升任中将。他的弟弟是个禅师，拜僧都为师父，此时随师父闭居在山中修道。诸兄弟常常上山去访问他。从京都到横川，必须道经小野，这一天中将便顺路来此访问。听见开路喝道之声，浮舟远远望见一个相貌堂堂的男子走进山庄来。她就回想起从前薰大将悄悄地来访宇治山庄时的情景，历历如在目前。这小野山庄也是一个非常荒凉寂寞的住处。然而在这里住惯的人，也安排得非常雅洁。墙根的瞿麦花开得很美丽，女郎花和桔梗也开始开花了。中将带了许多穿各种各样旅行服装的青年男子，自己也穿旅装，走进这院子里来。侍女请他在南面就坐。中将坐在那里眺望一下庭院景色。他的年纪大约二十七八，看来是个老成持重、深通世故的人。妹尼僧在纸隔扇旁边立一个帷屏，和他会面。未语先就哭泣，后来说道："年月易积，往日情景愈觉隔远了。贤婿不忘旧谊，至今犹蒙枉顾，实为山乡增光，至深欣感。却又觉得此乃一段奇缘。"中将同情这尼僧岳母的苦心，答道："往日情景，无时不在思念之中。只因尊处隔离尘俗，故尔未敢常来叨扰。舍弟入山修道，私心实甚羡慕，故常前往探视。然每次入山，往往有人请求挈带同行，以致未便造访。今日一概谢绝，故能前来晋谒也。"尼僧岳母说："你说羡慕入山修道，反而蹈袭了时下流行之语。若言不忘昔日之旧谊，不随浇薄之世俗，则感谢不尽矣。"便用泡饭等物招待随从人等，请中将吃的是莲子之类的东西。中将也因这是从前惯住的地方，觉得受此招待

　　不须客气。忽然天上降下阵雨,把客人留住,岳母女婿两人便从容叙谈。

　　岳母想道:"我的女儿已死,悲伤也是枉然。倒是这个女婿,人品如此十全其美,而为他人所有,实甚可悲。我的女儿为什么连一点遗念也不留呢?"她私心怜爱这女婿,觉得他虽然难得来访,也很可欣慰,便不待探问,把心事都说出来。至于那浮舟呢,也有她自己的许多回忆,那沉思冥想之态,异常可怜。她身穿一件毫无风趣的寻常白色衫子。裙子也是黑沉沉的,毫无光彩,大约是模仿这里的人常穿的桧皮色[1]裙子吧。她自己觉得:连服装也大异于往昔,样子多难看啊!然而她穿这种粗劣的布衣草裳,姿态反而更美。妹尼僧身边的侍女说:"近来我们似乎都觉得已故的小姐复活了。今天竟又看到中将大人来访,真叫人不胜感慨!反正都要婚嫁的,何妨就叫他娶了现在这位小姐?两人真是一对天生佳偶呢。"浮舟听到这话,想道:"哎呀,不好了!我在这世间活下来,如果嫁了人,不管其人如何,总要使我回想起过去的恨事。今后我定要完全忘却此种事情。"

　　妹尼僧回内室去了。客人等待雨晴,不免心烦。听见一个名叫少将君的尼僧的声音,知是旧人,便呼唤她,对她说道:"我推想从前的旧人都已散去,所以懒得来访。你们会怪我薄情么?"少将君曾多年服侍已故的小姐,是个亲信的侍女,便回忆往事,对他说了许多可悲的话。中将问道:"适才我从回廊一端走进来的时候,正值一阵大风把帘子吹起,我从帘隙望见一个人,垂发长长的,模样和普通人不同。出家人的居处怎么会有这样的人?此人是谁?我正惊诧呢。"少将君知道他已经看见浮舟的后影了,想道:"如果给他仔细看看,更要牵惹他的心呢。从前的小姐

───────────

　　〔1〕　桧皮色是带黑的红色。

相貌比现在这人差得多,尚且使他至今不能忘怀。"她心中盘算着,答道:"太太思念小姐,时刻不忘。正在无可自慰之时,忽然获得了这意想不到的人。近来朝夕相伴,以慰岑寂。大人不妨和她从从容容地见一次面。"中将想不到有这种事情,心中纳罕。但不知道是怎样的一个人,想必是非常美貌的。这偶然的一瞥,反而使他心神不定。他想探问详情,但少将君始终不肯直告,她只是说:"过几时自然会明白的。"中将觉得:这样不客气地追问下去,也不成体统。此时随从人等叫道:"雨停息了!天色也不早了!"中将被催促,只得动身返京。他走过庭前,折取一枝女郎花,站着信口独吟道:"缁衣修道处,何用女郎花?……"〔1〕

　　中将去后,几个老尼僧相与称赞道:"他顾虑到'人世多谣诼'〔2〕,到底是个规矩人。"妹尼僧也说道:"此人相貌堂堂,老成持重,真是个好男子啊!我反正总要招婿,就同从前一样招了他吧。"又说:"他赘在藤中纳言家,虽然常常到那边去,但和那女子感情不洽,大都是宿在他父亲那里的。"她就对浮舟说:"你一直忧愁苦闷,不肯和我们开诚实说,叫我好伤心啊!这五六年来,我时刻不忘地悼念我那死去的女儿。但自从找到你之后,我竟全然把她忘记了。世间原有挂念着你的人。但现在他们都以为你已亡故,对你渐渐忘怀了。世间无论何事,当时的心情总不会长久持续的。"浮舟听了这话,越发悲伤起来,含泪答道:"我对妈妈绝不存心隐瞒。只因身逢奇遇,死而复生,便觉万事都像做梦,自己仿佛已是生在另一世界里的人,竟记不起世间还有曾经照拂过我的人。现在我所亲爱的,就只有你妈妈一人了。"她说时态度天真可爱,做妈妈的只是满面笑容地看着她。

---

〔1〕〔2〕　古歌:"缁衣修道处,何用女郎花?人世多谣诼,传闻殊不佳。"见《后撰集》。

　　中将辞了小野草庵,便上山去访问僧都。僧都奉他为稀客,和他畅谈世事。这天晚上他就在那里宿夜,请几位声音庄严的法师诵经,又共奏弦管,直至天明。他和那个当禅师的弟弟详细谈论种种事情,便中说道:"此次途经小野,曾赴草庵访问,心中无限感慨。出家离世之人,犹有这等风雅情怀,真是难得的啊!"后来又说:"那时刮起一阵风来,把帘子吹开,我从帘隙窥见一个长发美人。大概她怕外面有人看见吧,立刻回身入内,照那后影看来,决不是一个普通侍女。这等地方养着美貌女郎,很不相宜。她朝夕见惯的都是尼僧,久后自然和她们同化,这实在是不好的事。"禅师答道:"听说这人是她们今春赴初濑进香时由于某种奇缘而找到的。"这禅师并未亲自目击此事,所以不能详述情状。中将说道:"这真是可悲的事。不知她是怎样的一个人。想必是身逢忧患,心怀厌世,因而隐身在那荒僻之处的吧。倒很像是古代小说中的人物呢。"

　　次日,中将下山返京。道经小野,他说:"不可过门不入。"便又进草庵访问。妹尼僧料得他要再来的,同女儿在世时一样地招待他。奔走伺候的小尼僧少将君等,虽然换了服装,风韵仍是优美。妹尼僧今天更是悲伤欲泣。谈话之中,中将乘便问道:"听说有一女子躲避在这里,究竟是谁?"妹尼僧颇感为难,但念中将或已隐约窥见,瞒着他反而不好,便答道:"我时刻不忘亡女,深恐更增罪孽,因此最近抚养了这女子,聊以慰情。但此女不知有何伤心之事,一直愁眉不展。她深恐有人知道她还活在世间,所以躲藏在这谷底一般的地方,使外人无法找到。但不知你何由闻知此事?"中将说道:"即使是怀着轻浮之心来访,也能以深山跋涉之劳为由而蒙原谅。何况我是将她比拟我的亡妻,岂可把我看做外人而远拒?她究竟为了何事而厌弃人世?我想安慰她一番呢。"他表示愿得一见。临行时在便条上写了一首诗:

"女郎花艳艳，切勿向他人！

我寓虽遥远，设防守护君。"

叫少将君将纸条送与浮舟。妹尼僧也看到了这诗，便劝浮舟："这诗你应该答复。此人非常文雅，你可不须顾虑。"浮舟答道："我的字实在拙劣，怎么可以写复诗呢？"她决不肯写。妹尼僧说："这是失礼的事！"便代她写道："适才我曾对你说过：此人厌恶人世，实非常人可比。

女郎花厌世，移植草庵中。

不肯随人意，忧思乱我胸。"

中将心念此乃初次，不复亦自难怪，便原谅她，告辞归京都去了。

中将回京之后，想特地写信给这女子，但又觉得唐突。那时隐约的一瞥，一直不能忘怀。此女所忧虑的是何事，虽然不得而知，但总觉得非常可怜。于是在八月十日过后，入山狩猎小鸟时，乘便又来访问小野草庵。照例呼唤小尼僧少将君出来，叫她传言："自从那天瞥见芳姿之后，至今心绪不得安宁……"妹尼僧知道浮舟是不肯应对的，便代答道："看来这孩子好似待乳山上的女郎花，另有意中人〔1〕吧。"中将和妹尼僧会面之后，告道："前日闻知这位小姐有伤心之事，不知其人身世如何，颇思详悉一二。我也常恨万事不能称心，有心入山遁世，只因父母不许，以致身受阻碍，因循度日至今。恐是自己心情郁结之故，觉得乐天享福之人，

〔1〕 古歌："好似女郎花，生在待乳山，另有意中人，约会在秋天。"见《新古今和歌集》。

性情与我不合。却想找个伤心饮恨之人,向她诉说衷情呢。"这话表示对浮舟恋慕之心甚切。妹尼僧答道:"你要寻找伤心饮恨之人,此女确甚适当。然而其人厌世之心异常深切,不愿像普通女子一般婚嫁,而只想出家为尼……即使是余龄已少的老人,到了即将落发被缁之时,亦不免凄然伤怀。何况妙龄少女,出家之后结局如何,实在很可担心。"这是做母亲者的口气。她就走进内室,对浮舟说道:"这样太无情了。你总得略微应酬一下才好。幽居寂处的人,对些些小事寄与情趣,也是世之常事。"她虽然多方劝说,但浮舟非常冷淡地答道:"我连对人说话的方法也不懂得,完全是个不中用的人了。"说罢就躺卧下来。外边客人说道:"怎么没有回音?太无情了!'约会在秋天'这话定然是骗我。"他不胜苦恨,遂吟诗曰:

> "为有幽人待,寻芳到草庵。
>
> 衣沾原上露,惆怅空停骖。"

妹尼僧听见了,对浮舟说道:"啊呀,真对他不起了。至少这一首你总得答复他。"她力劝浮舟和唱。但浮舟实在不愿意作这种动情的诗。又念今天倘和了一首,以后势必每次要求和诗,将不胜其烦,因此默不作答。妹尼僧等都觉得太扫兴了。这妹尼僧年轻时原是个风流人物,今虽年老,情思犹存,就代答一诗云:

> "秋郊征途远,冷露满双骖。
>
> 沾湿君衫袖,非关我草庵。

此诗将使你扫兴了。"

帘内众女子,都不省得浮舟真心不欲使外人知道她还意外地活在世间,又回想过去,觉得这男子和已故的小姐一样可惜可恋,便对浮舟说道:"今天偶尔逢此机会,和这中将说几句话,决不会有意外的后患。你可全然不动风情之念,只作知情识趣的样子,讲几句普通应酬话就是了。"她们想打动浮舟的心。这些女子虽然当了尼姑,毕竟没有老成持重之心,都爱好时髦,有时还唱唱粗劣的恋歌,装作少女模样。因此浮舟很担心,深恐她们会放进那男子来。她想:"我已命里注定是个最苦恼的人,又不幸而苟延残喘,将来会沦落到什么地步呢!我但愿别人都看不见我,听不到我,完全把我遗弃吧。"她便倒身横卧着。那中将大约另有伤心之事,沉痛地叹息,低声地吹笛,又独吟"鹿鸣凄戚"[1]之歌,确是很有风趣的人。后来恨恨地说:"我因思念故人而来此,却不道来了反而伤心。今已无法找到可慰我情的新欢,可知这里不是'无忧山路'[2]!"说罢就想回去。妹尼僧说:"何不在此欣赏这'良宵花月'[3]?"便膝行而出。中将没精打采地答道:"有什么可欣赏呢?我知道这里不是可慰我情的地方。"他想:"过分留恋女色,毕竟不成体统。我只是因为曾经瞥见那女子的姿态,想借此慰我悼亡之情。但这女子过分拒远我,好像是深闺里的千金小姐,和这草庵生涯甚不相称,也很乏味。"就准备回去。妹尼僧十分惋惜,想起他的笛声也觉得可恋,便赠诗曰:

　　　"望月山边近,何妨一宿停?

---

〔1〕　古歌:"秋到荒山添寂寞,鹿鸣凄戚扰人眠。"见《古今和歌集》。
〔2〕　古歌:"欲向无忧山路去,碍难舍弃意中人。"见《古今和歌集》。
〔3〕　古歌:"良宵花月清如此,欲与知心人共看。"见《后撰集》。

清光深夜好,君岂不知情?"

她作了这首浅率的诗,却对中将说:"这是我家小姐所咏。"中将又兴奋起来,答诗曰:

"蒙君留我住,坐待月西沉。
若得窥香阁,不虚此一行。"

那个八十多岁的母尼僧隐约听见了笛声,也很想欣赏,便从里面走出来。她的话声颤抖得厉害,又不断地咳嗽。她并不谈起往事,大约没有认清楚这是她的外孙女婿吧。她对女儿说道:"喂喂,来弹七弦琴吧。月夜吹横笛实在很有情趣。怎么样?侍女们!拿七弦琴来!"中将在帘外推想这是那母尼僧。他想:"这样年老的人不知一向住在什么地方,怎么会活到今天的?她的外孙女反而先死。人世夭寿无定,真乃可悲之事。"便在笛上用盘涉调吹出一个美妙的乐曲。曲罢说道:"怎么样?现在请弹七弦琴吧。"妹尼僧本来是个颇爱风流的人,说道:"你的笛声比我以前听到的美妙得多,想是我的耳朵听惯了山风之声的缘故吧。"又说:"啊呀,我的琴怕弹得不入调呢。"说罢就弹。时下的习俗,一般人爱弹七弦琴的日渐稀少,因此倒觉得她的琴声新颖可喜。松风之声与琴声相和合。月亮似乎也跟着琴声而清澄起来。那老尼僧越发感动,深夜也不想睡,只管坐着听赏。她说:"我这老太婆年轻时也曾好好地弹过和琴。但恐现世此琴的弹法已经改变,所以我家那僧都阻止我,他说:'母亲的和琴弹得真难听!老年人除了念佛,不要干这些无聊的事吧!'我被他这么一说,就不弹了。但我藏着一张声音极美的和琴呢。"看她的样子很想一试其技。中将在帘外偷偷地笑,对她说道:"僧都阻止你,太没道理了!所谓极乐净土之中,菩萨们也都演奏音乐,天人也表演舞蹈,都是很庄严的。这怎么会妨碍修行,获得罪障呢?今夜定要听一听岳祖母的妙技!"老尼僧被他这么一捧,更加兴致勃勃,叫道:"喂,主殿[1]!把我的和琴拿来!"说时咳嗽不绝。旁人都觉得难堪,但念僧都阻止她弹和琴,她尚且要痛恨而向人诉苦,这老妇实甚可怜,便听其所为。和琴取到之后,她也不配合刚才的笛声的调子,只管任意在和琴上拨弄曲调。此时别的乐器都停止了,她自以为他们是要单独欣赏她的和琴之故,便得意扬扬地用迅速的拍子反复弹奏几句歌词的曲调:"塔里当那,契里契里塔里当那……"真是奇怪的古风。中将赞道:"弹得好极了!这是现今世人不曾听到过的歌调。"她的耳朵重听,问了旁人才明白,便说道:"现今年轻人都不喜欢这种音乐吧。几个月之前来到这里的那位小姐,相貌生得非常漂亮,然而完全不懂得这种风雅之事,只是一天到晚躲在房间里呢。"她自以为贤明,在中将面前非笑浮舟,妹尼僧等都觉得难堪。老尼僧弹和琴尽兴之后,中将就告辞返京。他一路上吹笛,山风把笛声送到草庵里来,闻者无不赞叹,竟彻夜未眠,坐以待旦。

次日,中将派人送信来。信中言道:"昨夜为了悼念旧侣,恋慕新人,只觉心绪烦乱,匆匆告别而归。

> 旧欢终不忘,新友苦难求。
>
> 彻夜高声哭,难消万斛愁。

---

[1] 主殿是一个侍女的名字。

还望教导小姐,使她稍稍谅解我心。倘若我能忍耐,何必以此种风情之事相托?"妹尼僧读了来书,比中将更觉难过,眼泪流个不住,便写回信:

> "闻君吹玉笛,猛忆旧时情。
>
> 目送君行后,青衫涕泪零。

我家小姐竟像是不知情趣的人。此事昨夜老太太向你不问自告,想你已闻悉了吧。"中将觉得此信平凡,毫不足观,看罢就丢在一旁了。

中将的情书像风吹荻叶一般不断地飞来,浮舟非常讨厌。她觉得男人的用心都是荒唐可恶的。这便使她渐渐回忆起与匀亲王初见面时的情况来,她对人说:"还是快快让我出家,好叫人断绝了这种念头。"于是学习经文,时时诵读,又在心中念佛。她对世间万事尽行抛舍。因此虽然是个少女,却全无风流之趣。妹尼僧等设想此人是本性生成阴郁的。但其容貌之美,实在使人越看越爱。因此妹尼僧原谅她的一切缺陷,朝夜守视着她,借以慰情。每逢浮舟微露笑容,她便如获至宝,欢喜无量。

到了九月里,妹尼僧又要赴初濑进香了。她多年以来寂寞无聊,思念爱女无时或忘。如今得到了这个与亲生女儿无异的美人,以慰暮年,她认为是初濑观世音菩萨保佑之故,不胜欣喜。为此再去进香,表示答谢。她对浮舟说道:"你和我同去吧。不会有人知道的。各处佛菩萨虽然同一,但到初濑进香,特别灵验。实例多得很呢。"她力劝浮舟同行。但浮舟想道:"从前母亲与乳母也这样说,常常带我到初濑去进香。然而并无效验,连求死也不能如意,却遭逢了世无其例的苦难,真使我异常痛心。如今跟着这些素不相识的人登此旅途,有何意义呢?"她心中恐惧,不肯随行,但口上并不坚拒,只是答道:"我总觉心绪恶劣。远道旅行,深

恐途中不便,为此有所顾虑。"妹尼僧知道她是个非常胆小的人,也不勉
强她同行。浮舟的习字纸中夹着一首诗:

　　　"身生此世浑如梦,
　　　不赴古川看二杉。"[1]

妹尼僧看见了,戏言道:"你说起'二杉',大概是有希望'再相见'①的人
吧。"这话触及了浮舟的心事,她心惊肉跳,脸色立刻变红了。那模样实
在非常娇美。妹尼僧也吟诗曰:

　　　"杉木根源虽不识,
　　　也应看做旧时人。"

此答诗随口吟出,并不足观。妹尼僧本拟轻装简从,悄悄前往,但这里的
人都希望随行。因此留在家里的人甚少。她怕浮舟寂寞,派能干的尼僧
少将和另一名叫左卫门的年长侍女留着陪伴她,此外只有几个女童。

　　浮舟送诸人出门后,寂寞地回到房内,想道:"我身世飘零,除依靠此
人之外,毫无办法。现在此人也不在家,叫我好孤单啊!"正在寂寞无聊
之时,中将派人送信来了。少将说:"请小姐拆看。"但浮舟睬也不睬。此
后她更少与人见面,只是茫然地思前想后。少将对她说道:"小姐如此愁
闷,连我也觉痛苦。我们来下棋吧。"浮舟答道:"下棋我也很笨拙。"嘴上

────────────

〔1〕　此诗根据古歌:"初濑古川边,二杉相对生。经年再相见,二杉依旧青。"见《古今
和歌集》旋头歌。

虽这么说,然而好像有意一试。少将便把棋盘取来。她自以为能干,让
浮舟先下。岂知浮舟手段非常高明。于是第二次她自己先下了。她说:
"我希望师父早日回来看看小姐的棋。师父下棋真能干呢! 僧都年轻时
非常喜欢下棋,自以为手段高明,不亚于棋圣大德[1]。有一次对他妹妹
说道:'我虽不以棋道著名于世,但你的棋总赢不过我。'两人便下起来,
结果僧都输了二子。如此看来,师父的棋比棋圣大德还高明呢! 唉,真
了不起啊!"她说得兴致勃勃。此人年纪已大,尼僧的额发又很难看,玩
这种技艺实不相称。浮舟觉得今天开了这个例是自找麻烦,下了一会之
后,就推说精神不好,躺下来休息了。少将说:"小姐应当常常找些乐趣,
开开胸怀。这样花容月貌的人,只管消沉度日,岂不可惜! 这正好比是
美玉之瑕呢。"秋夜风声凄厉,浮舟百感交集,独吟云:

　　　"心虽不识秋宵苦,
　　　冥想沉思泪自流。"

　　月亮出来了,天色清丽可爱。正在此时,昼间寄信来的中将到草庵
来访问了。浮舟想道:"啊呀,不好了,怎么办呢?"立刻躲进最深的内室
里去。少将对她说道:"这未免太不近人情了。月白风清之夜特地造访,
此心也应体谅。还请小姐约略听听他说的话吧。不要以为听听男人讲
话就会玷污身体的。"浮舟听了这话,深恐她带那男人进来,很是担心。
她想推说出门去了,然而昼间那个使者曾经问明浮舟一人留在家中,早

────────────

　　[1]　延喜年间(即公元901—922年)日本有个棋道名人,名橘贞利,后来出家,法名
宽莲,人称之为棋圣大德。大德即法师也。

已回去报告了。因此中将说了许多怨恨的话。他说："我并不想听见小姐亲口说话的声音,只希望她稍稍接近我些,听听我的诉说,说得对不对请她指教。"他说得舌疲唇焦,始终不得答复,便口出恨言道："气死我也!住在这风雅的山乡,应该更加懂得情趣。如此绝不理睬,太冷酷了!"随即赋诗曰:

> "山乡秋色厉,深夜更凄清。
>
> 惟有多愁者,真心知此情。

小姐心中应有共通之感。"少将就责备浮舟："师父不在家,出去应酬的人也没有。一直置之不理,太不通人情世故了!"浮舟迫不得已,只得低声吟诵两句诗:

> "不识忧思虚度日,
>
> 时人误解作愁人。"

这不是特地答复的口气。少将将此诗传告中将,中将深为感动,说道:"还望你们劝劝她,请她稍稍走出来些。"他对这些侍女也很怨恨。少将答道:"我家小姐原是异常冷淡的。"她走进里面去一看,浮舟已经逃进她从来不曾窥探过一下的老尼僧房间里去了。她不胜惊诧,只得出来向中将如实报告。中将说道:"闭居在这山乡里沉思冥想的人,心情定多哀愁。但照大体看来,她并不是不识情趣的人。为什么她对我比不识情趣的人更冷淡呢?也许她在恋爱上有过痛苦的经历吧?究竟她为什么如此厌世而一直如此消沉?还望你告诉我。"他很想知道底细,恳切地探问。但少将怎能把真情告诉他呢？她只答道："这是我们师父所应该抚养的人。多年以来疏远了，上次赴初濑进香时忽然相遇，就领了回来。"

　　浮舟走进向来认为可怕的老尼僧房中，躺在她旁边，想睡也睡不着。老尼僧晚上睡着了，眠鼾声响得可怕。前面睡着两个年纪很大的尼僧，其眠鼾声之响不让于老尼僧。浮舟听了非常恐怖，担心今夜将被这些人吃掉。她虽然早已不惜生命，但因向来胆小，犹如赴水的人怕走独木桥而折回来一样[1]，心中惶惑万状。她是带了女童可莫姬到这里来的。但可莫姬生性轻狂，看见这难得来的男子在那里说恋情，便逃回那边去了。浮舟左等也不来，右等也不来，这真是个不可靠的使女。中将无可奈何，只得起身回京去。少将等都讥评浮舟："真是一个不通情理的畏畏缩缩的人！糟蹋了这美丽的相貌！"大家都去睡觉了。

　　大约是半夜里吧，老尼僧咳嗽得厉害，醒过来了。浮舟在灯光中看见她脸色苍白，身上却披着一件黑衣。她发现浮舟睡在旁边，甚是诧怪，就像鼬鼠之类的动作[2]一样，以手加额，叫道："真奇怪了，这是谁呀？"说时声音凄厉，眼光凝注，仿佛立刻要来吞食她的模样。浮舟想道："从前我在宇治山庄被鬼怪捉去的时候，因为失却知觉，反而毫无痛苦；如今这个鬼不知道将怎样对付我，实甚可怕！我由于奇怪的遭遇，死而复生，重新做了人。回想起从前种种痛苦的事，心情恼乱，且又逢可厌可怕之事，何其命苦！然而我倘真个死去，也许会逢到比这更加可怕的厉鬼呢。"她躺着不能成眠，比平常更多地追思往事，便更觉此身之可悲。她想："我也有个父亲，但我不曾见过一面，一向在远东的常陆国度送岁月。

---

　　〔1〕　当时传说的故事：有一人欲赴海边投水，行过独木桥时，觉得害怕，便折回来。
　　〔2〕　鼬鼠疑惑时，以足加额而注视。

后来在京中偶然找到了一个姐姐,正在庆幸有所依靠,却不道遭逢了意外之变,同她断绝了交往。薰大将和我定了终身,我这苦命人渐渐有了幸福的希望,岂知又发生了可恨之事,断送了我这一生。思想起来,我当时对匀亲王略微感到一点恋慕之情,实在太不应该! 全是为了此人的关系,使我成了飘零之身。如此想来,那时他以'橘岛常青树'为比喻而和我'结契',我为什么竟会相信他呢? 这匀亲王实在可恶之极! 薰大将起初对我淡然,后来爱我之心恒常不变,回想起他的种种情况,实在深可恋慕。如今我还活着,如果被他闻知,我觉得比被别人闻知更加可耻。只要我活在世上,也许还能从旁窥见他昔日的风采吧。哎呀! 我这念头还是不行! 这种事也是不应该想的。"她独自在心中反复思量。好容易听到了鸡鸣声,她非常欢喜,设想如果能听到母亲的声音[1],更是何等欢喜! 她想到了天明,觉得心情非常恶劣。陪她来此的可莫姬还是不来,她只得依旧躺着。几个打眠觉的老尼僧很早就起身了,要粥啦,要什么啦,一时罗唆不清。她们对浮舟说:"你也快来吃一点吧。"说着,送到她身边来。浮舟从来没有见过这样笨拙的伺候,感到情绪十分恶劣,便说:"心情不好……"委婉地拒绝了。岂知她们硬要劝食,实在太不识相。正在这时候,许多身份较低的僧人从山上下来,报道:"僧都今天下山。"这里的尼僧问:"为什么忽然下山?"僧人答道:"一品公主[2]遭鬼怪作祟,宣召山上座主往宫中举行祈祷,但没有僧都参加,不能奏效。所以昨天两次遣使来召。左大臣家的四位少将于昨夜夜深时分上山;明石皇后也派人送信来。因此僧都今天下山来了。"这话说得神气活现。浮舟想道:

---

〔1〕 此语根据行基诗:"山鸟吱吱鸣,闻声忆远人。思念我老父,思念我母亲。"
〔2〕 一品公主即大公主。

"我不怕难为情,去拜见僧都,请求他替我削发为尼吧。现在家里人少,没有人拦阻我,正是绝好机会。"她就起身,对老尼僧说:"我心情异常恶劣,想趁僧都下山之便,请他给我落发受戒。请您老人家代为要求。"老尼僧糊里糊涂地答应了。浮舟便回到自己房中。她的头发一向是妹尼僧替她梳的,现在也不肯让他人触碰,自己梳又很不便,于是只将发端略微解开一点。她想起现在这姿态不能叫母亲再见一面,觉得虽是自己决心出家,实在也很可悲。想是由于久病之故,她的头发略有脱落,然而并不稀疏,还是非常浓密,长达六尺左右,发端特别丰丽,根根毛发都有光彩,实在非常美观。她独自吟唱"我母预期我披鬀"〔1〕之歌。

傍晚时分,僧都到小野草庵来了。侍女们早已把南面的屋子打扫布置,请他入坐。但见许多光头和尚乱哄哄地走来走去,样子与平日大异,似乎觉得可怕。僧都走到母亲室中,问道:"母亲近来好么?"又问:"妹妹到初濑进香去了么?找到的那个人还住在这里吧?"母尼僧答道:"正是,她留在这里。她说心情恶劣,想请你给她剃度受戒呢。"僧都便走到浮舟房间门口,问道:"小姐住在这里么?"说着,便在帷屏外面坐下。浮舟虽然难以为情,只得膝行而前,亲自应对。僧都对她说道:"我等于无意中相遇,定有前世宿缘,故此次我为小姐禳解,甚是虔诚。惟我乃法师之身,若无要事,未便致书问候。因此自成疏阔。此间尽是拙陋之出家人,不知小姐居之,能惯适否?"浮舟答道:"我已决心不欲生存于世,由于奇特之遭遇,至今犹自苟延残喘,实甚伤心。承蒙多方照拂,我虽不敏,亦知感谢盛情。但我仍是痛感厌世之情,终不能与俗人为伍,恳求僧都为

〔1〕 古歌:"我母预期我披鬀,自幼不抚我黑发。"是素性法师剃度时他的父亲遍照僧正所咏的歌。见《后撰集》。

我剃度授戒,让我出家为尼。此身即使生在俗世,亦不能效寻常女子之为人也。"僧都说:"你年纪轻轻,来日方长,为什么决心要出家呢?此事反会使你身蒙罪障。因为发心出家之时,固然自觉道心坚强,然而经过若干年月之后,为女子者不免意志懈怠。"浮舟答道:"我从小就是个多愁多恨的苦命人。母亲等也曾说过:'不如让她出家为尼吧。'到了知识稍开之后,更是厌恶世俗生活,一心只想为后世修福。恐是我的死期渐渐迫近之故,近来常觉精神非常衰弱。还望僧都慨允所请。"她啼哭着请求。僧都想道:"真奇怪!如此容貌美丽的一个少女,为什么怀着厌世之心?那天我所镇伏的鬼怪,也曾说她厌世。如此想来,此人确有出家的因缘吧。此人若非禳解,恐怕活不到今天。一度被鬼怪所缠的人,若不出家,深恐以后更有可怕可危之事。"便对她说:"不论情由如何,凡决心出家,皈依三宝[1],总是诸佛菩萨所赞善的事。我乃法师之身,当然绝不反对。惟授戒之事,必须从容举行。我今夜须赴一品公主处,明日在宫中开始祈祷,七天期满退出之后,再与你授戒可也。"浮舟一想,如果那时妹尼僧已回家,势必阻止她出家,这就遗憾无穷了。她因心情非常恶劣,定欲立刻出家,便再度请求:"我非常痛苦。如果以后病势日重,即使受戒亦恐无效了。且喜今日拜见,正是绝好机会。"僧都慈悲为心,很可怜她,答道:"夜已很深了。我从山上下来,从前年轻时不当一回事。现在年纪渐老,实在不堪其劳,正想略微休息一下,再进宫去。但你既如此性急,我就今夜与你授戒吧。"浮舟不胜欣喜,便取一把剪刀,放在梳栉箱的盖子里,呈送出来。僧都叫道:"来,法师们到这里来!"最初在宇治找到浮舟的两个和尚,今天跟僧都同来这里。僧都叫进来的便是这两人。

---

〔1〕　三宝是佛宝、僧宝、法宝。

他对其中一个阿阇梨说:"请你给小姐落发吧。"这阿阇梨想道:"此人的确身世飘零,在这世间做俗家人定多痛苦。"他认为她应该出家。浮舟把头发从帷屏垂布的隙缝里送出来。这头发非常美丽可爱,因此阿阇梨拿着剪刀,一时不忍下手。

这时候少将因为她那当阿阇梨的哥哥跟僧都同来,她正在自己房间里和他谈话。左卫门也在招待一个相识的人。住在这山乡里的人,难得遇见熟人来到,所以都很兴奋,正在热心地同他们共谈家常琐事。浮舟身边只有可莫姬一人。她跑到少将那里,将此事报告了她。少将吃了一惊,连忙跑过来看,但见僧都正在脱下自己的袈裟来,披在浮舟身上,说道:"以此略表仪式。"又对浮舟说道:"请小姐对着父母所在的方向三拜!"浮舟不知道母亲所在之处是哪一个方向,悲痛难忍,竟自哭泣起来。少将说:"哎呀!真想不到啊!怎么干这没道理的事呀!师父回家时定要大骂了!"僧都认为事已至此,这种话反而使她心迷意乱,甚不应该,便斥责少将。少将终于不敢走过来干涉。僧都念偈语道:"流转三界中,恩爱不能断。弃恩入无为,真实报恩者。"〔1〕浮舟听了,想起我今已断恩爱,毕竟不胜悲伤。阿阇梨替她剪发,很费手续。剪罢,他说:"以后请尼僧们慢慢地修整吧。"额发则由僧都亲自剪落。落发既毕,他对浮舟说道:"你这美丽的容貌,今已改变,千万不可后悔啊!"便向她述说尊贵的教义。浮舟想道:"这件不易办到的事,大家都阻止我,今天幸得办成,实甚可喜。"她觉得只要能够如此,今后便有做人的意义了。

僧都等去后,草庵中静悄悄的。夜风凄咽之时,少将等说道:"小姐在此生涯孤寂,此乃暂时之事。荣华富贵之时,指日可待。如今当了尼

〔1〕　出家落发之前,须向父母、氏神、国王三拜。其时法师念此偈语。

姑,来日方长,将如何度日? 即使是衰老之人,到了离尘绝俗之时,也是非常悲痛的。"浮舟听见了想道:"现在我真是安心乐意了。不必考虑为人处世之事,正是莫大之幸福呢。"她只觉胸怀开朗。次日,浮舟想道:"我削发为尼之事,毕竟是别人所不赞许的。今日我改了尼装,被人见了很难为情。头发剪后,末端忽然松散,且又剪得不齐,安得一个不反对我的人,来替我修一修齐呢?"她处处有所顾虑,便把窗子关好,躲在幽暗的房间里。她素性沉默寡言,即使在从前,也不肯把自己所思之事一一告诉别人。何况现在,连亲睦商谈的人也没有。因此每逢心中困惑之时,只有对着砚台信手书写。其中有诗云:

>"不分人与我,都作子虚看。
>
>此世曾捐弃,今朝又弃捐。

如今一切都完了。"话虽如此,心中总是自伤的。又有诗曰:

>"曾逢大限辞人世,
>
>今日重新背世人。"

她把同一意义随意写成不同的诗。正在此时,中将派人送信来了。这里的人正在为浮舟之事喧哗议论,不知所措,便把事情告诉了来使。来使回去报告了中将,中将大失所望,想道:"此人意志如此坚决,所以连无关紧要的回信也不肯写一封,一直疏远我。现在这样一来,毕竟使我扫兴。前天晚上我还同少将商谈,想仔细看一看她那非常美丽的头发。少将曾回答我说'且候适当机会'呢。"他觉得非常可惜。便再派使者送一信来,信中说道:"事已如此,夫复何言!

　　　　轻舟远向莲台去,
　　　　我欲追随步后尘。"

此次浮舟竟破例地拿起信来看了。她正当感伤之时,看到中将绝望的语气,更添哀怜之情。此时她不知怎么一想,就在一小片纸的一端写道:

　　　　"心已远离浮世岸,
　　　　轻舟犹未辨去向。"

她就同平日习字那样随意写出,叫少将另用纸张包好,送给中将。少将说:"要送给他,总得抄一抄清楚。"浮舟答道:"抄一遍反而会写坏。"少将就这样送给了中将。中将得到了答诗,非常珍视,然而已经无可如何,只是悲伤而已。

　　赴初濑进香的妹尼僧回来了,看见浮舟已经出家,不胜痛惜,对她说道:"我身为尼僧,应该劝你出家。但你年纪很轻,来日方长,今后如何度送岁月呢?我世寿几何,今日明日殊难预知。因此我多方考虑,向佛祈祷,保佑你终身平安无事。"说罢伏地痛哭,悲伤不已。浮舟推想:自己的生身母亲闻知她的死耗而又不见遗骸之时,也是如此悲伤的吧?便觉心如刀割,照例背转了身子,一言不答,那姿态非常娇美。妹尼僧又说:"你此举太孟浪了,好忍心啊!"便啼啼哭哭地替她准备尼装。淡墨色法衣是她裁剪惯了的,其他褂子、袈裟则另央人缝制。别的尼僧也都来替她缝法衣,教她穿着。她们说:"小姐来了,这山乡添了光彩,我们喜出望外。

正想朝夕对晤,以慰岑寂。岂知也当了出世之人,真乃遗憾之事啊!"她们觉得可惜,大家埋怨僧都不该替她落发。

　　且说一品公主患病,僧都的禳解果如他的徒弟们所称颂的那样灵验,不久就痊愈了。于是世人越发赞佩僧都法力之尊严。犹恐病后复发,特将祈祷日子延长。因此僧都并不立刻回山,依旧留住宫中。岑寂的雨夜,明石皇后宣召僧都到公主寝处近旁作通夜祈祷。侍女们值宿看护了多天,都很疲劳,大都回房休息去了,故御前侍女甚少,随侍身旁的人也不多。明石皇后便也进入一品公主帐内,对僧都说:"皇上以前就信任你,而此次的效验尤为显著。我越发想把后世之事仰仗你了。"僧都启禀:"贫僧世寿已不久长,曾蒙佛菩萨屡次预示。就中今年明年,尤难度过。因此近来闭居深山,专心修持。此次因蒙宣召,故特破例下山。"以下又谈及此次作祟的鬼怪如何顽强、曾招出种种姓名……等可怕的事。便中又说:"贫僧最近曾经遇到一件非常奇怪、世间稀有的事情呢。今年三月间,老母赴初濑观音寺还愿,归途中患病,借宿在一个名叫宇治院的宅中,以便休养。这是一座经年没有人住的广大宅院,贫僧等深恐有不良之物栖息其中,为重病人作祟,岂知果然……"便把找到一个女子的情形如实说出。明石皇后说:"这确是一件稀奇的事!"她觉得害怕,便把近旁睡着了的侍女都叫醒。薰大将所怜爱的侍女小宰相君不曾睡觉,也听到僧都这话。其他被叫醒来的人则全都不曾听到。僧都觉察到明石皇后害怕,自悔不该说这件事,便不再详叙当时情况,只谈后来的事:"此次贫僧下山之时,顺路访问住在小野草庵中的尼僧。进了庵室,这女子啼啼哭哭地向贫僧诉说出家的决心,诚恳地请求替她授戒,贫僧就给她剃度了。那尼僧是贫僧的妹妹,已故卫门督之妻,她有一个女儿,已经死了,获得了这女子非常欢喜,想拿她来代替她的女儿,全心全意地抚养她。贫僧给她剃度了,她就埋怨贫僧。这原是难怪她的,因为这女子相貌生得非常美丽,为了修行而瘦损芳容,实甚可惜。但不知此女究系何等样人。"这僧都能言善辩,滔滔不绝地讲。小宰相君问道:"这种荒凉的地方,怎么会弄来了这样一个美人呢? 她究竟是谁? 现在想已知道了吧。"僧都答道:"不知道。但现在或许她已经说出了。倘真是个身份高贵的人,总不能隐瞒到底。但田舍人家的女儿,也有生得这样美丽的。龙中不是会生出佛来的么?〔1〕这女子倘是身份低微的人,定然是前世罪孽轻微,故能得此美貌。"明石皇后便想起了以前宇治那边失踪了的浮舟。小宰相君也曾从匂亲王夫人那里听说过此人死得非常奇怪,料想僧都所说的或许正是此人,但也不能确定。僧都又说:"这女子曾经说过:不要让别人知道她还活在世间。看来她似乎有凶恶的敌人,所以要躲藏吧。因为事情稀奇,所以乘便禀告。"明石皇后对小宰相君说:"正是这个人了。你可告诉薰大将。"但她不曾确知这是否薰大将和浮舟双方都要隐瞒的事,觉得未便告诉这个斯文一脉的薰大将,故终于不曾叫小宰相君去说。

　　一品公主的病痊愈了。僧都也告辞归山。途中到小野草庵一转,妹尼僧大大地埋怨他:"这样一个妙龄美女,你给她出了家反而会使她获得罪障呢! 你商量也不同我商量一下,擅自行事,实在太不讲理了!"但这都是徒然的了。僧都说道:"事已如此,现在只管念佛修行吧。世人不论老少,天寿都无一定。她痛感人生无常,也是确有道理的。"浮舟听了这话,回思往事,颇觉可耻。僧都说:"替她新制法服吧。"便拿出些绫、罗、绢来送给她。又对她说:"我在存命期间,一定随时照顾你,你不须担忧。

---

〔1〕　龙女成佛,事见《法华经》。

凡是生在这无常的世间而醉心于荣华富贵的人,无论是谁,都觉得这人
世恋恋难舍。但你在这山林之中念佛修行,有何可恨,有何可耻呢?人
生原是'命如叶薄'[1]的啊!"说罢又咏下面的诗句:"松门到晓 月徘
徊……"。他虽是法师之身,却也富有优雅之趣。浮舟想道:"这真是我
所愿闻的话了。"今天尽日刮风,声甚凄咽。僧都说道:"这种风声'萧瑟'
的日子,伏处山林的人每易堕泪。"浮舟想道:"我也是伏处山林的人,流
泪不止正是理之当然。"便走近窗前,向外眺望,遥见山谷之间有许多穿
各种旅装的人,向这边走来。欲上比叡山而经过这条路的人,甚是稀有。
只有从名叫黑谷的山寺方面步行而来的僧人,有时偶然看到。今天看到
这些穿旅装的俗人,浮舟觉得很奇怪。原来这是为了她而愁恨的中将。
他是想为这不可挽回之事发些牢骚而来此的。看见这里的红叶非常美
丽,比别处的红叶色彩更鲜,一进门来便觉意趣盎然,设想在这里倘能找
到性情爽朗的女子,何等可喜! 便对妹尼僧说:"我因寂寞无聊,想来看
看这里的红叶长得如何。总觉难忘旧情,想在这里托庇一宿。"便坐着欣
赏红叶。妹尼僧照例容易流泪,泣着赠诗云:

　　"山麓寒风吹木落,
　　　游人欲憩树无阴。"[2]

中将答道:

---

　　〔1〕　白居易新乐府《陵园妾》诗中有云:"陵园妾,颜色如花命如叶。命如叶薄将奈
何……"下文又云:"松门到晓月徘徊,柏城尽日风萧瑟。……"
　　〔2〕　暗指浮舟已出家,中将在此泊宿已无风趣。

　　　　"山乡无复幽人待,

　　　　不忍行过坐看林。"

关于那个莫可挽回的浮舟,他还是不能忘怀,对少将说道:"请让我约略窥看一下她改装后的姿态。"又责备她道:"这是你以前答应我的,总得践约才是。"少将走进去一看,但见浮舟打扮得端端正正,似乎故意想叫人窥看。她身穿淡墨色绫衫,内衬暗淡的萱草色衣服。身材十分小巧,体态玲珑可爱,打扮新颖入时。头发末端异常丰丽,好像一把展开的折扇。那端正秀丽的脸庞,化妆得恰到好处,两颊略现红晕。在佛前做功课时,念珠并不拿在手里,还挂在近旁的帷屏上。那一心不乱地诵经的模样,简直可以入画。少将每次看到她这模样,总是十分替她惋惜,眼泪流个不住。设想对她怀着恋慕之心的中将看见了,更不知何等感慨。大约此时正是适当机会,少将便把纸隔扇钩子旁边的一个洞指给中将看,又将阻碍视线的帷屏等拉开。中将向洞中窥探了一会,想道:"如此美貌,出我意料之外。这真是一个绝代佳人啊!"便认为浮舟的出家乃由于他自己的过失,既觉可惜,又觉悔恨,终于不胜悲痛。忍无可忍之时,竟像发了疯似的。深恐里面听见,立即退出。他想:"走失了如此美貌的一个女子,难道没有人来寻找? 例如,某人的女儿逃隐不知去向,某人的女儿厌世出家为尼等等,世间自会纷纷传说……"他反复考虑,莫名其妙。又想:"如此美貌之人,穿了尼装也并不难看,却反而增添清丽,令人销魂。我还是要设法偷偷地取得此人。"便诚恳地请求妹尼僧,对她说道:"小姐在俗之时,未便与我会面。今已出家为尼,尽可放心地与我明谈了。务请如此向她劝导。我屡次来访,本来只为不忘令嫒旧谊,今后又添一种新情了。"妹尼僧答道:"此子孤苦伶仃,我正担心她的将来。你能真心不

忘旧谊,时时来访,我心不胜欣慰。一旦我身亡故,此子实甚可怜呢!"中
将听了这话,想见此女对妹尼僧必有密切关系,但不知究竟是谁,还是不
得要领。便说道:"要当小姐终身的保护人,则我身寿命修短难知,殊不
可靠。但既蒙如此叮嘱,今后我决不变心。来此找寻而欲认领的人,果
真没有么? 不明底细虽然无须顾虑,但总觉得有些隔阂。"妹尼僧答道:
"如果她当俗家人而生活在世间,外人都知道有这个人,那么或许如你所
说,有人会来寻找。但她现已出家为尼,和俗世完全隔绝了。她本人的
志望正是如此。"中将又作一首诗,叫人转达浮舟:

> "君因厌世离尘俗,
> 我被疏嫌抱恨长。"

少将便把中将深切恳挚之情详细向浮舟传达。又向她转述中将的话:
"请视我为兄妹关系的人,互相谈谈人世无常的琐事,亦可聊以慰情。"浮
舟答道:"你所谓深切恳挚之情,我听也听不懂,实甚遗憾。"她对这"我被
疏嫌"的诗并不作答。她想:"我身遭逢意外之忧患,人事早已置之度外。
但愿身心皆如朽木,见弃于世,以此长终。"她的态度如此。因此多时以
来异常郁闷,忧患频仍。但自从成遂了出家本意之后,心情也舒畅起来,
有时和妹尼僧戏咏诗歌,或者围一局棋,愉悦地度送晨昏。修行也非常
用功,《法华经》自不必说,其他佛经也读了不少。不久到了冬天,积雪甚
深,行人绝迹之时,这小野草庵的环境实甚寂寥。

　　新年到了,但小野草庵中并不见春的影迹。溪流尚未解冰,不闻流
水之声,亦甚寂寥。那个咏"为汝却迷心"的人,浮舟早已深恶痛疾,但当
时的情景,她还是不忘。念佛诵经之暇,她常随意习字,其中有诗云:

"彤云蔽白日,山野雪花飘。

对景思前事,旧愁今未消。"

她想:"我从这世上消失已有一年了,但恐还有人在思念我吧。"如此回忆往昔之时亦多。有一天,有一个人用一只寻常的篮盛了些新出的嫩菜,送来给妹尼僧。妹尼僧以此转赠浮舟,附一诗曰:

"山乡新菜嫩,带雪摘来初。

愿汝长安乐,青青似此蔬。"

浮舟答诗曰:

"山野深深雪,新蔬寂寂青。

从今延岁月,只为慰君情。"

妹尼僧觉得确是如此,心中十分感动,说道:"若得身穿常人服装,前途有望,这才好呢!"说罢真心地哭起来。浮舟的房间檐前的红梅已经开花,色香与往年无异,使她想起"春犹昔日春"的古歌。她对红梅比对别的花更加爱好,难道是为了恋念"遗恨不能亲"[1]的衣香么? 后夜做功课时,在佛前供净水,唤一年轻下级尼僧到庭前去折取一枝红梅。那红梅怀恨似地散落了几片花瓣。浮舟独自吟诗曰:

---

〔1〕 古歌:"君衣香可恋,遗恨不能亲。只为梅香似,折来聊慰情。"见《拾遗集》。引此歌,指匂亲王的衣香。

　　"谁将衫袖拂？人影已茫茫。

　　着意怜春晓,梅香似袖香。"

　　且说母尼僧有一个孙子,是在纪伊国当国守的,此次从任地回到京都。其人年约三十岁左右,相貌端整,意气轩昂。他向祖母问候:"孙儿离京已有两年,这期间祖母安好么?"老祖母年已老耄,回答不清。他就去访问姑母,即妹尼僧,对她说道:"老祖母竟全然昏聩了,真可怜啊! 看来余命无多了。我不能侍奉在侧而长年远游他乡,实甚不该! 我自父母双亡之后,一直把这老祖母当作父母看待呢。常陆守夫人〔1〕常来访问么?"所谓常陆守夫人,大概是这纪伊守的妹妹吧。妹尼僧答道:"这里一年一年地过去,总是冷冷清清,越来越寂寥。常陆守夫人久无音信了。生怕你祖母等不到她回来呢。"浮舟听见他说起"常陆守夫人",以为是她的母亲,不知不觉地倾耳而听。纪伊守又说:"我返京已有好多天了。只因公事繁忙,一直不得脱身。昨天本想到这里来的,又因薰大将赴宇治,我须奉陪,以致未果。他在已故八亲王的山庄里耽搁了一天。这是因为:薰大将和八亲王家大女公子通好,大女公子于前年亡故了。后来他又爱上了她的妹妹,悄悄地将她安顿在这山庄里,岂知这妹妹又在去年春天亡故了。这回他是为了替她办周年忌辰的佛事,去找那山寺里的律师,吩咐应有事宜。我也想奉赠一套女子服装,作为布施品。可否在你这里缝制?衣料可叫他们赶紧织起来。"浮舟听了这话,安得不感慨呢! 她怕别人看见,背转身子,朝里面坐了。妹尼僧问道:"听说这位得道的

───────────────

　　〔1〕 这常陆守夫人是当时的国守夫人,非浮舟之母。多数注释家皆如此说,惟《花鸟余情》说是浮舟之母。又,这常陆守夫人是纪伊守之妹,但一说是妹尼僧之妹。

八亲王有两位女公子,匂亲王夫人不知道是哪一位?"但纪伊守只管继续说:"薰大将后来爱上的那一位,是身份低微的人所生的。大将没有十分重视她,如今后悔莫及,非常悲伤。起初那一位死的时候,他也非常悲伤,几乎为此出家呢。"浮舟推想这纪伊守是薰大将所亲信的人,不觉害怕起来。但闻纪伊守继续说道:"奇怪得很,两位女公子都是在宇治亡故的。我看大将昨天的神色,还是非常悲戚呢。他走到宇治川岸边,向水上望望,十分伤心地哭泣。后来回到室中,在柱子上题一首诗:

　　　　湛湛荒江水,佳人影不留。
　　　　伤心江上客,泪落更难收。

他很少说话,只是神情异常悲伤。这种风流男子,女人看见了一定心移神往。便是我,也从小就真心崇仰这位优秀人物。一品当朝的大官,我也绝不企慕。我一向只是追随这位大将,直到今天。"浮舟想道:"这个并无何等高深修养的人,竟也能理解薰大将的人品。"又听见妹尼僧说:"这薰大将虽然不能和称为光君的六条院主相并比,但在现今世间,他们这一族声望最盛。那位夕雾左大臣怎么样?"纪伊守答道:"这位大臣相貌也非常清丽,才德又高,的确与众不同。还有那位匂亲王,容姿实在非常优美! 我倘是女子,很想到他身边去当侍女呢。"这些话好像是有人教他故意说给浮舟听的。浮舟听了这话,既感悲伤,又很关心。虽与自身有关,似觉不是世间真有的事。纪伊守滔滔不绝地讲了一会,便回去了。

　　浮舟闻知薰大将至今还不曾忘记她,便挂念她的母亲,料想她一定也还在伤心吧。但现在她已经当了尼僧,即使能够见面,也是很扫兴了。妹尼僧等受纪伊守的请托,匆忙地料理染织,缝制女装。浮舟看见她们为她自己的周年忌辰办布施品,觉得非常怪异,但口上绝不说出。她看看她们的缝纫,妹尼僧对她说道:"你也来帮忙吧。你的针线手段是很高明的。"便把一件单衫递给她。浮舟颇感不快,手也不肯接触,答道:"我心情不佳。"就躺卧下来。妹尼僧立刻放下缝纫活儿,走来问她:"你怎么了?"她非常担心。另有一尼僧把一件表白里红的褂子套在红色的衫子上,对浮舟说道:"你须穿这样的衣服才好,那淡墨色的太乏味了。"浮舟便写一首诗:

> "身有袈裟护,无心着绣裳。
>
> 着时怀往昔,空自恼人肠。"

她想:"可怜我身死之后,世事终不能隐瞒到底,她们自会探悉我的真名实姓。那时她们将恨我冷淡,怨我隐瞒吧。"她左思右想了一会,从容说道:"过去之事我全都忘记了。惟有看到你们缝制这种女装时,才隐约地想起往事,不胜感伤。"妹尼僧说:"你虽说忘记,记得起的事一定甚多。永远对我隐瞒,叫我好生怨恨!这种世俗服装的配色,我久已忘记,针线手段又很拙劣,看见了只是使我想起已故的女儿。你也有如此关怀你的母亲在世间么? 像我,虽然明知女儿已经亡故,还是疑心她住在某地方,希望至少要找到这个地方才好。何况你去向不明,定然有许多人在思念你吧。"浮舟答道:"我在俗世之时,原有一个母亲。但现在恐怕已经亡故了吧。"说罢流下泪来。为欲排遣哀情,又说:"回忆往事,反会引起悲伤,所以我不对你说。决不是想隐瞒你。"她总是很少说话。

　　且说薰大将替浮舟办了周年忌辰法事,想起对浮舟的因缘已成空花泡影,不胜感伤,便尽力照顾浮舟的异父兄弟,即常陆守的儿子。其成年者擢升为藏人,或者到他自己的大将府里去当将监。其未成年的童子,则拟择其中面貌清秀者作为随从,以供使唤。有一个闲静的雨夜,薰大将去拜访明石皇后。此时皇后身边侍女甚少,两人就随意闲谈。便中薰大将说:"前年我爱上了荒僻的宇治山乡中的一个女子,外人都讥议我。但我认为此乃前世因缘,无论何人,心之所爱便是有缘。我相信此理,管自常去访问。想是那地方不吉之故,遭到了伤心之事。此后便觉这地方道里辽远,长久不去访问了。前几天乘便又去了一次,由于屡次在那里痛感无常之故,觉得这圣僧的山庄是特地为欲引起人的道心而建造的。"明石皇后便想起了那僧都所说之事,觉得薰大将很可怜。便问:"那地方有可怕的鬼怪栖居着吧?那女子是怎样死亡的?"薰大将推想,她大约觉得两人相继死亡之事很奇怪,所以这样问吧。便答道:"也许是如此。那样荒僻的地方,必然有恶劣的东西栖居着。刚才我所说的那女子,死得非常奇怪。"但他并不详说。明石皇后想见此事毕竟是他所隐讳的。如果叫他知道别人已经闻悉,定然使他不快。她又想起匂亲王当时曾为此事忧愁甚至生病,虽属不该,亦甚可怜。可知两人都讳言这女子。因此明石皇后也不好意思再问。她只悄悄地对小宰相君说:"听大将的口气,他为了那女子的事非常伤心呢。我很可怜他,想把僧都所说的话告诉他。但恐也许不是这个人,因此未便说出。僧都所说的话你全都听到,你可把其中不好听的话隐去,在谈话中乘便告诉他:僧都曾经说起这样的一件事。"小宰相君答道:"此事皇后都不便对他说,我怎么可以对他说呢?"明石皇后说道:"这须得因人因时而定,不可一概而论。且我另外还有不便说的原因。"小宰相君理会得是匂亲王之事,觉得可笑。

　　她就在薰大将到她房中来谈话时,乘便把僧都的话告诉了他。薰大将觉得此事离奇古怪,安得不大吃一惊呢?他想:"前天皇后问我浮舟的情况，大概也已约略闻知此事了吧。她为什么不详细告诉我呢？未免可恨。但我也不曾把浮舟之事对她从头细说，却也难怪她了。我当时听见浮舟失踪之后，觉得此事难听，所以绝不透露出去。岂知外面反而纷纷传说了。这世间即使是活着的人有了秘密之事，也难于隐瞒。何况已死之人的事，人家当然更无所顾忌地传说了。"他觉得对这小宰相君，也不好意思把所有的情况全部告知，只是说道："照这话看来，这人的模样和我所认为死得奇怪的人非常相像呢。现在这人还住在那边么？"小宰相君答道："那僧都下山那一天，已经给她剃度为尼了。她以前患重病之时，早就想出家，旁人认为可惜，劝阻了她。但她本人学道之心非常坚决，终于出了家。"薰大将想道："地方同是宇治。想想前后情状，此人与浮舟更无不同之点。如果把她找到，认明确是本人，真是意想不到的怪事了！惟听人传说，岂可确信？但倘由我亲自特地去寻找，深恐外人将讥笑我乖戾。还有，匀亲王倘亦已闻知，势必想起往事，去妨碍她求道的诚心。也许他已有计划，特地关照明石皇后勿对我说，所以明石皇后听到了这等稀奇的事，在我面前绝不谈起。如果明石皇后也已参与他的计划，那么我虽然非常怜爱浮舟，还不如只当她已经死去，从此断绝吧。只要她还活着，那么将来到了黄泉路上，也许自有相逢的机会。但那时我决不会再动念头要把她据为己有了。"他左思右想，心绪缭乱。他料想明石皇后不会把此事告诉他，但想探察她的神色，便找个机会，对明石皇后说道："有人告诉我：我所认为死得奇怪的那女子，并不曾死，流落在世间呢！我很诧异，怎么会有这种事？然而我也一直在想：此女素性怯弱，似乎不会自己下决心干这种可怕的投河自尽、抛弃人世之事。照那人所说的模样，她似乎是被鬼怪摄去的。也许确是如此吧。"便把浮舟的情况稍稍详细地告诉她。关于匀亲王之事，他说得很客气，并不表示怨恨："匀亲王如果闻知我又探悉了这女子的下落,将以我为顽劣的好色之徒吧。所以我要装作并不知道此事。"明石皇后说道:"那僧都说起此事之时,正是阴暗可怕的夜间,所以我没有仔细听他说。匂亲王怎么会闻知呢!我听了别人所说,觉得匂亲王习性实在不好。此事如果被他得知,那就更多麻烦了。世人都说他在男女恋情方面行为轻率可厌。我实在很替他担心呢。"薰大将觉得明石皇后性行实甚稳重,无论什么秘密事情,人家私下告诉她的,她决不泄露出去,他就放心了。

他想:"她所居的山乡在哪里呢?我总要想个巧妙的办法到那里去看一看。首先要见到那僧都,才可知道确实情况。我必须去访问僧都。"他朝朝夜夜只是考虑此事。每月初八日,规定举办法事,并上比叡山供养药师佛,有时参拜山上的根本中堂。此次他准备下山后即赴横川,再由横川返京。并且随带浮舟的弟弟小君同行。至于浮舟家中其他的人,他现在并不立刻通知,且看将来情形再说。他之所以随带小君,大约是想使这做梦一般的情景增添些哀趣吧。他在一路上作种种猜想:"如果认明了确是浮舟,而其人已经变装,夹杂在许多尼僧之中,或者,闻到了她另有情夫等不快之事,这便叫我何等伤心啊!"他的心情非常不安。

第五十四回　梦 浮 桥〔1〕

薰大将到了比叡山上,按照每月例规供养经佛。次日来到横山,僧都看见贵人驾临,甚是惊惶。以前薰大将为了举办祈祷等事,早年就和这僧都相识,但并不特别亲热。此次一品公主患病,僧都替她举办祈祷,效验非常显著,薰大将亲眼目睹之后,便十分尊敬他,对他的信任比以前更深了。薰大将那样身价重大的贵人特地来访,僧都当然奔走忙碌,竭诚招待。两人细细地谈了一会佛法之后,僧都请薰大将吃些泡饭。到了四周人声渐静之时,薰大将问道:"你在小野那边有熟识的人家么?"僧都答道:"有的,但那地方非常鄙陋。贫僧的母亲是个老朽的尼僧,因为京中没有适当的住处,贫僧又常闭居在这山中,所以叫她住在这里附近的小野地方,便于朝夕前往探望。"薰大将说:"那地方以前很热闹,现在衰落了。"然后向僧都靠近些,低声说道:"有一件事,我也不甚确悉,想要问你,又恐你茫然不知何事,因此多方顾虑,不曾启口。不瞒你说:我有一个心爱的女子,听说隐藏在小野山乡中。如果确是如此,我颇思探寻她的近况如何。最近忽然闻得:她已当了你的弟子,你已给她落发受戒了,不知是否事实? 此女年纪还轻,家里现有父母等人,有人说是我害她失

〔1〕 本回继前回之后,写薰大将二十八岁五月之事。回名"梦浮桥"三字,在本回文中并未提及,想是将此长篇故事比作梦中浮桥之意。又,本回别名"法师",乃根据回末薰君的诗。

踪的,正在怨恨呢。"

　　僧都听了这话,想道:"果然不出我之所料。我看那女子的模样,原知道不是平常人。薰大将如此说,可知他对这女子的宠爱不浅。我虽然是法师,岂可不分皂白,立刻答应而替她改装落了发呢?"他心中狼狈,不知道怎样回答才好。又想:"他一定闻悉实情了。如此详知情状而向我探问,我已无可隐瞒。强要隐瞒,反而不好。"他略略想了一想,答道:"确有一人,贫僧近来心中常常觉得惊讶,不知此人究竟为了何事。大将所说的大约就是此人了吧?"便继续说道:"住在那边的尼僧们到初濑去进香还愿,归途中在一所叫做宇治院的宅子里泊宿。贫僧的老母由于旅途劳顿,忽然生起病来。随从人等上山来报告,贫僧立刻下山,一到宇治院,就遇到了一件怪事。"他放低声音,悄悄地叙述了找到这女子的经过,又说:"当时老母的病已经濒危,但贫僧顾不得了,只管忧愁如何可把这女子救活。看这女子的模样,也已近于死亡,只是还有奄奄一息。记得古代小说中,曾有灵堂中死尸还魂复活之事,如今所遇到的难道就是这种怪事么? 实在非常稀奇。便把弟子中法术灵验的人从山上召唤下来,轮流替她作祈祷。老母已经到了死不足惜的高龄,但在旅途中患了重病,总须尽力救护,俾得回家安心念佛,往生极乐。因此贫僧专心为老母祈祷,不曾详细看到这女子的情状。只是照情况推量,大概是天狗、林妖之类的怪物欺侮她,把她带到那地方的吧。救活了,带她回到小野之后,曾有三个月不省人事,同死人一样。贫僧的妹妹,乃已故卫门督之妻,现已出家为尼。她只有一个女儿,已经死了多年,她至今还是悼惜不已,时时悲叹。如今找到的这个女子,年纪和她的女儿相同,而且相貌非常美丽,她认为是初濑观世音菩萨之所赐,不胜欣喜。她深恐这女子死去,焦灼万状,啼啼哭哭对贫僧诉苦,要求设法救治。后来贫僧就下山来到小野,替她举行护身祈祷。这女子果然渐渐好转,恢复了健康。但她还是悲伤,向贫僧恳求道:'我觉得迷住我的鬼怪尚未离开我身。请你给我受戒为尼,让我借此功德来摆脱这鬼怪的侵扰,为后世修福。'贫僧身为法师,对此事理应赞善,确曾给她授戒出家。至于此乃大将心爱之人,则全然无由得知。贫僧但念此乃世间稀有之事,可作世人谈话资料。但小野那些老尼僧深恐传扬出去,引起麻烦,所以严守秘密,数月以来一向不曾告诉别人。"

薰大将只因微闻其事,故特来此探询。现已证实这个久以为死亡了的人确系活着,吃惊之余,但觉如同做梦,忍不住要流下眼泪来。但在这道貌岸然的僧都面前,毕竟不好意思露出此态,便改变想法,装作若无其事。但僧都早已察知他的心事,想起薰大将如此疼爱此女,而其人在现世已变得与亡人相似,都是自己的过失,获罪良多,便说道:"此人为鬼怪所缠附,也是不可避免的前世宿业。想来她是高贵之家的小姐,但不知因何失错而飘零至此?"薰大将答道:"以出身而论,她也可说是皇家的后裔吧。我本来也不是特别深爱她的,只因偶然机缘,做了她的保护人,却想不到她会飘零到这地步。可怪的是有一天影迹全无地消失了。我猜想她已投身水中,但可疑之处甚多,在这以前一直不明实情。现在知道她已出家为尼,正可减轻她的罪孽,真乃一大好事,我心实甚欣慰。只是她的母亲正在悲伤悼惜,我将以此消息向她告慰。但你的妹妹数月以来严守秘密,如今传述出去,岂不违反了她的本意?母女之情是不会断绝的。她母亲不堪其悲,定将前来探访呢。"接着又说:"我今有一不情之请:可否请你陪我同赴小野一行?我既闻知此女确悉,岂能漠然置之不理?她如今虽已出家为尼,我也想和她谈谈如梦的前尘。"僧都看见薰大将神色非常感伤,想道:"出家之人,自以为已经改变服装,断绝尘欲了,然而即使是须发都剃光的法师,也难保不动凡心。何况女人之身,更不可靠。我倘引导他去见此女,定将造成罪孽,如之奈何!"他心中惶惑恼乱,终于答道:"今日明日有所障碍,未能下山。且待下月奉陪如何?"薰大将心甚不快。但倘对他说"今天定欲劳驾",急于欲行,又觉得不成体统,便说:"那么再见吧。"就准备回去。

薰大将来时随带着浮舟的弟弟小君童子。这童子的相貌生得比其他弟兄清秀。此时薰大将召唤他前来,对僧都说道:"这孩子和那人是同胞,先派他去吧。可否请你备一封介绍信?不须说出我的名字,但言有人要来访问就是了。"僧都答道:"贫僧倘作介绍,势必造成罪孽。此事前后情况,既已详细奉告,则大将只须自行前往,依照尊意行事,有何不可?"薰大将笑道:"你说作此介绍势必造成罪孽,使我颇感羞惭。我身沉浮俗世之中,直至今日,真乃意外之事。我自幼深怀出家之志,只因三条院家母生涯岑寂,惟与我这一个不肖之子相依为命,这就成了难于摆脱的羁绊,致使我身缠上了俗世之事。这期间自然升高了官位,使我行动不能随心所欲,空怀着道心而因循度日。于是世俗应有之事日渐增多。不论公私,凡是不可避免之事,我都随俗应酬。若是可避免的,则竭尽浅陋之知识,恪守佛法之戒律,务求不犯过失。自问学道之心,实不亚于高僧。何况为了区区儿女柔情之事,岂肯干犯重罪!此乃决不会有之事,请勿怀疑。只因可怜她的母亲正在悲伤愁叹,所以想把所闻情状传告,使她得知详实。但得如此,我心不胜欣慰了。"他叙述了从小以来深信佛法的心愿。僧都认为确是实情,心甚赞善,对他说了许多尊贵的佛理。其间天色渐暮,薰大将思量此时顺路赴小野投宿,机会正好。然而毫无关系,贸然前往,毕竟有所不便。心烦意乱了一会,思量不如返京都去。此时僧都注目于浮舟之弟小君,正在赞誉他。薰大将便告道:"就委托这

孩子,请你略写数行交他送去吧。"僧都便写了信,交付小君,对他说道:
"今后你常常到山上来玩吧。须知我对你不是没有因缘的〔1〕。"这孩子
并不懂得这句话的意思,只是接受了信,随着薰大将出门赴小野去。到
了那里,薰大将叫随从人等稍稍散开,叮嘱大家静些。

　　且说小野草庵中,浮舟面对绿树丛生的青山,正在寂寞无聊地望着
池塘上的飞萤,回思往事,借以慰情。忽然那遥远的山谷之间传来一片
威势十足的开路喝道之声,又望见参参差差的许多火把的光焰。那些尼
僧便走出檐前来看,其中一人说道:"不知道是谁下山来,随从人员多得
很呢。昼间送干海藻到僧都那里去,回信中说大将在横川,他正忙于招
待,送去的海藻正用得着呢。"另一尼僧说:"他所说的大将,就是二公主
的驸马么?"这正是穷乡僻壤的田舍人口气。浮舟想道:"恐怕确是他了。
从前他常走这山路到宇治山庄来,我听得出几个很熟的随从人员的声
音,分明夹杂在里头。许多日月过去了,从前的事还不能忘记。但在今
日有何意义呢?"她觉得伤心,便念阿弥陀佛,借以遣怀,越发沉默不语
了。这小野地方,只有赴横川去的人才经过。这里的人只有见人经过时
才听见些浮世的声息。薰大将本想就在此时派小君前往,但念人目众
多,殊属不便,就决定明日再派小君来此。

　　次日,薰大将只派两三个平素亲信而不甚重要的家臣护送小君,又
添加一个从前常赴宇治送信的随从人员。乘人不听见的时候,他唤小君
到面前来,对他说道:"你还记得你那姐姐的面貌么? 人家都以为她现已
不在世间了,其实她的确还活着呢。我不要叫外人知道,单派你前往探
访。你母亲也暂时勿使她知道。因为告诉了她,她惊讶喧哗起来,反而

---

〔1〕 是他姐姐的师父。

使得不该知道的人都知道了。我看见你母亲悲伤,甚是可怜,所以去把她找寻出来。"小君还是一个童子,但也知道自己兄弟姐妹虽多,却没有一人赶得上这姐姐的美貌,所以一向很爱慕她。后来闻知她死去,他的童心中一直十分悲伤。现在听了薰大将这番话,不胜欣喜,流下泪来。他怕难为情,为欲掩羞,故意大声答应:"是,是!"

这一天早上,小野草庵里收到了僧都的来信,信中说道:"薰大将的使者小君,昨夜想已到你处来访过了?请你告诉小姐:'薰大将向我探问小姐情状。我给小姐授戒,本是无上功德,如今反而弄得乏味,使我不胜惶恐。'我自己欲说之事其多,且待过了今明两日,再行走访面谈。"妹尼僧不知这是什么事情,甚是吃惊,便来到浮舟房中,把这信给她看。浮舟看了,脸红起来。想起世人已经知道她的下落,不胜痛苦。又念一向隐瞒,这妹尼僧定然怀恨,只得默默不答。妹尼僧满怀怨恨地对她说道:"你还是把实情告诉我吧。如此隐瞒我,叫我好痛苦啊!"她因不知实情,慌得手足无措。正在此时,小君来了,叫人传言:"我是从山上来的,带有僧都信件在此。"妹尼僧想:怎么僧都又有信来?颇觉奇怪,说道:"看了这封信,想必可以知道实情了。"便叫人传言:"请到这里来。"但见一个眉清目秀、举止端详的童子,穿着一身漂亮的衣服,缓步而入。里面送出一个圆坐垫去,小君就在帘子旁边跪下,说道:"僧都吩咐,不要叫人传言。"妹尼僧便亲自出来应对。小君将信呈上,妹尼僧一看,封面上写着:"修道女公子台升——自山中寄。"下面署着僧都姓名。妹尼僧把信交与浮舟。浮舟无法否认,但觉狼狈不堪,越发退入内室,不肯和人见面了。妹尼僧对她说道:"你平日原是不苟言笑的,但今天如此愁闷,实在使我伤心!"便把僧都来信拆开来看,但见信中写道:"今天薰大将来此,探问小姐情况,贫僧已将实情从头至尾详细奉告。据大将说:背弃深恩重爱,而

侧身于田舍人之中,出家为尼,反将深受诸佛谴责。贫僧闻之不胜惶恐,
然而无可如何。还请不背前盟,重归旧好,借以消减迷恋之罪。一日出
家,功德无量[1]。故即使还俗,亦非徒劳,出家之功德仍属有效也。其
余详情,且待他日面谈。此小君想必另有言语奉告。"这信中已经分明说
出浮舟对薰大将的关系了,但外人全然不晓。

　　妹尼僧责备浮舟:"这送信的童子不知是何人。你到现在还是强欲
隐瞒,实在叫人不快!"浮舟只得稍稍转向外面,隔帘窥看那使者。原来
这孩子便是她决心投河那天晚上恋念不舍的那个幼弟。她和弟弟在一
起长大,当时这孩子很淘气,骄养成性,有些讨厌。但母亲非常疼爱他,
常常带他到宇治来。后来渐渐长大,姐弟二人就互相亲爱。浮舟回想起
童年时的心情,觉得浑如做梦。她首先想问问他母亲近况如何。其他诸
人的情状,自会逐渐传闻,只有母亲音信全无。如今她看见了这弟弟,反
而悲伤不堪,眼泪簌簌地落下来。妹尼僧觉得这童子很可爱,面貌与浮
舟相像,说道:"此人想必是你的弟弟了。你要同他谈话,叫他到帘内来
吧。"浮舟想道:"现在何必再见他呢? 他早已知道我不在世间了。我已
削发改装,再和亲人相见,亦自惭形秽。"她踌躇了一下,后来对妹尼僧
说:"你们以为我对你们隐瞒,我想起了实在很痛苦,没有话可说了。请
回想你们救我活来那时候,我的模样多么奇怪! 从那时候起,我就失却
常态,多半是灵魂已经变换了吧,过去之事无论如何也记不起来,自己也
觉得奇怪。前些时那位纪伊守的谈话中,有些话使我隐约想起似乎与我
有关。但后来我细细寻思,终于不能清楚地回忆起来。只记得我母亲一

[1] 《心地观经》云:"若善男子善女人发阿耨多罗三藐三菩提心,一日一夜出家修
道,二百万劫不堕恶趣。"

人,她曾悉心抚养我,希望我超群出众,不知这母亲现在是否健在?我只有这一件事始终不忘,并且时时为此悲伤。今天我看到了这童子的面貌,似觉小时候看见过的,依恋之情难堪。然而即使这个人,我也不欲使他知道我还活在世间,直到我死。只有我的母亲,如果还在世间,我倒很想再见一面。至于这僧都信中所提及的那个人,我决不要让他知道我还活在世间。务请你想个办法,对他们说是弄错了人,就把我隐藏起来吧。"

妹尼僧答道:"此事实甚困难!这僧都的性情,在法师之中也是过分坦率的,定然已将此事毫无保留地说出了。所以即使我要隐瞒,不久就会拆穿。况且薰大将不是无足轻重的人,岂可欺瞒他呢?"她着急了,喧吵起来。别的尼僧都说:"从来不曾见过这样倔强的人!"于是在正屋旁边设个帷屏,请小君进入帘内。这童子虽已闻知姐姐在这里,但因年纪还小,不敢率尔提出。他说:"还有一封信,务请本人拆阅。据僧都说,我的姐姐确系在此。但她何以对我如此冷淡呢?"说时两眼俯视。妹尼僧答道:"唉,的确如此,你真是怪可怜的啊!"接着又说:"可以拆阅这信的人,的确住在这里。但我们旁人,不知道是怎么一回事。还请你对我们说明。你年纪虽小,但既能担任使者,定然知情。"小君答道:"你们冷淡我,把我当作外人,叫我说什么话呢?既被疏远,我也无话可说了。只是这一封信,必须直接交付。务请让我亲手奉呈。"妹尼僧对浮舟说:"这小郎说得甚是有理。你总不该如此无情。这毕竟太忍心了。"她竭力怂恿,把浮舟拉到帷屏旁边。浮舟茫茫然地坐在那里,小君隔着帷屏窥看她的模样,分明认得是姐姐,便走近帷屏,将信呈上。说道:"务请快快赐复,我好回去报命。"他怨恨姐姐冷淡,向她催索回信。

妹尼僧把信拆开,给浮舟看。这信的笔迹同从前一样优美,信笺照例薰上浓香,其馥郁世无比拟。少将、左卫门等少见多怪的好事者,从旁隐约偷窥,心中赞叹不置。薰大将的信中说:"你过去犯了不可言喻的种种过失,我看僧都面上,一概原宥。现在我只想和你谈谈噩梦一般的旧事,心甚焦急。自觉愚痴可悯,不知他人更将如何非笑。"尚未写完,即附诗云:

"寻访法师承引导,
　岂知迷途入情场。

这孩子你还认得么? 我因你去向不明,把他看做你的遗念,正在抚育他呢。"信中言语非常诚恳周至。薰大将既已来了如此详明的信,浮舟便无法推委。但念此身已经变装,不复是从前的人,突然被那人看到,实在难以为情。因此情绪纷乱,本来愁闷的心更加忧郁了,弄得毫无办法,终于俯伏着哭泣起来。妹尼僧觉得此人实在奇怪,心甚焦灼,便责问她:"你怎样回复呢?"浮舟答道:"我心情非常混乱,且请暂缓,不久自当奉复。我回思往事,竟全然记不起来。所以看了这信很诧异。他所谓'噩梦'不知所指何事,我竟莫名其妙。且待我心情稍稍安静之后,或许能够理解此信之意义。今天还是叫他把信拿回去吧。如果弄错了人,两方都不稳当。"便把展开的信交还妹尼僧。妹尼僧说:"这真是太难堪了! 过分失礼,使得我们这样侍奉你的人也不好交代呢!"她就噜苏起来。浮舟很讨厌她,觉得难于入耳,便把衣袖遮住了脸躺卧着。

　　做主人的妹尼僧只得出来稍稍应酬,对小君说:"你姐姐想是被鬼怪迷住了,竟没有一刻爽健的时候,常是疾病缠绵。自从削发为尼之后,深恐被人找到,引起种种烦恼。我看了这模样甚是担心。果然不出所料,今天知道她有这许多伤心失意之事,实在对不起薰大将了！近来她一直心情恶劣,大约是看了来信更添烦恼之故吧,今天比往常更加神志不清了。"便照山乡风习招待小君饮食。小君的童心中但觉意兴索然,惶惑不安。他说:"我特地奉使前来,归去将何以复命？但得一句话也就好了。"妹尼僧说:"言之有理。"便将小君之言转告浮舟。但浮舟一言不发。妹尼僧无可奈何,出来对小君说道:"你只能回去说'本人神志不清'了。此间山风虽烈,但离京都不远,务请以后再来。"小君觉得空自久留在此,毫无意趣,便告辞返京。他私心爱慕这姐姐而终于不得会面,又是懊丧,又是惋惜,满怀怨恨地回来见薰大将。薰大将正在盼待小君早归,看见他垂头丧气地回来,觉得特地遣使,反而扫兴。他左思右想,不禁猜测:自己从前曾经把她藏匿在宇治山庄中,现在或许另有男子模仿了他,把她藏匿在这小野草庵中吧？

译　后　记

　　(一)《源氏物语》一书,日本人尊之为古典文学之泰斗。辞典举例,大都首先引用此书中语。此书确系世界最早之散文长篇小说,成立于一○○六年左右,比中国最早之长篇小说《水浒传》《三国演义》早出世三百多年,比西洋最早之小说集薄伽丘(Boocàccio)所著《十日谈》(*Decameron*)亦早出世三百多年。书中叙述涉及三代,历时七十多年,登场人物有四百四十多名,亦可谓庞大矣。

　　(二)此书作者为当时宫廷一女官紫式部。此人生卒年月不确,一说生于圆融天皇天元元年,即公历九七八年,殁于一○一五年。享年三十八岁;或曰,享年三十九岁;或曰,享年五十七岁。其人生而颖悟,幼时旁听父亲教长兄读《史记》,反比长兄善于记诵。后曾入宫为皇后讲解白居易诗文。又擅长琴筝,并精通佛典。二十二岁嫁藤原宣孝,生女贤子,亦有文名。宣孝早死。紫式部寡居时作《源氏物语》。或曰,末尾"宇治十帖"是贤子所续成;或曰,其父藤原为时创作大纲,由紫式部补写细部;或曰,《源氏物语》在紫式部之前早已有之,乃由紫式部修订而成者。年代既久,无法考实。

　　(三)因此之故,相传本子亦有大同小异者三种:一曰河内本,乃河内守源光行及其子源亲行所校订者,流行于镰仓时代(一一九二至一三三三),入室町时代(一三三八至一五七三)而绝迹,至大正时代又发现。二曰青表纸本,因其书封面青色,故名,乃藤原定家所校订者,流行于室町时代之后,直至今日。三曰别本,则又与上二者稍有异同。今日一般所采用者,乃青表纸本。

(四)此书有英、德、法译本。英译本最早,刊于一九二一年,译者瓦勒(Arthur Waley),书名 *The Tale of Genji*。德译本有二种,一是赫利芝卡(Herbart E. Herlitschka)所译,书名 *Die Geschichte von Prinzen Genji*;二是缪勒扎勃希(Maximilian Müller-Jabüsch)所译,书名 *Die Aventeur der Prinzen Genji*。法译本译者是归化法国之日本人山田氏,书名 *Le Romance de Genji*。

(五)关于此书之注释本,在日本甚多,主要者可举六种:藤原定家《源氏物语注释》、四辻善成《河海抄》、一条兼良《花鸟余情》、三条西公条《细流抄》、中院通胜《岷江入楚》、北村季吟《湖月抄》。现代日语译本亦甚多,主要者为谷崎润一郎译本、与谢野晶子译本、佐成谦太郎对译本。今此中文译本乃参考各家译注而成。原本文字古雅简朴,有似我国《论语》《檀弓》,因此不宜全用现代白话文翻译。今试用此种笔调译出,恨未能表达原文之风格也。

(六)此书内容,充分揭露了日本平安朝(九至十二世纪)初期封建统治阶级争权夺利、荒淫无度之相,反映了王朝贵族社会的矛盾及其日趋衰败之势。当时皇家藤原氏一族势力强盛,仕宦不重实力,专靠出身及裙带关系。只要有一姐妹或女儿入宫或嫁与贵人,其人便可升官发财,即所谓一人得道,鸡犬升天也。因此当时一切活动,皆以女性为中心。凡女子必习和歌,通汉学,擅琴筝,方可侍奉贵人。贵族之家若生女天资不高,则雇用许多富有才艺之侍女以辅助之。紫式部之时代,此风盛行达于极点。此作者久居宫廷,耳闻目睹此种情状,故能委曲描写,成此巨著。但作者本人亦贵族出身,故其文虽能如实揭露,有时也不免表示赞善与同情。然其内容充实,技巧娴熟,文字古雅,故日本人尊此书为古典文学之泰斗也。

一九六五年十一月二日译者记